औरत की कहानी

(कहानी-संग्रह)

औरत की कहानी

(कहानी-संग्रह)

औरत की कहानी

सम्पादन

सुधा अरोड़ा

वाणी प्रकाशन ग्रुप
भारतीय ज्ञानपीठ

वाणी प्रकाशन : भारतीय ज्ञानपीठ की पुस्तकों के एकमात्र प्रकाशक एवं वितरक

राष्ट्रभारती लोकोदय ग्रन्थमाला : ग्रन्थांक 935

सजिल्द छठा संस्करण : 2019
सजिल्द सातवाँ संस्करण : 2026

वाणी प्रकाशन ग्रुप | भारतीय ज्ञानपीठ

वाणी प्रकाशन : भारतीय ज्ञानपीठ की पुस्तकों के एकमात्र प्रकाशक एवं वितरक

वाणी प्रकाशन
4695, 21-ए, दरियागंज, नयी दिल्ली-110 002
दूरभाष : 011-23273167, 23275710
ईमेल : sales@vaniprakashan.in
www.vaniprakashan.com

ISBN : 978-93-6944-349-9

मूल्य : ₹ 695

औरत की कहानी
(लघु-कहानियाँ)
सुधा अरोड़ा

AURAT KI KAHANI
(Short Stories)
Edited by Sudha Arora

आवरण-चित्र : राधेश्याम अग्रवाल
मुद्रक : आर. टेक ऑफ़सेट प्रिंटर्स, दिल्ली-110 032

उन संगिनियों के नाम
जो अब श्रोता से पाठक बनना चाहती हैं।

अनुक्रम

महिला रचनाकारों का कथा-विमर्श

सुधा अरोड़ा

'औरत की कहानी' शृंखला की पहली पुस्तक के रूप में आज के समय की प्रमुख सृजनरत महिला रचनाकारों की चुनिन्दा कहानियों और स्त्री-जीवन के विभिन्न पहलुओं पर उनकी दो-टूक टिप्पणियों को सँजोकर आपके हाथों में सौंपते हुए मुझे बहुत ख़ुशी हो रही है। इस आयोजन का उद्देश्य भारतीय भाषाओं में निम्न तथा मध्यवर्ग की महिलाओं की समस्याओं पर रचे गये साहित्य को रेखांकित कर एक मंच पर प्रस्तुत करना है।

पाँच साल पहले अर्द्धशिक्षित महिलाओं की एक छोटी-सी चौपाल में इस योजना ने जन्म लिया, जब मुझे निम्न मध्यवर्ग की कामकाजी महिलाओं के बीच कुछ कहानियाँ पढ़कर सुनाने का मौक़ा मिला। मैंने बहुत डरते-डरते सरल-सहज भाषा में लिखी हुई कुछ ऐसी छोटी कहानियाँ चुनीं जो महिलाओं की निजी घरेलू समस्याओं के किसी-न-किसी प्रसंग से जुड़ी थीं। दो-एक कहानियाँ ऐसी भी थीं जिन्हें प्रबुद्ध पाठकों-आलोचकों द्वारा इस नकारात्मक टिप्पणी के साथ प्रयोगवादी ठहराया गया था कि इस तरह की प्रतीकात्मक कहानी तो उस तबक़े की औरतों को समझ में भी नहीं आयेगी, जिस तबक़े की बात इसमें कही गयी है, फिर ऐसी कहानियाँ आख़िर किन पाठकों के लिए लिखी जाती हैं? पर उन कहानियों को पढ़कर सुनाने के बाद सुखद आश्चर्य हुआ कि ये कामगार महिलाएँ न सिर्फ़ उस कहानी को पूरी तरह समझ पाने में समर्थ थीं, बल्कि कहानी को लेकर किया गया उनका विश्लेषण हैरत में डाल देने वाला था। ये वे महिलाएँ थीं जिनका साहित्य से दूर-दराज़ का वास्ता नहीं था और जिन्होंने किसी भी साहित्यिक रचना को पहली बार सुना था। यह सहज सम्प्रेषण शायद इसलिए सम्भव हुआ क्योंकि ये कहानियाँ उनकी अपनी ज़िन्दगी की कहानियाँ थीं। अगला सवाल उनका यह था कि इस तरह की कहानियाँ किस किताब में मिलेंगी? आमतौर पर हमारी रचनाएँ एक पढ़े-लिखे प्रबुद्ध वर्ग तक ही सीमित रह जाती हैं, इसलिए मुझे लगा कि पढ़कर सुनाई जाने वाली कुछ कहानियों

का संकलन एक जगह किया जाना चाहिए। इस घटना के कुछ समय बाद ही स्त्री-संघर्ष पर केन्द्रित वैचारिक पत्रिका 'संगिनी' की सम्पादक दिव्या जैन ने जब एक अंक के समायोजन का दायित्व मुझे सौंपा तो मैंने उस विचार-केन्द्रित पत्रिका को अपनी श्रोता महिलाओं की अपेक्षाओं के अनुरूप ढालने का प्रयत्न किया। एक अंक के लिए चयन की गयी सामग्री का विस्तार इतना अधिक हो गया कि दो अंकों में भी समा नहीं पाया। उसी सामग्री का संशोधित और संवर्द्धित रूप यह पुस्तक है।

आज विश्व के हर देश में, हर भाषाई मंच पर स्त्री-विमर्श पर बातचीत करने के लिए या कि महिलाओं के लिखे साहित्य का विश्लेषण करने के लिए जिस तरह के वृहद् आयोजन हो रहे हैं, आज से सिर्फ़ पचास साल पहले इसके बारे में सोचा भी नहीं जा सकता था। यह आयोजन आने वाले समय के साहित्यिक परिदृश्य में एक महत्त्वपूर्ण बदलाव की पूर्वसूचना है। पिछले वर्ष हैदराबाद में एक अन्तरराष्ट्रीय संस्था 'वीमेंस वर्ल्ड' द्वारा हिन्दी, उर्दू तथा अन्य भारतीय भाषाओं की लगभग साठ लेखिकाओं का एक सेमिनार हुआ था। इस आयोजन में तीन दिन कई शीर्षकों के अन्तर्गत काफ़ी लम्बी चर्चाएँ हुईं। मुख्य मुद्दा यह था कि किन सामाजिक, सांस्कृतिक और व्यक्तिगत प्रतिबन्धों के तहत एक लेखिका रचनाशील होती है या कि किन मुद्दों पर वह रचनाशील नहीं होती है और चुप रहती है। यह भी सच है कि इन आयोजनों से यह क़तई नहीं समझा जाना चाहिए कि आज की रचनाशील महिलाओं की झोली में स्त्री-विमर्श की यह स्वीकृति बड़ी आसानी से डाल दी गयी है। बाहर से देखने पर यह भ्रम होता है कि राजनीति में अब तक नहीं मिल सका पर साहित्य में महिलाओं को तैंतीस प्रतिशत आरक्षण ज़रूर मिल चुका है, बेशक यह ऐसा है जैसे किसी कमज़ोर या अपुष्ट बच्चे को रियायत देकर उसकी कमियों को नज़रअन्दाज़ करते हुए उस पर सहानुभूति जताना। बहरहाल, जो कुछ भी उसको हासिल है, उसके पीछे रचनारत महिलाओं की न सिर्फ़ जद्दोजहद और अपनी बात कह पाने की ज़िद है, बल्कि यह एक लगातार चलती हुई लम्बी लड़ाई की प्रक्रिया है, जो सामूहिक तौर पर अपने शुरुआती दौर में है।

आज के साहित्य में अगर अनिवार्य रूप से महिलाओं द्वारा रचे गये साहित्य पर चर्चा की जाती है तो उसका एक स्थूल कारण यह भी है कि कथा-साहित्य में पिछले तीन दशकों से लेखिकाओं की संख्या में गुणात्मक वृद्धि हुई है। पहले जहाँ महिलाओं के लेखन को घर-परिवार की चहारदीवारी में क़ैद और समाज की दूसरी अहम (?) समस्याओं से कटा हुआ फ़ुरसती लेखन मानकर उसे दरकिनार कर दिया जाता था, आज अपेक्षाकृत निर्मम होकर उसकी जाँच-पड़ताल की जाती है। यह

सुखद है कि महिलाओं द्वारा रचे गये साहित्य का पिछले कुछ वर्षों से सकारात्मक, विश्लेषणात्मक और ऊर्ध्वमुखी विकास इस वक्तव्य को ख़ारिज करता है कि पढ़ी-लिखी धनाढ्य महिलाएँ दुपहर की फ़ुरसत में क़लम घसीटती या चित्रकारी करती हैं। इस तरह के लेखकों-सम्पादकों के वक्तव्य पढ़कर देबोरा कैमरॉन की एक उक्ति याद आती है कि, ''लेखन भी एक तन्त्र है और अधिकांश तन्त्रों की तरह इस पर भी शक्तिशाली वर्ग ने एकाधिकार जमा रखा है।''

महिला कथाकारों द्वारा लिखी गयी रचनाएँ, वह भी सिर्फ़ महिला को केन्द्र में रखकर लिखी गयीं—क्या सचमुच इन्हें अलग से रेखांकित करने की ज़रूरत है? आज जब महिलाओं में साक्षरता की दर में बीस प्रतिशत वृद्धि हुई है, महिलाएँ पहले से कहीं अधिक अपनी समस्याओं के प्रति जागरूक हैं, वे घर की चहारदीवारी से निकलकर बाहर के हर क्षेत्र में मुस्तैदी से अपनी पहचान बना रही हैं, तब सिर्फ़ महिलाओं पर अत्याचार और शोषण की ही बात करते रहना कहाँ तक जायज़ है? यह सवाल अक्सर न सिर्फ़ पुरुषों द्वारा, बल्कि जागरूक महिलाओं द्वारा भी उठाया जाता रहा है।

इस सवाल का कोई उत्तर ढूँढ़ने से पहले एक तथ्यगत आँकड़े की ओर ध्यान देना ज़रूरी है। हम महानगरों या छोटे शहरों में रहने वाली जिन पढ़ी-लिखी कामकाजी औरतों की बात करते हैं, उनकी संख्या पूरे भारत में दो प्रतिशत है। और यह तबक़ा भी क्या 'औरत' होने के कारण पैदा हुई समस्याओं से अछूता है? कामकाजी औरतों की घर और बाहर की दुहरी ज़िम्मेदारी में क्या उसे अपने पति या परिवारवालों से कोई रियायत मिलती है? क्या आर्थिक रूप से आत्मनिर्भर होने या अपने परिवार का ख़र्च ख़ुद उठाने का सामर्थ्य रखने वाली महिलाएँ अपनी शर्तों पर ज़िन्दगी बसर कर सकती हैं? क्या ऊँचे ओहदों पर कार्यरत महिलाएँ भी अपने कार्यक्षेत्रों के बड़े-बड़े फ़ैसलों में निर्णायक की भूमिका अदा करती हैं (जब तक कि वे ख़ुद उस संस्था की मालिक या संचालक न हों), इन सभी प्रश्नों का उत्तर हमें नकारात्मक ही मिलेगा।

इसी सवाल से जुड़ा सवाल यह भी है कि हम कब तक सिर्फ़ इस दो प्रतिशत की ही बात करते रहेंगे, जिसमें कमोबेश हम अपने को भी शुमार करते हैं और ख़ुद को मिली सुविधाओं और रियायतों के कारण अपने को दूसरी बहुसंख्यक महिलाओं के मुक़ाबले भाग्यशाली महसूस करते हैं। यह रवैया वैसा ही है जैसे अपने घर की खिड़कियाँ और दरवाज़ों को बन्द कर हम बाहर की दुनिया से आँखें बन्द कर लें और कहें कि हमारे कमरे या हमारी हद में आने वाली दुनिया ही सच है, बाहर की

दुनिया सिर्फ़ अख़बारों की दुनिया है, औरत की ज़िन्दगी में घटने वाला हर हादसा चन्द लाइनों की एक अख़बारी रपट है। इस अपेक्षाकृत बड़ी दुनिया तक पहुँचने के लिए हमें अपने घर की खिड़कियाँ खोलनी ही होंगी। हमें इस दो प्रतिशत के विशिष्ट वर्ग की नहीं, आम और सामान्य औरत की बात करनी है।

पचास साल पहले फ्रांस की सुप्रसिद्ध नारीवादी लेखिका सिमोन द बुवा ने अपनी किताब 'द सेकेंड सेक्स' में एक सवाल उठाया था। ''यह दुनिया हमेशा पुरुषों की रही, मगर क्यों? स्त्री को उनके अधीन होकर ही रहना पड़ा।'' पचास साल बाद आज भी यह सवाल उतना ही समीचीन है जितना तब था। कुछ गाँवों और क़स्बों में तो स्थितियाँ तेज़ी से बदतर होती जा रही हैं। एक लड़की के लिए अपनी देह और आत्मसम्मान बचाकर जीना कितना मुश्किल होता जा रहा है, इसके अन्देशे से बिहार में कन्या शिशु के जनमते ही उसके मुँह में मुट्ठी भर नमक डालकर उसे मार डाला जाता है। गाँवों में आज भी किसी पारिवारिक या सामाजिक रंजिश का बदला उस परिवार की महिला को निर्वस्त्र कर पूरे गाँव में घुमाकर लिया जाता है। हर दो घंटों में दहेज के कारण एक हत्या दर्ज की जाती है। बलात्कार के आँकड़े दिन-पर-दिन बढ़ रहे हैं। जहाँ क़ानून इतना ढीला है कि बलात्कार के मुक़दमों में प्रत्यक्ष साक्ष्य माँगता है, प्रत्यक्ष साक्ष्य मिलने पर उसे मनमाने तरीक़े से अस्वीकार करता है, बलात्कारियों को पकड़ने के बाद भी न सिर्फ़ उन्हें जमानत पर रिहा कर दिया जाता है बल्कि उनके सम्मान में जश्न मनाया जाता है। माया त्यागी से लेकर मुरादाबाद की किसनवती तक और बसमतिया से लेकर भटेरी की भँवरी देवी तक प्रताड़ना का एक लम्बा सिलसिला है। आज भी कुछ क़स्बों में ऐसी जनजातियाँ हैं जहाँ शादी के बाद बेटी की डोली उठते वक़्त उसके माँ-बाप थोड़ी अफ़ीम उसे थमा देते हैं, प्रतीकात्मक रूप में इस हिदायत के साथ कि ससुराल में कोई दुःख-तकलीफ़ आ पड़े तो इसे खाकर मर जाना पर लौटकर मायके कभी मत आना और डोली के विदा होने के बाद घर के आँगन में उसके नाम का दीया उसी तरह जलाकर रख दिया जाता है जैसे किसी की मौत के बाद रखते हैं, क्योंकि उनके लिए उनके घर से वह बेटी की अन्तिम विदाई है।

ऐसे सामाजिक माहौल के बीच यह अप्रत्याशित नहीं है कि भारत की सभी भाषाओं में महिला रचनाकारों की एक बड़ी जमात औरत के सामाजिक सरोकारों के साथ उभरी है। भारतीय भाषाओं में पिछले सौ वर्षों का इतिहास गवाह है कि महिलाओं द्वारा हर काल में रचनात्मक स्तर पर इन मुद्दों पर विचार के साथ-साथ रचना-कर्म भी किया जाता रहा है। बंगाल में निरुपमा देवी, स्वर्णकुमारी, ज्योतिर्मयी

देवी, विनोदिनी दास, महाराष्ट्र में ताराबाई शिंदे, काशीबाई कानेटकर, रमाबाई रानाडे, उर्दू और हिन्दी में रुकैया सखावत हुसैन, सुभद्रा कुमारी चौहान, शिवरानी देवी, सुमित्रा कुमारी सिन्हा, महादेवी वर्मा और इस्मत चुग़ताई, क़ुर्रतुल ऐन हैदर ने अपने समय में औरतों की सामाजिक स्थिति पर कहानियों या लेखों के रूप में अपने बयान दर्ज किये हैं।

आज हर भाषा में उस भाषा के नारीवादी लेखन को स्वीकृति देने के साथ-साथ उन्हें आरोपों के कटघरे में भी खड़ा किया जाता है। कहा जाता है कि इनके लेखन में वैविध्य नहीं है, ये सिर्फ़ घर की चौहद्दी में क़ैद समस्याओं पर ही अपनी लेखनी चलाती हैं, इनके विषयों का दायरा बहुत सीमित है। घर और बाहर के क्षेत्रों में बाहर के मुक़ाबले 'घर' को अपेक्षाकृत छोटा, सीमित, तंग और दोयम दर्जे का क्षेत्र माना गया है। इस छोटे और तंग दायरे को ग़ैरजरूरी क़रार कर हमेशा अँधेरे में ही रखा गया है। इस पर सदियों से जमी काई और सीलन को देखा जाना ज़रूरी है। वास्तविकता यह है कि इस चहारदीवारी में क़ैद छोटी-सी दुनिया के 'अस्तित्व' की अपनी बड़ी समस्याएँ हैं और कुछ अपवादों को छोड़कर पुरुष लेखक एक दर्शक होने के नाते भोक्ता औरत की कहानी उतनी प्रामाणिकता के साथ नहीं कह सकता। राजकिशोर कहते हैं। ''पुरुष लेखक कितनी भी संवेदनशीलता दिखाये, वह स्त्री का अपना वृत्तान्त नहीं लिख सकता। स्त्री के पक्ष में लेखन पुरुष का आदर्शवाद है, जबकि अपने पक्ष में स्त्री का लेखन उसका यथार्थवाद है। आदर्श की तुलना में यथार्थ की जड़ें हमेशा मज़बूत होती हैं।'' एक गाँव, क़स्बे की औरत हो या शहर की पढ़ी-लिखी औरत, सबको एक साथ कई मोर्चों पर जूझना पड़ता है और इसका कारण सबसे पहले पुरुष वर्चस्ववाले समाज में उसके औरत होने में निहित है।

पचास साल पहले का भारतीय समाज मूल रूप में एक संयुक्त परिवार का रूप रहा है और संयुक्त परिवार में औरत का दर्जा लगभग वही रहा है जो सामन्ती परिवार में मालिक के नीचे काम करने वाले गुलाम या ज़मींदार के नीचे काम करने वाले किसान का होता है। इन सम्बन्धों को अर्थसत्ता ही निर्धारित करती है। पुराने संयुक्त परिवारों में सतह पर दिखते आपसी सौहार्दपूर्ण सम्बन्धों के बीच आमतौर पर घर का मालिक निरंकुश शासक होता था जिसके हाथ में सभी सदस्यों की नकेल है और इस संयुक्त परिवार की औरत नीची आँखें किये एक अधिकारहीन नारी का प्रतिरूप हुआ करती थी।

इस समय के रचे गये साहित्य में स्वाभाविक रूप से नारी के त्याग को सर्वोपरि गुण माना गया है और उसके इसी गुण पर केन्द्रित कर नारी पात्र गढ़े गये हैं। उस

समय की महिला रचनाकारों में सुभद्रा कुमारी चौहान, शिवरानी देवी या सुमित्रा कुमारी सिन्हा की कहानियों के नारी पात्रों में चरित्र के स्तर पर अद्‌भुत समानता है। ये कहानियाँ यथार्थ के धरातल पर जन्म ज़रूर लेती थीं पर उनकी परिणति अनिवार्य रूप से आदर्शवादी मोड़ पर होती दिखाई देती हैं। वह चाहे सुमित्रा कुमारी सिन्हा की कहानी 'व्यक्तित्व की भूख' हो या सुभद्रा कुमारी चौहान की व्यक्तिपरक रेखाचित्रनुमा कहानियाँ–'गौरी', 'कल्याणी', 'रूपा', 'मंगला', 'सुभागी'–जैसा कि शीर्षक से ही ज़ाहिर है। स्त्री का विद्रोही या असाधारण रूप यहाँ स्वीकार्य नहीं है। जहाँ भी यह स्वरूप आया है, वह कल्पनालोक की स्थिति के रूप में ही आया है, चाहे वह सौ साल पहले की रुकैया सखावत हुसैन की कहानी 'सुलताना का सपना' हो या 'व्यक्तित्व की भूख' जहाँ लेखिका उन स्थितियों में पुरुष की कल्पना करती है, जिनसे स्त्री को गुज़रना पड़ता है। महादेवी वर्मा की स्त्री के अपेक्षाकृत उजले पक्ष और दयावान ममतालु स्वरूप को उजागर करती कुछ कहानियाँ भी काव्यात्मक शैली में हमें देखने को मिलती हैं।

'नारी तुम केवल श्रद्धा हो' और 'आँचल में है दूध और आँखों में पानी' के बाद पिछले पचास सालों में भारतीय स्त्री ने एक लम्बा सफ़र तय किया है। मितभाषिता, लज्जा, शर्म, सहनशीलता का स्थान स्त्री के अपने अस्तित्व की पहचान क़ायम करने के संघर्ष, उसके होने की जद्दोजहद ने ले लिया है। इस बदले हुए सामाजिक परिदृश्य में यह स्वाभाविक है कि हिन्दी तथा इतर भाषाओं की रचनाकारों ने औरत की जिजीविषा तथा बदलते तेवर को अपनी तरह से रेखांकित किया है।

यह उस सामाजिक स्थिति का प्रतिफलन है जहाँ आज़ादी की लड़ाई में स्त्री भी पुरुषों के साथ-साथ घर की चहारदीवारी से बाहर निकलकर आयी थी। आज़ादी हासिल होने के बाद अधिकांश को वापस घर की चौहद्‌दी में लौटना पड़ा और इसलिए आज़ादी के बाद के लेखन में स्त्री का एक यथार्थपरक रूप तो उभरता है पर यह मन के अन्तर्द्वन्द्व और आन्तरिक संशय के कन्धों पर ही टिका हुआ है। इस संक्रमण काल में रचे गये कृष्णा सोबती की 'मित्रो मरजानी', मन्नू भंडारी की 'आपका बंटी' की शकुन या उषा प्रियवदा की राधिका के रूप में कुछ सशक्त चरित्र उभरे हैं। इन सशक्त चरित्रों के बावजूद सही रूप में नारीवादी लेखन की शुरुआत पिछले तीन दशकों से ही मानी जा सकती है।

प्रस्तुत संकलन 'औरत की कहानी' में जीवन के संघर्ष से उभरे स्त्री-चरित्र बदलती मानसिकता को तह-दर-तह खोलते हैं। यहाँ सदियों से चला आता दैहिक, मानसिक, भावनात्मक शोषण है, शोषण की पहचान है और पहचान की प्रक्रिया में

उठते सकारात्मक क़दम हैं। एक ओर पुरानी पीढ़ी की स्त्री को साकार करती 'बा' है जिसने घर की दहलीज़ कभी नहीं लाँघी सिर्फ़ इसलिए कि उसका पति नहीं चाहता था कि वह बाहर निकले। 'बा' की मुक्ति की कामना 'कहीं दूर' निकल जाने की धुँधली-सी लालसा में सिमटकर रह जाती है, वहीं 'स्त्री' अपने लिए चाहकर भी कोई सवाल नहीं कर पाती और पति-बच्चों की समस्याओं में उलझी उनकी सलामती में ही अपने होने की सार्थकता महसूस करती है। औरत की त्रासदी का एक अन्य रूप 'अन्नपूर्णा मंडल' है जो यातना के सघनतम क्षण में भी अपनी आख़िरी चिट्ठी में अपनी दोनों बेटियों के लिए खुले आसमान को छू लेने के सपने की बात करती है।

"आज हमारा समाज ऐसा है कि पूँजीवाद तो उभर रहा है पर सामन्ती ढाँचा पूरी तरह टूटा नहीं", आचार्य रामविलास शर्मा ने इस स्थिति की बड़ी सटीक व्याख्या की है, "आज जो अछूतों पर अत्याचार दिखाई देते हैं, उन्हें आप शहरी या ग्रामीण नारी पर होने वाले अत्याचारों से जोड़कर देखिए। वे उन लोगों के द्वारा ज़्यादा होते हैं जो पुराने ढंग के सामन्त नहीं हैं, बल्कि नये पूँजीवादी किसान हैं। जिन घरों में दहेज को लेकर स्त्रियाँ जलायी जाती हैं, वे ज़्यादातर व्यापारी लोगों के घर होते हैं। ज़मींदार औरत को मारेगा-पीटेगा लेकिन जलायेगा नहीं क्योंकि बँधुआ मज़दूर उसके लिए क़ीमत रखता है लेकिन जो व्यापारी वर्ग है, वह विवाह को भी एक व्यापार समझता है। एक माल हमने ख़रीदा, उसमें मुनाफ़ा नहीं हुआ, उसे अपदस्थ करने के तरीक़े ढूँढ़ो या सीधे उसे ख़तम करो, दूसरा माल लाओ। यह व्यापारी जो उद्योगपति नहीं है, सामन्तों से भी अधिक बर्बरता से व्यवहार करता है।"

आज इन सामन्तवादी स्थितियों को अलग-अलग स्तरों पर जीती औरत बोलना सीख रही है, उसके भीतर शब्द खदबदा रहे हैं। मृणाल पाण्डे की 'कोठरी में लड़की' और मृदुला गर्ग की 'तीन किलो की छोरी' में जहाँ लड़की के जन्म और उसके बड़े होने से जुड़ी स्थितियों की सीधी-सच्ची तस्वीर है, वहीं ममता कालिया की 'बोलने को छटपटाती औरत', मन्नू भंडारी की 'स्त्री सुबोधिनी' में मुखर होकर सामने आती है। अपनी भूल और पुरुष के छल की पहचान की ताक़त के साथ वह आनेवाली पीढ़ी के लिए सबक़ की एक फ़ेहरिस्त भी व्यंग्य-विद्रूप के साथ अपनी विशिष्ट शैली में प्रस्तुत करती है।

महानगर की इन जागरूक, सजग स्त्री-छवि के समानान्तर महाश्वेता देवी की गाँव की भोली-भाली 'मन्ना' और मैत्रेयी पुष्पा की 'भागवती' भी है। सोलह लम्बे बरस जेल में काटने के बाद एक मासूम निरीह लड़की मन्ना का कायाकल्प एक मज़बूत औरत में हो चुका है। 'औरत ही औरत की दुश्मन है' के मिथ को तोड़ती

चित्रा मुद्गल की 'सौदा' की नायिका और उर्मिला पवार की 'औरतज़ात' की माई है, सौतेली माँ के नकारात्मक चरित्र को ध्वस्त करती कमलेश बख्शी की 'पतझर के पत्ते' की माँ है और नयी पीढ़ी के विद्रोह को दर्शाती सूर्यबाला की 'सुमिन्तरा की बेटियाँ' हैं।

पिछले तीन दशकों में महिला रचनाकारों की एक बेहद सशक्त पीढ़ी ने तेज़ी के साथ अपनी पहचान क़ायम की है, उनमें से कुछ कथाकारों को ही 'औरत की कहानी' की शृंखला एक में प्रस्तुत किया जा रहा है। इनके अतिरिक्त कृष्णा सोबती, उषा प्रियम्वदा, शशिप्रभा शास्त्री, मालती जोशी, मंजुल भगत, चन्द्रकान्ता, मेहरुन्निसा परवेज़, निरुपमा सेवती, प्रभा खेतान, कमल कुमार, कुसुम अंसल, क्षमा शर्मा, लवलीन, जया जादवानी, गीतांजलि श्री, नीलाक्षी सिंह, अल्पना मिश्र, विभा रानी, उर्मिला शिरीष तथा मधु कांकरिया आदि कुछ प्रमुख हस्ताक्षर हैं जिन्हें हम इस शृंखला की अगली कड़ियों में प्रस्तुत करना चाहेंगे। आशा है, आपका सहयोग एवं प्रोत्साहन इस आयोजन को मिलेगा।

मैं उन सभी रचनाकारों की आभारी हूँ, जिन्होंने खुले मन से अपना सहयोग दिया और अपने आलेखों, टिप्पणियों और साक्षात्कारों में से वक़्तव्य छाँट लेने की मुझे छूट दी। अपनी मित्र कुमकुम गुप्ता, अरुणा बुर्ते और दिव्या जैन के लिए आभार शब्द छोटा पड़ता है, जिन्हें मैं किसी भी टेढ़े काम को अंजाम देने में अपने साथ खड़ा पाती हूँ...

30 जून, 2007

602, गेटवे प्लाज़ा
वसुन्धरा, पवई,
मुम्बई-400076

भूख से बढ़कर कोई पढ़ाई नहीं होती

महाश्वेता देवी (बांग्ला)

चुन्नी कोटल पहली आदिवासी लड़की थी, जिसने तमाम बाधाओं और मुसीबतों के बावजूद बी.ए. की डिग्री हासिल की। हॉस्टल की अधीक्षिका के पद पर काम करने वाली वह पिछड़ी जाति की पहली औरत थी। सारा दिन, चौबीसों घण्टे काम में जुटी रहती। एक बार उसका बीमार पिता और एक बार ज़ख़्मी भाई हॉस्टल में आकर ठहर गये। बस, चुन्नी के माथे पर 'चरित्रहीन', 'मर्दों से नाजायज़ रिश्ता' रखने का इल्ज़ाम मढ़ दिया गया। लेकिन ग़ज़ब का साहस था उस लडक़ी में जिसने डंके की चोट पर, तथाकथित सभ्य समाज को चुनौती दी और कहा, "हम लोग अँधेरे में ग़लत काम नहीं करते। ऐसा आप लोग करते हैं।"

मिदनापुर की उस लड़की ने जब एम.एस.सी. में दाख़िला लिया तो किसी लोधा लड़की के उच्च शिक्षा प्राप्त करने की जुर्रत को उसका दुस्साहस मान लिया गया। क्लास में उसके मौजूद रहने के बावजूद उसे अनुपस्थित दर्ज किया जाता और पर्याप्त हाज़िरी के अभाव में उसे परीक्षा में बैठने नहीं दिया गया। उस जुझारू औरत ने फिर भी हिम्मत नहीं हारी। दूसरे वर्ष पूरी तैयारी के साथ वह परीक्षा में बैठी। इस बार घिनौनी साज़िश के तहत उसे कम नम्बर देकर फ़ेल कर दिया गया। चुन्नी कोटल ने बार-बार शिकायत की। तत्कालीन शिक्षा मन्त्री ने एक आयोग गठित करने का ऐलान तो किया पर वह आयोग सोता रहा और चुन्नी ज़ुल्म का शिकार होती रही। उसे फिर-फिर धमकी दी जाती रही कि उसे अगली परीक्षा में बैठने नहीं दिया जायेगा। आख़िर चुन्नी की सहनशीलता जवाब दे गयी और लाचार चुन्नी ने आत्महत्या कर ली। उसकी आत्महत्या के आठ दिन बाद विश्वविद्यालय जाँच आयोग की रपट में इस बात को क़बूल किया गया कि चुन्नी को उत्पीड़न का शिकार बनाया गया है, लेकिन गांगुली कमीशन के अनुसार चुन्नी ने निजी कारणों से आत्महत्या की। सच यही है कि लोधा जाति में जन्म लेने का अभिशाप ही उसका काल बन गया। मेरा मानना है कि प्रशासन ने यथोचित तरीक़े से जाँच नहीं करवायी।

मैं चुन्नी का मामला बार-बार उठाती रही हूँ। चुन्नी की मौत इस बात का प्रमाण है कि पश्चिम बंगाल में जातिवाद का असली चेहरा क्या है। आदिवासियों की आवाज़ कोई नहीं सुनता। चुन्नी कोटल का मामला सरकारी स्तर पर बेशक दबा दिया गया हो, जनमानस इस क्रूरता को कभी भुला नहीं सकता।

इनसान होने के नाते, साथ ही लेखिका होने के नाते, सदियों से शोषित, पीड़ित जनजातियों की व्यथा-कथा को मैंने अपने लेखन में स्वर देने की कोशिश की है। आदिवासियों के दुःखों को मैंने क़रीब से देखा और महसूस किया है। इन आदिवासियों से जंगल के अधिकार तक छीन लिये गये हैं। इनकी औरतें समाज की नाइन्साफ़ी और शोषण तले रौंदी गयी हैं। आज़ादी के पचास साल बाद भी पश्चिम बंगाल के लोधा और खेड़िया-शबर आदिवासी सरकारी जुल्मों के शिकार हैं। लेकिन घोर ग़रीबी की वजह से भूख के ख़िलाफ लड़ाई इनकी प्राथमिकता है। इनकी भूख को मैंने अपनी आँखों से देखा है। भूख से बढ़कर और कोई पढ़ाई नहीं होती। एक वाक़या बताती हूँ। एक बार सिंहभूम के आदिवासियों के साथ खाने बैठी। पत्तल पर भात के साथ नमक और मिर्च रख दिया गया। मेरी ज़बान से बरबस ही निकला, भात किस चीज़ से सानेंगे? एक आदिवासी औरत ने कमाल का जवाब दिया, बोली, ''दीदी, भूख से सान लीजिए।''

मुझे विश्वास है कि आने वाले दिनों में सच्ची औरत, मौजूदा वक़्त के साथ क़दम-से-क़दम मिलाती हुई, प्रतिरोध के आन्दोलन से जुड़ेगी। वह चुप्पी ओढ़कर बैठ नहीं जायेगी। 'रिटायर' नहीं हो जायेगी।

रूपसी मन्ना

पहले वह कहा करती थी—मेरा नाम उपासी मन्ना है।

अब कहती है—मेरा नाम रूपसी मन्ना है।

पहले, चुन्नट डालकर साड़ी पहनने में मुश्किल होती थी।

अब कोई असुविधा नहीं होती।

पहले, वह भीगे बाल सुखाकर, जतन से जूड़ा बाँधने में काफ़ी देर लगाती थी।

अब कसकर एक चोटी बाँध लेती है, बस।

पहले उसका रंग ख़ासा मैला था।

अब वह ख़ुद समझ गयी है कि शहर कलकत्ता का पानी, तंग-बन्द कमरे में रहते हुए उसका रंग काफ़ी उजला गया है।

जब आयी थी, भाँय-भाँय रोती रहती थी।

अब बिल्कुल नहीं रोती।

पहले, बातचीत में अक्खड़पन था।

अब गँवई गन्ध धुल-पुँछ गयी है।

पहले, अपने मायके-ससुराल, पति-सास के बारे में जब बतियाने लगती, तो धाराप्रवाह बोलती ही चली जाती थी।

अब कम बात करती है। चाल-ढाल, बोलचाल भी काफ़ी बदल गयी है। इस हद तक बदल गयी है कि उसका भाई भी उसकी इज़्ज़त करता है।

''तू न, हेवी बदल गयी है, री दिदिया।''

रूपसी हँस पड़ी, ''सोलह बरस की उम्र में यहाँ दाख़िल हुई, अब इकतीस बरस हो गये। बदलूँगी नहीं?''

हाँ, सोलह बरस की उम्र में, उसने उस जेल में क़दम रखा था।

वैसे, इस तरह की आजीवन सज़ा होनी तो नहीं चाहिए। सोलह साल यानी

नाबालिग़ उम्र। लेकिन रूपसी मन्ना आखि़र कर भी क्या सकती थी, अगर पुलिस उसकी उम्र, उन्नीस साल दर्ज करे?

उसका बापू रो-रोकर अरज करता रहा, ''किसका दोष, किसके सिर मढ़ दिया गया। मेरी बेटी भला ऐसा काम, क्या कर सकती है?''

सरकारी वकील भी निरुपाय था। बिल्कुल लाचार। ''पुलिस ने केस दिया है। मैं तो सिर्फ़ वकील खड़ा किया गया हूँ।''

पुलिस ने तो साफ़-साफ़ कहा, ''रूपसी ने ही अपनी विधवा जिठानी, सती रानी का ख़ून न करने की धमकी दी। उसे काट डालेगी...बदचलन औरत, वेश्या... वग़ैरह-वग़ैरह की धमकी देते हुए, नील पूजा के पहले, मुहल्ले भर की नींद में खलल डालती हुई, चीख़ती-चिल्लाती रही थी।''

मुहल्ले के शरीफ़ बाशिन्दों ने वह चीख-चिल्लाहट सुनी थी।

रूपसी मन्ना के शौहर—जतन मन्ना, सास—नलिनी मन्ना, अड़ोसी-पड़ोसी, सभी लोगों ने सती रानी की बुलन्द आवाज़ सुनी थी।

''तेरा भतार मेरे पास आता ही काहे है? देवर पर तो उमिर की गर्मी चढ़ी है। मेरे पास आते-जाते, कितनी ही बार तो बरज दिया कि अब ईहाँ मत आया करो। मत आया करो ईहाँ। कभी मत आना। बहुरिया ले आये, अब रहो उसके पास। अब, तेरा भतार न सुने, तो हम का करें?''

सास रो-रोकर, वकील के आगे बयान करती रही कि उसे कुछ नहीं मालूम। ''उस साँझ, छोटकी रसोई में लगी थी, चिंगड़ी मछरी की भुजिया और पोस्ता-दाल राँधा था। सबने खाया। लेकिन, बड़की मुरमुरे लेकर, अपनी कोठरिया में जा समायी। कह गयी, ऊ लइया चबाकर, पानी पी लेगी। अरे, बिल्कुल गदरायी हुई, चुस्त अउरत है, वकील बाबू! कउन कहेगा कि ऊ दू-दू बिटिया ब्याहकर, सास बन चुकी है? सो, सुबह-सबेरे जतन ही तो चिल्लाया। ख़ूब-ख़ूब चिल्लाया, बाबू, मोर तो छाती धड़-धड़ धड़धड़ाने लगी। डर के मारे, हमार जान ही निकल गयी। कइसे ज़ोर-ज़ोर से चिल्लाय रहा था जतन। चिल्ला-चिल्लाकर कह रहा था। बीच का दरवज्जा खुला पड़ा है, अउर बड़की की गर्दन उतारकर, उपासी कोठरिया में सोयी पड़ी है। उसके बाद तो...''

उसकी सास ने बड़ी-बड़ी बतकही की, मगर उसकी ज़ुबान से एक बार भी नहीं फूटा कि ऐसा काम रूपसी नहीं कर सकती। वो तो और ही राग अलापती रही।

''अब तो जो होना था, हुई गवा। अब इसको तो छोड़ दीजिए, वकील बाबू, जो मर गयी, वह तो अब नहीं लौटेगी न? गिरस्ती सत्तानास हुई जायेगी। ओका छोड़ दें, साहब!''

लेकिन उसने एक बार भी नहीं कहा कि रूपसी ऐसा काम करे, यह नामुमकिन है।

जतन तो, ख़ैर, सुबह से ही फूट-फूटकर रोये जा रहा था।

वह छाती पीट-पीटकर पूछता रहा, ''अइस काम तूने काहे किया? बरदास नहीं हो रहा था, तो मोका कहा होता। तोका लै के हम कहीं और चले जाते। इतना बड़ा कान्ड कर बैठी तू? अब तोरा का करूँ मैं?''

उस ज़माने में रूपसी बिल्कुल चीनी चुतुल जैसी। पानी पड़ते ही गल जाये। मानो मोम हो, ताप लगते ही पिघल जाये। उस ज़माने में रूपसी की नींद भी बिल्कुल कुम्भकर्ण जैसी।

भयंकर चीख़-पुकार, शोरग़ुल सुनकर, उसकी नींद टूटी। वह हड़बड़ाकर उठ बैठी। उसके बाद तो सारा कुछ दुःस्वप्न। वह चौकी पर सोयी हुई। उसके और उसकी जिठानी की कोठरी के बीच की साँकल खुली हुई थी। फूस-पत्ते काटने की धारदार कटार, उसी के हाथों के क़रीब पड़ी हुई। उसकी साड़ी पर ख़ून-ही-ख़ून।

रूपसी रोयी नहीं। कहते हैं, वह एकदम से चीख़ उठी थी, ''इत्ता ख़ून कइसे लागा है, जी, मेरी धोती पर? कहाँ से लगा?''

''ई काम तूने काहे किया, बोउ रे?'' जतन रोता-गाता रहा।

उसका सवाल सुनकर, रूपसी ने अचकचाकर, पूछा, ''कउन-सा काम?''

दरवाज़े पर भीड़ ही भीड़। असंख्य चेहरे मगर स्तब्ध, ख़ामोश।

रूपसी चौकी पर से नीचे उतर आयी। वह एक-एक क़दम नापती हुई आगे बढ़ी। उसके बाद, सब कुछ, मानो ख़ौफ़नाक सपना...मानो किसी मेले में देखे गये, किसी भयंकर जाइ का आतंक! जिठानी ज़मीन पर चित्त पड़ी थी, लेकिन उसका सिर अजीब ढंग से ढलका हुआ! ख़ून! ख़ून! चारों तरफ ख़ून ही ख़ून। रूपसी बेहोश हो गयी।

बेहोश हो जाने के बावजूद, थोड़ी देर बाद, उसे होश में तो आना ही था।

जतन के ही रिश्ते की फुफेरी बहन, माला की आवाज़, उसके कानों में पड़ी, ''जतू दा की चीख़ सुनकर ही तो, हम सब आ पहुँचे, सुना कि छोटी भौजी, बड़ी भौजी का क़त्ल करके, बेख़बर सो रही है। जतू दा ने क्या अपनी आँखों से देखा? अरे, लोग चाहे जो कहें, इस घर का क़िस्सा किसी से छिपा नहीं है।''

रूपसी को ये भी होश नहीं था कि उसके सिर पर आँचल नदारद है। बदन पर साड़ी भी बिल्कुल ढीली-ढाली, अस्त-व्यस्त। वह एकटक जतन को घूरे जा रही थी।

माला के बापू ने कहा, "क्या, भइया जतू, छह को नौ, नौ को छह बना रहे हो तुम? मैं पूछती हूँ, तेरा और बड़ी बहू का लटर-पटर कौन नहीं जानता था? मैं तो, भइया, हक़ की बात कहूँगी, सारा गाँव थू-थू नहीं कर रहा था? ब्याह से पहले, तूने उसके लिए कनफूल नहीं गढ़ा दिया था? उसे पहनकर, बड़ी बहू इतराती नहीं फिरी थी?"

जतन की माँ एकदम से बिफर पड़ी, "हाय-हाय, नाते-रिश्तेदार कैसे दुसमन होत हैं? सुनौ इनकी बात! लटगाठ जब था, तब था। विवाह से पाहिले ई सब आम बात...बियाह के बाद से तो मेरा जतू, बहू को अपनी आँखिन में बसाये रखता था।"

"हाँ-हाँ, पता है। सब पता है। मेरे पिछवाड़े, कला-गाछ की झुरमुट तले, रोज़ ही दोनों में खुसफुस बात होती रहती थी। बड़ी बहू का चरित्तर ऐसा था, तभी तो दोनों बेटियों का ब्याह, मामा के घर से हुआ।"

"यह तुम क्या कर रही हो, बुआ?"

"कुछ नहीं, बेटा, हाँ, उपासी ने जिठानी को टुकड़े-टुकड़े काट भी डाले और निश्चिन्त, सोती भी रही, यह तो बड़े ताज्जुब की बात है न, जतू? उस वक़्त तुम कहाँ थे, भइया?"

ऐसे में माला के बापू गरज उठे, "जाओ, घर जाओ, बकू की माँ! माला, ले जा, अपनी माय को घर ले जा। बात से बात बढ़ जाती है। बातों से ही लंका-काण्ड मच जाता है। चलो, घर जाओ—"

तभी किसी ने कहा, "अरे, छोटी बहू के मायकेवालों को भी तो ख़बर दे दो—"

सास ने रोते-रोते कहा, "वे लोग अपने घर हों, तब न? सब तो तीरथ करने गये हैं, मण्डलेश्वर! जाने से पहले, बेटी को देखने आये थे। कितना समझा-बुझाकर गये थे उसे। हाय-हाय, मेरी छाती में क्या जो हुई रहा है...।"

"तुम्हीं तो हो बर्बादी की जड़? जतू दा जवानी से ही, बड़ी बहू की मुहब्बत में...उनका ब्याह करके, तुमने किसी भलेमानस की बेटी की ज़िन्दगी क्यों तबाह की?" माला ने झिड़क दिया।

ये तमाम बातें तो बहुत बाद की थीं। इससे पहले, उसे वक़्त ही कहाँ मिला? वह तो, काफ़ी दूर चले आने...और काफ़ी दिनों तक सोचते रहने के बाद, आहिस्ते-आहिस्ते उसे सारा क़िस्सा समझ में आया। जैसे-जैसे उसे सारी कहानी समझ में आयी, उतनी ही वह बदलती गयी।

हाँ, बापू-माँ, दीदी-जीजा, दीदी की बड़ी ननद, सभी, उन दिनों रूपसी के छोटे

भाई की मनौती की पूजा देने, मण्डलेश्वर गये हुए थे। जाने से पहले, उसके बापू चिउड़ा, केला, हँड़िया भर रसगुल्ला लेकर, बेटी से मिलने भी आये।

बड़ी बहू ने कुटिल हँसी हँसते हुए व्यंग्य भी किया, ''मण्डलेश्वर जाने-रहने और पूजा देने में, कुल तीन दिन ही तो लगते हैं। मण्डलेश्वर आख़िर है ही कितनी दूर, जो बेटी से मिलने चले आये? सब तेरी तक़दीर है, री छोरी! माँ-बाप ने तो कभी तेरी सुधि ही नहीं ली, कभी पलटकर देखने भी नहीं आये।''

सास ने एकदम से झिड़क दिया, ''तुम तो कपड़े-लत्ते धोने जा रही थी न? सो, घाट का रास्ता लो न, बहू।''

बाद में रूपसी को ख़याल आया! जिठानी को वाक़ई अपना बोरिया-बिस्तर, चटाई धोने-सुखाने की अक्सर झख चढ़ी रहती थी। बिस्तर के साथ-साथ साड़ी-साया-ब्लाउज़, सारा कुछ, अक्सर ही धोती-सुखाती रहती थी। सब कुछ उजला-धुला, साफ़ नज़र आता था।

एक ही दालान में तीन कमरे। बड़ा कमरा बड़ी बहू के पास; बीच का कमरा छोटी बहू के पास और छोटा कमरा सास के पास! हर कमरे में तख़्त, खूँटी, दरवाज़े की एक तरफ़, उठी हुई दीवार!

हाँ, ये सम्पन्न लोग थे। काफ़ी सारी ज़मीन, पोखर, नारियल के चार-पाँच पेड़, यह सब उसके हिस्से में आया था। बड़ी बहू के पास, निजी दो कट्ठा ज़मीन भी थी जिस पर लौकी, पोई, अरबी, मूली, मिर्च की खेती होती थी। कुछ बेच दिया जाता, कुछ खाने-पीने में खप जाता।

रूपसी के क़रीब बैठे-बैठे, उसके बापू, उसके सिर पर हाथ फेरते हुए समझाते रहे, ''मैंने सब देख-सुनकर, तुझे यहाँ ब्याहा था, बिटिया! जीवन कमबख़्त ने सारी बातें हमें नहीं बतायी थीं। बाद में, सुनने में आया...वो जो उसका बछड़ा, हमारे तालाब में डूब गया था, उसने उसी का बदला चुकाया था। ख़ैर जाने दो। मण्डलेश्वर बड़े जाग्रत देवता हैं। तेरे लिए भी पूजा दे आऊँगा, बिटिया! तुझे वहाँ की ताबीज़ भी ला दूँगा। अभी दुःख उठा रही है, मगर बाद में सुख ही सुख होगा।''

रूपसी ने भी सिर हिलाकर कहा, ''हाँ, बापू, तुम ठीक कहते हो। सुख भी ज़रूर आयेगा।''

''हाँ, देख लेना, जतन तेरे पीछे पागल बना घूमेगा।''

''हाँ, बापू!''

सास भी समधी के लिए आ खड़ी हुई। उन्हें पान-ज़र्दा पेश करते हुए, उनकी तारीफ़ भी की थी, ''बड़ी लक्ष्मी बेटी है तुम्हारी, समधी! उसकी फिकिर बिल्कुल ना करो।''

"बड़े लाड़ से पाला है, समधिन!"

सास ने भी कोई साज़िश रचने की मुद्रा में, अपनी आवाज़, बेहद धीमी करते हुए, फुसफुसाकर कहा, "अब कहने को तो दुस्समन नाते-रिश्तेदार तरह-तरह की बातें बनाते हैं। वह सब झूठ के अलावा, और कुछ नहीं। तीरथ के बाद, आप सीधे अपने घर जायेंगे, मुझे मालूम है। बाद में ही सही, यहाँ भी आइएगा ज़रूर। यहाँ का गाजन-मेला देख जायें।

"बैसाख के महीने में, उसे लेने आऊँगा, समधिन! कुछ दिनों, उसे मेरे पास भी रहने दें। ब्याह के बाद से वह गयी भी नहीं..."

"देखो, जतू अगर उसे छोड़े, तब न! मेरा भी यही हाल है कि बहुरिया के हाथ के पके-पकाये खाने के अलावा एक कौर भी नहीं खाया जाता। अरे, पूरे मुहल्ले भर में, उसका जितना नाम-यश है। हर कोई कहता है, सचमुच बहू जैसी बहू लायी हो तुम।" अचानक उन्होंने अपनी आवाज़ और धीमी करते हुए कहा कि उन्हें बड़ी बहू से ख़ासा ख़ौफ़ आता था। अपने हट्टे-कट्टे, जवान-जहान रूखे-निर्मम छोटे बेटे से भी डर लगता था।

रूपसी के बापू मिठाई खाकर, पानी पीकर चले गये।

रूपसी के लिए, वह ताबीज़ पहनने का मौक़ा नहीं आया। उससे पहले ही सारा कुछ तहस-नहस हो गया। उस दिन क्या-क्या हुआ था, अब वह सब याद करते हुए, मानो अँधेरा छा जाता है। यात्रा-उत्सव के मैदान में जेनरेटर तक बन्द हो गया था। कहीं, कोई चिराग़ नहीं जला। चारों तरफ़ घोर काला अँधेरा...

अगर वह जेल न जाती और वहाँ वेलफ़ेयर अफ़सर दीदी से बातचीत न हुई होती, रूपसी को इतना सब समझ में भी नहीं आता।

बाद में, धीरे-धीरे उसकी समझ में आया कि आसपास कोई दूसरी औरत नहीं मिली उन्हें। जतन से बड़ी बहू की इश्क़बाज़ी के बारे में सभी जानते थे। इस बारे में काफ़ी बदनामी...काफ़ी कलह भी हो चुका था।

...दोनों बेटियों को मायके में सहेजकर, बड़ी बहू पूरे दर्प के साथ वापस लौट आयी।

...बेवा भौजी ने लौटकर, सास को सुनाकर, तीर चलाया, "तुम्हारा बेटा ही, मेरे हाथ-पैर जोड़कर मुझे वापस ले आया, समझीं?"

रूपसी की बातें सुनकर, चन्नना ने राय दी, "देवर-भाभी में इस तरह का रिश्ता हो भी सकता है, बिटिया! उधर लोकदिखावे के लिए, ऐसे मरद ब्याह भी करते हैं। यह कोई नयी बात है क्या?"

हाँ, मुमकिन है, यह नयी बात न हो। लेकिन, रूपसी को इसका अहसास ही नहीं हुआ।

जिठानी के साथ शौहर की लिपटा-झपटी, खींचतान, रात को उसके बिस्तर पर बैठे-बैठे, उन दोनों को रसीले रस रंग में डूबे देख-देखकर, उसके मन को खटका ज़रूर लगा था।

हादसे के दो दिन पहले, उसने जतन से कहा भी था, "चैत-बैशाख मैं नहीं जानती, बस, मुझे कातलाहाटी छोड़ आओ।"

"क्यों? मैं क्या तेरे पास नहीं रहता?"

"कब आते हो, मुझे क्या ख़बर? दिन भर हड्डियाँ तोड़ती हूँ, बिस्तर पर पड़ते ही, नींद धर दबोचती है।"

जतन ने हड्डी थामकर कहा, "अरी, भैंस की तरह पड़ी-पड़ी सोती रहती है, तभी तो मैं उठकर, कभी-कभार पान-वान खाने चला जाता हूँ।"

"दरवाज़े पर साँकल क्यों नहीं लगाते?"

"लगवा लूँगा! लगवा लूँगा।"

जतन कभी हाँक-डाक नहीं लगाता था। रूखी या ऊँची आवाज़ में भी बात नहीं करता था। वह जब चाहता, रूपसी को अपनी मीठी-नरम बातों से पिघला लेता। बाद में, रूपसी को अहसास हुआ कि जतन महज़ नाटक करता था। नाटकबाज़ी उसके लिए आसान थी, क्योंकि वह यात्रा-नौटंकी वग़ैरह में पार्ट जो लिया करता था। पौराणिक, सामाजिक, जाने कितनी-कितनी तरह की नौटंकियाँ।

हादसे के दो दिन पहले, जाने किसी वजह से, देवर-भाभी में जमकर झगड़ा हुआ था।

बाद में, जतन ने रूपसी से कहा, "सरबनासी औरत है! कंकाला! उम्र तो, समझो, बत्तीस की हो चुकी। मुझसे बड़ी है। बेटियों को तो मामा लोगों ने ब्याह दिया। बेटियों की उम्र भी अठारह और सोलह हो चुकी है। कितना समझाया, अब तो शान्त हो जा, चण्डी।"

"सोलह यानी मेरी उम्र की?"

"बे-शक!"

"छि:-छि:-छि:!"

"हाँ, छि:-छि: की तो बात ही है। मानता हूँ कि ताली एक हाथ से नहीं बजती। लेकिन, अब तुम आ गयी हो। अब तो उसे सँभलकर चलना चाहिए। लेकिन, उसकी बुद्धि ही नहीं खुलती।"

जतन क्या सच बोल रहा था?

मुमकिन है, देवर-भाभी में कोई बात हुई हो। तभी तो उसकी जिठानी, सुबह से ही फन काढ़े, फुत्कारती फिर रही थी।

"अरी, ओ, तू जो सोच रही है न, ऊ नाहीं होवे का। ऊ बन्दे को, हमने अपने पाँव में ज़ंजीर बनाकर डाल रखी है। उसका दिल, तुझ पर कभी न आयेगा..."

"छि:-छि:! तुम्हें लाज नहीं आती?"

"लाज की का बात है? लाज आये गोरे दुस्समन को। इतनी बड़ी हिम्मत? अब मुझसे, ऊ मरद कहता है, सँभलकर रहना हो, रहो, वर्ना यहाँ से दफ़ा हो।"

"देखो, उमर में, मैं तुम्हारी बेटी बराबर हूँ, इसका भी होश है तुम्हें?"

"हमका दोस देने से फ़ायदा? ऊ मरद तो मेरा तू-तू कुत्ता है। अगर सच्ची, दम है तो उसे बाँधकर रख अपने पास! वैसे, ऊ मनुख तोरे क़ाबू में नाय आने वाला! तू हमसे नाय जीत सकेगी, मुँह की खायेगी, मुँह की! अरे भला बालू की साँकल लगाने से, कहीं बाढ़ रुकत है?"

बालू की साँकल! शब्द का दुहरा अर्थ था। जतन उसी दिन साँकल ख़रीद लाया था और अब मिस्त्री बुलाने निकला था। बस, इसी बात से, सैकड़ों बात निकल आयी और बात बढ़ गयी। उस ज़माने में रूपसी की भी छाती में दमख़म था, मन में साहस भी! हज़ार पाप करने के बाद, पति सुपथ लौटना चाहता था, वह औरत ही ऐसा नहीं होने दे रही थी।

...उसी दमख़म से रूपसी ने बुलन्द आवाज़ में जिठानी को शाप दिया था, "कंगली औरत! बदचलन कहीं की! निर्लज्ज! दो-दो बेटियों के कच्चे-बच्चे हो गये। नती-नतनियों की नानी बन गयी, मगर नायलॉन पहने, अंग-अंग झलकाती घूमती है! रंडी जैसी चाल-ढाल!"

देवरानी के मुँह पर खरी-खोटी सुनाते हुए, जिठानी को जैसे कोई नया ख़याल सूझ गया।

वह गला फाड़-फाड़कर दुबारा चिल्ला उठी, "रूपसी सात-सात थप्पड़ खाकर भी उफ़ तक नाहीं करती। देख ल्यो। आँखिन के सामने ही, फटे बाँस जैसी चिंचियाय रही है..." हाथ लगा मौक़ा, उसने भी जाने नहीं दिया, "तेरा भतार आता काहे है भला, इत्तने बरस से? हम ठहरी अबला नारी...कितनी बार तो बरज दिया..."

इस महाघमासान की चीख़-चिल्लाहट के बारे में सभी लोगों ने बयान दिया।

सास ने सूखी आवाज़ में कहा, "किस बात पर इतना घमासान जूतम-पैजार हुआ था, हमका नाहीं मालूम, बाबू!"

उसके बाद, वह सर्वनाशी सुबह! थाना-पुलिस! भीड़! वैनरिक्शा पर, पॉलिथिन में लिपटी जिठानी! दूसरे वैनरिक्शे पर रूपसी, जतन, सास और पुलिस।

पुलिस ने कहा, ''पूछताछ के लिए ले जा रहे हैं, और कोई बात नहीं।''

काफ़ी देर बाद, रूपसी ने मन ही मन तय किया, वह जतन से ज़रूर पूछेगी, ''छोटकी बहू, बड़की बहू की बोटी-बोटी करके, मज़े से सो रही है—'' बार-बार, चिल्ला-चिल्लाकर यह क्यों रट रहे थे? मैंने तो क़त्ल किया नहीं।

लेकिन जतन मिला ही नहीं। पुलिस के सामने, उसने जो-जो बयान दिया था, उसमें उसी का नुक़सान हुआ है, उस वक़्त तो उसे इतनी भी समझ नहीं थी।

हाँ, उसकी जिठानी और पति में ग़लत सम्बन्ध था।

हाँ, उसने अड़ोस-पड़ोस के लोगों से भी सुना है, ख़ुद अपनी आँखों से भी देखा। जिठानी ने भी यही बात डंके की चोट पर ज़ाहिर की थी।

हाँ, उसने भी उसे खरी-खोटी सुनायी।

नहीं, साँकल उसने नहीं खोली।

जिठानी के गहने-ज़ेवर? उसने कभी नहीं देखा।

हाँ, सारी बातें उसका पति जानता था।

इधर रूपसी का बापू, बिचारा सिर पीटते-पीटते बेहाल था, ''मेरी बेटी की उमिर उन्नीस नहीं है, बाबू, मेरी बेटी तो बड़ी शान्त है। वह ई काम नहीं कर सकती, वकील बाबू! अगर मुझे पता होता कि दामाद बदचलन है तो क्या मैं...? बियाह में हमने तीन तोले चाँदी, एक तोला सोना दिया था, बाबू!''

रूपसी के जीजा ने सूखी-सूखी आवाज़ में कहा, ''कोई फ़ायदा नहीं होगा, सुन रहे हैं? जतन ने बिल्कुल जतन से जाल बिछाया है। वहाँ उसने भर-भर मुट्ठी मोटी रकम दिखलायी है?''

अड़ोस-पड़ोस?

भला ऐसे मामले में, कोई गवाही देता है?

''हे भगवान! यह कैसा इन्साफ़ है? लगता है, वह बड़ी बहू को अपने कन्धे से उतारना चाहता था, साथ में उपासी को भी।'' थोड़े दिनों सारा मामला, बेहद सँकरे दायरे में हलचल मचाये रहा। सरकार की तरफ़ से रूपसी को भी वकील दिया गया, क्योंकि उसके बापू के पास, इतनी दौलत नहीं थी कि बेटी के लिए वह रोज़-रोज़ वकील खड़ा कर सके। मामले-मुक़दमे तो अक्सर साल-दो साल तक जारी रहते हैं। शुरू-शुरू में रूपसी बेभाव बोलती रहती थी, मानो उसे विश्वास ही नहीं था कि उसके नाम क़त्ल का मामला साबित भी हो सकता है।

चन्नना उम्र में उससे काफ़ी बड़ी थी।

उसने पूछा, "साबित क्यों नहीं कर सकता?"

"झूठ भी भला कभी सच हुआ है?"

चन्नना ने उसे समझाया, "थाना-पुलिस, अदालत या सब बिल्कुल अलग ही दुनिया है, री साबित करना ही होगा, यह बात तो, बहुत पहले ही तय हो जाती है। साबित कर भी देते हैं। यह एक विशाल, अदृश्य पहिया है, जो घूमता रहता है। लगातार घूमता ही रहता है। यह पहिया, रूपसी जैसी औरतों को कुचल पीसकर, ख़त्म कर देता है।"

ऐसा ही होता है। यही होता है। दक्षिण चौबीस परगना का फ़ौजदारी मामला देखते-देखते, सरकारी वकील के मन में अब कोई आलोड़न नहीं जागता। रूपसी ने अगर खून किया भी हो, तो उसके पीछे कई-कई कारण थे, यह तो साबित नहीं होता।

हाथ में पहँसुल लिये-लिये, रूपसी ने पूछा था, "मैंने इस चीज़ से मारा? मेरे पति-परमेश्वर ने ख़ुद देखा?"

जतन ने समयानुकूल हाहाकार-भरे लहजे में जवाब दिया, "मारने को कहा तो था। उसके बाद, सुबह-सबेरे जंगल-मैदान से निपटकर, जब मैं कमरे में लौटा, तो..."

सास तो, खैर, अदालत में बुलायी ही नहीं गयी।

सन् 1979 साल! असंख्य वधू-हत्या और पतियों-सासों की फ़ौरन गिरफ़्तारी का साल नहीं था। उस ज़माने में वधू-हत्या को लेकर, इतना शोरग़ुल भी नहीं मचाया जाता था। समाज इतना जागरूक नहीं था। रूपसी को कोई सुविधा नसीब नहीं हुई।

दायरा अदालत में ही उसे आजीवन कारावास की सज़ा सुना दी गयी। रूपसी के लिए किसी ने हाईकोर्ट में अपील नहीं की।

चन्नना ने कहा, "कौन करता? अब मुझे ही देखो न! बेटे को जन्म दिया था। बाईस दिन के बच्चे के मुँह में, अपनी दूध-भरी छाती घुसेड़कर सो गयी। बेटे का दम घुट गया। मर गया। और मैं जेल काट रही हूँ।"

वह रूपसी को अक्सर समझाती थी, "इतना घुट-घुटकर रहने की क्या ज़रूरत है? ख़ूब मेहनत कर, आराम से खा, पैसे जमा। रिहा होकर, जब बाहर निकलेगी, तो एक दुकान खोल लेना। सिगरेट-पान बेचना। अरे, एक ही पेट है न, चल ही जायेगा। या दुबारा उस पति-परमेश्वर का घर बसायेगी?"

"कौन पति? यहाँ आता ही कौन है? पहले बापू आया करते थे, अब भाई आता है।"

"यह भी बड़े ताज्जुब की बात है, री! बाहर निकलकर, खड़े होने के लिए, एक जगह अभी मौजूद है।"

"मरद अगर उम्र-क़ैद का सज़ावार हो, तो अपनी दुनिया में लौट सकता है। औरत..."

"बापू और भाई तो जानते हैं, मैं बेकसूर हूँ।"

"और जिसने तुझे फँसाया? देख लेना, वह हँसी-ख़ुशी अपनी गृहस्थी में मगन होगा।"

"तिबारा ब्याह कर लेगा? लड़की मिल जायेगी उसे?"

"मिलेगी क्यों नहीं? उस जैसे मर्दों को लड़की भी मिल जाती है।"

जेल से रिहाई के बाद, बेहद संयत बातचीत। दो हजार छह सौ चार रुपयों के कड़क नोटों की मालकिन बनी, रूपसी मन्ना, बाहर सड़क पर निकल आयी।

भाई ने बताया, "अब हम दक्षिण बारासात में आ बसे हैं, दीदी!"

"और गाँव की जमा-पूँजी?"

"सब बेच-बाचकर...वहाँ तो सिर्फ़ बातें! लच्छेदार बातें! बातों की फुलझड़ी! कोई तरक़्क़ी भी नहीं हो रही थी—"

"घर बनवा लिया बापू ने?"

"हाँ, बनवा लिया। ज़रा, भीतर की तरफ़! वहाँ तक सड़क, अभी नहीं बनी। बन जायेगी। खम्भे वग़ैरह बैठा दिये गये हैं। बिजली भी आने वाली है..."

"तेरे पास रिक्शे कितने हैं?"

"एक अपना और आठ किराये पर चलते हैं।"

"ब्याह नहीं किया?"

"किया। मेरा ससुर ही तो यहाँ ले आया—"

"उन लोगों की कोई ख़बर!"

"कहाँ से होगी? कौन रखता ख़बर? हाँ, जीजा बता रहे थे, माँ तो मर गयी। ब्याह किया, मगर बीवी भाग गयी। अब फिर दलाल लगाया है, ब्याह करने के लिए। नाते-रिश्तेदारों ने उसे अलग-थलग जो कर दिया। पोखर-बागान, सब चला गया। उस दिन जीजा से कह रहा था—दो-दो बीवियाँ न लायी जायें, तो गिरस्ती नहीं चलने की। दोनों औरतें मेहनत करेंगी, आपस में मार-कुटाई करेंगी और उसे खिलायेंगी।"

"ख़ैर, वह कुछ भी बोल सकता है।"

"तू जायेगी वहाँ?"

''इस ज़िन्दगी में तो नहीं। वैसे तुम लोगों पर भी बोझ नहीं बनूँगी। आलू-अण्डे बेचकर, एक अदद पेट का गुजारा तो हो ही जायेगा।''

''वह सब, बाद में देखा जायेगा। मेरा ससुर कौन है, पता है?''

''वही जीवन, जो मेरा रिश्ता लाया था—''

''हाँ, बिचारा पछतावे की आग में जल रहा है, तभी तो हम सबको यहाँ ला बसाया।''

''बापू की जमा-पूँजी? बाँस-वन, पोखर?''

''स-ब! सब बेच-बाचकर, यहाँ...''

''यहाँ आकर, बापू ने जेनरेटर ख़रीद लिया। अब किराये पर चलाता है। यहाँ पैसा भी है—''

''ज़रूर नेक लोग हैं। हाँ, कल मैं डायमंड हार्बर जाऊँगी।''

''डायमंड हार्बर क्यों, दीदी?''

''वहाँ चन्नना दीदी का घर है। हम दोनों मिलकर कोई कारोबार करेंगी। कम-से-कम इतने रुपये तो हैं मेरे पास।''

''माँ-बापू, सब...''

''ना, सुजन, अभी तो यही चाहते हो, लेकिन अगर मैं यहाँ रह गयी, तो कुछ ही दिनों में सैकड़ों तरह के ख़याल, मन बदल देंगे। लोग-बाग भी तुम लोगों पर क़िस्म-क़िस्म की बोली-आवाज़ें मारेंगे।

''ना, ना, कोई कुच्छ नहीं कहेगा।''

''सब कहेंगे, सुजन! दोषी हो या निर्दोष, जेल की सज़ा काटकर, आने वाली औरत...वह भी खून के जुर्म में। यह कोई मामूली बात है?''

''लेकिन, तूने तो ख़ून किया नहीं था, दिदिया!''

''जेल तो गयी? सज़ा तो काटी?''

''घर में माँ-बापू, दीदी-जीजा, सुजन का बीवी-बच्चा।'' दीदी ने कहा।

''अड़ोसी-पड़ोसी तो आने को नाच रहे हैं, लेकिन मैंने मना कर दिया। आज कोई न आये...''

''क़त्ल किया हो या न किया हो, जो कलंक लग गया, वह तो जाने का नहीं, दिदिया!''

माँ-बाप भी बड़े लाड़-प्यार से पेश आये, ''अभी टुक आराम कर ले, बिटिया, बाद में दिन-पल देखकर, तेरी शुद्धि करा लेंगे।''

''क्यों माँ?''

"जेल-हाजत में रही, ज़ात-कुज़ात के साथ...सो..."

"ठीक है, करा लेना, मगर कल ज़रा डायमंड हार्बर का एक चक्कर लगा आऊँ..."

"वहाँ अब क्या है?"

"यहाँ अगर मैं रह गयी, माँ, तो...वहाँ चन्नाना दीदी का घर है। बाज़ार में सब्ज़ी-तरकारी-अण्डे बेचती है। मैं भी वहीं...कुछ कर लूँगी। गुज़ारा हो जायेगा।"

बापू क्या कहते—"ना, रूपसी, तू कहीं मत जा?"

माँ कहती—आ, तू मेरी छाती में दुबकी रह?"

दीदी ने कहा, "ठीक ही कहा तूने, अगर यहाँ रही, तो सैकड़ों बातें उठेंगी, सैकड़ों झमेले..."

माँ ने आँसू पोंछते हुए कहा, "अच्छा, अभी तो खा-पीकर, ज़रा सो जा..."

रूपसी का मन बार-बार उसे आगाह करता रहा। यह घर उसका अपना नहीं है। पन्द्रह साल में सब कुछ बदल गया है।

रूपसी, डायमंड हार्बर जाने के लिए ही निकली थी। उसने सुजन को भी साथ नहीं लिया।

बापू ने उसे रोककर कहा, "मैं क्या इतना गया-गुज़रा हूँ कि तुझे खिला भी नहीं सकता था, उपासी?"

"खिला क्यों नहीं सकते थे? लेकिन, बापू, अगर मैं यहाँ रही न, तो..."

"फ़र्ज़ कर, चन्नना अगर तुझे वहाँ नहीं मिली?"

"मिलेगी! मिलेगी! फ़िक्र क्यों करते हो अगर नहीं मिली, तो फिर एक बार यहीं लौटूँगी। मेरे यहाँ रहने से, तुम लोगों के लिए, सैकड़ों झमेले उठ खड़े होंगे। यहाँ दीदी है, सुजन है। उनके बच्चों के शादी-ब्याह में आऊँगी। जश्न देखूँगी। वापस चली जाऊँगी।"

"तुझे सारा पता-ठिकाना मालूम है, री?"

सच बात तो यह थी कि रूपसी को एक भी ठिकाना सही-सही नहीं मालूम। लेकिन, यह बात माँ-बापू के सामने ज़ाहिर नहीं की जा सकती थी। वेलफ़ेयर दीदी ने एक रुक्के पर सारा अता-पता लिखकर, थमा दिया था। लेकिन वह जाये कैसे? संध्या चैटर्जी, विकल्प आश्रय, नारी कल्याण, हावड़ा, उँह! घूमते-भटकते पहुँच ही जायेगी। लेकिन, पहले, एक बार पति-श्री के दर्शन तो कर ले।

उसकी गाड़ी शाम को पहुँची। मकान खोजने में भी, कोई मुश्किल नहीं हुई। घर के दरवाज़े के एक कोने में, रूपसी छिपी बैठी रही। कुछ देर बाद, जतन लड़खड़ाते

हुए, दरवाज़े तक आ पहुँचा। उसने दरवाज़े पर जड़े ताले में चाबी घुमायी, साँकल खोली। रूपसी बैठी रही।

काफ़ी देर बाद, रूपसी कमरे में दाख़िल हुई। जतन उसी चौकी पर सो रहा था, जिस पर कभी वह, अपने भले-बुरे सालों में, खुद सोया करती थी।

जिठानी के कमरे का दरवाज़ा खुला हुआ था। अँधेरा। सारा कुछ घुप्प अँधेरे में डूबा हुआ। सिर्फ़ एक ढिबरी टिमटिमा रही थी। जतन ख़ूब चुस्त-तन्दुरुस्त, खाया-पिया, बलवान चेहरा। कमर में लुंगी, बदन पर गंजी।

रूपसी ने पहँसुल उठा लिया और धीरे से जतन को धक्का दिया।

''सुनते हो? सुन रहे हो, मेरी बात!''

जतन ने सिर हिलाया।

''सुनो न!''

जतन ने आँखें खोलकर देखा।

''पहचानते हो मुझे?''

''तु...तु...तुम? तू?''

''हाँ, मैं! पहचाना?''

''तू...तू...यहाँ?''

''और कहाँ जाती?''

''तू...क्या यहाँ क्या करने...?''

''हिसाब लेने आयी हूँ, जी?''

''क...क...कैसा हिसाब?''

''ख़ुद बड़ी बहू को काटकर, टुकड़े-टुकड़े किये और नाम मेरा...''

''नहीं, नहीं-नहीं, वो तो वक़्त का चक्कर था...''

''नाम भी मेरा लगा, सज़ा भी मैंने काटी। निर्दोष होते हुए भी, जिस जुर्म में जेल की सज़ा काटी, यह अपराध अब कर ही डालूँ। पिछले चौदह सालों से मैं सिर्फ़ और सिर्फ़ यही बात सोचती रही।''

''ना, ना, ना!'' जतन ने हड़बड़ाकर, उठने की कोशिश की।

''अब ना-ना करने से भला कुछ आता-जाता है?''

रूपसी ने ढिबरी फूँककर बुझा डाली।

जतन मन्ना के रहस्यमय हत्याकाण्ड के लिए, उसके क़रीबी रिश्तेदार-दुश्मन, निरापद मन्ना के ख़िलाफ़ पिछले बीस सालों से दीवानी मामला चल रहा था।

आबगारी के दुकानदार से उसका झगड़ा, पंचायत सदस्य की बहन की इज़्ज़त लेने का गुनाह...ऐसे अनगिनत जुर्म के लिए उसे ज़िम्मेदार ठहराया गया।

जतन मन्ना वैनरिक्शे में सोये-सोये, प्रस्थान कर गया। गाँववालों ने कहा, पाप विदा हुआ। रूपसी मन्ना का नाम, किसी के ख़याल में भी नहीं आया। हाँ, शाम ढले, एक औरत घर में दाख़िल ज़रूर हुई थी, लेकिन ऐसे तो हर दिन ही नयी-नयी औरत आती-जाती थी।

डायमंड हार्बर में पोई, सहजन, आलू-मूली बेचते-बेचते, रूपसी को भी ख़बर मिली, वह विधवा हो गयी है। सुजन ही ख़बर देने आया था।

रूपसी ने उसे झिड़कते हुए कहा, "देख, सुजन, बाज़ार-हाट का टैम है। धन्धा खोटी मत कर। सधवा मैं थी कब, जो विधवा हो गयी?"

सुजन चुपचाप वहाँ से चल पड़ा...

(बांग्ला से अनुवाद : सुशील गुप्ता)

अपनी अस्मिता का बोध

मन्नू भंडारी

मेरी यादों का सिलसिला शुरू होता है अजमेर के उस छोटे-से मोहल्ले के उस दो-मंज़िला मकान से, जिसकी ऊपरी मंज़िल पर पिताजी का साम्राज्य था, जहाँ वे निहायत अव्यवस्थित ढंग से फैली-बिखरी पुस्तकों-पत्रिकाओं और अख़बारों के बीच या तो कुछ पढ़ते रहते थे या 'डिक्टेशन' देते रहते थे। निचली मंज़िल पर हम सब भाई-बहनों के साथ रहती थीं हमारी बेपढ़ी-लिखी व्यक्तित्वहीन माँ—सवेरे से शाम तक हम सबकी इच्छाओं और पिताजी की आज्ञाओं का पालन करने के लिए सदैव तत्पर। धरती से कुछ ज़्यादा ही धैर्य और सहनशक्ति थी शायद उनमें। पिताजी की नवाबी आदतें, अधूरी महत्त्वाकांक्षाएँ, हमेशा शीर्ष पर बने रहने के बाद हाशिये पर सरकते चले जाने की यातना क्रोध बनकर हमेशा माँ को कँपाती-थरथराती रहती थीं। पिताजी की हर ज़्यादती को अपना प्राप्य और बच्चों की हर उचित-अनुचित फ़रमाइश और ज़िद को अपना फ़र्ज समझकर बड़े ही सहज भाव से स्वीकार करती थीं वे। उन्होंने ज़िन्दगी भर अपने लिए कुछ माँगा नहीं, चाहा नहीं, बस दिया ही दिया। हम भाई-बहनों का सारा लगाव (शायद सहानुभूति से उपजा) माँ के साथ था, लेकिन निहायत मजबूरी में लिपटा उनका यह त्याग कभी मेरा आदर्श नहीं बन सका...न उनका त्याग, न उनकी सहिष्णुता...

मेरी माँ और दादी-नानी की पीढ़ी की औरतें अपने नाम से नहीं जानी जाती थीं, वे जानी जाती थीं अपने रिश्तों से जैसे बुआ, चाची, ताई, बहू (छोटी, बड़ी या मँझली)। रिश्तों से परे भी उनकी कोई स्वतन्त्र पहचान हो सकती है, इसका बोध न कभी उन्हें हुआ, न समाज को। मुझे भी अपनी दादी-नानी के नाम पता नहीं हैं। बड़े भाई-बहनों से पूछा तो वे भी मुँह ताकते रह गये। मैंने जाने कितने लोगों से यह सवाल पूछा, केवल तीन प्रतिशत लोग इस बात का उत्तर दे पाये। कहने का तात्पर्य यह कि उस पीढ़ी की स्त्रियाँ मात्र रिश्ता होती थीं और रिश्तों के बने-बनाये साँचे में जीना उनकी नियति। हमारी पीढ़ी की स्त्री ने संघर्ष के लम्बे दौर से गुज़रकर

पहली बार अपना नाम हासिल किया यानी अपनी एक स्वतन्त्र पहचान, अपनी अस्मिता का बोध! रिश्ते आज भी हैं, लेकिन रिश्ते और अस्मिता की टक्कर के परिणामस्वरूप अब उनके नये समीकरण तलाशे जा रहे हैं, उनका स्वरूप बदल रहा है। हमारी पीढ़ी के बहुत सारे साहित्य में इस तलाश की जद्दोजहद के, संघर्ष के स्वर सुनाई देंगे। हमारी पीढ़ी ने अपनी एक स्वतन्त्र पहचान ही नहीं बनायी, समाज को उसका अहसास भी कराया। आज की पीढ़ी अपना व्यक्तित्व बनाने में जुटी हुई है। हमारी पीढ़ी का व्यक्तित्व आधुनिकता और संस्कारों के घालमेल से बना था, विचारों से आधुनिक, लेकिन व्यवहार से आज भी संस्कार हमारा पल्ला पीछे खींचते रहते हैं और इसीलिए हम एक दुहरी ज़िन्दगी जीने को अभिशप्त हैं। आज की पीढ़ी अपेक्षाकृत अधिक इकहरी ज़िन्दगी जीती है क्योंकि आत्मविश्वास से भरी इस पीढ़ी नें पुरानी जड़ परम्पराओं से काफ़ी हद तक अपने को मुक्त कर लिया है। यह भी सच है कि जिस आधुनिक पीढ़ी की हम बात करते हैं, वह केवल महानगरों तक फैली है और उनकी संख्या उँगलियों पर गिनी जाने लायक़ है और हिन्दुस्तान महानगरों और नगरों तक ही सीमित नहीं है, इसलिए इससे भी बड़े दायरे में हमें माँ और दादी-नानी की पीढ़ी की औरतें आज भी मिल जायेंगी।

इसमें कोई सन्देह नहीं कि आज घर-परिवार टूट रहे हैं, तलाक़ की संख्या निरन्तर बढ़ रही है और भविष्य में इसमें और अधिक इज़ाफ़ा होने की ही आशंका है। कारण साफ़ है—आज तक इस देश में घर-परिवार अगर सुरक्षित रहे थे तो स्त्री की सहनशक्ति के कन्धों पर ही सुरक्षित रहे थे। आर्थिक परतन्त्रता के कारण बड़े-से-बड़ा अन्याय और असह्य अत्याचारों को भी मूक भाव से बर्दाश्त करते चले जाना उसकी मजबूरी बन गया था। बहुत बड़ी भूमिका रही थी उन संस्कारों की जिन्हें इस पुरुष प्रधान समाज ने सदियों से उसकी रग-रग में जमा रखा था और जिनसे मुक्त होना उसके लिए आसान नहीं था। आज भी नहीं है। आज स्थितियाँ बदल गयी हैं लेकिन टूटते घर-परिवार और बढ़ते तलाक़ की सारी ज़िम्मेदारी असहिष्णुता का जामा पहनाकर केवल आज की लड़कियों के कन्धों पर डालना समस्या को बहुत ही सतही और एकांगी दृष्टि में देखना होगा। समस्या की जड़ तक जाने के लिए सबसे पहले उन कारणों की तलाश करनी होगी जिसने स्त्री को असहिष्णु बना दिया। क्या यह सच नहीं है कि पिछले चालीस-पचास वर्षों में स्त्री की स्थिति में बहुत बड़ा परिवर्तन आया है। शिक्षा, आर्थिक स्वतन्त्रता, अपनी अस्मिता की पहचान, बड़े-बड़े पदों पर काम करने से उपजे आत्मविश्वास ने एक बिल्कुल नयी स्त्री को जन्म दिया है। उसकी अपेक्षा पुरुषों में बहुत कम परिवर्तन हुआ है। रात-दिन आधुनिकता

का दम्भ भरने वाले, बड़े-बड़े भाषण फटकारने वाले, लेखों का अम्बार लगा देने वाले इन तथाकथित आधुनिक पुरुषों की चमड़ी की बस एक परत उतारिए कि आप पायेंगे वही सामन्ती संस्कारों वाला पति, जो स्त्री पर शासन करना अपना जन्मसिद्ध अधिकार समझता है। हाँ, शासन के क्षेत्र और रूप ज़रूर बदल गये हैं। आज इस बदले हुए क्षेत्र की पहचान करना ही ज़रूरी है।

स्त्री-सुबोधिनी

प्यारी बहनो,

न तो मैं कोई विचारक हूँ, न प्रचारक, न लेखक, न शिक्षक। मैं तो एक बड़ी मामूली-सी नौकरीपेशा घरेलू औरत हूँ, जो अपनी उम्र के बयालीस साल पार कर चुकी है। लेकिन इस उम्र तक आते-आते जिन स्थितियों से मैं गुज़री हूँ, जैसा अहम अनुभव मैंने पाया...चाहती हूँ, बिना किसी लाग-लपेट के उसे आपके सामने रखूँ और आपको बहुत सारे ख़तरों से आगाह कर दूँ। मैं जानती हूँ कि अपने जीवन के निहायत ही निजी अनुभवों को यों सरेआम कहकर मैं ख़ुद अपने लिए बहुत बड़ा ख़तरा मोल लूँगी। मेरे मात्र पाँच साल के अल्पकालीन विवाहित जीवन पर भी संकट आ सकता है। पर क्या करूँ, मेरा नैतिक दायित्व मुझे ललकार रहा है कि अपनी हज़ार-हज़ार मासूम किशोरी बहनों को...जो या तो ऐसी ही स्थिति में पड़ी हैं या कि कभी भी पड़ सकती हैं...अपने अनुभव से कुछ नसीहत दूँ, बरबादी की ओर जाने से बचा लूँ, ख़तरा उठाकर भी यदि मैं दो-चार बहनों की...

क्या कहा, आपकी दिलचस्पी बेकार की लफ़्फ़ाज़ी में नहीं है। आप असली बात जानना चाहती हैं! बहुत अच्छे! लफ़्फ़ाज़ी के प्रति यदि आपके मन में अरुचि है, तो यह शुभ लक्षण है। बहुत शुभ। आप शर्तिया बहुत सारे ख़तरों से बची रहेंगी। साँप का काटा और बातों का मारा व्यक्ति बेचारा उठ ही नहीं पाता। मुझे ही देखिए, मेरी जो दुर्दशा हुई थी, उसका कारण...

अच्छा-अच्छा, अब एक भी बेकार की बात नहीं। बिना किसी लाग-लपेट के सीधी बात सुनिए। सीधी और सच्ची!

मेरा अपने बॉस से प्रेम हो गया। वाह! आपके चेहरों पर तो चमक आ गयी! आप भी क्या करें? प्रेम कम्बख़्त है ही ऐसी चीज़। चाहे कितनी ही पुरानी और घिसी-पिटी क्यों न हो जाये...एक बार तो दिल फड़क ही उठता है...चेहरे चमचमाने ही लगते हैं। ख़ैर, तो यह कोई अनहोनी बात नहीं थी। डॉक्टरों का नर्सों से, प्रोफ़ेसरों का अपनी छात्राओं से, अफ़सरों का अपनी स्टेनो-सेक्रेटरी से प्रेम हो जाने का हमारे

यहाँ आम रिवाज है। यह बात बिलकुल अलग है कि उनकी ओर से इसमें प्रेम कम और शग़ल ज़्यादा रहता है। पर यह बात तो मुझे बहुत बाद में समझ में आयी। मैंने तो अपनी ओर से पूरी ईमानदारी के साथ ही शुरू किया था। ईमानदारी और समर्पण के साथ।

शिंदे नये-नये तबादला होकर हमारे विभाग में आये थे। बेहद ख़ुशमिज़ाज और ख़ूबसूरत। आँखों में ऐसी गहराई कि जिसे देख लें, वह गोते ही लगाता रह जाये। बड़ा शायराना अन्दाज़ था उनका और जल्दी ही मालूम पड़ गया कि वे कविताएँ भी लिखते हैं। पत्र-पत्रिकाओं में वे धड़ाधड़ छपती भी रहती हैं और इस क्षेत्र में उनका अच्छा-ख़ासा नाम है। आयकर विभाग की अफसरी और कविताएँ। है न कुछ बेमेल-सी बात! पर यह उनके जीवन की हक़ीक़त थी।

मैं स्थितियों और उम्र के उस दौर से गुज़र रही थी, जब लड़कियों में प्रेम के लिए विशेष प्रकार का लपलप भाव रहता है। बूढ़ी माँ तीनों छोटे भाई-बहनों को लेकर गाँव में रहती थी और मैं इस महानगरी में कामकाजी महिलाओं के एक होस्टल में। न घर का कोई अंकुश था और न इस बात की सम्भावना कि कहीं मेरा ठौर-ठिकाना लगा देंगे। मेरा ठिकाना वे लगाते भी क्या, उनकी ज़िन्दगियाँ ठिकाने लगी रहें, और घर की मशीन जैसे-तैसे चलती रहे, इसके लिए मुझे ही हर महीने मनीआर्डर में तेल डालकर भेजना पड़ता था। सब ओर से असुरक्षित और असहाय होकर ही मैंने ज़िन्दगी के सत्ताईस साल पूरे कर लिये और एकाएक ही मुझे लगने लगा कि नहीं, इस तरह अब और नहीं चलेगा। हर रोज़ हज़ार-हज़ार इच्छाएँ मुँह बाये खड़ी रहतीं और मैं उनके सामने ढेर हो जाती। आख़िर मैंने अपनी नाक और आँखों को कुछ अधिक सजग और तेज़ कर लिया। बस, ऐसा करते ही मुझे हर नौजवान की नज़रों में अपने लिए विशेष संकेत दिखने लगे और उनकी बातों में विशेष अर्थ और आमन्त्रण की गन्ध आने लगी। तभी भिड़ गया शिंदे। उसके तो संकेत भी बहुत साफ़ थे...निमन्त्रण भी बहुत खुला। लगा, क़िस्मत ने छप्पन पकवानों से भरी थाली मुझ भुक्खड़ के आगे परोसकर रख दी है। सो मैंने न उसका आगा-पीछा जानने की कोशिश की और न अपना आगा-पीछा सोचने की। बस, आँख मूँदी और प्रेम की डगर पर चल पड़ी।

हर प्रेम की शुरुआत क़रीब-क़रीब एक-सी ही होती है। प्रेमियों को वे सारी बातें चाहे जितनी रोमांचकारी और गुदगुदाने वाली लगें, देखने-सुनने वालों को बड़ी उबाऊ और सपाट लगने लगती हैं। घबराइए नहीं, मैं आपको उन बातों से क़तई बोर करने नहीं जा रही। बस, इतना ही समझ लीजिए कि शामें हमारी किसी रेस्तराँ

के नीम-अँधेरे कोने में बीततीं, तो कभी बाग़ के झुरमुट के बीच। कभी हम आपस में उँगलियाँ उलझाये रहते, तो कभी वह मेरी लटों से खिलवाड़ करता रहता। एक बार उसने कविता में मेरे बालों की उपमा बदली से दे दी। बस, फिर क्या था, मैं जब-तब गोदी में रखे उसके सिर पर झुककर बदली छितरा देती और वह उचककर...

यह क्या, आपकी आँखों में तो अविश्वास उभर आया। मैं समझ गयी। एक सीनियर अधिकारी और ऐसी छिछोरी फ़िल्मी हरकतें। पर सच मानिए, अब भी मैं दावे के साथ कह सकती हूँ कि यहाँ के हर पुरुष के भीतर एक ऐसा ही फ़िल्मी हीरो आसन मारे बैठा रहता है और जब तक वह पूरी तरह तृप्त न हो जाये, मरता नहीं। उम्र के किसी भी दौर में, उस समय चाहे वह छह बच्चों का बाप ही क्यों न हो... ज़रा-सा मौका मिलते ही भड़भड़ाकर जाग उठता है और पूरी तरह अपनी गिरफ़्त में जकड़ लेता है। फिर तो बड़ी-बड़ी तोपें तक ऐसी बचकाना और बेवकूफ़ाना हरकतें करती हैं कि बस, तौबा! न कोई शर्म, न उम्र का लिहाज़! आजकल की लड़कियों ने इस राज़ को अच्छी तरह समझ लिया है, इसलिए वे शादी करते ही हनीमून की जान को लग जाती हैं। फिर किसी पहाड़ी जगह में, सारे नाज़-नखरों के साथ, फ़िल्मी अदाकारी की तर्ज़ पर प्रेम के ऐसे-ऐसे दिलकश दाँव-पेंच दिखाती हैं कि हीरो साहब पूरी तरह ढेर! कम-से-कम आगे के दस साल तो सुरक्षित। पर हनीमून की नौबत तो शादी के बाद ही आती है न! मैं तो उन बहनों को सावधान करना चाहती हूँ, जो शादी के पहले ही से उस हीरो के चंगुल में आकर अपने को चौपट कर लेती हैं।

माफ़ करिए, फिर बहक गयी! क्या करूँ? चाहती हूँ इस प्रसंग की एक-एक बारीकी आपको समझा दूँ। वरना इस चक्कर में फँसने के बाद तो समझ एकदम भोंथरी हो जाती है, जैसे मेरी हो गयी थी। हाँ, तो मेरा और शिंदे का प्रेम चल निकला। एक बात साफ़ कर दूँ, बहुत ज़रूरी है। आप कहीं यह न समझ लें कि मैं शिंदे से इसलिए प्रेम करने लगी थी कि वह मेरा बॉस था और उसके प्रेम के प्रकाश में मुझे अपना कैरियर दिपदिपाता हुआ दिखाई देता। नहीं, प्रेम जैसी पवित्र चीज़ को मैं घटिया क़िस्म के स्वार्थों से अलग करके ही देखती थी। तभी तो पूरे आठ साल तक शिंदे के प्रेम की अखंड जोत जलाये अपने को होम करती रही।

लीजिए, आप हँस रही हैं। क्या करूँ, मुश्किल यह है कि टुच्चे लोगों ने प्रेम में निहायत ही घटिया क़िस्म का घालमेल करके उसे इतना हल्का, झूठा और बाज़ारू बना दिया है कि उसके असली रूप की बात करते ही लोग हँसने लगते हैं। पर आप मेरी बात का यकीन मानिए...मेरा प्रेम क़तई-क़तई कैरियर-ओरिएंटेड नहीं था। बड़ी मुश्किल से पाये हुए अपने इस विवाहित जीवन को दाँव पर लगाकर, अपनी जो

यह दु:ख-भरी गाथा सुना रही हूँ, वह भी केवल उन्हीं बहनों के लिए जो प्रेम को मीराबाई के भाव से ग्रहण करती हैं।

हाँ, तो मैं पूरी तरह शिंदेमयी हो गयी, पर तभी एक भयंकर झटका लगा। बल्कि कहूँ कि जो लगा, उसके लिए झटका शब्द हल्का ही है। मालूम पड़ा कि शिंदे की एक अदद बीवी है, जो पहली बार पुत्रवती बनकर पाँच महीने बाद अपने मैके से लौटी है यानी एक अदद बीवी और एक अदद बच्चा। मुझे तो सारी दुनिया ही लड़खड़ाती नज़र आने लगी। लगा, मैं बहुत बड़ा धोखा खा गयी हूँ? मेरे भीतर गुस्सा बुरी तरह बलबलाने लगा। लगा, मैं बहुत बड़ा धोखा खा गयी हूँ? और बीवी-बच्चे के रहते मेरी ओर प्रेम का हाथ बढ़ाने का मतलब? मैंने जब भी उससे घर और घरवालों के बारे में पूछा, वह तीन-चार शेर दोहरा दिया करता था, जिनका शाब्दिक अर्थ होता था, "मेरा न कोई घर है न दर, न कोई अपना न पराया। इस ज़मीन और आसमान के बीच मैं अकेला हूँ, बिल्कुल अकेला", पर मेरे लिए इन शेरों का सीधा-सादा अर्थ था—हरी झण्डी, लाइन क्लीयर। सो मैं सपाटे से चल पड़ी। बल्कि चलने में थोड़ी फुर्ती भी की। आप तो जानती ही होंगी कि इस उम्र तक शादी न होने पर लड़कियों में एक ख़ास तरह की हड़बड़ाहट आ जाती है। चाहती हैं, जैसे भी हो, जल्दी-से-जल्दी प्रेमी को पूरी तरह क़ब्ज़े में करके, पति बनाकर अपनी टेंट में खोंस लें। झूठ नहीं बोलूँगी। मैं भी इसी नेक इरादे से लपक रही थी कि बीच में ही औंधे मुँह गिरी।

पर गिरने नहीं दिया शिंदे ने। हाथों-हाथ झेल लिया। ग़ुस्से से मैं पगला रही थी और आँखों से आँसुओं की झड़ी लगी हुई थी। मन हो रहा था, सामने बैठे इस आदमी की चिन्दिया बिखेरकर रख दूँ और फिर कभी इसकी सूरत नहीं देखूँ। पर उसने बिना किसी बात को मौक़ा दिये मुझे बाँहों में भर लिया और धुआँधार रोने लगा, "पिता के दबाव में आकर की हुई शादी मेरे जीवन की सबसे बड़ी ट्रेजेडी बन गयी...बीवी के रहते भी मैं कितना अकेला हूँ...दो अजनबियों की तरह एक छत के नीचे रहने की यातना..." ऐसी-ऐसी बातों के न जाने कितने टुकड़े आँसुओं से भीग-भीगकर टपक रहे थे। मेरा विवेक मुझसे संकल्प करवा रहा था कि लौट जाओ, इस दिशा में अब एक क़दम भी आगे मत बढ़ो। मैं रो-रोकर अपना संकल्प दोहरा रही थी। वह रो-रोकर अपना दु:ख दोहरा रहा था।

इसी तरह हम दो-तीन बार और मिले। वही बातें, वही रोना। मैंने सोचा था कि आँसुओं के साथ मैं अपना सारा प्रेम और ग़म भी बहा दूँगी और हमेशा के लिए अलविदा कहकर लौट जाऊँगी, पर हुआ एकदम उल्टा। आँसुओं के जल

से सींचकर प्रेम की बेल तो और ज़्यादा लहलहा उठी। अब देखिए न, मीरा का पद—"अँसुवन जल सींच-सींच..." बचपन से पढ़ा था। पर हम सबकी ट्रेजेडी यही है कि स्कूली शिक्षा को जीवन में गुनते नहीं। शिक्षा एक तरफ़ जीवन एक तरफ़ और इसीलिए ठोकर खाते हैं। यही हुआ। उसका दुखी और दयनीय चेहरा देखकर मेरे मन में प्रेम का ज्वार उमड़ने लगा। उसके आँसुओं ने प्रेम को इतना गीला और रपटीला बना दिया कि वापस मुड़ने को तैयार मेरा पैर, अपने आप को स्वाहा करने के लिए आगे बढ़ गया।

पर इतना सब करने के बावजूद मेरी आँखों में जब-तब सन्देह और आशंका के डोरे उभर आते। मेरी पकड़ में पहले जैसी मज़बूती नहीं रह गयी, शिंदे इस मैदान का पक्का खिलाड़ी था। मेरे असमंजस और दुविधा को चट भाँप गया। केवल भाँप ही नहीं गया, वरन् उसने यह भी महसूस कर लिया कि बीवी की उपस्थिति से हमारे प्रेम में आपातकालीन स्थिति पैदा हो गयी है। अब यदि इसे बचाकर रखना है, तो प्रेम करने के तरीक़े में एक क्रान्तिकारी परिवर्तन लाना होगा। बिना उसके मामला चलने वाला नज़र नहीं आ रहा था। रेस्तराँ और बाग़-बग़ीचों के बीच तो यह परिवर्तन आ नहीं सकता था, इसलिए बड़ी शिद्दत के साथ एक कमरे की तलब महसूस होने लगी। वैसे पहले भी कई बार वह इस अपनी तरह की इच्छा और ज़रूरत का इज़हार कर चुका था, पर मैंने हमेशा दो टूक जवाब पकड़ा दिया। आप विश्वास करें या न करें, पर निश्चय ही मैं पहले बड़े संस्कारोंवाली लडक़ी थी। हर तरह की मर्यादा में मेरा पूरा विश्वास था। उस तरह के आमन्त्रण को मैं स्वीकार कर ही नहीं सकती थी। पर स्थिति ने मुझे बेहद-बेहद कमज़ोर बना दिया था और मैं सोचने लगी थी कि यदि पूरी तरह पाना है तो अपने को पूरी तरह देना भी पड़ेगा।

तीन-चार कमरा-मुलाकातों में ही मैंने समझ लिया कि इन मुलाकातों के कारण उसके भीतर किसी तरह का अपराध-बोध, या कुछ ग़लत करने का भाव लेशमात्र भी नहीं है। वह काफ़ी तृप्त और छका हुआ लगता था। मुझे समझते देर नहीं लगी कि शरीर के स्तर पर भी मैंने अपने को उसके लिए अनिवार्य बना लिया है। मुझे पक्का विश्वास हो गया कि मेरा यह समर्पण तुरुप के इक्के की तरह कारगर सिद्ध होगा और बाज़ी मेरे हाथ। निश्चय ही इन मुलाकातों ने मेरे प्रेम को बड़ी मज़बूत बैसाखियाँ थमा दीं और मेरे लड़खड़ाते क़दम फिर जम गये।

वह मेरे साथ भविष्य की योजनाएँ बनाता, पर उन्हें अमल में लाये, तब तक के लिए एक मौन समझौता हम लोगों के बीच हो गया। अपना शरीर, अपनी भावनाएँ उसने मेरे ज़िम्मे कर दीं और घर, बच्चा, बूढ़ा बाप और सारी पारिवारिक खिच-

खिच बीवी के ज़िम्मे। इस विभाजन में मैं कुछ समय के लिए परम प्रसन्न। यों भी इस उम्र में आदमी को सबसे ज़्यादा भरोसा अपने शरीर पर ही होता है। शरीर पा लिया, समझो दुनिया-जहान हथिया लिया। ऊपर से मुझे वह कभी बातों से, तो कभी कविताओं से समझाता रहता कि मन और शरीर की पवित्र भूमि पर ही असली प्रेम पनपता है। घर की चहारदीवारी के बीच निरन्तर होने वाली खिच-खिच में तो वह मरता ही है। मैं समझती रहती और अपने को बहुत पुख़्ता ज़मीन पर महसूस करती। वह बातें ही ऐसी करता कि सन्देह की कोई गुंजाइश नहीं छोड़ता। मुझे पूरा विश्वास था कि एक दिन वह खूँटे से उखड़कर मेरी गिरफ़्त में आ जायेगा।

बीवी की याद और बात से ही शिंदे अपना चेहरा एकदम मायूस बना लेता और बिना कहे ही मेरे दिमाग़ में यह बिठाने की कोशिश करता कि बीवी बनते ही औरत बहुत उबाऊ और त्रासदायक बन जाती है...कि रिश्तों में बँधते ही प्रेम नीरस और बेजान हो जाता है...कि सच्चे प्रेमियों को तो हमेशा मुक्त ही रहना चाहिए। मैं इन सब बातों को सुनती-समझती तो सही, पर गले नहीं उतार पाती, क्योंकि बीवी बनने की ललक जब-तब मेरे भीतर ज़ोर मारती थी। सच बात है, मुझे तो घर भी चाहिए था, पति भी और बच्चे भी। पर उसे तो जैसे बीवी नाम से ही चिढ़ हो गयी थी। कभी-कभी तो वह अपनी बीवी के कर्कश स्वभाव और तुनकमिज़ाजी की बात करते-करते रो तक पड़ता। तब मैं लपककर उसे बाँहों में भरती, अपने होंठों से उसके आँसू पोंछती और उसे हौसला बँधाती कि जल्दी ही हम कुछ ऐसा करेंगे कि वह इस दु:ख से मुक्त हो...कि मैं उसे एक सही, सुखद ज़िन्दगी दूँगी। यह आश्वासन उसके लिए कम, मेरे अपने लिए ज़्यादा होता था।

दिन सरकते जा रहे थे और अपने प्रेम करने के तरीक़े में क्रान्तिकारी परिवर्तन लाने के बावजूद स्थिति जहाँ-की-तहाँ थी यानी कि मैं अपने हॉस्टल के कमरे में बन्द, शिंदे अपनी बीवी की मुट्ठी में। साल भर पहले का जागा आत्मविश्वास फिर डगमगाने लगा और मुझे लगा कि अब कोई धाँसू कार्यक्रम अपनाना पड़ेगा।

आज सोचती हूँ तो अपने पर ही सौ-सौ धिक्कार के साथ आश्चर्य भी होता है कि कैसे मेरी बुद्धि पर ऐसा मोटा परदा पड़ गया था कि यह भी नहीं सोच सकी कि उसकी बीवी भी आख़िर मेरी तरह ही एक स्त्री है...अपने पति के छलावे और मक्कारी की शिकार। पर नहीं, यह तो तब समझ में आया जब उसकी मक्कारी ने मुझे भी तबाही के कगार पर ला पटका। झूठ नहीं बोलूँगी, उस समय तो उसके प्रेम में अन्धी होने के कारण, वह जो कुछ भी कहता-समझाता, मुझे उस पर पूरा यक़ीन ही नहीं होता बल्कि मैं भी उसी की तरह दुनिया भर के छल-छन्द सोचा करती।

तभी तो मैंने सोचा कि उसकी बीवी को हमारे प्रेम-प्रसंग की जानकारी तो अवश्य होगी...वह काफ़ी दुखी भी होगी...क्यों न मैं जब-तब वहाँ उपस्थित होकर उसके त्रास को इतना बढ़ा दूँ कि वह ख़ुद ही इस अपमानजनक स्थिति को नकारकर अलग हो जाये। रक़ीब को सामने देखकर अच्छों-अच्छों के हौसले पस्त हो जाते हैं, फिर अपमान और अपेक्षा की आग में झुलसी इस औरत का हौसला ही क्या होगा। और यही सोचकर आख़िर मैं एक दिन शिंदे के घर जा धमकी।

एक सुहागिन औरत की सारी नियामतों यानी कि बूढ़े ससुर के वरदहस्त की छत्र-छाया और बच्चे के पोतड़ों की बन्दनवार के बीच, दूधों नहायी पूतों फली भाव से वह कुर्सी पर विराजमान थी। मुझे देखकर उसके चेहरे पर किसी तरह का कोई विकार नहीं आया। बस, सहजता में लिपटा एक प्रश्नवाचक उभरा और "हरखू, इन्हें बिठाओ और साहब से बोलो, कोई मिलने आया है" के साथ बिला गया। विकार तो मुझे देखकर शिंदे के चेहरे पर आया, जिसे उसने थोड़ी-सी कोशिश करके अफ़सरी नक़ाब के नीचे ढक लिया। दफ़्तरी भाषा में दफ़्तरी बातें करके उसने मुझे चलता किया। पर बांहर निकलते समय हाथ दबाकर लाड़ में लिपटी हल्की-सी फटकार के साथ शाम को कमरे पर आने का निमन्त्रण भी दे दिया।

मैं उसकी बीवी को त्रस्त करने गयी थी, पर ख़ुद ही त्रस्त और पस्त होकर लौटी। मुझे आश्चर्य हो रहा था कि यह औरत है या मांस का लोंदा? इसका आदमी तीन साल से एक दूसरी लड़की के साथ मस्ती मार रहा है और इसे न कोई तकलीफ़ न कष्ट! मैं इसकी जगह होऊँ तो शायद एक दिन में इस तरह की अपमानजनक स्थिति को बर्दाश्त न करूँ। इसके शरीर पर चमड़ी लिपटी है, या गैंडे की खाल? यह तो मुझे बहुत बाद में अपने अनुभव ने सिखाया कि अधिकतर शादीशुदा औरतें ऐसी होती हैं, जिन्हें अपने घर की दीवारों से बेशुमार लगाव होता है। इतना ज़्यादा कि धीरे-धीरे उन दीवारों को ही अपने शरीर के चारों ओर लपेट लेती हैं। फिर मान-अपमान के सारे हमले उनसे टकराकर बाहर ही ढेर हो जाते हैं और वे उनसे बेअसर सती-साध्वी-सी भीतर सुरक्षित बैठी रहती हैं।

शाम को शिंदे मुझ पर एकदम बरस पड़ा कि मैंने उसके घर आने की मूर्खता क्यों की? कितना चौकस रहना पड़ता है उसे हर समय, जिससे उसकी बीवी को इस प्रसंग की हवा भी न लग सके, वरना तो वह शूर्पनखा की तरह ऑफ़िस, परिवार और सारे शहर में हड़बोंग मचाकर रख देगी। मौक़ा लगा तो मेरा झोंटा पकड़कर सड़क पर जूते लगवायेगी, और बड़ी चालाकी से उसने मेरे मन में अपनी पत्नी के लिए, जिसे वह अक्सर कोतवाल कहता था, ढेर सारी नफ़रत और आक्रोश

भर दिया। साथ ही जल्दबाज़ी करने की अपनी नादानी-भरी मूर्खता पर मुझे बेहद शर्मिन्दा भी किया।

देखा आपने कि कैसे शातिराना अन्दाज़ से पुरुष नफ़रत और गुस्से की सुई अपनी ओर से सरकाकर दोनों औरतों की ओर घुमा देता है। वे ही आपस में लड़ें-भिड़ें, कोसें-गलियायें और वह जो असली गुनहगार है, अपने पर आँच आये बिना आराम से दोनों का सुख भोगता रहे। पर उस समय तो मैं जब-जब बहुत अधीर होती, वह समझाता कि सहजीवन का मधुरतम पक्ष तो हम भोग ही रहे हैं, मैं क्यों बेकार में शादी-ब्याह और घर में जकड़कर इस मधुर सम्बन्ध का गला घोंटना चाहती हूँ। और इसी चक्कर में वह मधु उड़ेलती हुई तीन-चार फड़कती कविताएँ मेरे नाम ठोंक देता। मीठी-मीठी पप्पियों के बीच बड़ी ऊँची-ऊँची बातें मेरे ज़हन में बिठा देता। कुछ समय के लिए मुझे लगने लगता कि मैं आम औरत से कुछ अलग, कुछ विशिष्ट, कुछ ऊँची हूँ। मेरे कन्धों पर स्त्री-पुरुष के सम्बन्धों को एक नयी दिशा देने का दायित्व है। अगली पीढ़ी अधिक स्वस्थ, अधिक मुक्त ज़िन्दगी जी सके, इसके लिए हमें पहल करनी होगी, एक उदाहरण रखना होगा—चाहे उसके लिए हमें खाद ही क्यों न बनना पड़े। शिंदे तो ये बातें झाड़कर मज़े से अपनी बीवी का बगलगीर हो जाता है और मैं असली अर्थों में खाद बनी अपने कमरे में सड़ती रहती।

तभी शिंदे का तबादला हो गया। मैं एक बार फिर डगमगा गयी। मुझे लगा कि बस, अब यह मेरी ज़िन्दगी से निकला। रो-रोकर मेरा बुरा हाल था, पर फिर उसने मुझे हाथों-हाथ झेल लिया। एक नयी योजना से मेरे आँसू पोंछ दिये। तय हुआ कि नयी जगह अभी वह अकेला ही जायेगा, और उसके जाने के तीन-चार दिन बाद ही मेडिकल-लीव लेकर मैं उसके पास पहुँच जाऊँगी। उसने मुझे बताया कि उसने यह तबादला करवाया ही इसलिए है कि शहरी तबादला उसकी ज़िन्दगी के तबादले की भूमिका बन जाये। यह तो मुझे बाद में मालूम पड़ा कि शिंदे ने तबादला इसलिए करवाया था कि हमारे सम्बन्धों की सुरसुराहट उसकी बीवी के कानों तक पहुँचने लगी थी। बात पूरी तरह खुले, उसके पहले ही वह शहर छोड़ देना चाहता था। पर मैं तो यह समझकर कि केवल मेरी ख़ातिर शिंदे ने बड़े शहर की बड़ी सम्भावनाओं को छोड़ छोटी जगह चुनी है, एकदम निहाल हो गयी और उसकी बातों के जादू में बँधी-बँधी एक सप्ताह बाद ही उसके पास पहुँच गयी।

आपको बहुत ग़लत लग रहा है न? लगना ही चाहिए। अब तो मुझे भी लगता है। पर उस समय तो बस, शिंदे में ही प्राण बसते थे...लगता था, उसके बिना जी

नहीं सकूँगी। ग़लत-सही की समझ ही कहाँ रह गयी थी। मैं उसे पाना चाहती थी और वह मुझे खोना नहीं चाहता था।

उसके साथ होटल में गुज़ारे वे दिन। मैं तो भूल ही गयी कि हम दोनों के बीच कोई तीसरा भी है। तबीयत एकदम लहलहा उठी। इस बार उसने बाक़ायदा योजना बनायी कि पत्नी को अब यहाँ न बुलाकर उसके पिता के घर भेज देगा और धीरे-धीरे उसे क़ानूनी कार्रवाई करने के लिए राज़ी कर लेगा...यदि नहीं हुई तो, मजबूर करेगा।

पंखों पर सवार होकर ही मैं लौटी थी। आँखों में उसने ढेर सारे सपने आँज दिये थे और उठते-बैठते मुझे अपना स्वीट-होम ही दिखाई देता। मैंने उसे एक फड़कता हुआ प्रेमपत्र लिखा। बातों का तो वह बादशाह था ही, पत्र लिखने में भी उसे कमाल हासिल था। शरीरों में जो दूरी आ गयी थी, उसे वह पत्रों की भाषा से पाटता रहता। पत्रों में मुझे वह 'दिव्यप्रेम' का दर्शन समझाता। मेरे जन्म-दिन पर अपने इसी दिव्य-प्रेम में डुबोकर उसने एक ख़ूबसूरत-सा तोहफ़ा मेरे लिए भेजा। कभी वह चाँदनी रात के गीत लिखकर भेजता, तो कभी साथ बिताये मधुर क्षणों की याद को ताज़ा करने वाली कविताएँ।

जानता था कि इन बातों से मुझे तसल्ली नहीं होगी, इसलिए तसल्ली देने के लिए वह ख़ुद सशरीर आ पहुँचा। ऑफ़िस का काम निकालकर वह जब-तब आ ही जाया करता था। उसने आँखों में सचमुच के आँसू भरकर कहा कि मैं ही शिंदे की प्राण हूँ, शिंदे की प्रेरणा हूँ। घर-परिवार के अतिरिक्त शिंदे का जो कुछ भी है—और वही तो असली शिंदे है—वह उसने मुझे पूरी तरह सौंप रखा है और तुरन्त उसने अपनी बात का प्रमाण पेश कर दिया मुझे समर्पित किया हुआ अपना नया कविता-संग्रह। हाथ से लिखा हुआ था—'प्राण को।'

उसकी प्रेरणा और प्राण बनने का हश्र यह हुआ कि वह तो दिन-दूना रात-चौगुना फलता-फूलता रहा। धन-यश, सफलता, मान-सम्मान—सभी का मालिक और मैं भीतर ही भीतर झुलसकर काठ का कुन्दा हो गयी। सब ओर से मरी, मुरझायी, टूटी और पस्त। मैं समझ गयी कि मैं बुरी तरह ठगी गयी हूँ।

धीरे-धीरे उम्र की बढ़ोतरी और ऑफ़िस और दुनियादारी की निरन्तर बढ़ती ज़िम्मेदारियों के बीच शिंदे की रोमानी ज़रूरत घटती चली गयी। परिणाम यह हुआ कि हमारे बीच चलने वाले पत्रों की संख्या कम और मज़मून मौसम के सर्द-गर्म होने पर आकर टिक गया। और फिर एक दिन उसके पास से गृह-प्रवेश का निमन्त्रणपत्र मिला। जाने का कोई तुक नहीं था, फिर भी मैं चली गयी। महज़ सारी स्थिति का जायज़ा लेने के लिए।

लम्बा-चौड़ा आधुनिक ढंग का बना हुआ मकान। लकदक फ़र्नीचर। बीवी निकलकर आयी, तो लगा, यह कोई दूसरी औरत है। शरीर पर चर्बी की तीन-चार परतें चढ़ी हुईं और परम तृप्ति का एक डकार भाव सारे चेहरे पर पुता हुआ। आठ साल का एक सुन्दर-सा बच्चा भी निकलकर आया। लगा, जैसे शिंदे ने ही अपने को पूरी तरह उड़ेल दिया हो उसमें। हू-ब-हू शिंदे।

और मेरा मन हो रहा था कि शिंदे के दोनों कन्धे झकझोर कर पूछूँ—"राम धुन की तरह तुम मेरी हो, तुम मेरी हो की रट लगाने वाले शिंदे साहब, बताइए तो, आपकी ज़िन्दगी के इस सारे तामझाम में मैं कहाँ हूँ...कितनी हूँ?"

पर पूछकर अब होना ही क्या था? मैं लौट आयी, इस अहसास के साथ कि प्रेम के इस खेल में वह एक सधे हुए खिलाड़ी की तरह खेला और मैं निहायत अनाड़ी की तरह। आठ साल तक चलने वाला प्रेम-प्रसंग महज़ एक खिलवाड़ था, जिसकी बाज़ी बड़ी होशियारी से शिंदे ने बाँटी। भ्रमजाल के कटते ही नज़र साफ़ हुई, तो बाज़ी में बँटे हुए पत्तों का यह नक़्शा रह-रहकर मेरी आँखों में उभरने लगा :

तुरुप का इक्का यानी घर...उसके पास
तुरुप का बादशाह यानी बच्चा...उसके पास
तुरुप की बेगम यानी बीवी और
प्रेम करने के लिए प्रेमिका...उसके पास
तुरुप का ग़ुलाम यानी नौकर-चाकर—
गाड़ी-बँगला...उसके पास

लब्बो-लुबाब यह कि तुरुप के सारे पत्ते उसके पास और मुझे मिले उसके दिये हुए छक्के-पंजे, यानी टोटके की तरह पुड़िया में बँधे, दार्शनिक लफ़्फ़ाज़ी में लिपटे हवाई प्यार के चन्द जुमले। इन टुटपूँजिया पत्तों के सहारे मैं ज़्यादा-से-ज़्यादा इतना ही कर सकती थी कि ज़िन्दगी-भर उसकी पूँछ पकड़े रहती और उसे ही अपनी उपलब्धि समझ-समझकर सन्तोष करती। मन बहुत घबराता, तो उसी पूँछ से हवा करके उसके साथ बिताये मधुर क्षणों पर जमी समय की धूल उड़ाकर कुछ समय के लिए अपना ख़ालीपन भर लेती।

पर भला बताइए, इससे कहीं ज़िन्दगी चल सकती थी? यह तो लाख-

लाख शुक्र है ख़ुदा का कि मेरी तहस-नहस ज़िन्दगी को नये सिरे से सँवारने के लिए...

लेकिन छोड़िए, इस प्रसंग की कोई ज़रूरत नहीं। निहायत हवाई बातें पल्ले से बाँधे-बाँधे मैंने अपनी ज़िन्दगी को बरबादी के कगार पर ला पटका था। अब चाहती हूँ, ठेठ दुनियादारी की बातें अपनी हज़ार-हज़ार मासूम किशोरी बहनों के पल्ले से बाँध दूँ, जिससे वह मेरी तरह भटकने से बच जायें।

● इस देश में प्रेम के बीज मन और शरीर की 'पवित्र भूमि' में नहीं ठेठ घर-परिवार की उपजाऊ भूमि से ही फलते-फूलते हैं।

● भूलकर भी शादीशुदा आदमी के प्रेम में मत पड़िये। 'दिव्य' और 'महान प्रेम' की ख़ातिर बीवी-बच्चों को दाँव पर लगाने वाले प्रेम-वीरों की यहाँ पैदावार ही नहीं होती। दो नावों पर पैर रखकर चलने वाले 'शूरवीर' ज़रूर सरेआम मिल जायेंगे।

● हाँ, शादीशुदा औरतें चाहें, तो भले ही शादीशुदा आदमी से प्रेम कर लें। जब तक चाहा प्रेम किया, मन भर गया तो लौटकर अपने खूँटे पर।

● न कोई डर, न घोटाला, जब प्रेम में लगा हो शादी का ताला।

अस्तित्व बचाये रखने का संघर्ष

ममता कालिया

इक्कीसवीं सदी की चौखट पर जब उत्तर-आधुनिक समय को लेकर बहस और गोष्ठी चल रही है, औरत के सामने वही आदिम आकुलताएँ हैं—सबसे पहले अपना अस्तित्व बचाये रख सकने की। फिर शुरू होती है प्रगति और विकास की लड़ाई।

रोज सुबह अख़बार खोलते ही नज़र पड़ती है, बलात्कार, अपहरण, हिंसा और अपराध की ख़बरों पर। सबसे आततायी पुरुष हैं और प्रताड़ित स्त्री। यहाँ सच बोलने की क़ीमत वह फ़तवा है जो तस्लीमा नसरीन के विरुद्ध जारी होता है और दुनिया की सारी औरतों को सबक़ सिखाता है, देखो चुप रहना सीखो तभी ज़िन्दा रह पाओगी। बोलने वाली औरत को हमेशा समाज में विरोधी और विद्रोही तत्त्व समझा जाता है।

इस चुप्पी की चेतावनी से एक घटना याद आती है। शादी के बाद मुम्बई में घर बसाया। पहली ही कोशिश में मुम्बई के महिला विश्वविद्यालय में नौकरी मिल गयी। उस महिला विश्वविद्यालय में थोड़े-से पुरुष भी वरिष्ठ पदों पर कार्य करते थे। मैं दिल्ली विश्वविद्यालय से पढ़कर और वहाँ ढाई साल काम करके मुम्बई आयी थी। मुझे बी.ए. के साथ-साथ एम.ए. पूर्वार्द्ध की कक्षाएँ भी पढ़ाने को मिलीं। अच्छी-ख़ासी चल निकली ज़िन्दगी की रेल। तभी उसमें झटका लगा। अंग्रेज़ी विभाग के अध्यक्ष डॉक्टर कोई अधेड़ और आकर्षक क़िस्म के व्यक्ति थे। वे स्वयं गुजराती में कहानियाँ लिखते थे। उन्हें पता था, मैं भी लेखक हूँ। अन्य प्राध्यापकों की अपेक्षा मेरे सुझावों को वे काफ़ी तरजीह देते और सभी अकादमिक गतिविधियों में मेरी प्रमुख भागीदारी रखते।

माहिम से चर्चगेट पहुँचकर आर्ट्स कॉलेज तक जाने की भागदौड़ में कभी-कभी मुझे दो-चार मिनट की देर हो जाती थी। ऐसे ही एक दिन मैं लिफ़्ट में छठी मंज़िल पर सीधी एम.ए. कक्षा में जाने के लिए घुसी। दूसरी मंज़िल पर डॉक्टर कोई भी लिफ़्ट में आये। मैंने उन्हें अभिवादन किया। उन्होंने अपनी दृष्टि मुझ पर गड़ा दी और एक आपत्तिजनक जुमला कहा। 'नो सर' कहती हुई मैं, छठी मंज़िल आते

ही बाहर की ओर लपकी। क्लास में एरिस्टॉटिल का पोयटिक्स पढ़ाना था पर मन था कि डबलफ़ास्ट गाड़ी की तरह धड़धड़ा रहा था। बाद के दिनों में मैंने ग़ौर किया कि जब मैं क्लास लेती, डॉक्टर कोई पार्टिशन के पीछे, खिड़की के शीशे के पार, सीढ़ियों पर कहीं खड़े रहते और मेरे बाद आते ही अपना प्रस्ताव दोहराते। घर पर पति को ये घटनाएँ बताकर मैं अलग तनाव से गुज़र रही थी। हमारी आर्थिक स्थिति इतनी सुखद नहीं थी कि मैं तत्काल त्यागपत्र दे देती। फिर नौकरी छोड़ना पराजय भी होती। मैंने अपनी साथी-प्रवक्ताओं से सलाह की। एक-दो ने बड़ी लापरवाही से कहा, "ऐ! कोई बात नहीं, मुँह से ही बोला न, तुम्हारे साथ कुछ किया थोड़े ही। भूल जाओ। सब चलता है। जब हम नयी आयी थीं, हमारे साथ भी वैसे बोला था वह। डरो नहीं, वह कुछ करेगा नहीं।"

मुझे और भी ग़ुस्सा आया। मैंने रजिस्ट्रार और वाइसचांसलर से शिकायत कर दी। इतनी महिलाओं के विभाग को एक आदमी अपने सिरफिरेपन से प्रदूषित कर रहा है और सब की सब चुप सह रही हैं। रजिस्ट्रार ने कहा- आज तक तो उन्हें कभी किसी से डॉक्टर कोई के विरुद्ध शिकायत सुनने को नहीं मिली। वे इन घटनाओं का साक्ष्य चाहती थीं। साक्षी कहाँ से मिलता। मैंने अपना तबादला उसी यूनिवर्सिटी के एक अन्य कॉलेज में करवा लिया। पर डॉक्टर कोई अब तक ख़बरदार हो गये थे। उन्होंने मेरे विरुद्ध यह प्रचारित कर दिया कि यह लड़की कम्युनिस्ट है, इसे नौकरी पर रखे रहने में ख़तरे ही ख़तरे हैं। लिहाज़ा गर्मी की छुट्टियाँ होते न होते मुझे नौकरी से जवाब मिल गया।

यह घटना बताने का आशय यह भी है कि स्त्री जब काम के लिए बाहर निकलती है, उसे कई स्तरों पर संघर्ष करना होता है। कई बार एक अकेली, निज की बहादुरी से काम नहीं चलता क्योंकि कायरों की फ़ौज के अपने तर्क होते हैं, वे यथास्थिति में सुरक्षित बैठे, अपनी जान को कोई उठा-पटक, उथल-पुथल नहीं चाहते। सम्मान का संघर्ष एक असमाप्त संघर्ष है।

तो साथियों, ऐसे अनेक मौक़े आयेंगे जब आपको और हमें लगेगा कि हम सीधी दिशा में आगे बढ़ने के बजाय समय के गोलचक्र में घूम रहे हैं। पर इतना ज़रूर है कि आज समानता के आग्रह प्रबल हुए हैं, योग्यता की स्पर्धा तीव्र हुई है और जीवन-जगत् के हर पृष्ठ पर स्त्री अपनी अमिट छाप छोड़ रही है। दुनिया को बेहतर बनाने के लिए अभी बहुत मेहनत करनी होगी। स्वयं को शिक्षित करने के साथ उसे उस परिवेश को भी बदलना होगा जिसमें अनिवार्यत: हम सबको जीना है।

बोलने वाली औरत

''यह झाड़ू सीधी किसने खड़ी की?'' बीजी ने त्योरी चढ़ाकर विकट मुद्रा में पूछा।

जवाब न मिलने पर उन्होंने मीरा को धमकाया, ''इस तरह फिर कभी झाड़ू की तो...''

वे कहना चाहती थीं कि मीरा को काम से निकाल देंगी पर उन्हें पता था नौकरानी कितनी मुश्किल से मिलती है। फिर मीरा तो वैसे भी हमेशा छोड़ूँ-छोड़ूँ मुद्रा में रहती थी।

''मैंने नहीं रखी'', मीरा ने ऐंठकर जवाब दिया।

''क्यों रखी थी! तुझे इतना नहीं मालूम कि झाड़ू खड़ी रखने से घर में दलिद्दर आता है, क़र्ज़ बढ़ता है, रोग जड़ पकड़ लेता है।''

''यह तो मैंने कभी नहीं सुना।''

''जाने कौन गाँव की है तू। माँ के घर से कुछ भी तो सीखकर नहीं आयी। काके का काम वैसे ही ढीला चल रहा है, तू और झाड़ू खड़ी रख, यही सीख है तेरी!''

''मेरा ख़याल है झाड़ू गुसलख़ाने के बीचोबीच भीगती हुई, पसरी हुई छोड़ देने से दलिद्दर आ सकता है। तीलियाँ गल जाती हैं, रस्सी ढीली पड़ जाती है और गन्दी भी कितनी लगती है।''

''आज तो मैंने माफ़ कर दिया, फिर कभी झाड़ू खड़ी न मिले, समझी!''

''इस बात में कोई तुक नहीं है, बीजी, झाड़ू कैसे भी रखी जा सकती है।''

बीजी झुँझला गयी। कैसी जाहिल और ज़िद्दी लड़की ले आया है काका। लाख बार कहा था इस कुदेसिन से ब्याह न कर, पर नहीं, उसके सिर पर तो भूत सवार था।

शिखा को हँसी आ गयी। बीजी अपने को बहुत सही और समझदार मानती हैं, जबकि अक्सर उनकी बातों में कोई तर्क नहीं होता।

उसे हँसते देखकर बीजी का ख़ून खौल गया।

''इसे तो बिल्कुल अक़ल नहीं है'', उन्होंने मीरा से कहा।

"बीजी चाय पियेंगी?" शिखा ने पूछा।

बीजी उसकी तरफ़ पीठ करके बैठी रहीं। शिखा की बात का जवाब देना वे ज़रूरी नहीं समझतीं। वैसे भी उनका ख़याल था कि शिखा के स्वर में ख़ुशामद की कमी रहती है।

शिखा ने चाय का गिलास उनके आगे रखा तो वे भड़क गयीं, "वैसे ही मेरा कब्ज के मारे बुरा हाल है, तू चाय पिला-पिलाकर मुझे मार डालना चाहती है।"

शिखा ने और बहस करना स्थगित किया और चाय का गिलास लेकर कमरे में चली गयी।

शिखा का शौहर, कपिल अपने घरवालों से इन अर्थों से भिन्न था कि आमतौर पर उसका सोचने का एक मौलिक तरीक़ा था। शादी के ख़याल से जब उसने अपने आसपास देखा, तो कॉलेज में उसे अपने से दो साल जूनियर बी.एस-सी. में पढ़ती शिखा अच्छी लगी थी। सबसे पहली बात तो यह थी कि वह उन सब औरतों से एकदम अलग थी जो उसने परिवार और अपने परिवेश में देखी थीं। शिखा का पूरा नाम दीपशिखा था लेकिन कोई नाम पूछता तो वह महज़ नाम नहीं बताती, "मेरे माता-पिता ने मेरा नाम ग़लत रखा है। मैं दीपशिखा नहीं, अग्निशिखा हूँ।" वह कहती।

अग्निशिखा की तरह ही वह हमेशा प्रज्वलित रहती, कभी किसी बात पर, कभी किसी सवाल पर। तब उसकी तेजी देखने लायक होती। उसकी वक्तृता से प्रभावित होकर कपिल ने सोचा, वह शिखा को पाकर रहेगा। पढ़ाई के साथ-साथ वह पिता के व्यवसाय में भी लगा था, इसलिए शादी से पहले नौकरी ढूँढ़ने की उसे कोई ज़रूरत नहीं थी। बिना किसी आडम्बर, दहेज या नखरे के एक सादे समारोह में वे विवाह-सूत्र में बँध गये। शिखा उसकी आत्मनिर्भरता, ख़ूबसूरती और स्वतन्त्र सोच से प्रभावित हुई। तब उसे यह नहीं पता था कि प्रेम और विवाह दो अलग-अलग संसार हैं। एक में भावना और दूसरे में व्यवहार की ज़रूरत होती है। दुनिया भर में विवाहित औरतों का केवल एक स्वरूप होता है। उन्हें सहमति-प्रधान जीवन जीना होता है। अपने घर की कारा में वे क़ैद रहती हैं। हर एक की दिनचर्या में अपनी-अपनी तरह की समरसता रहती है। हरेक के चेहरे पर अपनी-अपनी तरह की ऊब। हर घर का एक ढर्रा है जिसमें आपको फ़िट होना ही होना है। कुछ औरतें इस ऊब पर श्रृंगार का मुलम्मा चढ़ा लेती हैं पर उनके श्रृंगार में भी एकरसता होती है। शिखा अन्दाज़ लगाती, सामनेवाले घर की नीता ने आज कौन सी साड़ी पहनी होगी और प्राय: उसका अन्दाज़ ठीक निकलता। यही हाल लिपिस्टिक के रंग और बालों के स्टाइल

का था। दु:ख की बात यही थी कि अधिकांश औरतों को इस ऊब और क़ैद की कोई चेतना नहीं थी। वे रोज़ सुबह साढ़े नौ बजे सासों, नौकरों, नौकरानियों, बच्चों, माली और कुत्तों के साथ घरों में छोड़ दी जातीं, अपना दिन तमाम करने के लिए। वही लंच पर पति का इन्तज़ार, टी.वी. पर बेमतलब कार्यक्रमों को देखना और घर भर के नाश्ते, खाने-नखरों की नोक पलक सँवारना। चिकनी महिला पत्रिकाओं के पन्ने पलटना, दोपहर को सोना, सजे हुए घर को कुछ और सजाना, सास की जी-हुज़ूरी करना और अन्त में रात को एक जड़ नींद में लुढ़क जाना।

कपिल के घर आते ही बीजी ने उसके सामने शिकायत दर्ज की, ''तेरी बीवी तो अपने को बड़ी चतुर समझती है। अपने आगे किसी की चलने नहीं देती। खड़ी-खड़ी जवाब टिकाती है।''

कपिल को ग़ुस्सा आया। शिखा को एक अच्छी पत्नी की तरह चुप रहना चाहिए, ख़ासतौर पर माँ के आगे। इसने घर को कॉलेज का डिबेटिंग मंच समझ रखा है और माँ को प्रतिपक्ष का वक्ता। उसने कहा, ''मैं उसे समझा दूँगा, आगे से बहस नहीं करेगी।''

''उलटी खोपड़ी की है बिल्कुल। वह समझ ही नहीं सकती'', माँ ने मुँह बिचकाया।

रात, उसने कमरे में शिखा से कहा, ''तुम माँ से क्यों उलझती रहती हो दिनभर!''

''इस बात का विलोम भी उतना ही सच है।''

''हम विलोम-अनुलोम में बात नहीं कर रहे हैं, एक सम्बन्ध है जिसकी इज़्ज़त तुम्हें करनी होगी।''

''ग़लत बातों की भी।''

''माँ की कोई बात ग़लत नहीं होती।''

''कोई भी इन्सान परफ़ेक्ट नहीं हो सकता।''

कपिल तैश में आ गया, ''तुमने माँ को इम्परफ़ेक्ट कहा। तुम्हें शर्म आनी चाहिए। तुम हमेशा ज़्यादा बोल जाती हो और ग़लत भी।''

''तुम मेरी आवाज़ बन्द करना चाहते हो।''

''मैं एक शान्त और सुरुचिपूर्ण जीवन जीना चाहता हूँ।''

शिखा अन्दर तक जल गयी इस उत्तर से क्योंकि यह उत्तर हजार नये प्रश्नों को जन्म दे रहा था। उसने प्रश्नों को होंठों के क्लिप से दबाया और सोचा, अब वह बिल्कुल नहीं बोलेगी, यहाँ तक कि ये सब उसकी आवाज़ को तरस जायेंगे।

लेकिन यह निश्चय उससे निभ न पाता। बहुत जल्द कोई-न-कोई ऐसा प्रसंग उपस्थित हो जाता कि वह ज्वालामुखी की तरह फट पड़ती और एक बार फिर बदतमीज़ और बदज़ुबान कहलायी जाती। तब शिखा बेहद तनाव में आ जाती। उसे लगता घर में जैसे टॉयलेट होता है, ऐसे एक टॉकलेट भी होना चाहिए जहाँ खड़े होकर वह अपना ग़ुबार निकाल ले, ज़ंजीर खींचकर बातें बहा दे और एक सभ्य शान्त मुद्रा से बाहर आ जाये। उसे यह भी बड़ा अजीब लगता है कि वह लगातार ऐसे लोगों से मुख़ातिब है जिन्हें उसके इस भारी-भरकम शब्दकोश की ज़रूरत ही नहीं है। घर को सुचारु रूप से चलाने के लिए सिर्फ़ दो शब्दों की दरकार थी—जी और हाँ जी।

"कल छोले बनेंगे?"

"जी छोले बनेंगे।"

"पाजामों के नाड़े बदले जाने चाहिए।"

"हाँ जी, पाजामों के नाड़े बदले जाने चाहिए।"

उसने अपने जैसी कई स्त्रियों से बात करके देखा, सबमें अपने घर-बार के लिए बेहद सन्तोष और गर्व था।

"हमारे तो ये ऐसे हैं।", "हमारे तो ये वैसे हैं जैसा कोई नहीं हो सकता।" "हमारे बच्चे तो बिल्कुल लवकुश की जोड़ी हैं।", "हमारा बेटा तो पढ़ने में इतना तेज़ है कि पूछो ही मत।" शिखा को लगता, उसी में शायद कोई कमी है जो वह इस तरह सन्तोष में लबालब भरकर 'मेरा परिवार महान' के राग नहीं अलाप सकती।

रातों को बिस्तर में पड़े-पड़े वह देर तक सोती नहीं, सोचती रहती, उसकी नियति क्या है। न जाने कब कैसे एक फ़ुलटाइम गृहिणी बनती गयी जबकि उसने ज़िन्दगी की एक बिल्कुल अलग तस्वीर देखी थी। कितना अजीब होता है कि दो लोग बिल्कुल अनोखे, अकेले अन्दाज़ में इसलिए नज़दीक आयें कि वे एक-दूसरे की मौलिकता की क़द्र करते हों, महज़ इसलिए टकरायें क्योंकि अब उन्हें मौलिकता बरदाश्त नहीं।

दरअसल वे दोनों अपने-अपने खलनायक के हाथों मार खा रहे थे। यह खलनायक था रूटीन जो जीवन की ख़ूबसूरती को दीमक की तरह चाट रहा था। कपिल चाहता था कि शिखा एक अनुकूल पत्नी की तरह रूटीन का बड़ा हिस्सा अपने ऊपर ओढ़ ले और उसे अपने मौलिक सोच-विचार के लिए स्वतन्त्र छोड़ दे। शिखा की भी यही उम्मीद थी। उनकी ज़िन्दगी का रूटीन या ढर्रा उनसे कहीं ज़्यादा शक्तिशाली था। अलस्सुबह वह कॉलबेल की पहली कर्कश ध्वनि के साथ

जग जाता और रात बारह के टन-टन घण्टे के साथ सोता। बीजी घर में इस रूटीन की चौकीदार तैनात थीं। घर की दिनचर्या में ज़रा-सी भी देर-सबेर उन्हें बर्दाश्त नहीं थी। शिखा जैसे-तैसे रोज़ के काम निपटाती और जब समस्त घर सो जाता, हाथ-मुँह धो, कपड़े बदल एक बार फिर अपना दिन शुरू करने की कोशिश करती। उसे सोने में काफ़ी देर हो जाती और अगली सुबह उठने में भी। उसके सभी आगामी काम थोड़े पिछड़ जाते। बीजी का हिदायतनामा शुरू हो जाता,''यह आधी-आधी रात तक बत्ती जलाकर क्या करती रहती है तू। ऐसे कहीं घर चलता है!'' ससुर 1940 में सीखा हुआ मुहावरा टिका देते, ''अर्ली टु बेड एंड अर्ली टु राइज'' वग़ैरह-वग़ैरह। हिदायतें सही होतीं पर शिखा को बुरी लगतीं। वह बेमन से झाड़ू-झाड़न पोंचे का रोज़नामचा हाथ में उठा लेती जबकि उसका दिमाग़ किताब, क़ागज़ और क़लम की माँग करता रहता। कभी-कभी छुट्टी के दिन कपिल घर के कामों में उसकी मदद करता। बीजी उसे टोक देतीं, ''ये औरतोंवाले काम करता तू अच्छा लगता है। तू तो बिल्कुल जोरू का ग़ुलाम हो गया है।''

घर में एक सहज और सघन सम्बन्ध को लगातार ठोंक-पीटकर यान्त्रिक बनाया जा रहा था। एकान्त में जो भी तन्मयता पति-पत्नी के बीच जन्म लेती, दिन के उजाले में उसकी गर्दन मरोड़ दी जाती। बीजी को सन्तोष था कि वे परिवार का संचालन बढ़िया कर रही हैं। वे बेटे से कहतीं, ''तू फिकर मत कर। थोड़े दिनों में मैं इसे ऐन पटरी पर ले आऊँगी।''

पटरी पर शिखा तब भी नहीं आयी जब दो बच्चों की माँ हो गयी। बस इतना भर हुआ कि उसने अपने सभी सवालों का रुख़ अन्य लोगों से हटाकर कपिल और बच्चों की तरफ़ कर लिया। बच्चे अभी कई सवालों का जवाब देने लायक़ समझदार नहीं हुए थे, बल्कि लाड़-प्यार में दोनों के अन्दर एक तर्कातीत तुनकमिज़ाजी आ बैठी थी। स्कूल से आकर वे दिनभर वीडियो देखते, गाने सुनते, आपस में मार-पीट करते और जैसे-तैसे अपना होमवर्क पार लगाकर सो जाते। कपिल अपने व्यवसाय से बचा हुआ समय अख़बारों, पत्रिकाओं और दोस्तों में बिताता। अकेली शिखा घर की कारा में क़ैद घटनाहीन दिन बिताती रहती। वह जीवन के पिछले दस सालों और अगले बीस सालों पर नज़र डालती और घबरा जाती। क्या उसे वापस अग्निशिखा के बजाय दीपशिखा बनकर ही रहना होगा, मद्धिम और मधुर-मधुर जलना होगा। वह क्या करे अगर उसके अन्दर तेल की जगह लावा भरा पड़ा है।

उसे रोज़ लगता कि उन्हें अपना जीवन नये सिरे से शुरू करना चाहिए। इसी उद्देश्य से उसने कपिल से कहा, ''क्यों नहीं हम दो-चार दिन को कहीं घूमने चलें।''

"कहाँ?"

"कहीं भी। जैसे जयपुर या आगरा।"

"वहाँ हमें कौन जानता है। फ़िजूल में एक नयी जगह जाकर फँसना।"

"वहाँ देखने को बहुत कुछ है। हम घूमेंगे, कुछ नयी और नायाब चीज़ें खरीदेंगे, देखना, एकदम फ्रेश हो जायेंगे।"

"ऐसी सब चीज़ें यहाँ भी मिलती हैं, सारी दुनिया का दर्शन जब टी.वी. पर हो जाता है तो वहाँ जाने में क्या तुक है?"

"तुक के सहारे दिन कब तक बितायेंगे?"

बच्चों ने इस बात का मज़ाक़ बना लिया, "कल को तुम कहोगी, अण्डमान चलो, घूमेंगे।"

"इसका मतलब अब हम कहीं नहीं जायेंगे, यहीं पड़े-पड़े एक दिन दरख़्त बन जायेंगे।"

"तुम अपने दिमाग़ का इलाज कराओ, मुझे लगता है तुम्हारे हॉरमोन बदल रहे हैं।"

"मुझे लगता है, तुम्हारे भी हॉरमोन बदल रहे हैं।"

"तुम्हारे अन्दर बराबरी का बोलना एक रोग बनता जा रहा है। इन ऊल-जलूल बातों में क्या रखा है?"

शिखा याद करती वे प्यार के दिन जब उसकी कोई बात बेतुकी नहीं थी। एक इन्सान को प्रेमी की तरह जानना और पति की तरह पाना कितना अलग था। जिसे उसने निराला समझा वही कितना औसत निकला। वह नहीं चाहता जीवन के ढर्रे में कोई नयापन या प्रयोग। उसे एक परम्परा चाहिए जी-हुज़ूरी की। उसे एक गान्धारी चाहिए जो जान-बूझकर न सिर्फ़ अन्धी हो बल्कि गूँगी और बहरी भी।

बच्चों ने बात दादी तक पहुँचा दी। बीजी एकदम भड़क गयीं, "अपना काम-धन्धा छोड़ अब काका जयपुर जायेगा, क्यों, बीवी को सैर कराने। एक हम थे, कभी घर से बाहर पैर नहीं रखा।"

"और अब जो आप तीर्थ के बहाने घूमने जाती हैं वह?" शिखा से नहीं रहा गया।

"तीरथ को तू घूमना कहती है! इतनी ख़राब ज़ुबान पायी है तूने, कैसे गुज़ारा होगा तेरी गृहस्थी का!"

"काश गोदरेज कम्पनी का कोई ताला होता मुँह पर लगानेवाला, तो ये लोग उसे मेरे मुँह पर जड़कर चाभी सेफ में डाल देते", शिखा ने सोचा, "सच ऐसे कब तक चलेगा जीवन।"

बच्चे शहजादों की तरह बर्ताव करते। नाश्ता करने के बाद जूठी प्लेटें कमरे में पड़ी रहतीं मेज़ पर। शिखा चिल्लाती, ''यहाँ कोई रूम सर्विस नहीं चल रही है, जाओ, अपने जूठे बर्तन रसोई में रखकर आओ।''

''नहीं रखेंगे, क्या कर लोगी'', बड़ा बेटा हिमाकत से कहता।

न चाहते हुए भी शिखा मार बैठती उसे।

एक दिन बेटे ने पलटकर उसे मार दिया। हल्के हाथ से नहीं, भरपूर घूँसा मुँह पर। होंठ के अन्दर एक तरफ का मांस बिल्कुल चिथड़ा हो गया। शिखा सन्न रह गयी। न केवल उसके शब्द बन्द हो गये, जबड़ा भी जाम हो गया। बर्तन बेटे ने फिर भी नहीं उठाये, वे दोपहर तक कमरे में पड़े रहे। घर भर में किसी ने बेटे को ग़लत नहीं कहा।

बीजी एक दर्शक की तरह वारदात देखती रहीं। उन्होंने कहा, ''हमेशा ग़लत बात बोलती हो, इसी से दूसरे का ख़ून खौलता है। शुरू से जैसी तूने ट्रेनिंग दी, वैसा वह बना है। ये तो बचपन से सिखाने वाली बातें हैं। फिर तू बर्तन उठा देती तो क्या घिस जाता।''

उन्हीं के शब्द शिखा के मुँह से निकल गये, ''अगर ये रख देता तो इसका क्या घिस जाता।''

''बदतमीज़ कहीं की, बड़ों से बात करने तक की अक़्ल नहीं है।'' बीजी ने कहा।

ससुर ने सारी घटना सुनकर फिर 1940 का एक मुहावरा टिका दिया, ''एज यू सो, सो शैल यू रीप।''

कपिल ने कहा, ''पहले सिर्फ़ मुझे सताती थीं, अब बच्चों का भी शिकार कर रही हो।''

''शिकार तो मैं हूँ, तुम सब शिकारी हो'', शिखा कहना चाहती थी पर जबड़ा एकदम जाम था। होंठ अब तक सूज गया था। शिखा ने पाया, परिवार में परिवार की शर्तों पर रहते-रहते न सिर्फ़ वह अपनी शक्ल खो बैठी है वरन् अभिव्यक्ति भी। उसे लगा वह ठूँस ले अपने मुँह में कपड़ा या सी डाले इसे लोहे के तार से। उसके शरीर से कहीं कोई आवाज़ न निकले। बस, उसके हाथ-पाँव परिवार के काम आते रहें। न निकलें इस वक़्त मुँह से बोल लेकिन शब्द उसके अन्दर खलबलाते रहेंगे। घर के लोग उसके समस्त रन्ध्र बन्द कर दें फिर भी ये शब्द अन्दर पड़े रहेंगे, खौलते और खदकते। जब मृत्यु के बाद उसकी चीर-फाड़ होगी, तो ये शब्द निकल भागेंगे

शरीर से और जीती-जागती इबारत बन जायेंगे। उसके फेफड़ों से, गले की नली से, अँतड़ियों से चिपके हुए ये शब्द बाहर आकर तीखे, नुकीले, कँटीले, ज़हरीले असहमति के अग्रलेख बनकर छा जायेंगे घर भर पर। अगर वह इन्हें लिख दे तो एक बहुत तेज़ एसिड का आविष्कार हो जाये। फ़िलहाल उसका मुँह सूजा हुआ है, पर मुँह बन्द रखना चुप रहने की शर्त नहीं है। ये शब्द उसकी लड़ाई लड़ते रहेंगे।

तुझं माझं सरलं, घे तुझं डोरलं

उर्मिला पवार (मराठी)

मैं स्त्री-मुक्ति संगठनों में जाती हूँ, स्त्रियों के बारे में सुनती हूँ, उनके दुःख पर बोलती हूँ, लिखती हूँ, यह सुनकर हमारे एक पुरुष रिश्तेदार का माथा भड़का। उनका कहना था, यह सब फ़ालतू की बकवास है, इसलिए मेरे कान उमेठने के लिए एक दिन वे हमारे घर पर आये। आते ही मुझे समझाने-बुझाने के अन्दाज़ में बोले—''देखो, तुम हमारे पिछड़े समाज की एक पढ़ी-लिखी महिला हो, बोलती हो, लिखती हो, इसकी हम ज़रूर सराहना करेंगे लेकिन इसका अर्थ यह नहीं कि हम तुम्हारी कुछ भी बकवास सुन लें...' इतना कहकर उन्होंने लम्बा पॉज़ लिया और एकाएक आवाज़ चढ़ाकर मुझे धमकाने के स्वर में बोले, 'तुम्हारे दिमाग़ में ये जो स्त्री-मुक्ति वग़ैरह का फ्रॉड है न, इसको पहले दिमाग़ से निकाल दो क्योंकि हमारे समाज की औरतों को इसकी आवश्यकता नहीं। वह पहले से ही स्वतन्त्र हैं। वह जब चाहें, तब पति को कह सकती हैं, 'तुझं माझं सरलं, घे तुझं डोरलं' (तुम्हारा मेरा रिश्ता ख़त्म हुआ, यह रहा तुम्हारा मंगलसूत्र, मैं चली)। ग़ुस्से में यह कहकर उन्होंने एक बार मेरे पति की ओर देखा और मानो बड़ा तीर छोड़ने का पराक्रम किया, ऐसा मुँह बनाकर, बग़ैर खाये-पिये वह चले गये।

उन सज्जन ने जिस दलित स्त्री के स्वातन्त्र्य की बात की, क्या वह सच थी? किसी भी औरत के लिए अपना बसा-बसाया घर तोड़ना, तलाक़ लेना क्या इतना आसान है? नहीं। कोई भी औरत पाँव से सर तक पानी चढ़ने तक भी घर बचाये रखना चाहती है पर जब पानी सर से ऊपर गुज़र जाये, औरत की सहनशीलता पूरी तरह जवाब दे जाये, तभी वह घर छोड़ने पर मजबूर होती है। दलित औरत का हाल भी यही है, फिर भी बड़े-बड़े पढ़े-लिखे दलित कार्यकर्ता और दलित नेता भी उसकी स्वतन्त्रता के बारे में ग़लत फ़हमियाँ बनाये रखते हैं।

बहुत-से दलित कार्यकर्ता और नेता अक्सर इस मुद्दे पर सवाल उठाते हैं, ''ब्राह्मण औरतों की तरह क्या हमारी औरतें घर की चारदीवारी में बँधी रहती हैं?

अगर वह विधवा हो गयी या उसके पति ने छोड़ दिया तो क्या वह दूसरी शादी नहीं करती? धर्म या परम्परा के नाम पर क्या उसे कभी सती होने पर मजबूर किया गया है? उसकी शादी कम उम्र या बचपन में ही कर दी जाये, क्या ऐसा कोई दण्डविधान है? नहीं न। तो फिर उसे स्त्री-मुक्ति, स्त्री-विमोचन वगैरह की क्या ज़रूरत है?''

हमारे कार्यकर्ताओं ने दलित स्त्री के स्वातन्त्र्य के बारे में जो तस्वीर प्रस्तुत की है, वह बाहर से जितनी सत्य दिखाई देती है, वास्तविकता उसके ठीक विपरीत है। जो बन्धन ब्राह्मण स्त्री के लिए थे, उन बन्धनों से वह मुक्त है पर वह और कई तरह के बन्धनों में जकड़ी हुई है। चातुर्वर्ण्य व्यवस्था में सबसे निचले दरजे के दलित पुरुष की वह स्त्री है। पुरुष प्रधान संस्कृति के कारण दलित पुरुष से भी उसका दर्जा नीचा है। परिणामत: वर्ण-व्यवस्था के कारण आया हुआ दारिद्र्य, जाति के कारण मिला हीनताबोध और स्त्री होने के कारण मिला हुआ सबसे निचला स्थान, यही दलित स्त्री की पहचान है।

ऐसा नहीं है कि दलित स्त्री की इस वास्तविकता से लोग अनजान हैं, पर इस हक़ीक़त से मुँह मोड़ लेना उनके लिए सुविधाजनक है। दलित कार्यकर्ता भी उसे अनदेखा करते हैं। दलितेतर स्त्री-पुरुषों के संगठन समझते हैं कि दलित स्त्री का प्रश्न सिर्फ़ दलितों का प्रश्न है। यह एक मुख्य कारण है कि दलित स्त्री का दुख:-दर्द, उसकी वेदना, घुटन, आक्रोश उपेक्षित रहा है। दलित स्त्री पर बलात्कार होता है। उसके कपड़े उतारकर उसे निर्वस्त्र खुलें आम घुमाया जाता है। उसे भूतनी समझकर उसकी हत्या कर दी जाती है। देहात में और शहरों में बसी हुई झोंपड़पट्टी में दारिद्र्य रेखा के निचले स्तर पर वह जीती-मरती है। धर्म के नाम पर देवदासी बनाकर उसकी बलि चढ़ाई जाती है, फिर भी उसकी ओर ध्यान देने की किसी को ज़रूरत महसूस नहीं होती। आये दिन दलित स्त्री पर हुआ बलात्कार या गाँव में उसकी निर्वस्त्र परेड सिर्फ़ समाजशास्त्रीय शोध के लिए बढ़ा हुआ एक आँकड़ा, लेखों में दर्ज एक इतिहास का तथ्य है, इससे ज़्यादा कुछ नहीं।

जो दलित स्त्री पढ़ी-लिखी है, नौकरी करती है, कमाती है, वह भी पुरुष प्रधानता और जातिप्रथा से जुड़ी अवहेलना से मुक्त नहीं है। मैं खुद इस परिस्थिति से गुज़र रही हूँ। वह पीड़ा, वह घुटन मैं भी महसूस करती हूँ, इसलिए जब भी मैं लिखने का, बोलने का प्रयास करती हूँ, तब बचपन से मेरे अन्दर छिपा हुआ अवसाद जाने-अनजाने उभरकर बाहर आ जाता है। इससे अगर मेरे रिश्तेदारों को परेशानी होती है तो इसमें मैं क्या कर सकती हूँ।

औरतज़ात

वकील साहब को कोर्ट के बरामदे में आता देख मैं और सदाशिव उठकर उनके पास चले गये। सदाशिव से उन्होंने कहा, ''आप कब आये?''

''अभी-अभी आ रहा हूँ।'' सदाशिव ने कहा।

''सबूत लाये हो?'' वकील साहब।

'ना' में गर्दन हिलाते हुए सदाशिव ने कहा, ''मैंने कोशिश की, लेकिन कोई कुछ कहने के लिए तैयार नहीं है। जिस पुरोहित ने शादी करवायी, वह भी बात टाल गया।'' पता नहीं सदाशिव की बातों में सच्चाई कितनी थी लेकिन वकील साहब ने भौंहें तानते हुए कहा, ''ठीक है। जो सबूत उपलब्ध हैं, वही पेश करेंगे। वह टूटा हुआ ताला तो है ना?''

पर्स में रखा ताला टटोलते हुए मैंने हामी भरी। वकील साहब ने पूछा, ''और वह पड़ोसन आयी है?''

''साब, वह डरती है। उसके पति ने उसे धमकाया है। ताला तोड़कर प्रभाकर घर में घुसा और उसके साथ उस वक़्त कोई दूसरी औरत थी, यह बात किसी से न कहने की उसे सख्त हिदायत दी गयी है,'' मैंने कहा।

''तो सब भगवान भरोसे है, क्यों? ठीक है, हम उसे सम्मन भेजेंगे, अगली तारीख़ लेंगे, आज सदाशिव की गवाही लेंगे। तब तक मैरिज सर्टिफ़िकेट...'' मैंने गर्दन हिलाकर 'हाँ' कहा और हारे खिलाड़ी की तरह निराश होकर बेंच पर बैठ गयी। मेरे पास आकर बैठते हुए लगभग धमकाने वाले अन्दाज़ में सदाशिव ने कहा, ''बाबा ने कहा है, अभी भी सोच लो। केस वापिस लो अपना। यहाँ आज तक कभी औरतज़ात ने अपने पति पर केस नहीं ठोंका है, ख़ासकर तलाक़ का।''

मुझे ग़ुस्सा आया। मैंने लगभग चिल्लाते हुए कहा, ''क्यों मेरा दिमाग़ चाट रहे हो? शादी का सबूत लाने के लिए रुपया देकर तुम्हें गाँव भेजा था। क्या किया तुमने? कुछ नहीं। ख़ाली हाथ वापस लौट आये और यहाँ बैठकर मेरा दिमाग़ चाट रहे हो।

निकल जाओ यहाँ से।'' वह सचमुच उठकर चलता बना। मैं देखती रह गयी। वह सामनेवाले होटल में घुसकर बैठ गया। मेरे ही पैसे से अब वह ठूँसकर खायेगा।

सदाशिव मेरा भाई है, सौतेला भाई होने के बावजूद मैंने उसे कभी सौतेला नहीं माना। एक ही घर में पैदा हुए, बढ़े। मैंने उसे अपनी गोद में बड़ा किया। कहते हैं साथ-साथ रहने से प्रेम बढ़ता है लेकिन प्रेम सिर्फ़ मेरे ही मन में बढ़ा। सदाशिव के मन में बढ़ा ही नहीं। ऐसा क्यों? असल में ग़ुस्सा तो मुझे उस पर होना था। मेरे बाबा के प्यार में वह और उसकी माँ हिस्सेदार बनकर आये थे।

सम्मन लेकर प्रभाकर को घेरने के काम में सदाशिव से मदद ज़रूर मिली थी। प्रभाकर ने पहले कई बार सम्मंस की तारीख़ पता कर झाँसा दिया था। उसने जब जाना कि सदाशिव उसे कहीं भी घेर लेगा तो उसने चुपचाप नोटिसें लेनी शुरू कर दीं।

दोपहर की चिलचिलाती धूप में सूनी आँखों से सामने देखते हुए बैठी थी कि अचानक पान के ठेले पर खड़ा सदाशिव दिखाई दिया। पान चबाता हुआ सिगरेट के छल्ले हवा में छोड़ता हुआ वह किसी के साथ बतिया रहा था। वह प्रभाकर था। मेरी तरफ़ उसकी पीठ थी। प्रभाकर के साथ उसकी 'बीवी' थी, मेरी सौत। कोर्ट में भी वह प्रभाकर के साथ खुल्लमखुल्ला घूमते हुए मानो मुझे और कोर्ट को चुनौती दे रही थी कि, साबित करो कि हमारी शादी हुई है। सदाशिव भी वहीं उनके साथ खड़ा अपनी बत्तीसी दिखाते हुए हँसता चला जा रहा था। पल भर के लिए मेरा दिमाग़ भन्ना गया।

सबूत लाने के लिए सदा गाँव गया था लेकिन वहाँ उसने गाँव के लोगों की बैठक ली। बैठक में निर्णय लिया गया कि बच्चा पैदा होने तक मैं उन दोनों को अपने घर में ठौर दूँ। बच्चा पैदा होते ही वे दूसरी जगह रहने चले जायें।

यह बात मैं कैसे मानती? दो पत्नियों के बीच एक पतिवाली अजीब तिकोनी गृहस्थी मुझे नहीं चाहिए थी। आँखों के सामने उन दोनों का उठना-बैठना मैं कैसे सह पाती? इसलिए मैंने एक निर्णय किया था कि जब प्रभाकर ने उसके साथ शादी की है तो अलग घर लेकर उसके साथ वहीं जाकर रहे। मेरे घर में अब वह क़त्तई नहीं रहेगा। मेरी अम्मा ने जो सहा था, वही सब सहने की ताक़त मुझमें नहीं थी।

मेरे पैदा होने के बाद अम्मा को कोई बच्चा पैदा नहीं हुआ। इसलिए, दस सालों बाद बाबा ने दूसरी शादी की। इस तरह माई घर आयी। अम्मा ने बड़े दिल से माई को स्वीकारा। अपने परिवार में उसके लिए जगह बनायी। लोग अम्मा की तारीफ़

करते। कहते कि औरत हो तो तारा की माँ जैसी हो। सौत के साथ अपनी छोटी बहन जैसा व्यवहार करती है। सुनकर अम्मा हँस देती लेकिन लगता जैसे रो रही हो। अम्मा की हालत देखकर मुझे माई पर ग़ुस्सा आता। बाबा पर भी ग़ुस्सा आता। दो शादियाँ करने वाले सभी पुरुषों और उनकी दो नम्बर की पत्नियों से मुझे नफ़रत थी।

मुझे लगता औरतें ही औरतों के घर तोड़ती हैं। ऐसे कई पुरुष हमारे रिश्तेदारों में थे जिन्होंने छोटी और मामूली-सी वजहों से दुबारा शादी रचायी थी। बच्चा नहीं है, लड़का नहीं है, घर में काम करने के लिए कोई औरत नहीं है, गाँव में ज़मीन की देखभाल करने के लिए औरत नहीं, किसी औरत का कोई सहारा नहीं है, किसी के बग़ैर चैन नहीं आता, कोई मन को भा गयी, इन जैसी वजहों से पुरुष दूसरी या तीसरी शादी करने में हिचकते नहीं थे। लेकिन कभी मेरा पति भी यह करेगा, यह मैंने नहीं सोचा था। प्रभाकर पढ़ा-लिखा है, नौकरी करता है और कार्यकर्ता है। लेकिन शादी के चार-पाँच साल बाद भी बच्चा नहीं हुआ तो उसका स्वर भी शिकायती हो गया। मेरे ससुरालवाले और मायकेवालों ने भी उसे दूसरी शादी की सलाह देनी शुरू की।

रात-दिन प्रभाकर सभाओं, मोर्चों, शिविर, लोगों के सरकारी काम, कार्यकर्ताओं से मिलना आदि में व्यस्त रहता। फ़ुरसत से बातचीत करने या कुछ तय करने के लिए उसके पास समय ही नहीं बचता था। घर लौटते ही बाहर के सभी कामों की थकान वह बच्चा न होने का बहाना बनाकर मुझ पर उतारता। धीरे-धीरे यह रोज़मर्रा की बात हुई। मैं भी तंग आ गयी। प्रभाकर के पीछे पड़कर हमने अपना चेकअप करवा लिया। दोनों की रिपोर्ट्स बिल्कुल नॉर्मल थी। पता नहीं बात कहाँ अटक गयी थी। प्रभाकर से मैंने कहा कि हम दूसरे डॉक्टर को दिखायेंगे। साथ में आप अपने दौरे कम कर घर पर ध्यान दीजिए। लेकिन उसने कभी मेरी बात नहीं मानी, उल्टे, बच्चा नहीं है इसे मेरा कसूर मानकर चिढ़ता, झगड़ता, दूसरी शादी की बात करता। मेरे पिता की, और भी कइयों की दो-दो शादियों का ज़िक्र करता।

एक दिन बिना कुछ कहे प्रभाकर ग़ायब हुआ और पन्द्रह दिनों बाद लौटा। सामाजिक कार्यकर्ता की हैसियत से उसका घूमना-फिरना बदस्तूर जारी था, सो मैं चुप थी। इसी दरमियान उसके एक दोस्त ने आकर बताया था कि वह गाँव गया है।

प्रभाकर लौटा तो मैंने ग़ुस्से से पूछा कि इतने दिन वह कहाँ था? हर वक़्त घर से बाहर क्यों रहता है? जवाब में फूत्कारते हुए उसने कहा,

''घर में है ही क्या देखने लायक़?''

''यानी, बाहर कोई देखने लायक़ मिल गयी है?''

''कुछ ऐसा ही समझो।''

"मतलब?"

"देखो तारा, मैं बच्चा चाहता हूँ।"

"मैं नहीं चाहती?"

"इसीलिए कह रहा हूँ। देखो, पहले भी इस विषय पर अपनी बातचीत हो चुकी है। बेकार में वही बातें दोहराने का..."

"कौन है वह?" उसे बीच में ही रोकते हुए मैंने पूछा।

"तुम्हारे ननिहाल की तरफ़ की ही है। सोन बावड़ी की।"

यानी सदाशिव के ननिहाल की। माई की गाँववाली। मेरे माथे की नस तड़की। मैंने पूछा, "आख़िर क्या करना चाहते हैं आप?"

"वही मैं बता रहा था...हमने गाँव में शादी कर ली है। उसे यहाँ लाने के लिए तुम्हारी इजाज़त...।"

"मेरी इजाज़त?" मैं चीख़ी। मेरे पूरे बदन में आग लग गयी। "शादी करने से पहले मेरी इजाज़त ली? फिर अब ये तमाशा क्यों कर रहे हो?"

"तमाशा कैसा? मैंने शादी की है उसके साथ?"

"वाह...ऽ। क्या तीर मारा है? लेकिन यह सब ऐसे चोरी-छिपे क्यों किया? करने के बाद फिर यहाँ क्यों आये हो? जहाँ किया वहीं रहते। क्या तुम जानते नहीं कि ये घर मेरा है?" मैंने जो कुछ कहा उससे प्रभाकर कुढ़ गया। बोला, "हाँ, हाँ, ज़रा मुँह सँभालकर बात करना।" मैंने कहा, "क्यों? तुमने मुझे धोखा दिया, मेरी सौत लेकर आये, इसलिए चुप रहूँ? ख़ुद गुनाह करके मुझ पर रौब गाँठने में शर्म नहीं आती?"

प्रभाकर दौड़कर मेरे पास आया और मेरी कलाई मरोड़ते हुए बोला, "ख़बरदार अगर मुझे शर्मिन्दा करने की कोशिश की तुमने!"

चिल्लाकर मैंने पूछा, "क्या कर लोगे?" तो तुरन्त प्रभाकर ने मेरे गाल पर झन्नाटेदार तमाचा रसीद करते हुए कहा, "बाँझ होकर ज़बान लड़ाती हो?..."

मेरे बदन में आग लग गयी। मैं चीख़ी, "चले जाओ...निकल जाओ यहाँ से..." मैं शायद बहुत ज़ोर से चीखी थी क्योंकि किसी ने हमारे घर की कॉलबेल दबायी। दरवाज़ा खोलकर देखा तो डरी हुई पड़ोसन पूछने लगी, "क्या हुआ?" उसे नज़रअन्दाज़ करते हुए मैं दरवाज़े से ही चिल्लाई, "निकलो, निकल जाओ कहा ना?"

खुला दरवाज़ा, उसमें से झाँकते पड़ोसी और मेरा चंडिका-सा रूप देखकर प्रभाकर बौखला गया। बात ऐसा मोड़ लेगी, शायद उसने सोचा नहीं था।

दाँत पीसते हुए उसने अपना ब्रीफ़केस उठाया और मेरी तरफ़ देखते हुए आँखें तरेरकर कहा, ''देख लूँगा तुझे'' और वह झट-से बाहर निकल गया। मैं सोफ़े पर लुढ़क गयी। सब पड़ोसनें पूछ रही थीं— ''क्या हुआ?'', ''क्या हुआ?'', लेकिन मैंने उनसे कहा, ''कुछ नहीं, आप लोग जाइये।'' मेरी आवाज़ इतनी परायी थी कि खुद मुझे अनजानी-सी लगी।

पता नहीं कितनी देर तक मैं उसी तरह बैठी रही। अँधेरा घिर आया तो मुझे एक बात का डर लगने लगा— रात भर में कभी लौटकर प्रभाकर ने दरवाज़े पर तमाशा खड़ा किया तो? मैं क्या कर सकती थी, मैं फिर उठी। थैली में दो साड़ियाँ ठूँसीं। दरवाज़े पर बड़ा-सा ताला ठोंका। तुरन्त सदाशिव की खोली की तरफ़ चल दी।

सदाशिव भी सुनते ही भड़क गया। ''उसकी ये मजाल?'' कहते-कहते दो-चार तगड़ी-भद्दी गालियाँ उसने प्रभाकर के नाम पर चस्पाँ कर फिर मुझसे पूछा, ''फिर अब करना क्या चाहती हो तुम?''

''उस पर मुक़दमा ठोकेंगे, और क्या?'' मैंने कहा।

''और नहीं तो क्या'', सदा ने भी कड़ा रुख़ अपनाते हुए कहा, ''उसे अपने किये की सज़ा तो दिलाके रहेंगे।'' बाद में, वह और उसकी बीवी मिलकर देर तक प्रभाकर को गालियाँ देते रहे।

मैं रात भर सो नहीं पायी। प्रभाकर का हमेशा से ग़ायब रहना, दूसरी शादी के बारे में बताना और झन्नाटेदार तमाचा जड़ देना, सब एक-एक कर याद आने लगा। बेइज़्ज़ती के बिच्छू का ज़हर शरीर भर में फैला। सुबह मैंने सदाशिव से कहा कि वह प्रभाकर की कम्पनी में जाकर उससे मिले और पता करे कि लड़की कौन है, और कब उन दोनों ने शादी की।

सदाशिव ने कहा, ''ठीक है, पता करते हैं कि उसने किया क्या है? और तुम दफ़्तर नहीं जाओगी आज?''

''नहीं। हरारत-सी लग रही है। तुम वहाँ रुकना मत। शाम को जल्दी लौट आना।''

''ज़रा, दस रुपये देना तो'', खिसियानी हँसी हँसते हुए सदाशिव ने कहा। उसे दस के दो नोट थमाते हुए मैंने कहा, ''कुछ पता करके ही आना। कुछ सुराग़ ज़रूर लाना।''

दोपहर ढलने के बाद सदाशिव लौटा। लेकिन लौटा हुआ सदाशिव कोई और ही था। हो सकता है प्रभाकर से ग़लती हुई हो लेकिन बच्चे की ख़ातिर...कहते हुए वह मुझे ही समझाने लगा।

उसकी बातें अब मेरे लिए बेमतलब हो गयी थीं। उसकी बातों से कुछ इतना पता चला कि चार दिन पहले गाँव में ही प्रभाकर की शादी हो चुकी है और उसकी नयी ब्याहता गाँव में प्रभाकर के ही घर में रहती है।

रातवाली थैली उठाकर शाम की गाड़ी से मैं गाँव रवाना हुई। सदाशिव को साथ चलने के लिए कहा लेकिन उसने मना कर दिया। रात यात्रा में बीती। सुबह थके हुए तन-मन से मैंने गाँव में क़दम रखा तो सब लोगों को अपनी तरफ ताकते हुए पाया। किसी के चेहरे पर मुझे पढ़ने की कोशिश थी, तो किसी का चेहरा 'प्रभाकर की पत्नी क्यों आयी?' इस बात का अन्दाज़ा लगाने की कोशिश कर रहा था।

आँगन में आयी तो देखा कि ससुर जी बरामदे में बैठे चिलम पी रहे हैं। मुझे देखते ही वह सकपकाये। उन्होंने कहा, ''आँ, ताराबाई? अचानक कैसे आना हुआ?'' मैंने थैली नीचे रखी। अभी बैठ ही रही थी कि अन्दर के दरवाज़े के पास कहीं चूड़ियाँ खनकीं। पल भर में झाँककर कोई दरवाज़े के पीछे छिप गया, यह मैंने महसूस किया।

मैं कुछ कहती इससे पहले ससुर जी बोले, ''ताराबाई, यात्रा से थक गयी होगी। हाथ-मुँह धो लो। चाय पीयेंगे, फिर बातचीत होती रहेगी।''

''अब बचा क्या है बोलने के लिए'', मैंने कहा, ''इतना सब हुआ और आपने मुझे ख़बर भी नहीं की।''

''क्या कहा? बताया नहीं?'' जली हुई तमाकूं चिलम से नीचे झटकते हुए अचरज-भरे स्वर में ससुर ने कहा, ''लेकिन प्रभाकर ने तो यही कहा कि इस शादी के बारे में तुम्हें कोई आपत्ति नहीं है।''

मैं समझ नहीं पायी कि ससुर जी को क्या कहूँ? ग़ुस्से से सिर चकराने लगा। सीढ़ियाँ उतरकर मैं एकदम अन्दर गयी...अन्दर चूल्हे के पास मेरी सौत लम्बा घूँघट काढ़े बैठी थी। मुझे देखकर वह डर गयी। बिल्ली की तरह मेरी तरफ़ देखने लगी। उसके हाथ की हरी चूड़ियाँ या माथे की बड़ी बिन्दी से ज़्यादा उसकी कमसिनी ही मेरे सीने में ख़ंजर की तरह उतर गयी। अचानक मैं चिल्लायी, ''इसका अंजाम बहुत बुरा होगा, कहे देती हूँ।'' ससुर जी हड़बड़ाकर अन्दर आते हुए बोले, ''धीरज से काम लो, ताराबाई, धीरज से।''

''कैसे धीरज धरूँ? ये सब करके मेरी ज़िन्दगी में आग लगाते हुए आप लोगों को मेरा ख़याल नहीं आया?...'' मैं चीख़-चीख़कर बोल रही थी। आवाज़ सुनकर गाँव के लोग आँगन में इकट्ठे हो गये। ससुर जी बाहर गये और उन पर बरसे, ''यहाँ तमाशा चल रहा है क्या? चलो, निकलो, निकलो यहाँ से।'' लोग जाने के

लिए मुड़े तो मैं चिल्लायी, "रुको, मैं आपसे पूछती हूँ...मैं इस घर की बहू हूँ। और मेरे होते हुए आप इस लड़की को बहू बनाकर कैसे ले आये? क्यों ले आये?"

मेरी बात जैसे लोगों तक पहुँची ही नहीं, वे चुपचाप चलते रहे, चलते चले गये। अपनी थैली उठाते हुए उनके पीछे मैं भी चल पड़ी। "ठीक है, मैं भी देख लूँगी..."

"ताराबाई...ताराबाई...सुनो तो..." ससुर कहते रहे लेकिन मैं रुकी नहीं।

धूप अब तेज़ हो गयी थी। बदन जलने लगा था। मन भी ग़ुस्से से सुलग रहा था। जंगल रौंदते हुए मैं मायके की तरफ़ बढ़ रही थी। ठोकरों से पैर लहूलुहान हो गये थे।

मायके पहुँची तो सब सुनसान था। दरवाज़े भिड़ाकर सब लोग खलिहानों में गये हुए थे। घर में बस अम्मा थी। इन दिनों बाबा और वह बीमार चल रहे थे।

अम्मा घर पर थी यानी दोनों में से कोई बीमार था, यह पक्की बात थी।

मुझे आँगन में देखकर अम्मा बाँह पसारे आगे आयी। मुझसे लिपटकर रोने लगी। मैंने पूछा तो अम्मा बोली, "बेटी, देख तेरे बाबा बीमार हैं। तेरी ख़बर सुनते ही उन्होंने खाट पकड़ ली। हम लोगों को पहले कुछ पता नहीं था। उस दिन मेले में तुम्हारे पति से बात हुई लेकिन उसने हमें कुछ बताया नहीं। फिर ख़बर आयी कि उसने तुम्हारी इजाज़त से दूसरी शादी रचा ली है।"

मैंने उनकी सारी बातें चुपचाप सुन लीं। बाबा की तरफ़ देखा। वह बिस्तर पर ही उठ बैठे। मैंने पूछा, "क्या तकलीफ़ है, बाबा?" तो उसाँस छोड़ते हुए उन्होंने कहा, "अब क्या होना है? अब हम थक गये। झुक गये। अब यह सब चलता रहेगा..."

अम्मा ने पानी का लोटा सामने रखकर कहा, "जाओ, हाथ-मुँह धो लेना, कुल्ला कर लेना...जाओ, मैं तब तक नहाने का पानी चढ़ाती हूँ।"

मैंने मुँह धोकर, चाय पी और थके शरीर को दीवार का सहारा देते हुए बैठ गयी। फिर कहा, "बाबा, रात को चार समझदार लोगों को बुलाना। मैं कुछ फ़ैसले करना चाहती हूँ।" दोनों ने मेरा कहा सुनकर एक-दूसरे की तरफ़ देखा। कुछ समय बाद अम्मा ने कहा, "बाई, अपना भाग्य ही खोटा हो तो किसे दोष दूँ? फिर हमारी तो है औरतज़ात।"

"अम्मा, भाग्य क्या सिर्फ़ पत्नी का ही होता है?"

"वह बात नहीं, लेकिन हम सौतें भी बहनों की तरह रहीं न?"

"अम्मा, आपने जो किया वह शिक्षा हमें मत देना, वह समय ही था वैसा। लेकिन अब ज़माना बदल गया है।"

"ठीक है, पर यह तो बताओ कि तुम करना क्या चाहती हो?"

''मैं तिकोना घर बनाना नहीं चाहती। मैं तलाक़ चाहती हूँ।'' मैंने बेझिझक कह दिया। ''देखो, हमारा पक्ष लूला है। तुम्हारी शादी को आज दस साल हुए, अभी बच्चा नहीं पैदा हुआ...तो क्या अब आप गारंटी दे सकते हैं कि बच्चा पैदा होगा ही?'' मेरे सवाल का जवाब बाबा के पास नहीं था। वह चुप रहे। इतने में दो-तीन चाचा और कुछ गाँववाले आये। उन्होंने जो कहा, उसका सार यही था कि प्रभाकर ने शादी ही की है, किसी औरत को लाकर बिठा तो नहीं लिया। प्रभाकर की शादी के बारे में बात चली तो किसी ने कहा कि उसने बम्बई में ही शादी की और पत्नी को लाकर यहाँ रखा। किसी ने कहा कि भिंगरोली के बौद्ध विहार में उसने शादी रचायी।

वैसे तराली और भिंगरोली दोनों अगल-बग़ल के गाँव थे। किसी की भौंह उड़ी तो दूसरे को ज़रूर पता चलता, यह हाल होने के बावजूद लोग साफ़-साफ़ बात नहीं कर रहे थे।

मैंने कहा, ''देखो, प्रभाकर ने शादी कर ली और अब उसकी बीवी उसके साथ ही रहती है। इन दो बातों पर ग़ौर करके पंचायत बुला लो। इसका विरोध करो। प्रभाकर को सज़ा भी दिला दो। सबसे ज़रूरी है पंचायत का यह फ़ैसला करना कि अब मेरा और उसका रिश्ता ख़त्म हो चुका है। और प्रभाकर को ताकीद दें कि अब वह मेरे घर में रह नहीं पायेगा।'' मेरी बात सुनकर चाचा ने कहा, ''ये क्या बोल रही हो? औरतज़ात हो तुम, अकेले कैसे रहोगी।'' मैंने तैश में कहा, ''क्यों नहीं रह सकती? कितनी ही औरतें हैं जो अकेली रहती हैं। मैं भी वैसे ही रहूँगी लेकिन मैं उन दोनों को सबक़ सिखाऊँगी।'' लोग एक-दूसरे का मुँह देखते, अपनी नाक-कान खुजाते हुए सुन भर रहे थे।

उनकी उदासीनता और चुप्पी से जो संकेत मुझे मिल रहा था, उसे मैंने स्पष्ट रूप से भाँप लिया। असल में वह मेरा, मेरी पढ़ाई-लिखाई का, नौकरी और वैवाहिक जीवन, मेरी भावनाओं का, व्यवस्थित जीवन और मेरे सारे वजूद का अपमान था।

दोपहर में रोटियाँ खाकर तुरन्त वापिस लौटने की मैंने सोची थी। मगर माँ बोली, ''बेटी आते ही लौट मत जाना। रात भर तो ठहरो, रात में बातें करेंगे।''

''बात करने को बचा ही क्या है?'' मैंने तुनककर कहा।

''अभी मत जाओ। चेहरा कितना उतर गया है तुम्हारा।'' माँ को सिर्फ़ मेरा चेहरा नज़र आ रहा था। वह मेरे मन की थाह नहीं ले पा रही थी। रात को मुझे इसका पूरा अहसास हो गया।

अँधेरा होते ही माई घर में आयी। सारा शरीर कीचड़ से सना हुआ। बाल चेहरे पर बिखरे हुए। पसीने से तर। सिन्दूर नाक तक फैल आया था। उसके हाथ में

फावड़ा और कुदाल थी। और भी कुछ सामान था। आते ही मुझे उड़ती निगाहों से देखकर वह सीधे पिछवाड़े चली गयी। उसकी नज़र और उसका यूँ चले जाना मुझे अखरा। उसने मुझसे "कैसी हो," या "कब आयी" यह तक नहीं पूछा। पूछती भी किस मुँह से? मेरी सौत उसकी गाँववाली थी। इतना ही नहीं रिश्ते में वह उसकी दूर की बहन भी थी। फिर मैंने भी उसे सुनाते हुए अम्मा से कहा, "हँसते-खेलते घर में आग लगाने की आदत ही है सोनबावड़ी की औरतों को। पता नहीं और कितने घरों में आग लगायेंगी।"

अम्मा ने एकदम से कहा, "बेटी, इस शादी के बारे में उसे कुछ भी पता नहीं है। उसे कुछ मत कहो।" मैंने कहा, "क्यों न कहूँ? अम्मा, तुम चुप रही, इसीलिए तुम्हें यह वनवास झेलना पड़ा। अब यही सब मेरे भी हिस्से आ गया...गुस्से में मैं बोलती चली गयी। अम्मा उठकर अँधेरे में बाहर कहीं चली गयी।"

रात खाना खाते समय लालटेन की रोशनी में मैं माई की तरफ़ देख रही थी लेकिन न उसने मुझे देखा न मुझसे कोई बात ही की। उसकी चुप्पी मुझे अम्मा, बाबा और गाँववालों के शब्दों से ज़्यादा गड़ रही थी।

अम्मा और मैं आँगन में लालटेन के इर्दगिर्द चुपचाप बैठी थीं। अपने-अपने ज़ख्मों की टीस सहती हुई। इतने में पाँच औरतें आयीं। हमारे आसपास बैठ गयीं। अम्मा ने कहा, "तारा, पहचानती हो इन्हें?"

मैंने देखा उनमें से दो-तीन के चेहरे पहचाने-से लगे। पढ़ाई और नौकरी की वजह से मैं हमेशा बाहर ही रहती आयी थी, सो गाँव की औरतें मेरे लिए नयी थीं। उनके सिर पर ओढ़े पल्लू, माथे का सिन्दूर, किसी के माथे पर सिन्दूर की जगह का गोदना और सभी चेहरों पर छिपाने की लाख कोशिशों के बावजूद फैली असहायता।

अम्मा बोलती रही, "बेटी, ये सब हमारे जैसी ही हैं। इनको देखो। यह है धुर्पदा। चार लड़कियाँ पैदा हुईं तो खुद पति का ब्याह रचाकर सौत घर ले आयी। यह है चांगुना, इसका घरवाला मिलिट्री में गया और वहाँ से दो औरतें लेकर आया। और इस सजनी को देखो।" अम्मा ने एक बहुत ही दुबली और फैले बालोंवाली औरत की तरफ़ उँगली उठायी। अम्मा हँसने लगी। बाक़ी औरतें भी हँस रही थीं। सजनी भी हँस रही थी।

मेरी समझ में नहीं आ रहा था कि ये सब किस बात पर हँस रही थीं। फिर अम्मा ने बताया, "अरे, यह तो पगली है। शादी हुई तब यह छोटी थी लेकिन बड़ी होने के बाद भी इसने पति को पास फटकने नहीं दिया। वह पास आता तो यह चिल्लाती, भाग जाती जंगल में। सास से कहती कि पति के साथ घर में अकेली नहीं रहूँगी।

आप भी मेरे साथ ही रहना। फिर इसके पति ने दूसरी शादी की।'' अम्मा बता रही थी और सब हँस रही थीं। मैंने सजनी की तरफ देखा, दर्द से उसका चेहरा निचुड़ गया था। अचानक उठकर वह चली गयी।

अम्मा ने कहा, ''बेटी, इन सबने सौत को अपनाया। तू भी अपना।'' अम्मा का बर्ताव मुझे बड़ा अटपटा लगा। ग़ुस्सा आया। मैंने कहा, ''अम्मा, यह सब तुम क्या कह रही हो? ये कोई शरीर के घाव थोड़े ही हैं कि गिनकर, नापकर देखें कि किसके घाव कितने गहरे हैं, कितने बड़े हैं? इस मामले में सांत्वना भी कैसे दी जा सकती है? मैं अब किसी से कुछ भी सुनना नहीं चाहती।'' कहते हुए उठकर मैं अन्दर चली आयी तो देखा कि अन्दर दरवाज़े के पीछे खड़ी माई हमारी बातें सुन रही थी।

फिर तो प्रभाकर पर मुक़दमा ठोंकना है, यह मैंने पक्का तय किया। रुपया खरचना पड़ेगा, छुट्टियाँ लेनी पड़ेंगी और सबके ख़िलाफ़ खड़े होना पड़ेगा। चलेगा। कम-से-कम इससे मेरे मायकेवालों को और ससुरालवालों को सीख तो मिलेगी।

''प्लीज़ योर ऑनर'', शब्दों से मेरी तन्द्रा टूटी। वकील कोर्ट के सामने केस रख रहे थे...''फ़रियादी ताराबाई सोनावणे को प्रभाकर सोनावणे ने बहुत सताया है। ताराबाई के घर में जबरन एक औरत के साथ घुसकर प्रभाकर रहता था। ताराबाई ने इसका विरोध किया तो उन्हें गन्दी गालियाँ पड़ीं और उन्हें पीटा भी गया। ये गम्भीर अपराध हैं।'' वकील कोर्ट के सामने केस खड़ा कर रहे थे।

उन्होंने कहा, ''ताराबाई ने फ़ला तारीख़ को प्रभाकर और उसके साथ रहने वाली महिला को घर से भगा दिया। इसीलिए चिढ़कर आरोपी प्रभाकर ने ताराबाई के ऑफ़िस जाने के बाद उसके घर का ताला तोड़ा और उस महिला के साथ घर में प्रवेश किया। उस समय ताराबाई के पड़ोसी वहीं उपस्थित थे।''

अपने जवाब में प्रभाकर ने साफ़ इनकार किया कि उसने ताला तोड़ा। ताला तोड़ते समय साथ किसी महिला के होने की बात से भी इनकार किया। उसने कहा, ''मैंने दूसरी शादी नहीं की। सो किसी औरत का मेरे साथ होने का सवाल ही नहीं उठता। फ़लाँ-फ़लाँ तारीख़ को मैं गाँव लौटा और रास्ते में एक परिचित व्यक्ति से मेरी भेंट हुई। उसी के साथ मैं घर लौटा, अपनी चाभी से दरवाज़ा खोलकर अन्दर आया। बाद में ताराबाई ने वह चाभी मुझसे ले ली।''

''तुम्हारे साथ दूसरा व्यक्ति कौन था?'' वकील ने पूछा। धूर्त हँसी के साथ मेरी तरफ़ देखते हुए प्रभाकर ने जवाब दिया, ''मेरी इकलौती पत्नी का इकलौता भाई सदाशिव काम्बले मेरे साथ था।'' मैंने चौंककर सदाशिव की तरफ़ देखा तो वह ''शान्त रहो'', ''रुको'' के संकेत मुझे दे रहा था।

वकीलों ने फिर सदाशिव पर प्रश्नों की बौछार की पर किसी ने सदाशिव पर जैसे मन्त्र ही फेर दिया था। उसने अपनी ज़बान से प्रभाकर की शादी नहीं होने का सफ़ेद झूठ परोसा। और कहा, ''इधर कुछ समय से मेरी बहन ताराबाई और बहनोई प्रभाकर के बीच झगड़े चल रहे थे। बच्चा न होना ही उन झगड़ों की जड़ थी, यह सब लोग जानते हैं।

''फ़लाँ तारीख़ को मेरे बहनोई प्रभाकर मुझे रास्ते में मिले। उन्होंने घर चलने के लिए कहा, सो मैं उनके साथ घर चला गया। प्रभाकर ने चाभी से दरवाजा खोला। हम लोग अन्दर दाख़िल हुए। ताराबाई की ग़लत फ़हमी को कोर्ट दूर करे और दोनों को काम्प्रोमाइज करने की सलाह दे।

काफ़ी लम्बे बयान के बाद सदाशिव को शादी का सबूत पेश करने के लिए कहा गया। अगली तारीख़ पक्की करने के बाद कोर्ट बर्ख़ास्त हुआ। वकील भुनभुनाते हुए ही बाहर निकले और उन्होंने कहा, ''तुम्हारा इकलौता गवाह, तुम्हारा भाई भी तुम्हारे ख़िलाफ़ क्यों गया?''

''साहब, मैं क्या कर सकती हूँ? गाँव से लौटने के बाद केस लौटाने के लिए, काम्प्रोमाइज कराने के लिए वह मेरे पीछे पड़ा था।'' मैं कह रही थी। ''तो क्या, बिना किसी पूर्वसूचना के उसे ऐसा करना चाहिए था? चाहें तो झूठी गवाही देने के जुर्म में हम उसे सज़ा भी दिला सकते हैं।''

''हाँ साहब, लेकिन बिना सबूत के मैं कुछ भी नहीं कर सकती हूँ, यह भी वह जानता है। इसके बावजूद मैं यह केस लड़ूँगी, साहब...''

''किसके सहारे?''

''देखते हैं, कोई-न-कोई राह निकल ही आयेगी।'' मैंने कहा तो सही लेकिन ख़ुद मुझे अपनी नाव डूबती महसूस हो रही थी।

''ठीक है, फिर एक बार मैं आपके पड़ोसियों से मिल लेता हूँ। देखते हैं, मेरी बातों का क्या असर होता है...इसके बावजूद शादी का प्रमाणपत्र तो चाहिए ही।'' वकील मेरे खिलाफ हो गये थे और मैं बिल्कुल अकेली पड़ गयी थी।

दूसरे दिन दफ़्तर गयी तो सहेलियों ने कहा, ''गाँव जाओ, किसी पुरोहित को पकड़ो, रुपये देकर प्रमाणपत्र ले आओ। जब प्रभाकर झूठ बोल रहा है तो उसे सबक़ तो सिखाना ही पड़ेगा ना? सच पूछो तो घर की चीज़ें गुम हो जाने की रपट भी तुम्हें लिखानी चाहिए।''

''सचमुच, ऐसा ही करें, तो? वैसे भी मुझे सब तरफ़ से कंगाल बना के ही प्रभाकर गया है। सदा भी उसके साथ हो गया है। मेरी सौत दूर के रिश्ते में उसकी

मौसी जो लगती है। वह प्रभाकर से जाकर मिला ही। इसी बहाने भाई से भी बदला लिया जा सकता है।'' तीन-चार दिनों तक यही विचार मेरे दिमाग़ में कौंधते रहे। मैं कोई निर्णय नहीं ले पायी। उस दिन वकील आने वाले थे, सो कुछ बातें उन्हें भी बतायी जायें, फिर निर्णय लिया जा सकता है।

उस दिन मैं ऑफ़िस से जल्द ही घर पहुँची। वकील के आने की बात पड़ोसन को बतायी और ताला खोलकर तुरन्त घर में घुस गयी। प्रभाकर का डर भी था, न जाने कब आ धमके।

कपड़े बदलकर चाय रखी तो बेल बजी। मुझे लगा वकील होंगे। की होल से झाँककर देखा और दंग रह गयी। बाहर माई खड़ी थी। मैं डर गयी। ये क्यों आयी होगी? डरते-डरते, बड़ी सावधानी से दरवाज़ा खोला। वह अकेली ही आयी थी। उससे कुछ बोलने की इच्छा ही नहीं हुई। उसने भी कुछ नहीं कहा। अन्दर आकर ज़मीन पर ही बैठ गयी। पानी का गिलास उसके सामने रखते हुए फिर मैंने ही बात छेड़ी, ''कब आयी?'', ''सुबह'', ''यहाँ कौन ले आया?'', ''सदा।''

''बाबा, अम्मा कैसे हैं?''

''ठीक हैं।''

वह गिनकर ही बोल रही थी लेकिन पता नहीं क्यों, मुझे लगा कि वह बहुत कुछ बोलने आयी है। वह क्या बोलना चाहती थी, यह भी मैं जानती थी। सदा ने मेरे ख़िलाफ़ झूठी गवाही दी थी। उसे मैं अन्दर करवा सकती थी। मेरी सौत उसकी बहन लगती थी। शायद यही वह कहने आयी थी कि मेरी बहन और अपने भाई को माफ़ कर दो।

उसके सामने चाय रखकर मैंने पूछा, ''क्यों आयी हो?''

चाय की भाप की तरफ़ देखते हुए माई ने कहा, ''तारा, मुझे तोड़कर दूसरा घर तोड़ने निकली थी वह।'' लगा कि बिना कुछ बोले हाथ पकड़कर उसे खींच बाहर कर दूँ। लेकिन मैं कप के ऊपर से बस उसकी तरफ़ देखती रह गयी। उसने आगे कहा, ''मैं जानती हूँ कि तुम मुझसे नाराज़ हो, बिल्कुल बचपन से ही नाराज़ हो। क्योंकि मैं घर में आयी, इसलिए तुम्हारी अम्मा पर अन्याय हुआ, ऐसा तुम्हें लगता था। लेकिन कभी मेरे साथ अन्याय के बारे में सोचा है? तुम जब दस साल की थी तब मैं सत्रह की थी। मुझे माँ बुलाते समय तुम्हें दु:ख होता, तुम्हें बेटी कहते समय मुझे भी बुरा लगता। लेकिन ये बातें आख़िर बताये तो किसे।''

''तुम्हारी माँ ने मुझे स्वीकारा, इसलिए उन्हें बड़प्पन मिला लेकिन मैंने सबको अपनाया तो मुझे क्या मिला। दो बीवियों का पति होना पुरुष के लिए आनन्द की

बात होगी लेकिन इससे औरतों के जीवन का क्या हश्र होता है, इस पर कभी किसी ने नहीं सोचा।'' माई के मुँह से ये फ़लसफ़े जैसी बात सुनकर मैं दंग रह गयी। चाय की चुस्की लेते हुए माई इस तरह बोल रही थी मानो बीती हुई ज़िन्दगी की कड़वी यादों के ही घूँट ले रही हो।

''तारा, तुम पढ़ी-लिखी हो, नौकरी करती हो, तुम्हारे हाथ में सत्ता है। सो तुम पति को कोर्ट में खींच सकती हो। मैंने और तुम्हारी अम्मा ने क्या किया? मैं बाप की उम्र के आदमी की बीवी बनी। उस वक़्त मुझ पर क्या बीती होगी? इसका तुम्हें आज भी ख़याल नहीं है। तुमने कहा था कि सोनबावड़ी की औरतें हँसते-खेलते घरों में आग लगाती हैं लेकिन तारा, आग औरतें नहीं लगातीं, आग लगाते हैं आदमी। अपनी बच्चियों को किसी के भी हाथों बेच देते हैं और किसी की नन्हीं बच्ची को भी ब्याह लाते हैं। यह सब बन्द होना चाहिए। तारा जो तुम आज कर रही हो, वह मैं भी करना चाहती थी। शौकिया दो-दो शादी रचाने वालों को सबक़ सिखाने के लिए कुछ करना चाहिए, ऐसा मुझे भी लगता था। पर मैं ठहरी अनपढ़-गँवार। मेरे पास न शिक्षा थी न सत्ता। लेकिन तुम कर सकती हो, इसलिए मुझे तुम पर नाज़ है।

''मैं जानती हूँ कि कोई भी तेरी तरफ़ से बोलने वाला नहीं है क्योंकि पढ़ने-लिखने के बावजूद तुम एक औरत ही हो इसलिए तुम्हारे भाई ने—सदाशिव ने—भी झूठी गवाही दी है। लेकिन तुम चिन्ता मत करो, मैं तुम्हारे साथ हूँ। जँवाईबाबू ने दूसरी शादी की, इसका सबूत तुम्हें चाहिए था ना? मैं लायी हूँ।'' माई ने अपनी थैली में से काग़ज़ निकाला और मेरे हाथ में दिया। कहा, ''जिस पुरोहित ने तुम्हारे पति की शादी रचाई, उससे मैं लिखाकर लायी हूँ यह काग़ज़। ये लो, और अब अपने भाई का या पति का जो करना हो, करो।

''तारा, ऐसे क्या देख रही हो, तुम्हारा पति शादी रचाकर इनकार कर रहा है। उसने तुम्हारे बारे में नहीं सोचा। यह तो चलो ठीक है लेकिन जिसके साथ उसने शादी की, उसके बारे में सोचा है? उसके साथ शादी की बात को अगर वह झूठ बताता है तो उसे किस रिश्ते से रख रहा है? अपनी रखैल बनाकर?...''

माई का सवाल सुनकर, उसका लाया सबूत देखकर मैं दंग रह गयी। दरवाज़े की बेल बजी, बाहर वकील खड़े थे और मैं अचम्भित-सी माई की तरफ़ बस देखती रह गयी।

(मराठी से अनुवाद : संध्या पेडणेकर)

द्रौपदी का चिरन्तन प्रश्न

मृदुला गर्ग

हज़ारों साल पहले, द्रौपदी ने एक सवाल को जन्म दिया था, "अगर मेरा कोई मूल्य नहीं है तो मुझे दाँव पर कैसे लगाया गया? अगर मेरा मूल्य है तो वह सिर्फ़ इस वजह से कैसे ख़त्म हो गया, कि मेरा पति सम्राट से ग़ुलाम हो गया?" आज भी यह सवाल वहीं-का-वहीं खड़ा है। आज भी हिन्दुस्तानी औरत यह नहीं जानती कि उसका अपना कोई मूल्य है या नहीं। एक तरफ़, वह खेत या लघु उद्योग या इमारत बनाने में काम करके रोज़ी-रोटी कमाने और पानी तथा ऊर्जा जैसी बुनियादी ज़रूरतों को पूरा करने के बावजूद कहती है कि वह कुछ नहीं करती, सिर्फ़ घर का काम करती है और वही औरत को करना भी चाहिए। दूसरी तरफ़, वह अच्छी तरह जानती है कि वह न हो तो परिवार-का-परिवार नष्ट हो जाये। इसलिए ज़्यादा-से-ज़्यादा मेहनत करके परिवार की ज़रूरतों को पूरा करती है।

अगर उसका कोई मूल्य नहीं है, तो वह परिवार के भरण-पोषण के लिए ज़िम्मेदार कैसे हो सकती है? अगर है तो उसके रोटी-पानी कमाने को 'घर के काम' की संज्ञा कैसे दी जा सकती है? मैं यह हर्गिज़ नहीं कह रही कि 'घर के काम' के लिए औरत को मुआवज़ा मिलना चाहिए। बल्कि यह माँग मुझे बेतुकी और अपमानजनक लगती है। घर का काम करने के लिए आख़िर पैसा देगा कौन? पति? तो क्या वह पत्नी का मालिक है? या बच्चे, जो ख़ुद माँ पर निर्भर हैं?

मैं समझती हूँ कि फ़ेमिनिज़्म का मतलब नारी-मुक्ति नहीं, सोच की मुक्ति है। अगर स्त्री मौजूदा राजनीतिक-आर्थिक नीति और इतिहास को उन मानदण्डों के अनुसार परख सकती है, जो उसने ख़ुद ईजाद किये हैं, तो वह फ़ेमिनिस्ट है। यह क़तई ज़रूरी नहीं कि दुनिया को स्त्री के नज़रिये से देखने का काम स्त्री ही करे, पुरुष भी इसे कर सकता है यानी पुरुष भी फ़ेमिनिस्ट हो सकता है। और यह भी हो सकता है कि पुरुष से हर तरह बराबरी करने वाली महिला फ़ेमिनिस्ट न हो। मध्यम वर्ग की शिक्षित महिलाएँ, पुरुषों के साथ, पुरुष बहुल क्षेत्रों में, पुरुषों द्वारा मान्यता-

प्राप्त मूल्यों के अनुरूप काम करने से नहीं डरतीं। वे डरती हैं मुक्त चिन्तन से, नये मूल्यों की स्थापना से, पारम्परिक सोच के सहारे को छोड़कर उन्मुक्त खड़े होने से। पुरुषों की विश्वदृष्टि का अनुकरण करते हुए, उनके बनाये रास्तों पर चलकर, उनसे स्पर्धा करने में मेहनत चाहे जितनी लगे, उसके लिए जीवन-दर्शन या इतिहास के बारे में चिन्तन नहीं करना पड़ता, ख़ुद सोच-समझकर अपनी ज़िम्मेवारी पर नये मूल्यों के प्रयोग का जोखिम नहीं उठाना पड़ता। केवल फ़ेमिनिज़्म के क्षेत्र में नहीं, आज भारत में हर क्षेत्र में हम इस जोखिम को उठाने से कतराते हैं। विज्ञान और तकनीक में ख़ुद प्रयोग नहीं करते। पश्चिमी देशों के मूल अनुसन्धान को लेकर उसमें विस्तार किया जाता है। नाटक करना हो या फ़िल्म बनानी हो तो अनुवाद या रूपान्तर या नक़ल का सहारा लिया जाता है।

मुझे लगता है, द्रौपदी के प्रश्न का उत्तर हमें मध्य वर्ग की औरत के बजाय श्रमिक वर्ग की औरत ही दे सकती हैं। वह जानती है कि उसका मूल्य उसकी कल्याणकारी शक्ति में निहित है। बस उसके प्रभाव का दायरा बढ़ाना होगा, जिसमें घर-गृहस्थी से आगे बढ़कर, वह परिवेश और पर्यावरण को भी समेट सके। उसके लिए ज़रूरी है कि सरकार स्थानीय पर्यावरण के रखरखाव, प्रबन्ध और नवीनीकरण का अधिकार महिलाओं को दे दे।

तीन किलो की छोरी

शारदाबेन ने मुचड़ी धोती टाँगों के बीच से निकाली और उठकर खड़ी हो गयी। नंगे गीले बच्चे को फटे कपड़े में लपेटा और तराज़ू की तरफ़ लपकी। आजकल यह उसका रोज़ का नियम था। बच्चा जनवाने पर, उसे नहलाना तो ख़ैर ज़रूरी ठहरा, पर उसके बाद, माँ को उसका मुँह दिखलाने से पहले, वह तराज़ू पर उसका तौल करने दौड़ती थी। मालिकों की नज़र में बच्चे जनवाने का महत्त्व कम, तराज़ू में तौलने का ज़्यादा था। सौ रुपया महीना की नौकरी थी उसकी, कोई मज़ाक़ नहीं।

आज कुछ अलग उछाह था तराज़ू तक की लपक में। गोद में पड़ी छोरी, उसके जने और बालकों से फरक थी। बहुत दिनों बाद, बच्चा उठाने पर लगा था, हाँ, कुछ है गोद में, चिथड़ों की पोटली के अलावा। एक दबाव महसूस हुआ था बाँहों में। वह तो भूल ही चली थी, नन्ही हड्डियों के ढाँचे पर चढ़े माँस का वज़न क्या होता है।

नयी नहायी बच्ची के बदन पर लिपटा कपड़ा नम हो गया था। उसे उतार अपने कन्धे पर डाल लिया। चन्द मिनटों में सूख जायेगा।

फिर जतन से सँभालकर उसने छोरी को तराज़ू में लिटा दिया। उसे यही सिखलाया गया था। निपट नंगे बच्चे को तौल करना चाहिए वरना कपड़ों का वज़न जुड़ जाता है आँकड़े में। घिसे-पिटे चिथड़े का वज़न क्या होगा, दस ग्राम भी नहीं, पर शारदाबेन हँसी तक रोके रखती है अपनी। चिथड़ा अलग करती है और नंग-मलंग बच्चे को तराज़ू में लिटाती है। तभी न, तमाम ग्रामसेविकाओं में अव्वल ठहरायी जाती है हमेशा। काम के मामले में न हँसी-ठट्ठा, न कोर-कोताही। नंगा तुलना है बच्चा तो नंगा तुलेगा, कपड़े का वज़न देख हँसी छूटे तो रक्खो पेट में दबा के।

जो सोचा था सही निकला। शारदाबेन ने उचककर वज़न पढ़ा और ताली पीटकर चहक उठी, तीन किल्लो। पूरी तीन किल्लो। वाह री छोरी, तू तो औसत से भी जाड़ी निकली।...औसत वज़न ढाई किलो है, अपने गाँव-गँवाई के बच्चों का, उसे मालूम था। यह छोरी उससे ऊपर होगी, नीचे नहीं। गोद में लेने पर लगा तो

था पर उसने अपना अनुमान नीचे की हद पर खींच रखा था, ऊपर उठने नहीं दिया था। मानुष की अक़्ल आखिर मानुष की ठहरी। जब तक मशीन ठोंक-बजाकर कह न दे, ट्रेनिंग पायी दाई को धीरज धरे रहना चाहिए, है कि नहीं? वैसे शारदाबेन दाई नहीं, अपने को ग्रामसेविका कहलाना पसन्द करती थी। हर लल्लू-पंजू दाई के हाथ में तराज़ू नहीं होता ना। वह भी एकदम नये ढंग का, न बाट न बटखड़ा, ऊपर लगी हुई सुई खटाक से दिखा देगी, वज़न का नम्बर, घड़ी की सूई की तरह। तीन किलो तो तीन किलो, न एक ग्राम इधर, न एक ग्राम उधर। वैसे शारदाबेन का हिसाब भी कच्चा नहीं था। शायद ही कभी मोटी गड़बड़ी हुई हो, पर आदत कुछ ऐसी बन चुकी थी कि बच्चा गोद में उठाने पर, उसके वज़न में आधे-चौथाई किलों की बढ़त करके ही रहती। हर बार मन में कहती— अरे, कुल जमा डेढ़ किलो वज़न होने से रहा, दो नहीं तो पौने दो किलो तो होगा ही होगा। माँ का दूध मिल गया तो जी जायेगा, बेचारा।

फ़ाउंडेशन की मोटीबेन यही बोलती हैं हमेशा— अरे शारदाबेन, (या शान्ताबेन या हमीदाबीबी, जो रहे सामने) एक बात गाँठ बाँध लो; माँ के दूध जैसी नैमत दूसरी है नहीं। तीन महीने तक भरपेट, टैम से माँ का दूध मिले बच्चे को बस और कुछ नहीं चाहिए। अरे, अब तो विलायत-अमरीका की मेमें भी बच्चों को अपना दूध पिलाने लगीं। जानती है शारदाबेन। उसके इस छोटे-से गाँव में भी चली आती हैं जब-तब मेमें। मोटीबेन ही भेजती है। कहती हैं, उसका सेंटर सबसे बढ़िया है उनके गाँव में, और शारदाबेन ठहरी फिर ख़ूब चटर-पटर बतियाने वाली। एक बात नहीं छोड़ती बिना बतलाये।

यह देखो, दस पैसे की पचहत्तर ग्राम ममरी मूँग की दाल, चावल और तेल से बनी। पाँच साल से कम बच्चों, गर्भवती और दूध पिलाती माँओं के लिए। जो चाहे, खुले हाथों ले। किसी को वापस नहीं लौटाते हम। क्या चीज़ है ममरी, खाने में स्वाद, सेहत के लिए बढ़िया। दस पैसे क्या हैं, पचहत्तर ग्राम के लिए, मुफ़्त बराबर समझो। हमें तो पचास की पड़ती है। दस्सी लेते हैं सो इसलिए कि भिखारी नहीं ना बनाना हमें गाँववालों को। और यह देखो, बालदीपक, कुपोषित बालकों के लिए बढ़िया टॉनिक। कमज़ोर हो बच्चा, तो छठी होते ही, चम्मच भर रोज़ पिलाना शुरू। क्या बतलाऊँ आपको, कैसे पुच-पुच घोट जाते हैं बदमाश। अरे कमज़ोर हुए तो क्या, कमअकल तो नहीं, अपने मतलब की चीज़ ख़ूब पहचानते हैं।

ताली बजाकर वह खिलखिला पड़ती पर मेमें उसका मज़ा ख़राब कर देतीं। ओठ दबाकर कहतीं— इस सबकी कोई दरकार नहीं है, छोटे बच्चों को मिलना

चाहिए माँ का दूध, टैम से और भरपेट। उसके लिए माँ को भी, कड़क तला, तेल रचा खाना खाने के बजाय, ताक़त की ख़ुराक खानी चाहिए।

शारदाबेन का मन-मुँह कसैला हो जाता। ताक़त की ख़ुराक! अन्न का जहाँ जुगाड़ न हो...

खाने का ख़याल आया नहीं भेजे में, कि पेट ने गुडगुड़ाना शुरू कर दिया। उसे याद आ गया, अभी सेटला-रोटला खाया नहीं, काग़ज़ में लिपटा पड़ा है थैली में, वहीं सेंटर पर। अभी क्या टैम हुआ होगा, दो-ढाई और क्या, ऊपर आसमान में तपते सूरज को देखकर उसने सोचा। ना, तब पेट इतनी बेहाली से गुड़-गुड़ ना करने वाला था। ज़रूर तीन से ऊपर हो रहे होंगे। साले पेट में भी घड़ी की सुई लगी है। बच्चे तोलने वाले तराज़ू के माफ़िक़, ठीक टैम पर गुडगुड़ाना चालू करता है।

खा लूँगी पापी, सबर कर— उसने अपने पिचके पेट पर चपत लगाकर कहा और खी-खी कर हँस दी। ऐसे न खाने वाली हूँ आज, रूखा रोटला-प्याज़, आज तो इस तीन किल्लो की छोरी की माँ से सूकड़ी लिये बग़ैर न मानूँगी। अरे, पूरा तीन किल्लो वज़न है छोरी का, कोई मज़ाक़ है, यह समझ लो जैसे एक के बजाय दो बालक एक साथ जने हों, डेढ़ किल्लो से जाड़ा बच्चा जनमता कहाँ है इधर।

बस एक अड़चन है। है साली छोरी। छोरा होता तो खुले हाथों देता बापू इसका। सुखी परिवार है, दो भैंसें हैं, किस्तें भी, सुना, चुका लीं अब तक। पाँच बीघा खेत भी है अपना, चारे-खारे कि किल्लत नहीं है। ऊपर से मौसम भी सहारेवाला है, न बाजरे की कटाई का बखत है न रुपाई का। छोरी की माँ को आराम मिल जायेगा। वरना क्या, सुखी परिवार हो तब भी, कटाई-रुपाई के बखत औरत घर पर तो बैठ नहीं सकती। पर लल्लीबेन खींच ले जायेगी पन्द्रह-बीस दिन। घर पर सासू भी है न, मनुबेन, भैंसों का चारा-सानी तो कर ही देगी इतने दिन।

"चल मेरी तीन किल्लो की छोरी, सूकड़ी तो खिलवा दे।" अरे, छोरी हुई तो क्या हुआ, कहती नहीं अपनी मोटीबेन, "छोरी-छोरा में अब फरक नहीं रहा। देख न शारदाबेन, मैं भी तो छोरी हूँ, पर पूरा-का-पूरा फ़ाउंडेशन मेरे दम पर चला है। है कि नहीं?" सच्ची-खरी बात कही थी मोटीबेन ने। यह सारा तामझाम था तो मोटीबेन के कन्धों पर। उनकी बात सुन शारदाबेन की छाती इतनी चौड़ी हो गयी थी कि झट घर पहुँच, ज्यों-की-त्यों जड़ दी थी अपने मरद के माथे पर। उस दिन, सच, मार खाते-खाते बची थी शारदाबेन।

एक बात है उसके मरद की। याद नहीं पड़ता कभी हाथ उठाया हो उस पर। एकाध बार को छोड़ दो, कभी-कभार तो आप जानो, मरद ठहरा, पर क़सम है जो

एकाध बार से ज़्यादा पिटाई की हो उसकी। अब एकाध झापड़ कभी मार दिया, वह तो ख़ैर मान-मनौवल की बात हुई, पर मन की भड़ास निकालने को उसकी पीठ का इस्तेमाल कभी नहीं करता।...हाँ, उस दिन ज़रूर मार खाते-खाते बची थी। शारदाबेन।

खटिया पर बैठा उसका मरद चाय पी रहा था कि झलल-मलल करती वह भीतर आयी थी और खटाक, से जा चढ़ी थी ऊपर, उसके बराबर में। बोली थी, "आज का दिन बड़ा ख़राब बीता, तीनों-की-तीनों चुड़ैल छोरियाँ जनी गयीं। किसी ने टुकड़ा भर गुड़ भी न धरा हाथ पर। फिर मोटीबेन से बतलाया तो शीत पड़ा कलेजे में, कहने लगीं, "ले शारदाबेन, सूकड़ी खा। छोरे-छोरी में कोई फ़रक़ नहीं है। अरे, तू भी छोरी है, है कि नहीं, फिर सौ रुपये कमा रही है कि नहीं, महीने-के-महीने। सारा गाँव तेरी इज़्ज़त..."

बात यहीं तक पहुँची थी कि मरद ने लात मारकर उसे खटिया से नीचे गिरा दिया था। फिर एक घूँट में चाय सटक, उसकी गरदन पर आ सवार हुआ था। पीठ पर धौल जमाकर बोला था, "सौ रुपल्ली का भूत चढ़ गया सिर पर, हरामज़ादी।"

और तो और, छोरा उसका, बालिश्त-भर का, बाप की देखा-देखी चढ़ आया था सिर पर और चीख़कर बोला था, "छोड़ परे साली नौकरी। कल ही जाकर छुट्टी कर। हमें नहीं चाहिए तेरे सौ रुपये।"

छोरे की बात सुनते ही मरद की अक़्ल ठिकाने आ गयी थी। उसे छोड़ छोरे पर झपट लिया था। एक झन्नाटेदार थप्पड़ उसकी कनपटी पर रसीद कर दहाड़ा था, "खाल में रह, हरामज़ादे! बड़ा आया नौकरी छुड़ाने वाला। जाकर पढ़ाई कर अपनी। इस्कूल में नाम क्या फ़ोकट में लिखवाया है?"

रोता-बिसूरता छोरा कोने में सिकुड़ गया था। मरद वापस खटिया पर विराजमान हो गया था। अबकी बेर उससे इतना कहकर सन्तोष कर लिया था, "तेरी इज़्ज़त में फ़रक़ ना आता हो तो जाकर चा बना ला, कमज़ात।" शारदाबेन चाय बनाने चूल्हे पर चली गयी थी और बरबस उसकी हँसी फूट पड़ी थी। बेचारा, उसका भलामानुस मरद, सौ रुपये की मार में ही ठण्डा हो गया। मोटीबेन के मरद का तो राम जाने क्या हाल होता होगा। चाय तैयार होने तक वह खिल-खिल हँसती चली गयी थी। पर गिलास में छान मरद को पकड़ायी तो चेहरे पर मुर्दनी ओढ़ ली और धरती पर सिमट सिर घुटनों में दे बैठ गयी थी।

ज़्यादा देर बैठे रहना नहीं पड़ा था। ज़रा देर बाद ही मरद की प्यार-भरी घुड़की सुनाई दे गयी थी, "अपने लिए भी छान ली होती, करमजली, न खायेगी, न पियेगी,

रुपल्ली के लिए परान देगी क्या?'' मुँह ऊपर उठाकर वह बेलाग हँस दी थी। मरद ने भी साथ दिया था, ''सिललबिलल्लो है सिललबिलल्लो, एक तू, एक तेरी मोटीबेन। अरे, छोरे-छोरी का फ़रक़ कभी मिट सकता था!''

शारदाबेन क्या जानती नहीं। वह तो मोटीबेन से सुनी सो उसने कह दी। फ़रक़ है तो हुआ करे, उसकी बला से। उसे तो उस फ़रक़ से मतलब है, जो उसके कमाये सौ रुपये माहवार से, उसकी अपनी जिन्दगानी में आया है। छोरे के इस्कूल में नाम लिखाने को लेकर कितना फ़साद हुआ करता था घर में। मरद कहता था, ''कौन बाबू साहब का छोरा है कि पढ़-लिखकर लाट बनेगा। घसखुद्दा बनना है तेरे छोरे को घसखुद्दा। सो एक जमात पढ़े कि दस, क्या फ़रक़ पड़ेगा। अरे ओ कमअक्कल, किताब क्या मालिक की भैंस को सुनायेगा, जो पीछे पड़ी है उसके।'' पर शारदाबेन की नौकरी पक्की हुई नहीं और मोटीबेन ने बुलाकर एक बोल सुनाया नहीं कि मरद, कजरी गऊ सरीखा, छोरे को इस्कूल में बिठला आया। बुड़बुड़ तो ख़ैर कम नहीं कि पर वह तो आप जानो, कढ़ी का उबाल, ठण्डा होते-होते है। पर तब से लेकर आज तक, मरद ने न किताबों की ख़रीद में कोर-कसर रखी, न छोरे के खाने-पीने में।

अब उस दिन को लो। जंगल से लकड़ी काट, गट्ठर लादकर चला तो रास्ते में मटके भर छाछ के बदले बेचकर घर लौटा। छोरा कढ़ी-खिचड़ी खाने को मचल जो रहा था। कहने लगा, ''लकड़ी का क्या है, फिर काट लेंगे, हाड़-गोड़ बचे रहें, यहाँ से काट भी ले गये ठेकेदार तो पाँच-दस मील पर तो रहेगा जंगल, मेहनत से नहीं घबराते हम।'' लाड़ लड़ाने पर आयेगा मरद तो जादूगर-सा तमाम मुश्किलों को फूँक मार उड़ा देगा। वह क्या जानती नहीं, जलावन की कितनी किल्लत हो गयी पिछले पाँच-दस बरसों में। जिनके पास डंगर हैं, उनके पास फिर भी गोबर है, जिनके खेत हैं, उन्हें फ़सल काटने पर डण्ठल मिल जाते हैं जलाने को, पर उसके मरद सरीखों के घरों की तो दुर्गत ही दुर्गत है। छोरी जाती थी लकड़ी बीनने तो सारा दिन लगाकर एक ज़रा-सी गठरी उठाये लौटती थी। मरद बोला, ''मटरगश्ती करती होगी साली, इत्ती लकड़ी बीनने में आठ घण्टे लगेंगे क्या।'' एक दिन तो धुनकर ही रख दिया था बेचारी को। ताव खाकर ख़ुद चला लकड़ी लाने, फिर कितनी काटी-बीनी, सो किसी ने जानी नहीं। क्यों, लौटा तो लकड़ी के बदले छाछ का मटका लेकर। हाँ, दुबारा छोरी को दुतकारा नहीं। अब वही जाती है सुबह-सकाले। संध्या घिरने पर घर लौटती है। क्या करे मानुष! रहा कहाँ जंगल जो जलावन मिले। सब काट-कूटकर तम्बाकू उगा लिया पटेलों ने। ग़रीब-गुरबा का क्या, लो तेन्दु का

पत्ता और पेलो बीड़ी। क्या मरद, क्या औरत, क्या बूढ़ा, क्या बच्चा। पेलते-पेलते उँगलियों के निशान तक साफ़-सफाचट हो जाते हैं। बीड़ी हाथ से फिसल-फिसल पड़ती है। जितनी फिसली उतने कटे पैसे। तभी न, नन्हे-नन्हे छोरे-छोरियाँ, बा-बापू से ज़्यादा कमा लेते हैं। पर कित्ते दिन? इस काम में बुढ़ाते क्या देर लगती है। दिन-रात करके भी एक अदद औरत सौ रुपया महीने की बँधी-बँधायी पगार नहीं पा सकती। पूरा परिवार लगता है तब जाकर चार-पाँच रुपया रोज़ की आमदनी होती है। अरे कितनी हैं इस गाँव में, जो शारदाबेन सरीखी सौ रुपया पगार पाती हैं। छोरे को इस्कूल में बिला नागा पढ़ायी करने पठाती हैं। गर्व से उसकी छाती फूल गयी। तभी गोद में पड़ी छोरी, महीन सुर में रो दी।

चौंककर शारदाबेन ने उसे देखा और अपने गाल पर चपत लगाकर ख़ुद को कोसा। बस, यही एक दोष है तुझमें शारदाबेन, ज़बान की कैंची थमने में नहीं आती, एक बार शुरू हुई तो चले जायेगी कच-कच। सुनने वाला हुआ नहीं तो भेजा ही चालू हो जायेगा, कचर-कचर।

''बस, मेरी तीन किल्लो की छोरी, और ना बोलने की मैं। देख, आ गया तेरा छप्पर। ना रे, छप्पर कहाँ, अब तो पक्की छत डाल ली तेरे बापू ने। अहा, क्या लीप-पोतकर रखती है लल्लीबेन घर को। भागवान है तू, छोरी, बड़ भागवान।'' छाती से लगाकर उसने बच्ची को प्यार किया और भीतर घुस गयी। लल्लीबेन की काँखा में उसे देते हुए बोली, ''ले सँभाल अपनी जायी को, पूरी तीन किल्लो की है, तीन किल्लो। माथे पर काला टीका दे दे और कहियो मत किसी से, कौन जाने किसकी नज़र लग जाये।''

''मरने दे हरामज़ादी को,'' भैंस का दूध दुहती मनुबेन ने हुँकार भरी तो वह सकते में आ गयी। ''तीन किल्लो! तीन किल्लो! दूध है जो डीपो पर बेच आयें। क्यों जले पर नमक छिड़क रही है, शारदाबेन। खा-खाकर मुटाती रही हरामख़ोर, हमें पता था तीसरी भी छोरी जनेगी कमज़ात। डाल परे कमबख़त को। मरे तो अपने भाग से, जिये तो अपने भाग से।''

लल्लीबेन हिलककर रो पड़ी, ''मेरी क़िस्मत ही ख़राब है। कितने वरत-उपवास किये, कितनी मन्नत-मनौती माँगी, सब बेकार, भगवान ने एक ना सुनी।''

''चुप चुड़ैल! छोड़ नौटंकी, उठ और काम पर लग। दूध पहुँचाने कौन जायेगा, तेरा बाप!'' मरद ने लताड़ लगायी तो धोती का पल्लू मुँह में ठूँस वह और ज़ोर से रो दी।

''चोप हरामज़ादी!'' मरद और ज़ोर से चीख़ा।

"छोड़ उसे, दूध पहुँचाकर आ," मनुबेन ने बीच में ठीक दिया, "डीपोवाले बैठे नहीं रहेंगे तेरे लिए।"

शारदाबेन की आँखें बरबस दूध की बाल्टी की तरफ़ खिंच गयीं। ज़्यादा नहीं तो चार किल्लो दूध तो होगा। संध्या समय इतना है तो सुबह आठ से कम क्या हुआ होगा। आँख भर देखा नहीं कि पेट फिर गुडगुड़ाने लगा। हाय, छोरा हुआ होता तो माँग ही लेती छटाँक भर। मलाईदार चाय के साथ रोटला खाती। इस मरी छोरी के हुए...

"क्या इत्ता हलकान हो रहे हो तुम लोग," हिम्मत जुटाकर उसने कहा, "छोरे-छोरी में कोई फ़रक़ नहीं रहा अब, मोटीबेन कहती हैं कि नहीं।"

"तो दे आ जाकर अपनी मोटीबेन को, वही कर लेंगी लगन इसका," कहते-कहते लल्लीबेन के मरद ने दूध की बाल्टी ऐसे उठायी जैसे लल्लीबेन के सिर पर दे मारेगा। पर पास नहीं फटका, धम-धम करता बाहर निकल गया।

दुह लिये जाने पर दोनों भैंसें वापस धरती पर पसर गयी थीं और जुगाली कर रही थीं। खूँटे से खोल दिये गये पाड़े, पास दुबककर, बेमतलब, थन पर मुँह मार रहे थे।

अच्छी जाड़ी भैंसें हैं, क्या वज़न होगा, शारदाबेन का भेजा चालू हुआ तो जाँघ पर चपत लगाकर उसने फटकारा, "मर साले, हर बखत वज़न, क्या तौलता रहता है।" ज़बरदस्ती हटाने पर भी उसकी नज़रें बार-बार भैंसों पर जाकर अटकती रहीं। पास पसरी मनुबेन के बदन में भैंसों जैसा टीलापन था पर उसने बीड़ी सुलगा रखी थी और पूरा दम लगाकर कश भर रही थी। उसके धुएँ में वही नफ़रत रेंग रही थी जो उसकी आँखों से फूट रही थी। भैंसें इत्मीनान से जुगाली कर रही थीं। लल्लीबेन अब भी हिलक रही थी। पास पड़ी छोरी के बदन से कपड़ा हट गया था और वह दुनिया से बेख़बर मस्त-मलंग पड़ी थी। भैंसों का मुँह और मनुबेन का कश बराबर चल रहा था। दिन में बारह किल्लो दूध तो देती ही देती होंगी, चारा अच्छा खिलाता है लल्लीबेन का मरद। क़र्ज़े की किरतें भी चुका लीं, डेरी से अमूलदान ख़रीदकर भैंसों को खिलाने में कोताही नहीं करता। छोरा होता तो मनुबेन सारा-का-सारा दूध डीपो बिकने ना भेजती। कुछ ज़रूर बचाकर रख लेती, घी बनाने को। छोरे की माँ को, और कुछ नहीं, तो तनिक-मनिक घी तो देना ही हुआ खाने में। कुछ छाछ शारदाबेन के हिस्से भी आ जाता। अब क्या बनायेगी ख़ाक! छोरी को माँ का दूध मिल गया तो बहुत समझो। मनुबेन का बस चले तो गला ही घोंट दे छोरी का।

ग़ुस्से के मारे उसका ख़ाली पेट उफनकर कलाबाज़ियाँ खाने लगा। "क्या रोना-पीटना मचा रखा है," चिल्लाकर उसने कहा, "छोरी को दूध पिलाओ, मेरा

हिस्सा मुझे दो, रोटला खाऊँ। सुबह से बिना खाये बैठी हूँ, तुम अपने तमाशे में लगे हो। कोई मज़ाक़ है, तीन किल्लो की छोरी है, तीन किल्लो की।''

मनुबेन ने एक जलती नज़र उस पर फेंकी और पहली से भी तेज़ रफ़्तार से धुआँ उगलने लगी। रोती लल्लीबेन ने खटिया की बीनाई में से टटोलकर, मुसा-तुसा एक रुपये का नोट निकाला और उसकी तरफ़ बढ़ा दिया।

तभी पासवाले छप्पर से किसी के चीख़ मारकर रोने की आवाज़ आयी—नन्नीबेन! पिछले हफ़्ते बच्चा जना था उसका शारदाबेन ने। पहलौठी का छोरा। नोट छोड़ वह उधर लपक ली।

लल्लीबेन और नन्हीबेन के बीच अधबनी-अधलिपी कच्ची दीवार के अलावा एक भैंस भर थी, जो आठ-दस की कुठरिया के आधे हिस्से में पसरी हुई थी। दुब्बर होने पर भी लगता था वही उस छप्पर की असली मालकिन है। उसके ज़मीन पर पसरते ही बाकी जन कोने में सिकुड़ जाते थे।

मिनट भर के अन्दर शारदाबेन छप्पर के नीचे थी। पर उतनी देर में ही रोना थम गया था। ज़मीन पर चिथड़े में लिपटी छोरे की लाश रखी थी और पास में नन्नीबेन और उसका मरद घुटनों में सिर दिये बैठे थे। उसे देख नन्नीबेन एक बार फिर चीख़ मारकर रो पड़ी। उसके मरद ने बिना सिर ऊपर उठाये उदास स्वर में कहा, ''सुबह से टट्टियाँ कर रहा था।''

''मुझसे नहीं कहा।''

''तुम उधर थीं, उनके धीरे।''

''चीनी-नमक का पानी पिलाया था?''

नन्हीबेन ने ना में सिर हिला दिया।

''क्यों, मोटीबेन ने बतलाया नहीं था? मैंने भी।''

''काम से आयी तो दूध लगाया...'' कहते-कहते आवाज़ घुट गयी, ''मुँह ही नहीं मारा छोरे ने।''

''काम पर गयी थी, अभी से?''

मुँह से कुछ न कहकर नन्नीबेन ने हाथ हिलाकर जतलाया, क्या करें, भाग हमारा।

तब तक आसपास से और दो-चार जन आकर जमा हो गये थे। संध्या के चार बज रहे थे। ज़्यादातर लोग डीपो पर दूध पहुँचाने गये हुए थे या काम से घर नहीं लौटे थे।

दो दिन ना जाती काम पर। डेढ़ किल्लो तो वज़न था छोरे का। बखत पर दूध न मिला तो ऐंठ गया होगा बेचारा। "किधर गयी थी, काम पर?" उसने फिर बिना कुछ कहे, हाथ के इशारे से अपनी लाचारी जतलायी पर पड़ोस की मनुबेन चिचिया उठी, "वही ट्रेक पर खाद के बोरे लादने का काम, और क्या! अरे, छोरा जना था, छोरा नासपीटी ना जाती दो दिन काम पर। एक हमारी को देखो, छोरी जनी है, वह भी तीसरी, और खा-पीकर खटिया तोड़ रही है।"

"भैंस भी है अब तो तुम्हारे," शारदाबेन ने दो फुटे खूँटों के पीछे बँधी डाँगर भैंस पर नज़र डालकर कहा, जो अलग बँधे कटरे को देख करुणा-स्वर में बिबिया रही थी। "फिर भी गुज़र नहीं होती?"

नन्नीबेन का मरद चौंककर खड़ा हो गया। "डीपो निकल जायेगी," उसने कहा, "दूध पहुँचा आऊँ।"

लोटा लेकर वह भैंस दुहने बैठ गया। काम तो औरत का था पर अभी मरे छोरे की माँ से कह न सका कि उठकर दूध दुह ले।

शारदाबेन ने देखा, लोटा दूध से भरा नहीं। कुल होगा यही कोई तीन पाव। बेचकर मिलेगा क्या, तीनेक रुपये। उसी से छोरे को दफन कर पिण्ड छुड़ाना होगा।

"इतने भारी काम पर जायेगी तो दूध कैसे उतरेगा?" उधर मनुबेन का भाषण चालू था, "कितनी बार कहा, माने तब ना। दो दिन से भूखा कलप रहा था छोरा, भैंस भी बाँध ली अब तो घर में..."

"भैंस ही तो खा गयी मेरे लालभाई को," घुटनों से सिर उठाकर नन्नीबेन चीख़ पड़ी, "चार हज़ार का क़र्ज़ हुआ ख़रीदने पर। हर महीने किस्त चुकानी होती है। चारे की तलाश में डोलते दिन बीत जाता है। खली खिलाने की औक़ात नहीं। दूध उतरेगा कैसे? बहुत हुआ तो दो किल्लो, वह भी चार रुपये किल्लो की चिकनाईवाला। क्या करें ग़रीब आदमी? तभी ना हमने कहा, अपनी पियरी भैंस है, तो सब कुछ है। दूध बेचकर जो मिलेगा, इसी को खिलायेंगे। डेरी बेचती है न अमूलदान। खिलायेंगे तभी न दूध उतरेगा, तभी न किस्त चुकेगी। सेवा करेंगे तभी न फल मिलेगा। यह दिया फल हमें पियरी ने। खा गयी मेरे लालभाई को।" वह फुग्गा मारकर रो दी।

"चुप कर करमजली, भैंस को क्यों कोस रही है, अपनी क़िस्मत को कोस," उसके मरद ने टोका पर फटकारकर नहीं। लोटा उठाकर वह बाहर चला गया।

"ये तो कल सारा दिन चारा काटते छोले। मैं काम पर न जाऊँ तो क्या खिलाऊँ

मरद को और क्या पिलाऊँ छोरे को। आकर मुँह में दूध दिया तो...'' अबकी बार वह रोयी तो रोती ही चली गयी।

शारदाबेन से आगे बढ़कर उसे चुप नहीं कराया गया। ग़लत हो गया यह तो। भैंसे को गाली नहीं देनी चाहिए। छोरे का क्या है, दूसरा जन लेगी।

पर यह सब हो क्या रहा है गाँव में, उसका भेजा जाम हो रहा था। उसका अपना भला तो ज़रूर हुआ, कौपरेट डेरी से, पर बाकी जन? भैंसे इतनी आ गयीं गाँव में, दूध की कौपरेट डेरी चल निकली, फिर भी दु:खी परिवार दु:खी-के-दु:खी और सुखी परिवार वही दो-चार। इससे तो पहले अच्छे थे। और कुछ नहीं तो छाछ ही मिल जाता था बालकों को। बहुतेरे जन घी बनाया करते थे पहले, अब तो सारा-का-सारा दूध बेच आते हैं डीपो में। सुना है डीपो-डीपो दूध जमा करके डेरी शहर में बेचती है, ऊँचे दामों पर। दूध ही क्यों, और भी जाने क्या-क्या बनाकर खपा देती है शहरों में। मक्खन तौ ख़ैर समझ में आता है उसके, पर ऐसा क्या मक्खन, जो न घी निकले, न छाछ? क्या फ़ायदा ऐसे दूध का? मोटीबेन कहती हैं, ''शहर में छाछ-घी को कोई नहीं पूछता, वहाँ के लोग माँगते हैं मक्खन, चीज़ और चॉकलेट, सो वही बनाकर बेचती है डेरी और घना मुनाफ़ा कमाती है।'' शारदाबेन के पल्ले कुछ नहीं पड़ता पर मोटीबेन कहती हैं तो ठीक ही कहती होंगी। ''मुनाफ़ा होता है तो तुम्हीं लोगों में बँटता है न। अरे, कौपरेट डेरी है कि नहीं, तुम्हीं लोग तो मेम्बर हो। पैसा मिलेगा तभी न बँटेगा। फिर जो तुम चाहो, खाओ। अरे, घी से नहीं बना करता कसरती बदन। तुम लोगों को तो खाने का रोग है।''

मोटीबेन की बात काटने की शारदाबेन की बिसात नहीं। उन्होंने कहा, ''उसने सुन लिया पर घी कभी जाना-देखा नहीं, खाने की कौन कहे। न उन भागवानों को उसने कभी देखा, जिनमें डेरी का पैसा बँटा करता है। वह तो बस छाछ को रो सकती है। पूरा परिवार कढ़ी-रोटला खा लेता था छाछ के भरोसे, हारी-बीमारी में बालक पी लिया करते थे। अब क्या है, भैंस हैं, भैंस का चारा-सानी है, दूध की डीपो है, बस। छोरे-छोरियाँ छूछे-के-छूछे। घी खाने वाले सुखी परिवारों की उसे क्या ख़बर! चार-पाँच भैंसोंवाले सुखी पटेल परिवारों में तो उसकी आमद है नहीं। सुना है, सुकड़ी-भाकड़ी सब घी में लोटमलोट खाते हैं वे लोग। और बच्चा जनने पर ठठ-के-ठठ मेथी पाक। पर वह सब सुनी-सुनायी बातें हैं। उसकी जानकारी में तो ऐसे ही छोटी ज़ात के घर हैं, क़र्ज़े पर ख़रीदी एक भैंस, सो भी खली-चारे के अभाव में सूखी मरियल, मुश्किल से तीन-चार किल्लो दूध देने वाली। उस पर किस्तों की

मार, बेजोड़ मेहनत-मज़दूरी और कमज़ोर-काहिल बालक। दो भैंसोंवाले सुखी परिवार हैं तो यही दो-चार।''

शारदाबेन का मन खट्टा हो गया। क़िस्मत उसकी। तीन किल्लो की हुई भी तो छोरी। वह भी तीसरी। और यह छोरा, पहलौठी का, जनमा डेढ़ किल्लो का, बचना कहाँ था इसे जो बचता। ''पर अपनी तीन किल्लो की छोरी को न सूखने-दुबलाने दूँगी मैं इन लोगों को। कल ही जाकर शिकायत करती हूँ मोटीबेन से। कोई मज़ाक़ है! डेरी के सिकरेटरी से कह देंगी तो लल्लीबेन के मरद को खली मिलनी बन्द हो जायेगी, हाँ सारी अकल ठिकाने आ जायेगी। मोटीबेन के सामने बोले तो जानूँ। अरे करमजला, लगन नहीं कर सकतीं छोरी का, तो नौकरी तो दिला सकती हैं। कह दें एक बार छाती ठोंककर, बड़ी होने पर छोरी को ग्रामसेविका लगवा देंगी, तब देखो, सबके सब फिस्स होते देखने का आनन्द उठाया ही था कि भेजे ने कैंची चला दी'', ''किस-किसको ग्रामसेविका बनवायेंगी मोटीबेन? अरे चुप बैठ'', वह बुदबुदायी, ''यही कचर-कचर सुनती रही तो हो लिया, बीसियों काम पड़े हैं करने को। अभी सेंटर पहुँच, बालसेवावाली बेन के साथ बैठकर ममरी का हिसाब भरना है, चीजें साज-सँभालकर कमरा बन्द करना है और...फिर वह नहीं लौटेगी इधर। निकल जायेगी बनकरों की बस्ती की तरफ़। उनका दु:ख-दरद दूर करने वाला कौन है, उसके सिवा। वही उनकी डॉक्टर है, वही अस्पताल। सेंटर में जो बुख़ार-दरद की दवा रहती है, उसी के भरोसे इलाज चलता है उनकी हारी-बीमारी का। कितनी इज़्ज़त देते हैं। शारदाबेन को, जैसे उनमें से एक न होकर ऊँची जात की हो।

पिचके पेट पर धोती का फेंटा कसकर वह सेंटर की तरफ़ निकल पड़ी। रोटला खाने की फ़ुर्सत नहीं थी। सूरज ढलने पर देखा जायेगा।

सेंटर के दरवाज़े पर पहुँची थी कि मास्टरभाई के छोरे ने दौड़कर रास्ता रोक लिया। ''घर चल बेन,'' जल्दी बचाकर उसने कहा, ''बा का बदन तप रहा है, दरद से सिर पटक रही है, दवाई लेकर चल मेरे साथ।''

''जा, चली जा,'' सेंटर की बेन ने कहा। ''हिसाब मैं देख लूँगी।''

सब कुछ भूलकर शारदाबेन ने झटपट दवाई की पुड़ियाँ थैली में डाली और उसके साथ हो ली।

उनकी कोठरी पर पहुँचकर देखा, मास्टरभाई की बहू का हाल जो बेहाल। हाथ लगाने की औक़ात उसकी थी नहीं। देखकर ही समझ गयी, बदन ज़रूर आग हो रहा होगा, आँखें जो कनेर के फूल-सी लाल हो रही थीं, ऊपर से जूड़ी की कँपकँपी। चादर के नीचे, हड़काई भैंस-सी देह छटपटा रही थी।

‘‘पानी पिला बा को, भाई, और साथ में ये गोलियाँ दे,’’ उसने छोरे से कहा कि अरबराकर बेन उसकी तरफ़ पलटी और उसका हाथ पकड़ चीख़ उठी, ‘‘सिर फट जायेगा, बेन, मर जाऊँगी।’’

‘‘हैं-हैं! क्या करती हो!’’ सुकुचित होकर शारदाबेन हाथ छुड़ाने लगी। उसने कहना चाहा, मैं बनकर हूँ। छू लिया तो नहाना पड़ेगा। बीमारी में तुम...पर मास्टरभाई की बहू ने मौक़ा नहीं दिया। कसकर उसके दोनों हाथ थाम, वह उन पर सिर पटकने लगी। गुहार मचा, दवा की माँग करने लगी। उससे हाथ छुड़ाये नहीं गये। आप से आप, बेटी की उमर की बीमार बेन को थपथपा उठे। तो क्या गाँव में ऐसे भी लोग हैं, जो भूल चुके हैं कि शारदाबेन बनकर जात की है, उनके लिए वह सिरफ दवाईवाली बेन है?

छोरा पानी ले आया था। उसने बीमार बेन को सहारा देकर उठाया और गोलियाँ खिला दीं। बेन ने उसके हाथों पर अपनी जकड़ ढीली नहीं की। बरबस शारदाबेन उसके सिरहाने बैठ गयी और उसका माथा सहलाने लगी। जैसे-जैसे उसके हाथों के नीचे बेन का कलपना-कराहना धीमा पड़ा, वह भर-भर आयी। मटकी छाछ के साथ ढेर सारे रोटले डकारकर उठी हो जैसे। बदन की थकान मिट गयी। महीने के सौ रुपये फूलकर पाँच सौ हो गये। छुअन की मिठास से बँधे हाथ और सधकर चले और मन में उस तीन किल्लो की छोरी को छोरे माफ़िक़ पाल-पुसवा लेने का हौसला पेंग भरने लगा।

एक नारियल टोटके के नाम सही

मृणाल पाण्डे

भारत ने अपनी आज़ादी की अर्धशती में ऐसे कई थाने-प्रकोष्ठ बना लिये हैं, जहाँ पुलिस से लेकर थानेदारनी और अफ़सर तक महिलाएँ ही हैं। लेकिन जिस तेज़ी से कन्या भूरण-शिशुओं की हत्याएँ बढ़ी हैं, हर राज्य में नवयुवतियों की दहेज-हत्याओं/आत्महत्याओं के आधिकाधिक मामले दर्ज हो रहे हैं और तमाम निरोधक क़ानूनों के बावजूद महिलाओं का 'सती' होना या उसकी चेष्टा करना भी जारी है, उससे लगता है कि ये असमर्थ पुलिसिया इकाइयाँ शायद हमारी महिलाओं की अन्दरूनी स्थिति और उनकी ज़रूरतों के हिसाब से नहीं बल्कि राजनीतिक वजहों और विदेशों में निन्दा के भय से ही बनायी गयी हैं।

उत्तर प्रदेश, हरियाणा, राजस्थान और मध्य प्रदेश जैसे राज्यों के सुदूर ग्रामीण इलाक़ों में आज भी महिलाओं के लिए वह सांघातिक विकृत रूढ़िवादी सामन्ती व्यवहार बरक़रार है जिसकी मार से यहाँ औरतों की तादाद पुरुषों के मुक़ाबले बेतरह घटती जा रही है और निरक्षरता जड़ जमाये बैठी है। इन राज्यों में आज भी पर्दा-प्रथा परिवार की समृद्धि का मानदण्ड है। जाति-बिरादरी के बाहर प्रेम करने के दण्ड में जातीय पंचायतें प्रेमियों को फाँसी की सज़ा मुकर्रर करती हैं। मीडिया को सगर्व बताया जाता है कि अमुक गाँव में कन्या-शिशु हत्या के चलते सैकड़ों बरस से एक भी बारात नहीं आयी है और मन्डियों में अनाज मिले न मिले, औरतों की ख़रीद-फ़रोख़्त, आलू-प्याज़ की तरह आज भी सम्भव है। ऐसे क्षेत्रों में महिला नामक लुप्त होती क़ीमती प्रजाति की रक्षा के लिए अलग और ख़ास पुलिस व्यवस्था का ख़याल किसी को क्यों नहीं आया, यह सचमुच आश्चर्यजनक है।

आज भी दहेज-हत्या के हज़ार दर्ज मामलों में बमुश्किल चार सुनवाई तक पहुँच पाते हैं। और विधवा को 'सती' करना? यह तो ऐसा काम है, जिसे करके मूँछों पर ताव देते हुए 'नरपुंगव' कहलाया जा सकता है। पीढ़ियों तक सती-स्थल के चढ़ावे का जुगाड़ हो जाता है, सो अलग। शहरों में कन्या-भ्रूणों के हत्यारे क्लीनिक

भी तो तनिक उलटफेर से यही काम करने की बात अपने इश्तहारों में कहते रहे हैं और उनके घर ख़ूब कंचन बरस रहा है।

सती की कोई भी घटना होने पर हमारे शहरी राजनेताओं और सम्पादकीय लेखों की जो पाखण्डी प्रतिक्रिया देखने में आती है, वह भी भारतीय पुरुषों के मनोविज्ञान पर एक नयी और चौंकाने वाली रोशनी डालती है। एक ओर सेक्युलर जत्थों से तुरन्त भाजपा द्वारा फैलायी गयी रूढ़िवादिता और उसके सती जैसी प्रथा को उकसाने पर बयान आ गये हैं। पुलिस अफ़सर बयान दे रहे हैं कि स्थल पर कोई कर्मकाण्ड, पूजा-अर्चना नहीं की जा रही जबकि टीवी के पर्दे पर पूरा देश अन्ध-श्रद्धालुओं को नारियल फोड़ते, परिक्रमा और दण्डवत् करते देख रहा है। सम्पादकीयों में घटना की निन्दा की गयी है और अपढ़-अन्ध श्रद्धालु माताओं-बहनों को चेताया गया है, साथ ही नारीवादियों को भी डपटा गया है कि चौकसी में चूक रही है। चित भी उनकी, पट भी उनकी।

चरण शाह अपने बीमार पति की मृत्यु पर उसके साथ ही चिता में जल मरी। यह महज़ संयोग नहीं है कि यह घटना महोबा में घटी है। आज भी आल्हा-ऊदल के युग में जाने वाला यह प्रखण्ड स्वास्थ्य और शिक्षा की दृष्टि से देश के सबसे पिछड़े इलाक़ों में से है। गाँववालों ने मीडिया को यह बताया है कि मृतका चरण शाह पिछले तीन दशकों से टीबी के रोगी अपने पति को तिल-तिल कर मरता देख रही थी जबकि टीबी आज क़तई एक असाध्य रोग नहीं है। कुछ एंटीबायोटिक दवाओं के नियमित सेवन और परहेज़ की मदद से इसे समूल नष्ट किया जा सकता है, फिर भी आज भारत में यह सबसे बड़े संहारक रोगों में से एक बना हुआ है। वजह है ग़रीबी और दूर-दराज़ के इलाक़ों में समुचित स्वास्थ्य सेवाओं का अकाल। ग़ौर कीजिए, क़रीब तीस साल से चरण शाह अपने तमाम प्रेम और सेवा-टहल के बावजूद अपनी पति की मृत्यु को एक ख़ूँखार बाघ की तरह धीमे-धीमे पास आती देख रही थी, फिर भी वह नितान्त निरुपाय थी।

वे सब नातेदार और श्रद्धालु जो इस वक़्त फटे गलों से जय जयकार बुलवाकर वहाँ नारियल और चढ़ावा चढ़ा रहे हैं, ज़ाहिर है कि उस वक़्त मदद के लिए उनके पास भी नहीं फटके होंगे, अन्यथा बीमार को समय रहते पास के दवाख़ाने ले जाना और दवा की पूरी ख़ुराक दिलवाकर चंगा करना पूरी तरह मुमकिन होता। यह कैसा देश है जहाँ मरते हुओं के लिए मन में कोई करुणा या चिन्ता नहीं जागती, लेकिन मरे हुओं का पीपल-पानी करने और उनकी चिता की राख पर करोड़ों के मन्दिर खड़े करने, नारे लगाने में हमें तनिक भी शर्म का अनुभव नहीं होता?

ईमानदारी से जब अपना क़बीलाई, जातिवादी, क्षेत्रीयवादी सोच त्याग कर जब हम वृहत्तर सामाजिक सरोकारों के इलाक़े में आते हैं, तो तमाम रिश्तों और ज़िम्मेदारियों की शक्ल बदलने लगती है। तब सब कुछ कष्टकर, अनिश्चित और दुविधामय प्रतीत होने लगता है। कौन थी चरण शाह? तीन दशकों से एक बीमार आदमी की परिचर्या में जीवन खपाने की लम्बी दौड़ में उसके भीतर क्या कुछ अनुभव, मानवीय इच्छाएँ और डर बने टूटे होंगे। जिस इलाक़े में औरतें सख़्ती से पर्दे के भीतर रखी जाती रही हैं और जातीय गर्व के चलते कई तरह की मेहनत-मजूरी उनके लिए अलभ्य बना दी गयी है वहाँ समाज, देश और ख़ुद अपनी जमात से अलग-थलग पड़ी एक ग़रीब औरत के भीतर कैसे ज्वालामुखी बनते चले जाते हैं, क्या हमने, हमारे मीडिया ने यह जानने की कोई ईमानदार लोकतान्त्रिक कोशिश इधर की है? हमारे अधिकांश ग्रामीण परिवारों में, अपवाद छोड़कर अधिकतर पुरुष आज भी अपनी औरतों से सीधे बात नहीं करते, उनसे प्रेम नहीं करते और जब आते हैं, तो केवल शारीरिक सम्पर्क के लिए उनके पास आते हैं। शेष वक़्त तो अपनी ठण्डी उपेक्षा या जली-कटी फ़ब्तियों से वे घर की स्त्रियों पर अपना मर्दाना प्रभुत्व जताते रहते हैं। लिहाज़ा ऊष्मा-भरे मानवीय रिश्तों का इन्द्रधनुष जो हमारे साहित्य की रीढ़ है, उसे गाँवों में कुछ ग़रीबी कुतर खाती है, कुछ भारतीय मर्दानगी की यह हेकड़ी-भरी अवधारणा। ऐसे में एक दुःख से कातर औरत जल मरने की सोचे तो अचरज क्या? पर विडम्बना यहीं ख़त्म नहीं होती। जब कोई चरण शाह दुःख से बावली होकर चिता में कूद पड़े तब भी उसे रोकने-बरजने कोई आगे नहीं आता। उसके बजाय पूरी-की-पूरी बिरादरी और परिवारवाले झाँझ-खड़ताल लेकर उसके 'सत्प्रयास' का स्तुतिगान करने बैठ जाते हैं।

यह सही है कि अगर इलाक़ा इतना ग़रीब, इतना पिछड़ा न होता तो वहाँ से शायद इस तरह के अन्धविश्वास जा चुके होते। इलाक़े के वासियों में 'सतीस्थल' तक आने की अदम्य उत्कण्ठा और अपनी ग़रीबी के बावजूद वहाँ चढ़ावे की इच्छा दिखती है। राज्य, समाज, बिरादरी सब निर्मम बन जायें तो एक नारियल टोटके के नाम सही।

कोठरी में लड़की

"दस बरस की पहाड़ी घर की लड़की है, और अब तक इसे बुनना नहीं आता है? कैसी माँ हो? अरे, बुनने-पिरोने लगेगी ये मुन्नी, तो ज़रा हीले से लगेगी, वरना दसियों क़िस्म की ख़ुराफ़ातें इसी उमर में..."

यह वाक्य तो आधा ही छोड़ दिया गया, लेकिन बात जो गेंद की तरह टप्पे खाने पर आयी, तो देर तक फुदकती-फुदकती कोठरी में मँडराती रही।

"मेरी लड़की ने तो चायदानी के लिए जो कढ़ाईदार कवर बुना है, देखो तो, यक़ीन नहीं कर सकोगी कि एक बच्ची के हाथ का बना है। उसके स्कूल की नन्स जर्मन है, जर्मन! एक-एक फन्दा परखती है चश्मा लगाकर..."

"मेरी लड़की तो बेबी-फ्रॉक बुनने लगी है अब। ख़ुद ऊन छाँटकर हमारे पड़ोस वालों की बहू के बच्चे के लिए उसने ऐसा बढ़िया फ्रॉक बुन निकाला है कि दाँतों तले अँगुली दबा लो! ऐसी सुडौल जाली बनाती है, जैसे फूल की पंखुड़ी..."

बाद को माँ ने ये सारी बातें मुन्नी के आगे पल्ला झाड़कर बिखेर दीं।

"दस बरस की हो गयी हो और अभी तक फ्रॉक की उघड़ी बखिया में सेफ़्टीपिन लगाकर यूनिफ़ॉर्म पहन लेती हो, बुनाई-सिलाई कुछ नहीं जानती, अरे, बुनने-पिरोने लगोगी, तो ज़रा हीले से..."

मुन्नी की भूरी आँखों में जो माँ के मुँह से झड़ती इस नयी ज़ुबान पर विस्मय उभरा, तो माँ ने एक हल्का झूठ भी चट गिठान लगाकर इसी तार से जोड़ दिया...

"मैंने तो आठ बरस से ही सलाइयों पर उल्टे-सीधे और जाली के फन्दे डालना सीख लिया था। शुरू में हाथ साफ़ नहीं था, पर अभ्यास करते-करते चार सलाई वाले मोज़े भी बुनने लगी थी स्कूल में।

मुन्नी को कोठरी में बिठाकर बुनना-पिरोना सिखाया जाने लगा है। हालाँकि इस बड़े-से हॉलनुमा कमरे में बैठने वाली और लड़कियों की तरह चुलबुली मुन्नी अभी भी एकाग्र और तन्मय नज़र नहीं आती, बाक़ी लड़कियाँ बड़े सलीक़े से दो जानूँ जाकर बैठती हैं। उनकी सलवारों के पौंचे शिष्टता से उनके टखने ढकते हैं, उनके

हाथ एक सौम्य धीरज से ऊन के सुडौल गोले बनवाते हैं, उलझी लच्छियाँ धीमे-धीमे सुलझाते हैं, उधर माँ की बिलल्ली मुन्नी है कि अपनी उटंग फ्रॉक गोद में उड़कर हवाई जहाज़ की तरह टाँगे फैलाये बैठती है, और ऊन की उलझी लच्छी को वह उठाती है, तो ऐसे, जैसे वह कोई जटादार बालोंवाला गन्धाता पिल्ला हो, उसके हाथ दूसरी लड़कियों की तरह नरम और सुघड़ता से कटे नाख़ूनोंवाले नहीं, झड़बेरियाँ झड़ाते, मुँडेरों को मापते, ढेले फेंकते उसके नन्हे हाथ छोकरों जैसे भूरे और सख़्त हो गये हैं, उसके नाख़ून बेतरतीबी से कटे हैं, और लडक़ों जैसे बाल भी सेही के काँटों की तरह पीछे से खड़े रहते हैं, रोज़ चोटी गुँथाने के दर्दनाक झंझट से बचने को उसने एकबारगी से कैंची उठाकर अपनी एक चोटी काट ली थी, फिर दूसरी चोटी माँ को काटनी ही पड़ी थी, पर कुछ बैठने के बरद जल्द ही कोठरी वालियों की समवेत राय बन गयी कि लडक़ी बिलल्ली भले हो, ज़हीन तो है। एकबारगी से सलाइयों पर फन्दे चढ़ाना-उतारना समझ गयी और अब देखो, नमूने उतारना भी कैसे खटाखट सीख रही है।

दाँतों से ऊन की डोर कुतरती माँ उदासी से देखती है। मुन्नी होंठ भींचकर अपने सामने दोनों सलाइयाँ यूँ खटका रही है, जैसे चकमक पत्थर से आग जला रही हो। उसकी टाँगों पर झाड़ियों की खरोंचें अभी भी हैं, यह टाँगें कमरे में फ़िट नहीं होतीं। कमरे में बुनाई करती माँ भी अब तक कमरे में कहाँ फ़िट होती थी? अलबत्ता बेटी के यूँ आ बैठने से उसे अब एक क़िस्म का साथ-सा मिल गया है। जब बाहर पानी के पतनाले बहते होते हैं और पहाड़ों के पीछे से कोहरा और कोहरे के पीछे से अँधेरा घाटी में लुढ़कते चले आते हैं, तो जी घिरने वाली उस घड़ी में बेटी माँ के पैरों के पास बैठी-बैठी सलाइयों पर घर उतारती, गिराती, गिनती रहे, यह बुरा नहीं लगता।

घर की औरतें ख़ुश हैं—''देखा, कहा नहीं था कि चटपट सीख लेगी बुनना भी। अरे, दिन भर शाम भर लग्गी लेकर, ऐसे ऊँचे-ऊँचे फराक पहनकर अब पेड़ों पर लड़कों की तरह चढ़ना क्या? लड़की है, बड़ी हो रही है। ऐसे में कौन जाने, कब कोई बुरी नज़र डाल दे...''

मुन्नी सर ऊपर नहीं करती, पर वह माँ की सलाइयों की खटखट में एक ठण्डा चुप्पा क्रोध भाँप सकती है। माँ जानती है कि इस तरह बैठना कितना भारी पड़ता है। वह यह भी समझती है कि भीतर पढ़ाई के कमरे में मुन्नी की अधपढ़ी किताबें उसकी आँखों के पीछे अभी भी लगातार कैसे फड़फड़ाती होंगी। और जब वह सोचती है कि होते-होते एक समय आयेगा, जब मुन्नी उन किताबों के अधपढ़े पन्नों में काग़ज़ का कोना दबाना छोड़ देगी और एक दिन ऐसा होगा, जब वह सिर्फ़

दोपहर की नींद बुलाने को हाथ में कोई भी; कैसी भी किताब उठा लेगी, तो माँ की साँस रुकने लगती है।

सच कहें, तो माँ को यूँ बूटी की जबरन बुनाई सिखाना एकदम नहीं रुचता। जब यही मुन्नी पेट के बल लेटी अपनी किताब में से परी-कथा या जोखिम-भरी जासूसी कहानी का रस लेती होती है, उसकी आँखों में कैसी अद्‌भुत चमक होती है और उसके लगातार हिलते ऊर्ध्वमुखी टखनों में कैसी ग़ज़ब की फ़ुर्ती, जैसे अभी उनकी बग़ल में से देवदूतों जैसे दो पंख उग आयेंगे और वह अचरज लोक की ओर फटाफट उड़ान भरने लगेगी। जब मुन्नी एक पुराने झाड़न से पतंगें पकड़ने को पिछवाड़े के जंगल में दौड़ती फिर रही होती है, उस वक़्त भी तार पर कपड़े फैलाती माँ सुनती रहती है कि एक कैसी मीठी-शब्दहीन गुनगुनाहट उसके होंठों से ख़ुद-ब-ख़ुद झरने-सी फूटती रहती है, पर इन इस्पाती सलाइयों को टकटकाती उसकी बेटी ने अपना भोला बातून मुँह कसकर भींच लिया है, और उसकी भौंहों पर भी दूसरों में मीन-मेख निकालने वाली एक परिचित और मगरूर झुँझलाहट गाँठ बनकर आ बैठी है। क्या एक दिन ऐसा आयेगा, माँ अकुलाहट से सोचती है, पर मुन्नी के कसकर भिंचे इन होंठों के पीछे की गुनगुनाहट सतरंगे बुलबुले की तरह बैठ जायेगी, और फिर यह होंठ जब खुलेंगे, तो उनसे अपने नमूनों की वाहवाही और दूसरे की तबाही के चर्चे सौ-सौ पैरोंवाले कनखजूरे की तरह रेंगते हुए बाहर चले आयेंगे?

मुन्नी चुपचाप बुन रही है। माँ जानती है कि वह उपेक्षा नाट्य करती हुई भी लगातार बड़ों की बातें सुन रही है, और भीतरहीभीतर जाने क्या-क्या सोच रही है। माँ देर तक उसके होंठों को पढ़ती रहती है, पर बेकार! मुन्नी का सोच-विचार होंठों के पीछे कसकर छुपता जा रहा है।

माँ को भीतरहीभीतर पकते ऐसे सोच से डर लगता है। जब उसकी मुन्नी खुले में उजड्ड बालों का जटाजूट धारे एक टाँग से दूसरी पर कूदती मुँडेर-दर-मुँडेर इक्कट-दुक्कट करती रहती थी, तो माँ क़तई नहीं डरती थी, वह जानती थी कि इस दम उसकी बच्ची का पूरा ध्यान टखनों की पेशियाँ सिकोड़कर मुँडेरों की ऊँचाई कूदने, आँगन के कोने-कोने की कच्ची पाली, पक्की पाली और सीढ़ियों की ऊँच-नीच गिनने और एक छलाँग से लकीर तक की दूरी अपनी साँस साधकर गुनने में ही जुटा हुआ होगा। जिस वक़्त वह हल्ला-गुल्ला करती, बकरी के बच्चे की फुर्ती से घास में कुलाँचे भरती, झाड़ियों से फल झड़ा रही होती थी, उस वक़्त भी माँ उस पर ग़ुस्से का नाट्य भर करती थी। भीतर से वह निष्फिकर रहती कि मुन्नी का बातून मन इस वक़्त पक्के फलों का गुच्छा ताकने, कुचली घासों की जंगली गन्ध सूँघने

और लाठी थामे खटिक पहरेदारी की पदचाप भाँपने में मज़ेदार ढंग से लुढ़क-पुढ़क हो रहा होगा।

पर इस वक़्त कोठरी में बैठी उसकी मुन्नी के झुके हुए सर के ऊपर जो बातें गर्द के कणों की तरह उड़-उड़कर इधर-उधर तैर रही हैं, माँ को उनसे खटिक की लाठी या पिण्डली की गहरी खरोंच से, कहीं अधिक ख़ौफ़ लगता है। माँ नहीं जानती कि चुपचाप ऊन के फन्दों को चढ़ाती-गिराती उसकी बच्ची इन उड़ती बातों को भीतर ही भीतर गुप्त नमूनों में लगातार कैसे गूँथती जा रही है। सीधे पर उल्टा! उल्टे पर सीधा, पिछले फन्दे को अगले फन्दे पर चढ़ाती हुई उसकी मुन्नी जाने कैसी-कैसी अँधेरी और ऊटपटाँग-सी गलियाँ टटोल रही है?

"क्या सोच रही है?" आख़िरकार माँ लाड़ से भेद लेने को पूछती है।

"कुछ नहीं, घर गिन रही थी।" होंठ फिर भिंच जाते हैं।

चुप्पी, मुन्नी की सलाई की नोंक पर एक जोंक की तरह हवा में कुछ तलाश रही है। एक घर नीचे फिसल गया है। मुन्नी दाँतों के बीच जीभ दबाये बड़ी तन्मयता से उसे बचाने में लगी है। कमरा अब ख़ाली है, शाम घिर रही है।

दफ़्तरों में मर्द और खेल के मैदान से लड़के घर लौटते होंगे, औरतें उनकी ताबेदारी को लौट गयी हैं।

"अम्मा..."

"हाँ लाल?"

अपने अनुभव से माँ को मालूम है कि दस साल का मन अँधेरी बन्द कोठरियों से किस रफ़्तार से भाग सकता है। वह जानती है कि कोठरी में कई कथाओं के कई सूत्र किस तरह ऊनी गिठानों में उलझकर एक अजीब बीहड़ चुभन-भरा आवरण बनाते हैं और धूसर रंग की सूँस के थूथन जैसी इस्पात की यह सलाइयाँ घरों, गिठानों की टोह लेते-लेते उनको लेकर जाने क्या-क्या उधेड़-बुन रच सकती हैं। माँ का मन करता है कि वह मुन्नी के हाथ की बुनाई छीनकर दूर फेंक दे और उसे घुमन्तू फिरने को छुट्टा छोड़ दे फिर से। वह बाग़, बग़ीचा, झरना, तालाब, पेड़ों की उगालें, काँटेदार झाड़ियाँ, जो चाहे मापे और फलाँगे। यह चुभन-भरी, उलझी-उलझी लच्छियाँ, यह ठण्डी लोहे की सलाइयाँ, दीवारों पर टँगे सलमा-सितारे जड़े निरन्तर मुस्कराते देवी-देवता, ग्वाल-बाल, यह सब किस दिशा में मुन्नी को न्यौत रहे हैं, वह माँ बख़ूबी जानती है। बरसों से वह ख़ुद पढ़ती रही है, उसी ओर!

पर दस साल की लड़की? आधी बच्ची, आधी...? उसे छुट्टा एकदम बाहर ऐसे ही छोड़ना ठीक होगा? माँ हिचकिचा जाती है।

माँ का आधा मन कहता है कि काश, वह अपनी माँ जैसी होती। तब वह अपने आँचल के छोर से अपनी लड़कियों को जन्म से लेकर ब्याहने तक इसी कोठरी में, यूँ कसकर, बाँध-बिठा रखती, जैसे वे पुश्तैनी चाबियों का कोई दुर्लभ गुच्छा हों।

वह और उसकी बहनें तो कोठरी से उठाकर बाहर लायी जाती थीं, तो ब्याह करने या पुष्पा की तरह प्रेमी के साथ भाग...

"माँ...।"

"क्या लाल?"

"वैसावाला भागना क्या होता है?"

"कौन सा बच्चे?"

"पुष्पा मौसीवाला?"

दो बेढंगे-बेडौल फन्दे माँ की सलाई की ठण्डी नोक से टपकने को आते हैं।

"वो क्या कहते हैं, देख— तेरी बक-बक में घर गिरने को हैं सलाई से।"

दो गदबदी बाल-अँगुलियाँ गिरते घर छूती हैं—"माँ? दया पुष्पा मौसी की शादी हो गयी? मैंने क्यों नहीं देखा उन्हें?"

"हाँ, वो और मौसा जी दूर रहते हैं।"

"ओ, और माँ, तो क्या मौसा जी की भी शादी उनसे हो गयी?"

"साथ-साथ दोनों की हुई ना?"

"तब फिर भागकर के शादी करना ख़राब क्यों है?"

"ख़राब नहीं, पर पहले सबको बता के करनी चाहिए ना शादी!"

"क्यों? शादी तो उन दो की हुई न?"

"अब रहने दो। अभी से बड़ों जैसी बातें मत कर। तू बड़ी होगी, तो ख़ुद समझ जायेगी।"

ऊन, सलाई और नमूने सँभालती माँ अपने आप को इस कोठरी में दीवारों के बीच क़तई असहाय, कातर और झूठी महसूस करती है। मुन्नी फिर बात नहीं उठाती, सर झुकाये बाहर चली जाती है, पर माँ जानती है कि उसका तर्रार दिमाग़ अब रात भर उन उलझी बातों के टुकड़ों में रंग मिलाते हुए, गुप्त तस्वीरें-नमूने बनाने-बिठाने में जुटा रहेगा। इस कोठरी से निकली दुनिया उसकी बच्ची के साथ आगे दूर तक चली जायेगी, जैसे कि फ़ैक्स मशीन पर लाइन-दर-लाइन ख़बरों की इबारतें उभरती जाती हैं, बिन्दु-बिन्दु चेहरे सामने आते रहते हैं। माँ के चाहने, न चाहने से कुछ नहीं होगा।

माँ का मन करता है कि मुन्नी का हाथ पकड़कर उसे इस घर के बाहर खुले में ले जाकर खड़ा कर दे। वहाँ, जहाँ वह हमेशा की तरह उससे साफ़ बेझिझक ज़ुबान में ऐसे ठोस सवाल पूछ सकेगी, जिनके जवाब माँ ईमानदारी से उसे दे सके, पर अपने मन में हमेशा डगमगाती माँ को यह भी लगता है कि वैसा कर पाने की ताक़त या भरोसा ख़ुद उसमें कहाँ है? उधर वक़्त तेज़ी से गुज़र रहा है और उसकी मुन्नी घड़ी-घड़ी अपने जीवन की उस विराट सच्चाई के पास लगातार आती जा रही है, जिससे पूरी तरह रू-ब-रू होने के बाद औरतों के पास झूठ बोलने या दर-ब-दर हो रहने के अलावा कोई तीसरा चारा नहीं रह जाता।

लचक और समन्वय की ताक़त

राजी सेठ

औरत को कमज़ोर मानकर बात शुरू करने बैठना मुझे हमेशा पसोपेश में डालता है। अनुभव में जो आता है, वह कुछ और है, इसलिए कुछ और कहने से पहले मैं स्त्री सम्बन्धी दो स्थितियों में फ़र्क़ करना चाहती हूँ। एक है, स्त्री की मूल प्रकृति; दूसरी है, समाज द्वारा बनायी उसकी आकृति।

अपनी मूल प्रकृति में स्त्री ज़्यादा मेहनती, ज़्यादा व्यवहार कुशल, ज़्यादा ईमानदार, कुशाग्र और लचीली है। अब तो वैज्ञानिक खोजों ने भी यह सिद्ध कर दिया है कि उसकी जैविक संरचना दो आधारभूत कोषों से होती है, जबकि पुरुष की एक कोष से, इसीलिए उसकी संरचना में लचक और समन्वय की ताक़त ज़्यादा है। इसके परिणाम रोज़ की ज़िन्दगी में दिखाई पड़ते हैं। ज़्यादा उत्तरदायित्व आ जाने पर वह अपनी बढ़ी हुई ज़िम्मेवारियों को भी अपनी दिनचर्या में समन्वित कर लेती है। यह ज़रूरी है कि वह अपने बारे में इस आधारभूत बात को जाने, अपनी ताक़त को पहचाने। यह जानना उसके आत्मज्ञान का ज़रूरी हिस्सा है।

इसका दूसरा पहलू है—समाज द्वारा बनायी आकृति जिसका आधार समाज में प्रचलित मूल्य, प्रथाएँ और दूसरी शक्तियों और कारणों द्वारा बनाये नियम हैं। यह नियम स्त्री को कमतर या हीन बनाने के लिए नहीं बनाये गये बल्कि सामाजिक, ऐतिहासिक, राजनीतिक, सांस्कृतिक रूप से जो दशाएँ उपस्थित रहीं, उसके चलते बनते गये। यह सच है कि उन सामूहिक कारणों के चलते स्त्री की स्थिति पर ध्यान नहीं दिया गया। यह भी सही है कि यदि ध्यान दिया जाये तो वह कारण दूर भी हो सकते हैं। क्योंकि बाहरी हैं। बाहरी चीज़ों से लड़ा भी जा सकता है, उनसे मुक्ति भी पायी जा सकती है, जैसे अँधेरे का निराकरण अँधेरे से लड़ना नहीं, रोशनी की तलाश करना है।

यह रोशनी शिक्षा और आत्मज्ञान है। यही एक ऐसा साधन है जिसके माध्यम से हर इन्सान अपनी लड़ाई ख़ुद लड़ने और अपना अँधेरा ख़ुद दूर करने की ताक़त

पाता है। शिक्षित हो जाने पर दूसरों को हमारा ज़िम्मा लेने की ज़रूरत नहीं रहती। दूसरे जब हमारी लड़ाई लड़ते हैं तो वे इतने खरे, ईमानदार और नि:स्वार्थ नहीं होते। उनमें उतना तेज, आत्मबल और उतनी प्रेरणा नहीं होती, क्योंकि यह समस्या उनकी नहीं होती, उनके दिल को उतनी चोट नहीं पहुँचती। उनके मन में एक तरह का दयाभाव भी होता है जिसके परिणाम से पीछा छुड़ाने में आत्मविकास में देरी हो जाती है। यह ज़रूरी है कि अपनी समस्या को पहले ख़ुद समझने की कोशिश की जाये, फिर आत्मबल, संकल्प और शिक्षा का सहारा लिया जाये। एक पुरुष के बिगड़ने या सुधरने में केवल एक ही व्यक्ति का सुधार या बिगाड़ होता है, जबकि एक स्त्री के साथ पूरे परिवार का भविष्य जुड़ा होता है।

जहाँ तक स्त्री की मौजूदा स्थिति का सवाल है, उसमें परिवर्तन हुआ है पर परिवर्तन की प्रक्रिया कभी साफ़-साफ़ और कटी-छटी नहीं होती। वह हर परिवार, व्यक्ति, वर्ग और स्थिति में अलग-अलग होती है। जिस अनुपात में समाज सचेत होता जाता है, उसी अनुपात में यह घेरा बढ़ता जाता है पर इस परिवर्तन ने एक अजीब रूप ग्रहण किया है।

महादेवी जी ने स्त्रियों के बारे में लिखते समय परिवर्तन के दो लक्षण बताये थे—विकास और विकृति। दोनों दशाओं में परिवर्तन होता है पर एक शुभ है, दूसरा अशुभ। एक अच्छा, दूसरा बुरा, अत: इस बारे में दृष्टि साफ़ होनी चाहिए कि परिवर्तन क्या है और उसे किस दिशा की ओर ले जाना है। परिवर्तन की दिशा में अपने मूल प्राकृत रूप को पाना है, पुरुषों के अखाड़े में कूदना नहीं। यहाँ मुक्ति और स्वतन्त्रता के असली अर्थ समझना भी ज़रूरी है। स्वतन्त्रता का अर्थ अपने जकड़े हुए जीव को मुक्त, समर्थ, सशक्त, समझदार करना है, अपना आत्मप्रत्यय विकसित करना है। दूसरों की देखादेखी, प्रदर्शन, अनुकरण तोड़-फोड़ में उतरना नहीं। ज़रूरत चीज़ों को बदलने की है, तोड़ने की नहीं। मुक्ति कभी बाहर से नहीं मिलती। उसे कोई दे-दिला नहीं सकता। जैसे अण्डे के अन्दर के जीव के शक्तिशाली होने से वह अपना खोल तोड़कर ख़ुद-बख़ुद बाहर आ जाता है, ऐसा ही स्त्री की आज़ादी का सवाल है।

हर समय लड़ाई के तेवर में रहना आत्मविश्वास की कमी को प्रकट करता है। उसमें यह भी लगता है कि स्त्री अपने को हीन मान रही है, इसलिए अपने स्वरूप को तोड़-फोड़कर पुरुष की तरह होना चाह रही है। यह ज़रूरत का ग़लत रुख़ है। ज़रूरत स्त्री को अपना प्राकृत, समर्थ रूप पाने की है, पुरुष जैसी हो जाने की नहीं। संसार में हर जगह अपनी लड़ाई अपने औज़ारों से खुद ही लड़नी होती है वह भी

शत्रुता पैदा करके नहीं। यह समझना भी ज़रूरी है कि हमारा शत्रु कौन है, और किससे लड़ रहे हैं। क्या यह शत्रु पुरुष है?

वैसे पुरुष शत्रु नहीं हो सकता क्योंकि वह हमारा पिता, भाई, पति, सहचर और हमारे बच्चों का भी पिता है। वह हर घर में, हर स्त्री के साथ, हर सम्बन्ध से, बरसों से रहता आया है। मौक़ा पड़ने पर स्वामी दयानन्द सरस्वती, गाँधी, गोखले, मदनमोहन मालवीय जैसे पुरुषों ने हमारे हक़ के लिए लड़ाइयाँ भी लड़ी हैं। इस बात को समझने की कोशिश करनी चाहिए कि जैसे हम परिवर्तन की चपेट में हैं, पुरुष भी उतना ही असमंजस में है। वह अपनी दादी, परदादी, माँ को जैसा देखता आया था, आज की स्त्री वैसी नहीं है। उसके लिए भी नये परिवर्तनों के अनुकूल बनने का उतना ही संकट है जितना स्त्री के लिए है, और उसके पास स्त्री जैसी इच्छाशक्ति, प्रेरणा और साहस भी नहीं है।

ज़रूरत उसके साथ समझ का एक पुल बनाने की है, दूसरों के अस्तित्व और ज़रूरतों की बात समझाने की है। परिवर्तन की दूसरी प्रक्रियाओं की तरह यह काम भी धीरे-धीरे होता है, चाहे दिखाई नहीं पड़ता। एक सच्चाई है कि समाज में स्त्री का स्थान और उसका कार्यक्षेत्र दिन-प्रतिदिन बढ़ता जा रहा है। सारी दुनिया की ताक़तें इसी ओर लगी हुई हैं। वह ताक़तें भी इसी समाज में विकसित हो रही हैं जिन्हें हम बुरा कहते हैं। समस्याओं के निदान के लिए निष्पक्ष दृष्टि का होना ज़रूरी है। ऐसा नहीं है कि स्त्री की क्षमता-योग्यता-जीवट कम है, पर ऐसा है कि इसकी इस श्रेष्ठता को पूरी स्वीकृति नहीं मिली है। ज्यों-ज्यों उसकी श्रेष्ठता उसके कर्मक्षेत्र में प्रकट होती जायेगी, उसे स्वीकृति मिलती जायेगी। वह अपने केन्द्र के आसपास के अँधेरे को ख़ुद ही छितरा लेगी।

हमारी संस्कृति का युगों पुराना सार है कि अपने को जानो। अपनी नियति, स्थिति को जानो। अपने गुण-दोष को जानो और अपने हिस्से का योगदान करो। हर काम को क्रिया (कर्म) के भाव से करो, प्रतिक्रिया के भाव से नहीं, तो तोड़-फोड़ का वातावरण ख़ुद थम जायेगा और जीवन में स्थिरता, अनुकूलता पैदा होगी।

मेरे मन में कोई ऐसी कथा-कहानियाँ नहीं हैं जो स्त्रियों की दशा को शोचनीय दर्शाएँ। ऐसा नहीं कि वह होती नहीं हैं, पर सच यह है कि मेरे मन में टिकती नहीं हैं। मैं उन पेचीदगियों को समझती हूँ, कथा-कहानी में उन जटिलताओं को व्यक्त भी करती हूँ पर मेरा रुझान अच्छे उदाहरणों का विस्तार करना है ताकि अँधेरे से ज़्यादा रोशनी के घेरे बढ़ सकें और हम उसमें सब चीज़ों को साफ़-साफ़ देख सकें। दिशा दिखाई दे जाये तो रास्ता पाटना आसान होता है।

स्त्री

कमली भागी जा रही थी। कितने ही दिनों से सुन रही थी कि शहर में एक सिद्ध ज्योतिषी आये हैं। जेल से लगती सड़क को पार कर गौरमिंट स्कूल से आगे का जो मन्दिर है, उसी में टिके हैं...पिछले पाँच दिन से। जब तक टिके हैं सो टिके हैं... कभी भी, जब भी चाहा, उठकर चल देंगे। मनमौजी। मन्त्र-तन्त्र का ज्ञान भी उन्हें है। ऐसा सुना है कमली ने।

पति ने देख लिया होता ना कि इस भरी दोपहरी में बिना किसी को सुने-बताये, काँख में पोटली दबाये भागी जा रही है, तो वह विश्वास ही नहीं करता। करता भी तो ऐसी फटकार लगाता कि कमली की पुश्तें भी याद करतीं—साधु-सन्तों, ज्योतिषियों-बाबाओं के चक्कर में यह कूढ़-मग़ज़ औरतें...इस प्रसंग पर पति दुलीचन्द को एक के बाद एक कितनी घटनाएँ याद आती जाती हैं। बकता जाता है और अन्त में थूक देता है ज़मीन पर। दुर...दुर...ऐसे साधु-सन्तों को...

अब कमली तो दुली से पूछ नहीं सकती थी कि जब उसके मन में साधु-सन्तों के लिए ऐसा विष है तो वह ख़ुद वहाँ क्यों गया? लालू और रामचन्द को भी साथ लेता गया। यदि पूछती तो वह साफ़ मुकर जाता। अगर बता देता तो वह जान तो जाती कि उसके मन में क्या-क्या सवाल हैं...क्या-क्या चिन्ताएँ हैं। क्या है, जो उसे इतना व्याकुल किये है। बात तो कोई वहीं पूछने बैठता है जहाँ उसका मन दबता है। पर यह सब बातें ओट हैं कमली के लिए। कभी नहीं जानेगी। रींधेगी-पकायेगी, धोयेगी-सँवारेगी, कूटेगी-पीसेगी, खिलायेगी-पिलायेगी, टहल-सेवा करेगी पर कभी इत्ता भी नहीं जान पायेगी कि सबके मन में क्या-क्या है। नक्कारी जो हुई। चूल्हे से लगी लकड़ी की लपट के सुभाव को ही जानने वाली मानी जाती रही। चूल्हे-परात की टेक से लगकर जब सब रसोई में खाने बैठेंगे, बतियायेंगे तभी वह जान पायेगी कि कहाँ-कहाँ, क्या-क्या चल रहा है।

पर इस समय तो शहर-हाट, चौराहे-दुकान एक ही चरचा है। लँगड़े-लूले, रागी-विरागी सब कोई वहीं दौड़े जा रहे हैं तो वह भी क्यों नहीं? यह थोड़ेई है कि

उसे कुछ कहना-सुनना नहीं है। ढेरों बातें हैं जो आज तक उसने किसी से नहीं कही। मन में रखती रही गाभन गाय की तरह। अब सिद्ध बाबा जानेंगे तो जानेंगे। उनसे क्या परदा?

तीन दिन से कमली को नींद नहीं आयी। आकर लेटती है तो जागते रहने का जतन करती है। कामना करती है, भगवान! इस थके-टूटे हाड़-मांस को तन्नी-सा सचेत रखना...चाहे थोड़ी ही देर। यह क्या कि पौड़ते ही सो गये। न किसी बात का बखत न होशियारी। इत्ता-सा भी बखत न मिले तो पता कैसे लगे कि वह क्या-क्या चाहती है और उसे उस सिद्ध बाबा से क्या-क्या पूछना है जो शहर के बाहर ठहरे हैं और जिनकी गली-गली में चरचा है। कोई विरला ही होगा जो वहाँ होकर न आया हो। क्या कमली की जिनगी ही इतनी आलतू-फ़ालतू है कि उसे कुछ कहने-पूछने को न हो।

कई रातों से वह इन्हीं सब बातों पर विचार कर रही है। अँगुलियों पर गिन-गिन कर, पल्लू में गाँठ लगा-लगाकर याद रख रही है। ऐसा न हो कि बाबा के पास टैम कम हो और वह दो-चार मिनट से ज़्यादा बोलने ही न दें। तिस पर ऐसी टाँय-टाँय हड़बड़ी!...हो सकता है, ऐन मौक़े पर दिमाग़ से सब कुछ उतरता चला जाये। ऐसा होना कोई नयी बात तो है नहीं। मूरख की मूरख जनमी थी वैसी भी। दुली कहता है तो कोई झूठ तो नहीं कहता न!...पहले बाबू कहते थे। अम्मा कहती थीं। अब इत्ते सारे जने एक ही बात पर झूठ तो नहीं बोल सकते न...

कमली ख़ुद जानती है कि वह भूल जाती है। लोगड़ की गठरी, गये बरस निम्मो को दे दी थी, पर इस जाड़े ढूँढ़-ढूँढ़ हारी। अचार की बरनी, अनाज की बोरी के पीछे ऐसी लुकी रह गयी कि तेल डालने की सुध न रही...सारा अचार सड़ गया। यह बात अलग है कि उसी साल निक्की को देवी माता और इसके बापू को पीलिया हो गया था। उसके घोटू का दरद भी उसी साल ऐसा हरियाया कि बस। ऐसी निरदई पीर कि वह ऐसी मोटी-मोटी बातें भी भूल गयी। मूर्ख जो ठहरी...तिस पर पढ़ी न गुनी। यह तो कहो, यह दुली ही है जो चुपचाप झेल लेता है कमली को। हँसता-बोलता कुछ कम है, पर उससे क्या हुआ। रात को थक-टूटकर आता है तो कमली के अरस-परस से ऐसा हरिया जाता है। और कोई तो है नहीं जो इतना...ऐसा चेता दे दुली को। पिण्डली पर हाथ पड़ते ही ऐसा कँपकँपा जाता है,...ऐसी देह जागती है उसकी कि कमली को झेले न झेली जाये। यह सब बातें कमली ही जानती है। ऐसे दुली जैसे मरद को सहना भी कमली का ही बूता है...कोई निम्मो जैसी होती तो...। दुली ऐसा है कि रात चौके से उसके निपटने-निपटाने तक मक्कर साधकर पड़ा रहता है...

फिर वह अपनी नींद तो पूरी कर लेता है पहले ही पहर में...और कमली? सारा दिन उबासियाँ छूटती रहती हैं।

कभी-कभी कमली को लगता है कि उसने कभी जी भर नींद पूरी नहीं की। सास-ससुर के ज़माने में देर से सोने और तड़के उठने का खटका...बाद में नार-बँधे नयानों की चिल्ल-पों...फिर अब दुखती हुई अपनी हड्डियाँ गोड़े। अब तो सारा-का-सारा घर-दुआर अपने मत्थे लदा आता है। बहुएँ दोनों बेटों के ठिकानों पर। बिटियों को अपना-अपना घर-संसार...इतना भी तो नहीं है अब कि कोई रास्ते में लुढ़का पड़ा गिलास भी उठाकर चौके में धर आये।

अब वह थक जाती है...यह बात कहनी भी हो तो वह किससे कहेगी! दुली को...? कहने-सुनने की भी एक टेव होती है। नहीं पड़ी तो नहीं पड़ी...कभी उठते-बैठते कह भी दे तो तिनका नहीं हिलता..! दुली पलटकर भी नहीं पूछता कि भागवान, क्या बिथा है तेरे मन को...! क्यों तू ऐसी टूटी-टूटी, कटी-कटी फिरती है। बस देहहीदेह जानता है। टेव पड़ी है न उसको भी। आठों पहर उसी को भागना-दौड़ना। जिस दिन भागती-दौड़ती न दीखी, उस दिन से तीन दिन का हिसाब जोड़कर, मन पर ज़ब्त रख लेता है चुपचाप।

कल सवेरे कमली ने पाँच रुपये माँगे थे दुली से। माँगे थे किसी बात को मन में रखकर...

“क्या करने हैं?”

“करने हैं!” कमली झिझकी-सी बोली थी।

“बताओ तो सही, क्या करने हैं...ऐसी कौन सी चीज़ है जो तुम्हें चाहिए हो और मैं लाकर नहीं देता?”

“देते क्यों नहीं...पर मुझे चाहिए हैं। चाहिए तो थे दस...पर..?”

“पर?”

“पर तुम...मेरा मतलब है, उतना ही माँगना ठीक रहता है। जितना मिल जाये...।

दुली ने उसे तीखी नज़र से देखा, “हरतालिका के पोंजे के पैसे तो भेज दिये हैं न छोरियों को...अब क्या...”

कमली चुप रही। दुल भी फिर चुप ही रहा।

दुली के जाने के बाद कमली ने बक्से और अलमारियों के तले खखोल डाले 2 रु. 10 आने पा गयी थी। एक जतन और करेगी। उसने सोचा। दुबारा माँगने पर दुली दे देगा। इस साल का आम दुगुने दाम बिका...

गद्दर...ख़रीद लिया गया तो सड़ा नहीं...। यह बात दुली ने ख़ुद कही थी। चौके में बैठकर खाना खाते-खाते...

"जितने मुनाफ़े के हैं, इस बरस, वह सब मेरे...वह हँसती हुई बोली थी।

दुली ने झिड़ककर कहा था, "इस बरस साइकिल बेचकर स्कूटर लेना है मुझे। स्टेशन तक साइकिल दौड़ाते टाँगें टूट जाती हैं मेरी..."

कमली बहल गयी थी। वैसे भी उसे क्या करना। इत्ते सारे सवाल लेकर उसे सिद्ध बाबा के पास जाना न होता तो वह थूकती भी नहीं थी पैसों पर। एक-डेढ़ तो रिक्सा सवारी...एक-सवा चढ़ावे के...अगर देने ही पड़े। इत्ता देने वाले के सामने अब कोई ऐसे ख़ाली हाथ कैसे जाये? बाबा सिद्ध हैं तो जान भी जायेंगे कि कमली के पास इत्ता ही है। दुलीचन्द फ्रूट का व्यापारी है तो कमली को क्या! कमली तो स्त्री है! उसके पास लेने-देने को कहाँ से कुछ आयेगा!

सूरज की तड़कन बढ़ने लगी तो कमली ने अपनी चाल तेज़ कर दी। चाल तेज़ करने से मुँह सूखने लगा। इधर-उधर देखा। आसपास कोई कुआँ न ताल। चौकोर ताल में जब से बकरी मरी, पानी मैला हो गया। वैसे भी यह रास्ता उधर को क्यों कटने लगा, वह इधर आयी ही कित्ते बार। जेठ जी गुज़रे तो सुना था, मसान जेल की सडक़ के बाद ही लगते हैं। चौराहे के आगे। मुनुआ गुज़रा तो इसी चौराहे तक दुली के पीछे खिंचती चली आयी थी। वहाँ तक तो दुली चुप रहा। चौराहे से आगे पैर बढ़ाते ही कैसा घुड़क दिया। यह भी न जाना कि उसे होश कितना था कि जानती कि उसे मसान में नहीं जाना है मरदों के साथ।

मुनुआ की बात याद आते ही उसके गले में एक रस्सी-सी ऐंठ गयी। इस बखत तो उस ऐंठन को भी उसने परे दे फेंका। कितना परे फेंको, कुछ परे नहीं फिकता, "जब तक भोले शंकर ही किरपा करके मन में न विराजें।"

दुली इस रास्ते पर उसे देख लेता तो काट ही डालता। कैसा गुमसुम-सा रास्ता है।

तभी पीछे से किसी मनचले ने आकर अपनी साइकिल उसकी बग़ल में भिड़ा दी और होंठों से एक सीत्कारी-सी खींची। कमली सहम गयी। तेज़ी से आगे को लपकने लगी, जैसे कुछ देखा-सुना ही न हो। भीतर ही भीतर काँपती रही। कमली पैदल, वह साइकिल पर। क्या मुक़ाबला। कुछ कर ही दे तो वह कहीं की न रहे। दुली भी उसके ही सत्त-इमान को ललकारेगा। पहले तो कहेगा, तू गयी क्यों! ऐसा कौन सा बड़ा मोतियों-जड़ा जीवन है तेरा कि तुझे सिद्ध बाबा की ज़रूरत आन पड़े। कौन बड़े काम-काज करने हैं तूने। कौन किसी व्यापार में है तू कि नफ़े-नुक़सान

के सवाल तेरे सामने खड़े हों...। तू है ही क्या...छोटी...खोटी...करमों की साधारण ...ख़बीस औरत।

मनचला थोड़ा-सा और आगे बढ़ा तो वह मन ही मन 'सिरी राम सिरी राम' का जाप करने लगी और अपने बापू के घर के कुएँ को याद करने लगी। अब यहाँ कुछ अच्छी बुरी हो जाये तो मरने को एक कुआँ भी नसीब न हो...। यह सोचकर उसकी टाँगों में पसीना चिपचिपा आया। कुछ हो ही गया तो वह कहाँ जायेगी...आसपास कोई कुआँ न ताल, न बावड़ी, न मिनार...यह बंजर जैसी सड़क और दूर-दूर तक पसरा स्कूल के खेल का मैदान...

वह लपककर बच्चों के स्कूल के बाहर ठेले के पास जा खड़ी हुई और अपनी साड़ी के पल्ले की गाँठ खोलने लगी।

''क्या चाहिए तेरे को...?'' ठेलेवाला रुखाई से बोला।

कमली ने पहले इधर-उधर देखा। साइकिलवाला आगे चल निकला था...फिर ठेले पर आँख गड़ाकर बोली, ''मीठी सुपारी नहीं है तेरे पास?''

''चने-मुरमुरे का ढेर नहीं दीखता तुझे...? ये क्या कोई पान का ठेला है...? अन्धी है क्या...?''

कमली के चेहरे पर अपनी चतुराई की चहक खेल गयी। गाली भी मीठी जैसी लगी ठेलेवाले की। दोनों ही बातों से बच गयी। उस खच्चर से भी और टेंट में दमड़ी भी टिकी रही। पहले ही कौन से ढेरों थे उसके पास। पलेथन था सो वह भी चला जाता। बाबा सोचते, कितनी कुड़ियल है कमली...दो अच्छत तक न जुटा पायी। कैसे समझा सकती है कि वह ऐसी सूम नहीं है। बटलोई का तला दीखने लगे तब तक सबको परोसती रहती है। दो तन्दुल अपने लिए चुरा लेने का मोह मन में नहीं व्यापता। सब भर पेट खा लें तो लगता है अपन भी छक गये...सच्ची!

कमली का मन एकाएक हलका हो आया। बजरंगबली की किरपा से जाने किन-किन संकटों से बच गयी। संकटमोचन ने दोनों जगह लाज रखी...अपने सामने और दुली के सामने। अब लपकती जायेगी और तीजे पहर लौट भी आयेगी। ऐसी कोई कहने जोग बात होगी तो बतायेगी, नहीं तो मन में सीजकर रखेगी। उसके मन में कितने-कितने अटकाव, कितनी-कितनी चिन्ताएँ हैं, कोई मान सकता है? कभी-कभी तो दूजे पहर आँख खुल जाती है, और बौरा देती है! इतने मान-मनौवल से भी पलक नहीं झपकती...सुभो मत्था ऐसा जैसे दरद का ठीकरा...

उसने अपनी चाल इतनी बढ़ाई कि उधर से आता तारादत्त पाण्डे उसे नहीं दीखा। तारादत्त ने ही उसे टोका, ''किधर को जा रही हो, भाभी?''

कमली फीकी पड़ गयी। ''कहीं नहीं, बस वैसेई इधर टहल आयी।''

फिर एकाएक ध्यान आया कि वो भी वहीं से आ रहा होगा...बाबा से मिलकर... निरबंसिया...नहीं तो कौन इस जेलवाली सड़क पर आता-जाता है।

''आप भी भइया उधर से ही आ रहे होंगे? बाबा से मिलकर...?'' कमली झिझकती-सी बोली थी।

''हाँ! वहीं से...दुली भइया भी वहीं बैठे हैं...सुभाह से...''

कमली गुम। तारादत्त के ओट होते ही वह तेज़ी से मुड़ी...खिन्न-सी। ये चौथी-पाँचमी बेर है दुली को बाबा के पास जाते।

''क्या जानना चाहते हो?'' कमली ने पिछली बार दुली से पूछा था तो वह तड़पकर बोला था, ''तू चुप रह! तुझे हमेशा अपनी पड़ी रहती है।'' वह मन मसोसकर चुप हो गयी। जो दुली की मनचेती हो जाती तो वह बार-बार वहाँ क्यों जाता। दुली ख़ुद बता देता तो कमली भी जाती। दुगुना ज़ोर पड़ता बाबा पर।

तारादत्त की बात सुनकर कमली एकदम से पलट गयी। पहले तो मन में आया कि वह भी वहाँ पहुँच जाये और दुली को चकित कर दे। पर जानती है, यह तरकीब नहीं फलेगी। एकदम उल्टी पड़ेगी। दुली उसे ही घुड़केगा। फिर इसका भी क्या ठीक कि वह बताना ही चाहे कि वह वहाँ क्यों गया था। वह चाहता है, बात ढकी रहे तो ढकी रहने दे। ख़ुद ही पलट जाये कमली...सदा की तरह। वही ठीक रहता है।

पलटने की सोचते ही कमली के पैर मन ही मन के हो गये जैसे रेत के थुलथुल अम्बार में चल रही हो। ऊपर से ऐसी कच्ची क्लेशी चप्पल। ऊपर से धूप का ऐसा निरदई तड़का। तिस पर जेलवाली गुमसुम सड़क। पहले जानती तो घर से ही क्यों निकलती! पर बाबा अगर चले गये तो उसके मन में हर घड़ी हर पल गुड़गुड़ाती बातों का जवाब कौन देगा। इतनी सारी बातें मन में रखकर उसे कैसे चैन आयेगा। उसकी चिन्ताओं को और कौन समझ पायेगा।

कौन बतायेगा कि पिछले दो सालों में दुली को लीची का माल भर लेने से जो घाटा हुआ, वह इस साल पूरा होगा या नहीं...गायत्री बहू की गोद उसरेगी या कि वह ऐसे ही कलपती रहेगी...बिटिया के मर्द की नशे की लत कब तक जान मचोड़ती रहेगी और असली तो यह कि ज्ञानू की तरक़्क़ी...! दुली लाख कहे कि तू अनपढ़-गँवार ठहरी तरक़्क़ी की बात क्या समझेगी, पर इस बात से ज्ञानू की जो गेह खिलेगी, उसे क्यों नहीं समझेगी कमली...ज्ञानू की माँ!

चेतना एवं शक्ति में औरत कमतर नहीं

नासिरा शर्मा

आज से लगभग तीस-पैंतीस साल पहले घर नेवता आया था कि फ़लाँ की लड़की का निकाह है, आप लोग ज़रूर आयें। जहाँ से बुलावा आया था, वह बेहद ग़रीब लोग थे, इसलिए उनके यहाँ जाना ज़रूरी था। मुझे काम करने वाली बुआ के साथ भेज दिया गया था ताकि उन्हें शिकायत न हो। दरअसल चौदह, पन्द्रह साल की वह लड़की अकसर घर काम करने आ जाती थी और कभी-कभी हमारे खेल में शामिल हो जाती थी। वहाँ जाकर जो बातें कानों में पड़ी थीं, आज उनका अर्थ समझ में आ रहा है। नौ बजे बारात आनी थी। लड़की कभी अफ़शाँ तो कभी लाली होंठों पर मल रही थी मगर दूल्हा नहीं पहुँचा। बच्चियाँ उछलते-उछलते सो गयीं। खाने के नीचे रखे अंगार राख बन गये और मैं बिना निकाह देखे वापस लौट आयी और सुबह एक कहानी सुनायी जा रही थी जो यूँ थी कि दूल्हे को उसके बीवी-बच्चों ने आने नहीं दिया और अब वह आयेगा भी नहीं क्योंकि उसका दिमाग़ फिर चुका है। लड़की गहरी उदासियों में डूब गयी। इस घटना के कई कोण हैं। एक, लड़की को बोझ समझ कहीं भी झोंक देना; दूसरा, कोई भी मर्द दिखे उसे दामाद बना लड़की की ज़िम्मेदारी से मुक्त हो जाना है। विवाह के पाक बन्धन को जाल-फ़रेब से हासिल करना।

आज आज़ादी के पचास वर्ष गुज़रने के बाद भी यह सोच बरक़रार है, बल्कि माता-पिता को किसी-न-किसी रूप में घेरे रखती है। सरकार द्वारा नयी योजनाओं, क़ानूनों और समर्थन के बावजूद आज समाज की मानसिकता नहीं बदली है, उसका कारण है आर्थिक स्थिति में बदलाव न आना। जहाँ आर्थिक स्थिति बेहतर हुई है, वहाँ शिक्षा की कमी है जिससे औरत को देखने का नज़रिया बदला नहीं है। कितनी औरतें हैं जो यह समझ पाती हैं कि विवाहित मर्द से सम्बन्ध का अर्थ एक पूरे परिवार को बेघर करना है। वह अपने अधिकार एवं भावना का ध्यान रखती हैं मगर अपनी ही तरह की दूसरी स्त्री उनके सरोकारों में क्यों नहीं आती? ख़ुद औरतों को कुछ

फ़ैसले लेने पड़ेंगे तभी वह अपने विरुद्ध हुए फ़ैसलों को बदलवाने की हिम्मत कर सकती हैं।

इसमें कोई शक नहीं है कि मर्द सालार समाज में औरतें अनजाने में बहुत से ग़लत फ़ैसले लेने पर मजबूर कर दी जाती हैं। उनके आचरण के पीछे मर्द का दबाव, स्थिति का तनाव, परिस्थितियों की मजबूरी, माँ-बाप की लाचारी आदि कोई देखने नहीं बैठता है। सीधे आरोप महिला को झेलने पड़ते हैं, इसलिए पिछले पचास वर्षों में संघर्ष की जो तकनीक हमने अपनायी है, उससे ऊपरी रूप से हम ज़रूर सफल हैं। बड़ी-बड़ी नौकरियों पर हम अपनी मेहनत और लगन से पहुँचे हैं मगर जब बात घर में स्थिति एवं अधिकार की आती है तब औरतें पाती हैं कि उनके पास किसी भी बुनियादी फ़ैसले का अधिकार नहीं है। जो स्वतन्त्रता उन्हें है, वह केवल धन कमाने और परिवार जनों की सुख-सुविधा के साधन जुटाने की है।

शताब्दियों से एक तरह का जीवन व्यतीत करने के कारण उनमें हीन भावना घर कर गयी है, इसलिए आज औरत बहुत कुछ भौतिक रूप से प्राप्त करके भी कहीं पहुँची नहीं है। उसको देखने का दृष्टिकोण बदला नहीं है। बहुत कम, सफल महिलाओं का वैवाहिक जीवन, पूरी तरह से सुखी है। उसका कारण वह कुण्ठा है जो उनके सफल व्यक्तित्व के चलते उनके पति के मन में घर कर जाती है। इसलिए मुझे कई बार गम्भीर रूप से यह सवाल परेशान करता है कि हम पुरुषों पर काम करना कब आरम्भ करेंगे? उनकी कुण्ठाओं की गिरह, कमज़ोरियों और परेशानियों से भरी उलझनों को कब सुनेंगे और समझेंगे? पढ़ी-लिखी या समझदार औरत के साथ एक मर्द को कैसे पेश आना चाहिए, क्या इस पर हमने लेख लिखे और सेमिनार किये हैं? समय आ गया है जब प्रबुद्ध महिलाएँ इसकी पहल करें और मर्द के साथ समाज की मानसिकता बदलें।

जब मैं पिछले पचास वर्षों को एक औरत की नज़र से देखती हूँ तो मुझे लगता है कि औरतों ने एक जुझारू राह ज़रूर अपनायी है मगर मर्द के 'जादू' को तोड़ नहीं पायी हैं। जिसके कारण आज भी उनके मन-मस्तिष्क में मर्द कभी भय के रूप में, कभी शक्ति के रूप में, कभी बुद्धि के रूप में, कभी उनके स्वामी के रूप में उभरता है, मगर कभी भी एक साथी के रूप में उसका ध्यान नहीं कर पाती हैं जिससे उनको ही नहीं बल्कि अधिकांश मर्दों को गहरी घुटन का अहसास सताता है। वह घर से भागे-भागे फिरते हैं या फिर अपनी झुँझलाहट को क्रोध में व्यक्त करते हैं। अपनी कमज़ोरी बताना उन्हें अपमान लगता है। वे कभी भी अपना मन खोल पत्नी के सामने नहीं रखते हैं जिससे बौखलाई पत्नी तरह-तरह के जतन कर पति को नाखुश

करने का प्रयत्न करती है और अपना दुःख और सुख उसकी कृपा-दृष्टि में देखती है। यह नाटक शताब्दियों से दोहराया जा रहा है। आख़िर क्यों?

देखने में आया है कि जहाँ भी संवाद की स्थिति बनी है, वहाँ पर समस्याएँ सुलझी हैं। चाहे वह अन्तरराष्ट्रीय-राष्ट्रीय स्थिति हो या मर्द-औरत सम्बन्ध हो। इसलिए औरतों का उन कमज़ोरियों पर निगाह रखना ज़रूरी हो जाता है जो उनके, पिता, भाई, पति एवं पुत्र में है, ताकि वह नये शिशुओं का लालन-पालन इस तरह से करें कि वह अपने समय में पल रही लड़की की स्थिति को समझें। याद रहे, यह लालन-पालन नैपी, पाउडर, खिलौने तक सीमित नहीं होने चाहिए जिसको हमारा बाज़ार रोज़ सुबह-शाम दिखाता है कि यह आधुनिकता है बल्कि मेरा लक्ष्य उस मानसिक विकास के विस्तार से है, जहाँ औरत को लेकर सोच का दायरा तंग न हो बल्कि उसे भी इन्सान की तरह पूरी गरिमा एवं नागरिक अधिकार के साथ जीने दिया जाये। ख़ुदा ने औरत और मर्द को अलग शक्लें ज़रूर दी हैं मगर उनको किसी स्तर पर कमी देकर छोटा-बड़ा नहीं बनाया है और वे लोग जो कुण्ठित हैं, उन्हें मालूम होना चाहिए कि मन-मस्तिष्क, चेतना एवं शक्ति में औरत कमतर नहीं है।

मेरा घर कहाँ?

लाली धोबिन की मिट्टी तभी से पलीद थी जब से उसका मरद मरा था। तीन बच्चों के संग अड्डे पर जाना और घर-घर से जाकर कपड़े समेटना अब उसके बस की बात नहीं रह गयी थी। छोटा लड़का साल भर का था। कभी गरम इस्त्री पकड़ लेता तो कभी धुले कपड़े पर अपना लकड़ी का चटुआ फेंक धब्बा लगा देता। तंग आकर लाली ने घरों में काम करने की ठानी। बरतन, झाड़ू और आटा गूँधने से उसके पास इतने पैसे आने लगे कि वह चैन से रोटी के साथ लहसुन की चटनी खा सकती थी।

बड़ी लड़की सोना दस-ग्यारह साल की हो रही थी। मोहल्ले के लड़कों के आकर्षण का केन्द्र थी। गन्दे नाले के पास बसी यह झुग्गियाँ बिना पानी के बजबजाती रहती थीं। हर तरह की गाली और धन्धे यहाँ के लोगों की दिनचर्या थी। फ़ैशनेबिल कॉलोनी के सामने बसी यह बस्ती अपने में एक हक़ीक़त थी। लाली के पति राजा ने इस ख़ाली मैदान में औरों की तरह क़ब्ज़ा पाने की नीयत से झुग्गी डाली थी। गाँव में बेरोज़गारी से तंग आकर दोनों शहर की तरफ़ निकले थे। कुछ दिन चैन से गुज़रे। फिर उसे लत लग गयी पन्नी पीने की और उसी के चलते वह एक दिन नशे की हालत में चल बसा।

जवान होती लड़की को बचाने के चक्कर में लाली ने हालात के सामने हथियार डाल दिये और रोज़-रोज़ राह रोकने वाले अधेड़ बदमाश दिगम्बर दादा के घर बैठ गयी। अब उसके तेवर दूसरे थे। दिगम्बर का बस्ती पर दबदबा था। चाक़ू, कट्टा, लाठी, जंजी उसके खिलौने थे। दिगम्बर की घरवाली को मरे चार-पाँच साल गुजर गये थे। इस बीच दिगम्बर भी औरतों को पटाते हुए और ज़ोर-जबर्दस्ती करते-करते थक चुका था। उसे घर में रोटी के साथ पैर दबाने वाली एक औरत की ज़रूरत थी। कई महीनों तक नीम के नीचे बैठी लूली फ़क़ीरन के बारे में सोचता रहता कि जवान है, सुन्दर है मगर दोनों हाथ...? यहीं पर आकर रुक जाता जबकि फ़क़ीरन राज़ी थी। उन्हीं दिनों लाली जब किसी लौण्डे की शिकायत लेकर आयी तो उसने फ़ैसला कर लिया कि इस धोबिन को अपने घर के घाट से कहीं जाने नहीं दूँगा।

लाली की लड़की सोना को जो तीन वक़्त खाने को मिलने लगा तो उसकी आँखों में तरावट और बदन पर गदबदापन आने लगा। उम्र भी रस्सी कूदती तेरह पार कर चौदहवें में लग रही थी। लाली को उसकी शादी की फ़िक्र थी। सोना भूख का मज़ा चख चुकी थी सो दिगम्बर दादा के पैर दबाने, भाँग पीसने और सर में तेल लगाने पर उसे कोई एतराज़ न होता। मगर शादी से उसकी जान निकलती कि जाने कहाँ माँ भेजे और सारे दिन खटने के बाद फिर वही रोटी और चटनी के लिए खिटपिट। मगर लाली अब उठते-बैठते उसके दिमाग़ में इन जुमलों की सुइयाँ चुभोती कि लड़की का असली घर शौहर का होता है, माँ-बाप तो बस लड़की के पालने वाले होते हैं। यही दुनिया का क़ायदा-क़ानून है।

सोना का ब्याह बिरादरी को खाना खिला, बाजे गाजे, दहेज के संग नन्कू के साथ हो गया। निकाह के बाद नन्कू सोना को बिदा कर अपने घर मंगोलपुरी ले गया। उसका परिवार बड़ा था। फूफी, ताई और उसकी माँ विधवा होकर एक साथ रहती थीं और प्लास्टिक की चप्पलों के तले के तीन छेदों में पट्टा डालने का काम करती थीं। वही उनकी रोज़ी-रोटी थी। नन्कू सुबह जाकर आठ-दस गट्ठर तले और पट्टे के ले आता था। नन्कू के पास एक कमरा था। उसी में खाना-पीना, सोना-बिछौना था।

सोना नयी दुल्हन थी। तीन विधवाओं के बीच खाना पकाना, सजना-सँवरना और पति के संग कुछ घण्टे अकेले कमरे में रहना उसकी ज़िम्मेदारी थी। बाहर धूप या छाँव में बैठ तीनों काम करतीं और दोपहर में पाँचों साथ खाना खाकर कुछ देर सुस्ताते थे। ज़िन्दगी सोना ने कभी जी नहीं थी। उधर झुग्गियों में खेलकर बड़ी हुई फिर पाँच-छह साल की थी जब से घर-घर इस्त्री के कपड़े माँ-बाप के साथ माँगने जाती और जब दिगम्बर दादा की रखैल की बेटी कहलायी तो अकड़कर चलना सीख गयी। परेशान करने वाले लड़कों की उसने ऐसी ख़बर ली थी कि वह सोना को देख रास्ता बदल लेते थे। यह शादी भी दिगम्बर दादा के दबदबे के चलते हुई थी। नन्कू पहले नशे की पुड़िया बेचता था। एक दिन पुलिस पकड़कर ले गयी थी। उस समय दिगम्बर जाकर छुड़ा लाया था। वहाँ की मार से डरकर उसने स्मैक के धन्धे से तौबा कर ली थी। अब जो शरीफ़ बना तो उसे सोना का चटपट हर एक से बात करना, हँसना, बोलना बहुत अखरता था। ख़ासकर तब जब सब जानते थे कि सोना की माँ लाली धोबिन दिगम्बर दादा की रखैल है।

सभी जानते थे कि दंगे-फ़साद में लूट का माल दिगम्बर के घर भरा था। इस बार जो बम फटा तो दिगम्बर उसमें उड़ गया। लाली की दुनिया उजड़ गयी। उसको

डर ने घेर लिया कि कहीं उसको बस्तीवाले लूट न लें या फिर दिगम्बर का दाहिना हाथ कहलाने वाला रग्घू उसको अपनी रखैल न बना ले। अब हालात ऐसे थे नहीं कि जो उसे किसी मर्द की ज़रूरत पड़ती। इसलिए वह झटपट सीमापुरी में मकान ले पहलवान के ट्रक पर सारा सामान लदवा रातों-रात झुग्गी छोड़कर भाग ली। हफ़्तों उसने अपनी ख़ैर-ख़बर सोना को न दी। सच पूछा जाये तो वह अब अपनी ज़िन्दगी को अपनी तरह जीना चाहती थी। उसके पास माल काफ़ी था। दोनों लड़कों का नाम वह स्कूल में लिखवा चुकी थी। रोज़ के खरचे के लिए उसने कपड़े इस्त्री करने फिर शुरू कर दिये थे। इससे मोहल्ले में जान-पहचान जल्दी बन गयी और यह बताने में भी आसानी हुई कि उसका पति राजा पुलिस लाइन में धोबी था। मरने के बाद नौकरी गयी सो इस मोहल्ले में आन बसी।

सोना को नन्कू ने जब मोहल्ले के जवान लड़कों के संग कई बार हँसते-बोलते देखा और मना करने पर भी कहा न माना तो उसने सोना की जमकर पिटाई कर दी, बदले में सोना ने भी नन्कू के सर पर बेलन दे मारा। तीनों विधवाओं ने ऐसी लड़की कहाँ देखी थी जो मियाँ को पीटकर रख दे? सो उठते-बैठते बुरा-भला कहतीं। दिगम्बर के मरने से वह डर भी ख़त्म हो गया कि सोना मायके जाकर उसकी शिकायत करेगी। और अब तो उसकी माँ भी लापता है। ऐसी हालत में जो होता है, वही हुआ। बढ़ती लड़ाई से तंग आकर नन्कू ने सोना को घर से निकाल दिया। उसने जब अपने कपड़े और बिस्तर माँगा तो जवाब में सबने मिलकर उसके गहने भी उतरवा लिये और उसे धमकाया कि यह उसका घर नहीं है। जो फिर यहाँ क़दम रखा तो पैर काट दिये जायेंगे।

सोना एक बार फिर सड़क पर बेसहारा खड़ी थी। बाप और पति का घर का जादू झूठा साबित हुआ। माँ का पता नहीं था। उसका दूर का चचा नीतिबाग में इस्त्री का काम करता था। पिता के मरने के बाद एक-दो बार आया था। वही एक सहारा बचा था। रोती-धोती वह मंगोलपुरी से नीतिबाग, बिना बस का किराया भरे, पहुँच गयी। बड़ी-बड़ी कोठियों के बीच वह चाचा को कहाँ ढूँढ़े? एक-दो फल के ठेलेवालों से उसने पूछा कि रमजान धोबी को जानते हो? जवाब 'न' में मिला। आख़िर में थककर वह पेड़ के नीचे बैठ गयी जिसके पास किसी घनश्याम धोबी का अड्डा था। कुछ देर बाद घनश्याम कपड़े देकर लौटा तो सोना ने उससे रमजान के बारे में पूछा।

"तू कैसे जानती है उसे?"

"वह मेरा चाचा है, मेरे अब्बा राजा का दूर का रिश्तेदार। उसके मरने पर आया था।"

"तू...?"

"मैं सोना हूँ। मेरा ब्याह मंगोलपुरी के नन्कू के साथ माँ ने किया था। उसने मुझे मारपीट कर निकाल दिया। माँ जाने कहाँ चली गयी है दिगम्बर दादा के मरने के बाद। अब मेरा सहारा कोई नहीं है, कहाँ जाऊँ?"

"मेरे झोंपड़े चल...वहीं रह। आख़िर मेरी भी कोई ज़िम्मेदारी बनती है न!"

"मतलब तू..." अकड़कर खड़ी हो गयी सोना।

"मैं रमजान हूँ। नाम बदल लिया है। सुख से रहता हूँ। घरवाली गाँव गयी है। झोंपड़ी में रह ले कुछ दिन। काम ढूँढ़ दूँगा किसी कोठी में...रमजान ने हँसकर कहा। उसकी बात सुन सोना की चढ़ी साँस की गति मद्धिम पड़ी और ग़ुस्सा काफ़ूर हुआ।

रमजान चाचा उर्फ़ घनश्याम प्रेसवाले की झोंपड़ी जो कुछ दूर पर थी, वहाँ जाकर सोना ने चैन की साँस ली और भर गिलास चाय बना पी और बिखरे बरतन, कपड़े को समेटने में लग गयी। उसका माथा अभी घूमा हुआ था। ज़िन्दगी के इस बदलाव से अभी वह समझौता नहीं कर पा रही थी। दु:ख-सुख तो लगा ही रहता है मगर इतनी उठा-पटक भी कैसी कि सर से छत ही छिन जाये और कहने को कोई घर न बचे।

कुछ दिन इस इन्तजार में गुजर गये कि शायद नन्कू उसे लेने आ जाये और बात रफ़ा-दफ़ा हो जाये। इस बीच रमजान नन्कू के घर दो बार हो भी आया मगर वे सोना को वापस बुलाने पर किसी तरह राज़ी न हुए। रमजान की परेशानी यह थी कि चार हफ़्ते बाद घरवाली मय तीन बच्चों के साथ टपकने वाली थी। सोना को देखकर उसका माथा फिर जायेगा। सोना को कहीं काम मिल नहीं रहा था। तंग आकर एक दिन सोना ख़ुद मंगोलपुरी गयी ताकि लड़लड़ाकर अपना हक़ जमाये और फिर से रहना शुरू कर दे। मगर वहाँ पहुँचकर हाथों के तोते उड़ गये।

घर के सामने झिलमिल पन्नियों का नन्हा-सा छत्तुर बना था। औरतें गाना गा रही थीं। सामने पड़े पतीलों पर कुछ चढ़ा था। सोना जो और आगे बढ़ी तो देखा नन्कू दूल्हा बना बैठा है और पास में गठरी बनी लाल कपड़ों में दुल्हन। अन्दर से उठा उसका ग़ुस्सा उसके सर चढ़ गया। पैरों की चप्पल उतार उसने पीछे से जाकर नन्कू के सर-पीठ पर जी भरकर जमायी। ख़ुशी का माहौल थम गया। कई पल तक किसी के समझ में नहीं आया कि यह हुआ क्या, दूल्हे का सेहरा, हार नोचकर किसने फेंका। दुल्हन भी घूँघट उठाकर हैरत से शौहर को पिटता देख रही थी।

पल-भर बाद दृश्य दूसरा था। तीनों विधवाएँ सोना का झोंटा पकड़ बकरी की तरह उसे इधर-उधर घसीट रही थीं। दूल्हा तब ज़रा होश में आया। किराये पर ली चमचमाती शेरवानी का कालर उधड़ा देखा और पगड़ी को कीचड़ में लोटता तो उसका पारा सातवें आसमान पर जा चढ़ा। लातों की बारिश उसने सोना के कूल्हे-पीठ पर इस तरह करनी शुरू कर दी जैसे धोबी-घाट पर कपड़े पछाड़ता हो। यह हाल देख लड़की वाले परेशान हो उठे। दुल्हन जाकर माँ से लिपट गयी और बाक़ी लोग दुम दबाकर भागने लगे। तभी अधमरी सोना को नाली के पास छोड़कर नन्कू तैश में पलटा और चूल्हे के पास से चाक़ू उठाकर उसने ससुरालवालों को दिखाकर उसी जुनूनी कैफ़ियत में चिल्लाकर सबसे कहा, ''कोई जाने न पाये वरना सर धड़ से अलग कर दिया जायेगा।''

कौन से हज़ारों मेहमान थे। कुल पन्द्रह-बीस की भीड़ थी। जान किसे प्यारी नहीं होती सो सब दम साधकर बैठ गये। तीनों विधवाओं ने टीन की कुरसी पर दुल्हन को बिठाया और लाल दुपट्टे का साफ़ा नन्कू के सर पर बाँध उसे दूसरी कुरसी पर बिठा पहले की तरह ढोलक लेकर बैठ गयीं। सोहाग के गाने की तान में लोगों की खुसुर-पुसुर गुम हो गयी। सोना ने कराहकर सर उठाया तो देखा वहाँ कुछ भी नहीं बदला था। फिर अपने को ताका जहाँ बहुत कुछ बदल चुका था। किसी तरह उठकर लड़खड़ाती खड़ी हुई और बस स्टाप की तरफ बढ़ने लगी।

सोना ज़ख़्मी कबूतरी की तरह टूटे डैनों के संग जब रमजान के पास पहुँची तब तक वह एक बोतल सन्तरा चढ़ा नशे में धुत्त औंधा पड़ा था। सोना ने हल्दी का लेप ख़ुद ही चोटों पर लगाया और चुपचाप लेटकर सोचने लगी कि वह कई दिनों तक चलने-फिरने के क़ाबिल नहीं रह पायेगी, वरना कल से वह भी एक मेज़ डाल इस्त्री का अड्डा बना लेती। मगर अब तो...सुबह जब रमजान की आँख खुली तो सोना को बुख़ार में तपते देखा। डॉक्टर ने इंजक्शन लगाकर दवाएँ दीं, जिससे सोना रात तक सँभल गयी और बुख़ार भी उतर गया। रमजान का दिल लड़की के लिए दुःख रहा था। उसकी माँ को कहाँ ढूँढ़े जो सोना को जाकर उसके सुपुर्द कर दे। सारे दिन अड्डे पर इसी उधेड़बुन में रहा।

पीली कोठी में सोना को झाड़ू-पोंछे की नौकरी मिल गयी थी। उससे पहले उसने इस्त्री करना चाहा तो कपड़ा जला डाला। ज़िन्दगी में अपना ख़ानदानी पेशा कभी किया हो तो जानती। वह तो बस कपड़ा जमा करने का काम जानती थी, जो रमजान को पसन्द न था। वह कोठीवालों को जानता था। साहब लोगों-से शाही आदतों के उनके नौकर और ड्राइवर होते हैं तो भी वह सोना को रोक नहीं सकता

था। आख़िर उसकी घरवाली के लौटने में दो दिन बाकी थे। इस बीच सोना ने मालकिन को ख़ुश कर गैरज में सोने की इजाज़त ले ही ली। यह जानकर रमजान ने राहत की साँस भरी।

सोना अब पूरे अठारह साल की हो रही थी। इस बीच उसने छह-सात ठिकाने बदले थे। जहाँ जमने लगती वहीं से उखाड़ दी जाती। इस कोठी में भी हज़ारों काम मुफ़्त करती कि रात को बन्द जगह सोने को मिल जाये। झाड़ू-पोंछा कर जब गरम प्याला चाय पीती तो भूखी अँतड़ियाँ ऐंठने लगतीं। बँधा-बँधाया खाने का हिसाब तो था नहीं, कभी कोठी से मिल गया तो कभी रमजान ने अपनी रोटी उसे थमा दी। मगर उधर जब उसके हाथ में दो सौ के नोट आये तो उसने दोपहर को पिछवाड़े वाले ढाबे पर दो रोटी और साथ में मिली दाल खानी शुरू कर दी। कपड़ा, चप्पल, शाल मेम साहब की उतरन मिल गयी थी। चादर भी बिछाने को उन्हीं ने दे दी थी। ज़िन्दगी में ठहराव-सा आ गया था।

एक रात जब सोना गहरी नींद सो रही थी तो उसे सपने में लगा कि उसकी माँ उसे सीने से लिपटा प्यार कर रही है। फिर उसे लगा कि दो मजबूत बाँहें उसे अपने कसाव में पकड़ रही हैं। इतने दिनों बाद पति का स्पर्श उसे सोते में सुख दे रहा था। तभी ठण्ड की झुरझुरी से वह जाग उठी। अँधेरे में उस पर कोई झुका था। उसकी गरम साँसें उसके चेहरे को छू रही थीं। खुशबू का एक झोंका बहा। सपनों और नींद ने सब कुछ धुँधला-सा दिया मगर यह खुशबू? नन्कू के पास से तो पसीने की गन्ध आती थी...?

''कौन...कौन?'' सहमी-सी सोना बोली।

''चुप...किसी को पता भी नहीं चलेगा...उठ चल मेरे कमरे में, वहाँ नरम बिस्तर है आराम से लेटना...उठ।''

''छोटे साहब!'' चौंक पड़ी सोना।

पीठ सहलाते हाथों को उसने झटका और उछलकर खड़ी हो गयी। मरदाने हाथों की जकड़न बढ़ी तो उसने बाज़ुओं पर अपने नुकीले दाँत गाड़ दिये। दर्द की शिद्दत से गिरफ़्त ढीली पड़ी। मगर उसी के साथ एक ज़ोरदार चाँटा सोना के गाल पर पड़ा। उसकी आँखों के सामने तारे टूटे। वह लड़खड़ाकर दीवार से टकरायी। तभी उसे महसूस हुआ कि हाथों की वहशत फिर साँप बन उसे जकड़न में ले रही है। कुछ देर वह साँस रोके बेजान-सी खड़ी रही। उसे बेहोश जानकर छोटे साहब ने उसे ज़मीन पर लिटाया...और तभी उसने पूरी ताक़त से लात सीने पर मारी और

कार और साइकिल के औजारों के बीच से कुछ उठाया और भरपूर हाथ से छोटे साहब के सर पर दे मारा।

गुलाबी ठण्ड में सड़क के किनारे बैठी सोना जाड़े से काँप रही थी। उसे अपने कपड़ों की गठरी और चादर याद आ रही थीं। उसने बहते आँसुओं को पोंछा और थका बदन घसीटा। पौ फटने से पहले उसे यह इलाक़ा छोड़ना पड़ेगा। पता नहीं छोटे साहब का सर फटा या...पुलिस में रपट लिखवायी गयी तो वह बच नहीं पायेगी। कहाँ जाये, सड़क के किनारे चलते-चलते उसके बदन में गरमी आयी। पैर में कुछ चुभने से उसे रुकना पड़ा। काँटा निकालते हुए उसे अपने बाप की झुग्गी का ख़याल आया। बाप की याद से वह वहीं बैठे-बैठे फफक पड़ी। न वह मरता न उन सबकी गत बनती।

वह बस्ती बदली नहीं थी। बिना पानी के गन्दगी से बजबजाती हुई उसकी झुग्गी का कहीं कोई पता नहीं था। आबादी बढ़ने से झोंपड़ियों की तादाद बढ़ गयी थी। आधे से ज़्यादा लोग नये थे। पुराने अपना क़ब्ज़ा बेच कहीं चले गये थे। वहाँ से जब निराश लौटने लगी तो उसे ध्यान आया कि रग्घू दादा से मिलती जाऊँ। शायद कोई काम बन जाये। रग्घू ने उसे ठहरने की एक जगह दे दी। दिगम्बर के रिश्ते से उसे थोड़ा-बहुत नक़द भी दिया ताकि अपनी ज़िन्दगी बसा सके। कोठियों में उसका अनुभव कड़वा था मगर काम माँगने कहाँ जाती? हारकर वहीं पहुँची और काम कर अपने ठिकाने लौट आती। पन्द्रह-बीस दिनों में वह पुरानी कड़वाहट भूलकर फिर से अपने को ख़ुश रखने लगी और उसने तय किया कि बाक़ी ज़िन्दगी अब वह इसी बस्ती में गुज़ार देगी।

सोना की दूसरी शादी की बात रमजान ने एक-दो लोगों से चलायी थी जिन्होंने सोना को रमजान के घर देख पसन्द किया था। मगर जैसे ही उन्हें पता चला कि यह छोड़ी हुई औरत है, उनका नज़रिया ही सोना की तरफ़ से बदल गया। बिना तलाक़ वाली औरत को कौन घर में रखकर मुसीबत मोल लेगा।

"चाचा, तुम काहे इन सबके चक्कर में पड़े हो, मुझे नौकरी दिलवा दो अभी। ठिकाना मिल जाये तो दिमाग़ सही बात सोचेगा।" सोना रमजान की परेशानी देख खीझ उठती।

धोबियों में लाली की बात किसी से छुपी न थी। कहने वालों ने तो यहाँ तक भी कह दिया कि माँ को देखना हो तो बेटी को देखो और जो बेटी को देखना हो तो माँ को देख लो। सोना आख़िर उसी लाली धोबिन की बेटी है न, जो दिगम्बर के साथ बैठ गयी। तो फिर सोना कैसे अपना घर बसाये रखती। उसे भी तो कोई-न-कोई

पैसेवाला मर्द चाहिए होगा। तभी शौहर के घर से भागकर चाचा के घर पड़ी है। इन सारी बातों से रमजान का दिमाग़ भनभनाने लगता था। अपने दोस्त राजा की याद उसे आती कि दोनों एक साथ गाँव से निकले थे। इस बड़े शहर की भीड़ में दोनों अलग हुए तो फिर मौत के दिन ही वह राजा का चेहरा देख पाया था। अब जो सोना की उसी बस्ती से जमने की ख़बर रमजान को मिली तो वह बड़ा ख़ुश हुआ।

वह दोपहर भी बड़ी मनहूस थी जब बुलडोजर ने उसकी झुग्गी के संग सारी बस्ती उजाड़ दी। वह ज़मीन किसी ठेकेदार ने ख़रीद ली थी। वहाँ पर वह एक सिनेमा हॉल बनाना चाहता था। रग्घू दादा की भी कुछ न चली और लुटा-पिटा ग़रीबों का काफ़िला अपने ही घर के मलबे पर रात गुज़ारने पर मजबूर हुआ। सोना का दिल उस रात से चारदीवारी की चाहत से मुक्त हो गया। उसके अन्दर एक नफ़रत का उबाल हर दीवार को गिरा गया। उसने मिट्टी के ढेर पर बैठे-बैठे सामने क़तार से खड़े पक्के ऊँचे मकानों-कोठियों को देखा। फिर वहीं ढेर पर लेट गयी। ऊपर आसमान पर तारे छिटक रहे थे। उन्हें देख सोना का दिल हल्का हुआ और अन्दर से एक हँसी फूटी। उसकी चौकन्नी आँखें पहले से ज़्यादा चमकदार हो उठीं।

इस बस्ती के मलबे के ढेर के सामने सोना ने चलता-फिरता ढाबा खोल लिया। सुबह से चाय भट्ठी पर चढ़ जाती और दोपहर को आलू-गोभी की सब्ज़ी के साथ रोटी बनने लगती। मज़दूरों को खिलाकर जब वह परात में बचे आटे की दो लोई को अपने लिए बेलती तो सुख का एक असीमित सागर सीने में मचलता। उसका मस्त चेहरा देखकर अक्सर मज़दूर उसके संग ब्याह रचाने की बात कहते तो वह खिलखिलाकर हँस पड़ती। फिर गम्भीर हो पूछती, "एक रोटी और ले ले ताकि फ़ज़ूल बातों की जगह न तेरे पेट में बचे न दिमाग़ में..." मज़दूर खिसियाकर उठ जाता और सोना ज़मीन पर थूक देती, जैसे कह रही हो कि इस दुनिया के हर कोने पर मर्द खड़ा मिलेगा, कभी प्रेमी के रूप में तो कभी बलात्कारी के रूप में। मगर जो पति ढूँढ़ने निकलो तो एक भी क़ायदे का आदमी नज़र नहीं आयेगा, जिसके साथ उम्र एक छत के नीचे गुज़ार दी जाये। मैं तो यूँ ही भली। न कोई मेरा ठौर-ठिकाना न मैं किसी घर की मालकिन। दुनिया की आबादी हूँ और हालात की शहज़ादी हूँ। इन मर्दों को अब कौन समझाये?

अन्तर मात्र पिंजड़े का है

चित्रा मुद्‌गल

स्त्री को दलित कहा जाये या नहीं, दलितों की श्रेणी में वह आती है या नहीं—स्त्री-विमर्श का यह एक ऐसा बहसतलब मुद्‌दा है जिसके तईं स्वयं महिलाएँ मत वैभिन्य रखती हैं।

दलित कहने से जो अन्तर्निहित एक प्रकार के अस्पृश्यपने का बोध होता है, जो शब्द के प्रचलित भावार्थ, दलन-शोषण तक सीमित न होकर, अपनी अर्थध्वनि का अतिक्रमण कर वर्ण-व्यवस्था में तिरस्कृत, उपेक्षित निम्नवर्ग तक विस्तार पाता है—मुख्य रूप से जातिसूचक है। अत: उनका मानना है, उस दृष्टि और पैमाने में निश्चित ही समूचे स्त्री-जगत् को नहीं रखा जा सकता। स्त्री-समाज में कुछ प्रतिशत स्त्रियाँ जो निम्नवर्ग से आती हैं—दलित कहला सकती हैं। बल्कि वे दलित हैं। किन्तु अधिकांश स्त्रियाँ जो ब्राह्मण, क्षत्रिय, वैश्य यानी कि सवर्ण-समाज से आती हैं—वे दलित कैसे हो सकती हैं?

यह भी ग़ौरतलब है कि सामाजिक ढाँचे में न तो सवर्ण स्त्री-समाज तिरस्कृत, उपेक्षित गाँव से बाहर रहता है न दलित स्त्रियों की भाँति उन्हें छू लेने पर किसी को स्नान के लिए बाध्य होना पड़ता है। न प्रत्यक्ष में उनकी वैसी दुर्दशा है न प्रताड़ना-हिकारना। तो फिर स्त्री-समाज दलित कैसे हुआ? उसे जबरन दलितों की श्रेणी में खड़ा कर उसी परिप्रेक्ष्य में स्त्री-विमर्श का मुद्‌दा क्यों बनाया जा रहा है? आदि-आदि...

मुझे लगता है मूल रूप से अन्तर मात्र पिंजड़े का है। पिंजड़ा लोहे, पीतल का हो या हीरा-मोती जड़ा सोने का। उसके भीतर पाँव टिकाने भर की अलगनी स्त्री की ज़मीन है और उसकी तीलियों के बाहर का आसमान उसका आसमान है।

शूद्र वर्ण को वर्ण-व्यवस्था के सीख़चों के भीतर गाँव से बाहर रहना पड़ता है और स्त्री-समाज को, सवर्णता के मुखौटों की आड़ में वैसी ही विडम्बनाओं और विसंगतियों का दलन झेलते घूँटते देहरियों के भीतर!

अछूतों जैसी समस्या ऊँची चमड़ी के नाम पर स्त्रियों को लेकर नहीं है, यह मात्र चश्मों का भ्रम है।

आज भी गाँवों में सवर्ण घर की स्त्रियाँ फारिग होने के लिए मुँह-अँधेरे घरों के पिछले दरवाज़ों से बाहर निकलती हैं और वहीं से भीतर दाख़िल होती हैं। रसोई में उसे नहा-धोकर घुसना पड़ता है वरना उसके हाथों की कच्ची रसोई घर के पुरुष सदस्य ही नहीं, महिला सदस्य भी नहीं जुठारेंगी। पति से दिन में दो बोल बोलना भी वर्जित है उसके लिए। आधी रात को पति की ज़रूरत हुई तो वह उनसे मिल सकती है किन्तु तड़के उठते ही घर में किसी के भी उठने से पहले उसे नहा-धो लेना होगा। यानी पति संसर्ग में वह अछूत हुई—पति नहीं। माहवारी के समय उसे अस्पृश्यों की ही भाँति घर के किसी अँधेरे कोने में शरण लेनी होगी। निरन्तर पर्दे में रहना होगा। पुरुषों के सामने ही नहीं, स्त्रियों के भी सामने। यौन शोषण पर्दों की आड़ में उसकी नियति है। शूद्र स्त्री सवर्णों की कामुकता का शिकार होती है। सवर्ण स्त्री घरों के सवर्ण पुरुषों द्वारा जब चाहे कोने-किनारे खींच ली जाती हैं।

कहने का तात्पर्य है कि किन्हीं मायनों में निम्नवर्ग नीच जाति की श्रेणियों में होकर भी, गाँव से बाहर रहकर भी अपनी बिरादरी और समाज में यौन-सम्बन्धों और ब्याह-शादी के मामलों में अधिक स्वतन्त्र और लचीला रवैया रखते हैं। इसके ठीक विपरीत सवर्ण-समाज की स्त्रियों को घरों के दायरों के बाहर जाने-अनजाने बने स्वेच्छा से बना लिये गये यौन सम्बन्धों के उजागर होते ही, अधिकांश मामलों में बलि होना पड़ता है। शूद्र स्त्रियों को ऐसी विरूपताओं का शिकार नहीं होना पड़ता। बिरादरी में खाना-पानी देकर उनका मामला सुलट जाता है। वे मनचाहे व्यक्ति के संग बैठ सकती हैं। हालाँकि उससे स्थितियाँ परिष्कृत नहीं हो जातीं। ज़ाहिर है, दलित की परिभाषा में मात्र शूद्र वर्ण ही नहीं आता, समूचा स्त्री-समाज भी उन्हीं के इर्दगिर्द खड़ा है। उन्हीं की तरह वंचित, लांछित, तिरस्कृत, प्रताड़ित पशुवत्। अत: जब मैं यह कहती हूँ कि भारतीय रूढ़ समाज में शूद्रों की ही भाँते स्त्री भी दलित है तो उसके मूल में असमानता का वही अकल्पनीय शोषण अट्टहासें मार रहा होता है जो ख़ून को जमा देने वाली वास्तविकता है।

अपवादस्वरूप कुछेक प्रतिशत शिक्षित और आत्मनिर्भर स्त्रियाँ चेतना के बूते सोने के पिंजड़े का दरवाज़ा अपनी चोंच से उचका, मुक्त होने की चेष्टा कर रही हैं लेकिन आधी आबादी के पैंतालीस प्रतिशत हिस्से को अभी भी उस मानसिक अनुकूलन से स्वयं को जागरूक करना है, मुक्त करना है जो उनकी प्रकृति में सदियों-सदियों से स्त्रीत्व की परिभाषा के रूप में निरूपित किया गया है। ग्रामीण

बहनों की मानसिकता और मान्यताएँ और भी भयावह हैं। अपनी देह को लेकर उनका जिस तरह से संस्कार और मूल्यों के नाम पर अनुकूलन हुआ है, उसके तहत वह अपने को शोषित मानतीं ही नहीं। कई स्त्रियों के मर्म टटोलने पर इस तथ्य ने चौंकाया कि पुरुषों के यौनाचार को वह अपने तईं प्रेम की अभिव्यक्ति मानती हैं। अपनी सार्थकता भी।

बल्कि जो महिलाएँ स्त्री को समाज में दलित नहीं मानतीं, निस्सन्देह वे मुझे अपनी मानसिक अनुकूलन की परिणति प्रतीत होती है। जिसने उन्हें सदियों से इसी रूप में संस्कारित किया है कि वे स्वयं को किस रूप में देखें, जानें। जन्म से ही सिंचित स्त्रीत्व की परिभाषा को वे अपने होने का पर्याय माने बैठी हैं। बिना चिन्तन किये कि आख़िर उनके लिए उनके होने की यह परिभाषा गढ़ी किसने है?

सौदा

किवाड़ों की सिटकनी उतारी नहीं कि पीछे पड़ते दबाव के चलते 'भड़ाक्' से पट-मुँह को लगते-लगते बचे। चन्दू की जगह एक नाटी-सी स्त्री-आकृति लपकती-सी भीतर घुस आयी। वह भौंचक!

भौंचक्काहट झटके और कुछ सोचे-समझे कि आकृति ने फुर्ती से पलटकर किवाड़ भेड़ सिटकनी चढ़ायी और भयभीत हिरनी-सी पटों से पीठ टेक कुछ बोलने की असफल चेष्टा करने लगी। धोती की कसावट से मुक्त हुआ चेहरा एक किशोरी का था! फूटते कल्लों का-सा उभार लिये उसकी लगभग सपाट छाती, कोसों दौड़ाई के बाद सहिताने को किसी वृक्ष के तने से टिकी-सी दम साधने के प्रयास में साधे नहीं सध रही थी। स्मृति में न अड़ोस-पड़ोस का परिचय कौंधा, न गली-मोहल्ले, न दूर-दराज़, किसी सगे-सम्बन्धी का...फिर...?

उसकी दृष्टि में बटुर आये भय और सन्देह ने किशोरी की बदहवासी को चिकोटी भरी, "हमार रच्छा...गुण्डे हमरे पीछे हैं...बचाय...बचाय लो...!" सूखी सहमी आँखों के कोरों के तट पर एक नन्हीं-सी काँपती लहरी उमड़ी और उसे भिगोने को-सी अरराती बढ़ आयी। विनती में जुड़ी कलाइयों की खरोंचों पर पपड़िया रहे रक्त-कण उसके संग हुई जबरई की चुगली खा रहे थे...

कनपटियों से साँय-साँय बहता तनाव भौंहों के बल रेंगता नाक के इर्दगिर्द टपकने लगा। मवाली पीछे लगे हैं तो उसकी खोली तक खोजते हुए पहुँच सकते हैं। बच्चों के संग वह घर पर अकेली है। रात के डेढ़-दो से ऊपर हो रहे होंगे। चन्दू भी अब तक घर नहीं लौटा। ऐसे में अनजान छोकरी को घर में घुसाकर वह अपने लिए आफ़त नहीं न्यौत रही? महीने में बीस-पच्चीस दिन बच्चों के संग अकेले काटना होता है। कोई संकट खड़ा हो जाये तो किसका मुँह जोहेगी? बस्ती-बस्ती का फ़र्क़ ऊपर से। झोंपड़पट्टी में थी तो मामूली-सी 'चीं-चाँ' पर भी लोग फूट पड़ते थे। चाल में अपनी-अपनी खोली, खोली में बन्द अपने-अपने दु:ख-सुख! उसकी मौन दुविधा ने किशोरी को आतंकित कर दिया। कहीं गृहस्वामिनी उसे घर से निकालकर बाहर

मँडराते चील-कौवों को न परोस दे! फूटती हिचकियों को बरबस सुआये ओठों में भींचने की असफल कोशिश करती हुई वह विगलित-सी उसके पैरों में दोहरी हो आयी। ''बड़ी मुश्किल से पिरान बचाय के भागे हैं...इज़्ज़त बचाय लो हमारी... हमरी माई समान हो...तोहार उपकार जिनगी भर न बिसरब...''

दारुण रुदन द्रवित कर गया। पाँव पर झुकी छोकरी की जूड़ी चढ़ी-सी काँपती पीठ उसके इर्दगिर्द बेड़ियाँ बुनने लगी। किंकर्तव्यविमूढ़ हो उठी। कठिन-से-कठिन परिस्थिति में भी उसकी विवेक-बुद्धि कुन्द नहीं हुई। इस क्षण कुछ सूझ नहीं रहा। क़दम आगे बढ़ाये या पीछे! हो सकता है, छोकरी भली हो, सच्ची हो, परिस्थितिवश मुसीबत में फँस गयी हो। कुछ भी हो, है असहाय। जवानी के तने पर पंजे कसती देह!...चन्दू किसी भी क्षण गोदाम से घर लौट सकता है। उसे समझा लेगी। रात भर के आसरे की बात है, सुबह सही-सलामत उसके ठिकाने पर चन्दू ही पहुँचा देगा। चन्दू की नींद सुबह न भी टूटी तो बच्चों को स्कूल रवाना कर ख़ुद ही उसे लेकर चल देगी। मुसीबत किसी को बताकर तो नहीं टूटती! यही ठीक होगा। चन्दू के आने तक उसे बच्चों के संग लिहाफ़ में दुबकी रहने को कहेगी। सन्देह में मवालियों ने दरवाज़ा ठोंका-पीटा भी तो यही दर्शायेगी कि वह गहरी नींद में सो रही है। अधिक उत्पात मचायेंगे तो चीख़-चीख़कर मोहल्ला जगा लेगी...

''उठ!'' उसने झुककर छोकरी को पैरों से अलग किया, ''नाम क्या है तेरा?'' कान गली से उठने वाली किसी भी आहट के प्रति चौकन्ने हो उठे।

''गेंदा'', नाक-आँख का पानी हथेलियों से पोंछते हुए, सकुचाते हुए ओठों पर उँगली रखते हुए उसने गेंदा को चेतावनी-सी दी, ''सीऽऽऽ रोने का नई...आवाज़ बाहर जाती...बोल, रेती किदर तू?''

उसके सवाल ने गेंदा को साँसत में डाल दिया।

''पता-ठिकाना होयेगा न किदर का!'' गेंदा की दुविधा भाँपते हुए उसने उसके संकोच को तोड़ना चाहा। ''झगड़ा-बिगड़ा करके भागी होयेगी घर से तो पन घबराना नई...''

''दीनागंज...ज़िला गोरखपुर...''

''क्या?...तू इदर की नई...?'' गेंदा ने अस्वीकार में धीरे-से सिर हिला दिया।

''तो तू इधर कैसा आयी?'' उसे घेर किसी पहेली का फन्दा कस गया। साँस ऊपर की ऊपर नीचे की नीचे। गेंदा की गरदन धड़ पर झुक गयी निर्जीव-सी!

उसका धैर्य बिलबिला उठा, ''बोलेगी नई तो कैसे चलेगा?''

गरदन नहीं उठी, लेकिन साहस जुटाते शब्द स्वर पाने को तत्पर हो आये। ''सूखा के चलते न गोड़ाई, न बुवाई...काम माँगने सोहनवा के होटल गये...उहाँ एक डिरेवर से भेंट भई। बोला, हमरे संग सहर चल...अपने सेठ के घर नौकर रखवाय देंगे। पाँच सौ रुपिया तनख़ाह मिली। रहना खाना घर ही पर...अपने लिए बचा-बुचू के माई को मनीऑर्डर करवाती रहना...हमहु सोचे! पैसा पाय के माई की रिस जाती रहेगी...पचास रुपिया दिया...बोला, अपने संग हम ठेला में लिवाय चलेंगे...सो हम..''

सब्र बँधा। सेठ के घर में काम छोड़कर भागी होगी। बड़े घरों में वह भी खटी है। पगार अपनी जगह है मगर नौकर को वे आदमी नहीं, जानवर समझते हैं जानवर! बूँद-बूँद ख़ून निचोड़ते नहीं झिझकते। सहन नहीं हुआ होगा इससे, ''काम की कमी नई...पन दूसरा घर पकड़ के सेठ का घर छोड़ना था न! अऊर ऐसा रात में भागना...''

उसकी सहानुभूति पा गेंदा के भीतर पसरा अँधेरा चरमराया। उठती दृष्टि के साथ लसाये दाँतों से चिपके ओंठ 'पच्च' से तनिक खुलकर बुदबुद हुए। लगा...जैसे खुलती हिम्मत के बावजूद झिझक की कोई पैनी कील ठीक ज़ुबान के बीचोबीच आ धँसी हो और...महसूस हो रहा हो कि किसी के आग्रह पर बीती सच्चाई से फिर गुज़रना ठीक किसी की धौंस की दहशतवश अपने ही हाथों अपने कपड़ों के बटन खोलने जैसा त्रासदायी है...क्षोभ से मन फिर उमड़ आया। अबकी ज़ुबान की हरकत में आड़े आ रही कील उसने कोशिश कर उखाड़ फेंकी...

''सेठ की नौकरी फ़रेब थी...डिरेवर हमको धोखा दिया...'' कील फिर गड़ने को हुई।

उसकी आँखों में अनायास लालटेन की बत्ती उकसा-सी आयी...''बोल-बोल!''

''इहाँ लाके लालू दलाल के हाथ बिका दिया...चार हज़ार का सौदा पटा...लालू हमसे धन्धा करवाने को मार-कुटाई करने लगा...हम हाथ जोड़ते रहे...हमका छाँड़ि दे...हमसे नहीं होगा...आज सुबह बहुत जबरई किया...हम खिड़किया से कूदि के भागे...'' गेंदा के धैर्य का बाँध टिका नहीं रह पाया...

वह अवाक् हो उठी।

धैर्य बँधाने के सारे रास्ते अवरुद्ध हो उठे। सत्य कहने के लिए जितना साहस जुटाना होता है, सुनने वाले के लिए भी सुनकर उसे झेल पाना उतना ही दुष्कर! बड़ी मुश्किल हुई अपने को समेटकर गेंदा को ढाढस बँधाने में, ''छि:-छि:! बहुत बुरा

हुआ तेरे साथ...'' अपना भी गला भर्राता हुआ हो आया, ''जी छोटा मत कर... कोई-न-कोई रास्ता निकलेगा...रो मत इतनी ज़ोर से...आवाज़ बाहर जायेगी।''

''चल, चलके बच्चों के पास सो जा...कोई भी आने दो, दरवाज़ा नई खोलेगी मैं...मरद आयेगा जो साऽऽब सँभल जायेगा।''

निश्चय से भरी वह गेंदा की बाँह पकड़ खोली के बायीं ओर दीवार से सटे बड़े पलंग के पास ले आयी। गठरियों से लुढ़के पड़े उसके तीनों बच्चे पलंग पर सो रहे थे। अचानक ठिठकती गेंदा की चीख़ सुनकर वह हतप्रभ हो उठी। पलटी तो पाया, पलंग के सामने वाली दीवार पर जड़ी फल्ली के ऊपर रखे चन्दू के बड़े-से चित्र के समक्ष ठिठकी हुई गेंदा पत्ते-सी काँप रही थी। अधीर हो उसने गेंदा को झकझोरा, ''ऐसा काय कू घूरती फोटू को!''

गेंदा ने अजीब दृष्टि से देखा उसे। घिग्घी बँध आयी क्षण भर को। ''डिरेवर ये...ये...यही है डिरेवर...'' संकेत में उठी उसकी उँगली अचानक मरोड़ दी गयी टहनी की भाँति पोर से झूल गयी।

''क्या बकती है तू?''

''ठीक कहत हैं...यही नीच है...इसी दहिजार ने हमका फुसला-बहलाकर...?''

''देख-देख...ध्यान से देख।'' आवेश में भरकर उसने फल्ली पर से चित्र उताकर गेंदा की आँखों के सम्मुख तान दिया।

''ख़ूब पहचानते हैं इस पापी को...ठेला चलाता है...चन्दू नाम से साथ का मनई बुलाता है उसको...हमको कहाँ मालूम था ये मनई के भेष में भेड़हा है...ढेर लड़िकिन को बहिका-फुसला के उनका जीवन बरबाद किया है!...''

...अविश्वास और उत्तेजना से भरा उसका हृदय काँप उठा। गेंदा के स्वर की दृढ़ता चोट खायी नागिन की तरह फन काढ़े उसकी समूची चेतना पर फुफकार रही है...सिर घूम रहा है...सिर नहीं, शायद खोली ही रहट के चक्कर की भाँति तेज़ी से घूम रही है...

चन्दू का चित्र देख गेंदा किसी भ्रम का शिकार भी हो सकती है।...लेकिन न नाम ग़लत बता रही है न पेशा। गोरखपुर, बलिया, देवरिया वह माल ढुलाई-भरायी के लिए अक्सर जाता रहता है...भ्रम की गुंजाइश है ही कहाँ? घुटनों में मुँह दिये रह-रहकर सिसकी खींचती गेंदा की ओर दृष्टि घूमी...अभागिन नहीं जानती रही होगी, प्राणों की रक्षा हेतु वह जिस घर के दरवाज़े आसरे के लिए खटखटा रही है, संयोग से उसी अहेरी का होगा जिसने अपने जाल में फँसाकर उसकी बरबादी की नींव खोदी!

गेंदा को घर से हटाना होगा। हो सकता है पीछा करते हुए मवालियों के संग चन्दू भी गेंदा की खोज में आकाश-पाताल एक कर रहा हो? न भी ढूँढ़ रहा हो, तब भी उसके लौटने का समय हो ही रहा है। किसी भी क्षण वह टपक सकता है... ऐसे में गेंदा सुरक्षित नहीं रह सकती। बच्चों के पास भी अब उसे सुलाकर नहीं छिपा सकती। नशे में धुत्त चन्दू घर में घुसते ही बच्चों के माथे पर हाथ फिराने से नहीं चूकता। चौकी न पहुँचा दे? ठीक मोहल्ले के नाके पर ही है। लेकिन गेंदा को साथ लेकर निकलना ऐसे नाज़ुक समय ओखली में सिर देना होगा। शिकारी कुत्तों-से सूँघते गुण्डे गली-गली उसे ढूँढ़ते फिर रहे होंगे। कुछ भी हो, अकेले चौकी पर जाने की हिम्मत वह किसी तरह नहीं सँजो पायेगी। पुलिसवालों के सलूक के विषय में इतना ऊल-जलूल सुन रखा है कि सोचकर ही झुरझुरी होती है। सुना है, चौकी पर अब औरत हवलदार और दरोग़ा भी होती हैं...इस समय कोई ड्यूटी पर होगी कि नहीं, कौन जाने?

भँवर से उचक लेने को अचानक एक हथेली उसकी ओर कौंधी।

''घर में बइठ...मैं ताबड़तोड़ आयी।'' गेंदा की ठुड्डी से चूते उठे संदिग्ध चेहरे को उसने हाथ बढ़ाकर आश्वासित किया और लपककर फली पर रखा हुआ ताला-चाबी उठा, खोली से बाहर हो गयी।

बस, पटवर्धन ताई घर पर हो। वैसे आज मंगल है। उन्हें घर पर ही होना चाहिए। जद्दन आपा बता रही थीं कि औरतों के जमावड़े में शरीक होने ताई नागपुर गयी हुई है। सोमवार की सुबह लौटने वाली है। 'दलित स्त्री उद्धार समिति' उनकी समाज सेवी संस्था है। संस्था की गतिविधियों के सिलसिले में ताई अक्सर बाहर आती-जाती रहती हैं। जद्दन आपा के संग ही वह पहली बार ताई के घर गयी थी। जद्दन आपा के मर्द ने दूसरी औरत रख ली थी। खाने-ख़र्च को वह कानी कौड़ी नहीं ढीली करता था। हाथ-पैर ऊपर से तोड़ता रहता। वह हफ़्तों काम पर नहीं पहुँच पाती। पटवर्धन ताई ने जद्दन आपा की भरपूर मदद की। बच्चों को स्कूल में भर्ती करवाया। मर्द पर मामला दायर करवाकर गुज़ारा-भत्ता दिलवाया। सीधे तनख़्वाह से कटकर पैसे मिलने लगे आपा को।

मुख्य सड़क पार कर वह जे.वी. नगर के ठीक सामने आ गयी। ज़र्द सन्नाटे का भय रह-रहकर रीढ़ में चिलकें मारने लगा। कॉलोनी की चौकसी करने वाला गुरखा तक नज़र नहीं आ रहा। न किसी गली से उठती उसके डण्डे की लयात्मक ध्वनि। अचानक चौड़ी माँग-सी कढ़ी बीचोबीच वाली सड़क के आख़िरी छोर पर उसे तीन परछाइयाँ डोलती आगे बढ़ती दिखाई दीं। भय से गला सूख आया। फुर्ती से किनारे

लगी मेंहदी की बेतरतीब बाड़ के पीछे दुबक ली। साँस दबाये। क़रीब से गुज़रे तो उनकी बतकही ने उसे तनिक सहज किया। आशंका निर्मूल सिद्ध हुई। रात पाली से छूटे हुए कामगार थे वे। हाथों में खाने का डिब्बा झुलाते हुए।

हड़बड़ी और उलझन के चलते छोटी शिब्बू को जगाना ही भूल गयी। उसे सारी बातें समझा देती कि चन्दू लौटेगा और आधी रात को अपने दरवाज़े पर ताला पड़ा पायेगा तो भरोसा नहीं, ग़ुस्से में आकर ताला तोड़ने लगे। सिखा देती कि बाप जैसे ही दरवाज़ा भड़भड़ाये, शिब्बू उसे भीतर से ही आश्वस्त कर दे कि विमला मौसी के घर से उनके छोटे बच्चे के अचानक बीमार होने की ख़बर आयी थी। आई (माँ) उसका रास्ता देखते हुए अन्त में उन्हें बाहर से बन्द कर मौसी के घर को चली गयी। वह अपने दोस्त काली भाऊ के यहाँ जाकर सो जाये या लौटकर गोदाम में रात गुज़ार ले। गोदाम या चकला!...''छोटी बात नई मंगला!...जब तलक मैं शहर में सेठ अक्खा गोदाम की ज़िम्मेवारी मेरे को सौंपा...लोडिंग-अनलोडिंग... सब्ब मेरा ताबे में।''

''ले, सँभाल के रख गड्डी...पूरे दस हज़ार हैं! दस बजे पांडुरंग सेठ पांडुरंगवाड़ी में बुलाया मेरे को...पगड़ी अऊर बिल बदलने का पैसा दे के कल ही मैं खोली का चाबी लेकर आयेगा...''

''बावली सरखी क्या देखरई...जा होशियारी से रख जाके गड्डी।...मुफ़्त मदद नईं किया सेठ...ख़ून-पसीना एक करता मैं उसके वास्ते...उसको पन्न मालूम, आदमी बोत मिलते ईमानदारी नहीं मिलती...''

तर्क में दम था। मुँह में ताला पड़ गया, मगर अन्तर्मन में पालथी मारे सन्देह झाँसे में नहीं आया। आटे के डिब्बे में गड्डी छिपाकर वह रात भर बिछौने पर करवटें भरती रही। रातोंरात ऐसा क्या चमत्कार घट गया कि सेठ उस पर इतना कृपालु हो उठा कि पूरे गोदाम की ज़िम्मेवारी उसने अपने एक मामूली से ड्राइवर को सौंप दी? ड्राइवर वह बहुत अच्छा है। अड़तालीस घण्टे बिना पलक झपकाये सीट पर सीधा बैठा रह सकता है। बिना बोतल के वह भी नहीं। लेकिन...सन्देह के बावजूद उसे सपने में भी अन्देशा नहीं था कि मेहनत और ईमानदारी की आड़ में आ रही जिस रक़म से वह बच्चों को अच्छे स्कूल में पढ़ा रही है, झोंपड़ी छोड़ खोली में आ बसी है, अच्छा खा-पहन रही है, सुख-सुविधाएँ जुगाड़ रही है, वह स्त्री के देह-व्यापार से कमाई गयी रक़म है! छि:-छि:! चन्दू का यह स्वरूप भी हो सकता है? हो सकता है क्या, है। असलियत पूरी क्रूरता और कुरूपता के साथ उघड़ चुकी है...उसके विश्वास को निर्ममता से रौंदती हुई।

पटवर्धन ताई से कहेगी, गेंदा को तुरन्त उसकी खोली से हटाकर अन्यत्र छिपा दे। छिपाने की क्या ज़रूरत है, ताई उसे सीधे पुलिस के हवाले कर सकती है? पुलिस गेंदा को अपने संरक्षण में ले लेगी। पूछताछ करके तत्काल उस अड्डे पर छापा मारेगी, जहाँ दलाल निश्छल छोकरियों की मजबूरियों का फ़ायदा उठाकर उन्हें धन्धा करने के लिए विवश करते हैं।

कमाठीपुरा!...जगह का कोई ऐसा ही नाम बता रही थी गेंदा। 'चन्दू भी उन सबके साथ पकड़ा जायेगा...' तिरस्कार से कोई उसके कानों में फुसफुसाया। वह एकबारगी काँपकर खड़ी हो गयी। लगा, पुलिस चन्दू को बेड़ियों में जकड़े हुए ठीक उसकी ओर बढ़ती चली आ रही है। उसे कुत्ते की तरह घसीटती हुई! घुटनों पर निर्ममता से प्रहार करती हुई...प्रहार के साथ एक भीषण आर्तनाद उठता है। हवाएँ सहमकर दुबक जाती हैं! मगर चीख़ें हैं कि लगातार वातावरण को रौंद रही हैं!... उसकी ठिठकी देह पसीने से तर हो उठी।

चन्दू को सज़ा हो सकती है...एक साल, दो साल, कई साल...नौकरी छूट जायेगी उसकी। उनकी गृहस्थी का जुआ भूमि पर आ गिरेगा। बरसों बाद अभावों की मार से वह अपनी पीठ बचा पायी है! एक झटके में सारा खेल ख़त्म हो जायेगा। फिर वही दलदल। घर-घर बर्तन घिसना! स्वामिनियों के व्यंग्य बाण झेलना! लौट सकेगी उसी ज़िन्दगी में?

नहीं, नहीं लौट सकेगी! मामूली, मामूली-सी चीज़ों के लिए बच्चों का तरसना नहीं झेल सकेगी। क्यों इतना सोच-विचार कर रही है! गेंदा क्या निर्दोष है? किसने कहा था कि वह एक अनजान व्यक्ति पर विश्वास करने की मूर्खता करे? उसके साथ चल दे? धीरज धरती। गाँव में रहकर मज़दूरी खोजती। पेट में पानी डालकर भी तो आदमी इज़्ज़त की ज़िन्दगी बसर कर लेता है! पसीने की बूँद पिला-पिलाकर, उसने नहीं अपनी गृहस्थी पोसी? चन्दू की ड्राइवरी तो बहुत बाद में लगी। उसे ड्राइवरी सिखाने के लिए भी तो उसने साढ़े चार सौ रुपये अपनी एक सेठानी से उधार लेकर भरे थे। महीने-के-महीने पचास रुपये पगार में से कटवाती रही थी। सहानुभूति के बहाने कितनों ने प्रलोभन फेंका, "प्रभु सेठ से मिल ले...तीन हज़ार लेकर दुबई में नौकरी दिलवाता है...ख़ूब कमाई होती है, वहाँ...दलिद्दर कट जायेगा साल खाँड़ में, हुँह! क्या होता है वहाँ, कौन जाने? अपनी मिट्टी की रूखी-सूखी मंज़ूर रही, बनिस्बत पराये मुल्क की हलवा-पूड़ी के।"

चन्दू का क्या दोष? धन्धा फिर धन्धा है...चमड़े का हो या चमड़ी का! देखा नहीं सुना ख़ूब है...। बड़े-बड़े होटलों में औरतों का नंगा नाच करवाते हैं सेठिये!

कितनी इज़्ज़त है समाज में उनकी? ठाठ से लम्बी गाड़ी में घूमते हैं। कोई उठाता है उँगली उन पर?

यही घर है। बालकनी से लटका हुआ 'दलित स्त्री उद्धार समिति' का बड़ा-सा बोर्ड ठीक सिर के ऊपर है। जीने के निकट पहुँचकर देह अड़ियल बैल-सी ऐंठ गयी। बस, एक माला सीढ़ियाँ चढ़ेगी और उसके जीवन का फ़ैसला हो जायेगा। कुछ ही घण्टों में चन्दू जेल की सलाख़ों के पीछे होगा। जेल के सूखे टीकड़ों को पानी के साथ जबरन निगलता हुआ। आख़िर पैसा कमाने की जिस राह पर वह आँखों पर पट्टी बाँधकर चल पड़ा है...किसके लिए? पेट में दारू और कुछेक स्त्रियों का सहवास सुख भोग भी लेता हो तो क्या, उनकी सुख-सुविधाओं का ख़याल नहीं रखता?

मूर्ख है वह। मूर्ख ही नहीं, अन्धी भी। स्वयं गृहस्थी की सुख-शान्ति को तीली दिखाने जा रही है। लौट चले। खोली में बन्द चिनगारी को खोली में ही तोप दे। चन्दू के आते ही उसे चन्दू को सौंप दे। वह हिसाब-किताब कर लेगा। उसे क्या लेना-देना गेंदा से? कौन लगती है वह उसकी? एक अनजान लड़की की ख़ातिर वह इतना बड़ा जोखिम उठाने चली है। उसके दु:ख से द्रवित हो...परिणाम सोचे बिना। सारी दुनिया के उद्धार का ठेका उसी ने ले रखा है? गेंदा की ही तरह अभावों की मार से विचलित हो उसकी शिब्बू किसी दिन किसी के बहकावे में आ ऊँच-नीच सोचे बिना ग़लत क़दम उठा लेगी तो? कौन ज़िम्मेदार होगा उसकी बरबादी के लिए। आँतों की आग शैतान होती है शैतान! विवेक बुद्धि निगल लेती है। पति को जेल पहुँचाने की जुगत भिड़ा वह अपने बच्चों को उसी चौराहे की ओर नहीं ढकेल रही जहाँ पहुँचकर गेंदा घर से भागने को विवश हुई?

दलालों को भनक हो गयी कि अड्डे पर छापा पड़ने के पीछे उसका हाथ है तो वे उसे ज़िन्दा छोड़ेंगे? चन्दू अवश्य अपनी करनी का फल सींखचों के भीतर भुगत रहा होगा पर वे उसके घर को फूँकने से चूकेंगे? एक गेंदा के पीछे पाँच ज़िन्दगियाँ नष्ट हो जायेंगी...पाँच! वह, चन्दू, शिब्बू, दीनू, गुड्डू...सब...

घर लौट चले। फ़ौरन। भावुकतावश जीने पर उसके पाँव उठ गये तो अनर्थ हो जायेगा। कुछ नहीं सोचेगी। सोचना ही नहीं चाहती। घूमी, घूमकर जीना छोड़ तेज़ क़दमों से इमारत के बाहर आ गयी। अचानक महसूस हुआ, तन पर लिपटी क़ीमती नौवारी...माहेश्वरी साही से लपटें फूट पड़ी हैं...उन लपटों की लपलपाती तेज़ आँच में उसकी पूरी देह 'चिड़-चिड़' करती सुलग रही है और...अपने ही मांस

की चिरुयँ उसके नथुनों में भरती जा रही है! उसका दम घुट रहा है। आँखें कोटरों से छटकी पड़ रही हैं...

घर! कैसा घर! गेंदा की बलि के बिनाह पर जीवनदान प्राप्त करता घर! चन्दू के कुकृत्यों की चिनाई से मज़बूत होती उस घर की दीवारें!...छिः-छिः...उस घर में वह साँस ले सकेगी? स्त्री होकर स्त्री के दुर्भाग्य में साझीदार हो सकेगी? चन्दू पति है तो क्या अपराधी नहीं है? घर तब भी तो चलता था, जब चन्दू बेरोज़गार था। वह बेरोज़गारी बरसों उसकी गृहस्थी की रीढ़ में पैने दाँत गड़ाये उसके धैर्य को चुनौती देती रही थी। तब साहस नहीं तजा, अब क्यों कमज़ोर हो रही है...

आगे बढ़ते हुए पाँवों पर सहसा किसी की मुट्ठियाँ आ कसीं और कसती ही चली गयीं। इतनी कि वह डग भरना चाहकर भी पाँव उठा नहीं पा रही। शायद गेंदा की कलाइयाँ लग रही हैं...पाँवों की ओर झुककर उसने अपने को उस जकड़न से मुक्त करना चाहा? मगर यह देख स्तम्भित रह गयी। उसके बढ़े हुए हाथ में जो कलाई आ समायी है, वह नन्हें हाथों में प्लास्टिक की चूड़ियाँ पहने हुए गेंदा की नहीं, शिब्बू की है...

शिब्बू!...वह अस्फुट स्वर में बुदबुदायी और वह बुदबुदाहट तीखी सिहरन की भाँति उसकी सम्पूर्ण चेतना को झनझना गयी। न जाने उसे क्या हुआ कि फिरकी की तरह पलटकर वह पटवर्धन ताई के घर की ओर सरपट भागी। सैकड़ों अश्वों की एड़ उसकी टाँगों में आ समायी। वह उनके जीने की सीढ़ियाँ चढ़ते हुए नहीं, तक़रीबन उड़ती हुई-सी फलाँगने लगी। दरवाज़े के सम्मुख होते ही वह पूरी ताक़त से उनका दरवाजा भड़भड़ाने लगी, ''पटवर्धन ताई, ओ पटवर्धन ताई...ताई...जल्दी दरवाज़ा खोलो।'' उसकी पुकार का असर हुआ। भीतर बत्ती जली। एक पदचाप उसकी ओर बढ़ती हुई सुनाई दी।

स्त्री अपने अस्तित्व की पहचान चाहती है

ज्योत्स्ना मिलन

उन दिनों स्कूल जाने के लिए नीचे उतरती तो पहली मंज़िल पर लगभग रोज़ ही कमला मौसी शटर के पीछे सोफ़े पर बैठी दिखाई दे जातीं, कभी काढ़ती-बुनती तो कभी बीनती-चुनतीं। मन करता कि उनसे पूछूँ, "आपको बुरा नहीं लगता यों दिन भर घर में बन्द रहना?" पर उनकी मुस्कुराहट को देख एकाएक साहस नहीं होता। मथुरा काका (उनके पति) पचास से कम न होंगे और कमला मौसी बीस से अधिक न होंगी। शुरू के दिनों में मगर ऐसा नहीं था। तब तो कमला मौसी हर बात पर सीढ़ी चढ़कर हमारे घर चली आती थीं, उसी तरह कभी नीचे मंजू के यहाँ पहुँच जाती थीं, उनका बात-बात पर हँसने और ऊपर-नीचे आने-जाने का सिलसिला साल भर भी नहीं चला था। फिर तो वे जितने भी साल रहीं शटर के पीछे ही बन्द रहीं।

प्रोफ़ेसर दवे अपनी पत्नी को कमरे में बन्द करके दरवाज़े पर ताला-कुंडी लगाकर कॉलेज आते हैं, यह पता चला तो उनकी क्लास में जाने से ही मेरे पैरों ने इनकार कर दिया, "आख़िर वो पढ़ा क्या सकते हैं? और उनसे पढ़ना भी क्या?" यही सवाल बार-बार मेरे मन में उठता। जवाब भी सवाल में समाया रहता, इसलिए हाज़िरी लगवाकर बेखटके पिछले दरवाज़े से साल भर ही क्लासकट करती रही थी। अपनी आदत से लाचार मैं कभी अपने को कमला मौसी की जगह तो कभी जिन्हें देखा नहीं, उन श्रीमती दवे की जगह रखकर देखती, तो मुझे ख़ाली खोखल दिखाई देता। मैं अपने को कभी इस जगह देख ही नहीं पाती थी। होने को न यह बहुत पुरानी बात है, न गाँव खेड़े की बात है। बम्बई जैसे महानगर की और कुल जमा 30-32 साल पुरानी बात है। बन्धन का यह रूप सबको दिखाई दे सकता है, इसके बावजूद बन्धन के रूप में वह अपनी पहचान जैसे खो देता है। जैसा कमला मौसी के साथ हुआ, वे जैसे उसे महसूस ही नहीं करती थीं। क्या यह सच है? सच हो सकता है?

उन्हीं दिनों की बात है, मेरे और दोस्तों के बीच यह मुद्दा चर्चा में था कि क्या पैसे कमा लेना ही काफ़ी है? क्या इसे आर्थिक स्वतन्त्रता कहा जा सकता है? और

स्वतन्त्र होने के लिए आर्थिक स्वतन्त्रता का होना ही पर्याप्त है? हम सब सहमत थे कि आर्थिक स्वतन्त्रता का होना सबसे महत्त्वपूर्ण पहलू है। लेकिन साथ पढ़नेवाली स्वाति ने जो घटना बतायी, उसने सारी बहस की धज्जियाँ उड़ाकर रख दीं। स्वाति की माँ एक अच्छे-ख़ासे कमाऊ पति की पत्नी थी। माहवारी के दिनों में एक बन्द अँधेरी कुठरिया में बैठते-सोते गरमी उनसे सहन नहीं हुई तो उन्होंने मोहल्ले में आये फेरीवाले से इकन्नी का एक हाथ-पंखा ख़रीद लिया। पंखे को अभी एक बार झल भी नहीं पायी थी कि सास की दहाड़ के चलते या तो पंखे का लौटाया जाना ज़रूरी था या उनका घर से जाना। इसलिए मुहल्ले में फेरीवाले को ढूँढ़कर उन्होंने पंखे को घर से बाहर किया और ख़ुद इकन्नी समेत घर में लौट आयी।

मेरी सारी सोच को सबसे तेज़ धार दी धन्नो बुआ के अनुभव ने। कुल जमा पन्द्रह बरस की वे शादी के बाद एक दिन मायके आयीं और रात वहीं रुक गयीं। माँ के साथ अस्पताल गयीं—साथ में दुकान के मुनीम नेमीचन्द्र भी गये। वे लोग ताँगे में गये थे। नेमीचन्द्र सामने की सीट पर बैठे थे जिनके साथ धन्नो बुआ के सम्बन्ध की बात कुँवारे में चली थी। वे घर लौटीं तब तक यह बात उनके पति के कान तक पहुँच चुकी थी और उनके हिसाब से कुछ बातें तय थीं कि ताँगे में नेमीचन्द्र सामने बैठा था तो उसने पैर ज़रूर मारा होगा। उसकी जगह तुम होते तो? मैं क्या, कोई भी होता तो मारता ही। और यह भी तय है कि वह पैर मारेगा, यह तुझे पता था इसीलिए तू गयी थी। बदजात, लम्पट! आज तो पैर मारा कल को...बोल मारा था कि नहीं? ऐसे नहीं मानेगी तू। यहाँ आ, कहते हुए उन्होंने बड़े भारी छप्पर पलंग का पाया उठाया था अपनी पूरी ताक़त लगाकर। चाभी भरी गुड़िया-सी धन्नो बुआ पहुँच गयी थीं उनके पास। चल रख हथेली नीचे...। पाया हथेली पर रखकर वे कमरे के बीचोबीच खड़े हो गये विजेता की मुद्रा में। अब बता उस हरामी ने पैर मारा था कि नहीं?

गांधी जी कहते थे और सच ही कहते थे कि, ''आप सब अपने को आज़ाद समझें और आज़ाद आदमी की तरह व्यवहार करें लेकिन जहाँ तक स्त्री का सवाल है, वह आज़ाद होगी तभी तो आज़ाद आदमी की तरह बरतेगी? उसके लिए जब कमाता कोई हो, उसकी रक्षा का ज़िम्मा किसी दूसरे का हो, उसके लिए सोचता और फ़ैसले कोई तीसरा लेता हो और उसके शरीर की मालिकी तथा शुद्धि की चिन्ता भी ख़ुद उसकी नहीं, किसी और की ज़िम्मेदारी हो तो वह अपने को स्वतन्त्र कैसे मान सकती है?''

बा

''नानी बा, आज तो असो मन करे के कहीं चली जाऊँ...दूर...''

''दूर, यानी कलकत्ता? मासी के यहाँ?''

''नहीं, किसी के यहाँ नहीं!''

''फिर?''

''कहीं दूर...''

उनके लिए कलकत्ता भी उतनी दूर नहीं था, जितनी दूर वे ज़ाना चाहती थीं। जाने को तो वे कलकत्ता भी कभी गयीं नहीं और उन्हें ठीक-ठीक पता भी नहीं था कि कलकत्ता है कितनी दूर। उनके लिए दूरी महत्त्व की तो थी, मगर बात सिर्फ़ दूरी की नहीं थी। एक घर से दूसरे घर में जाना—फिर वो एक हज़ार किलोमीटर दूर ही क्यों न हो—बा के हिसाब से उस तरह दूर जाना नहीं था।

उसने बा को देखा। वे चार फ़ुट की थीं और एक बार में पूरी दिखती थीं चाहे ऊपर से नीचे देखो, चाहे नीचे से ऊपर, उस दिन मगर बा को जैसे उसने पहली बार देखा था।

ऐसा आज तक नहीं हुआ कि वह बा के यहाँ गयी हो और बा उसे घर पर न मिली हों। घर से बाहर वे दिन में एक बार नियम से जातीं। सवेरे की शुरुआत घर का हर सदस्य मन्दिर जाने से ही करता था। मामा घर से निकलते लगभग रोज़, झोला लेकर। पहले वे मन्दिर जाते और लौटते हुए लगे हाथ सब्ज़ी भी डलवा लाते। मन्दिर से सीधे धन्धे के लिए निकल लेते। बा मन्दिर जातीं बिना किसी दूसरे काम के।

मन्दिर कई थे। एक पूरब में था, एक पश्चिम में और एक उत्तर में। उत्तर दिशावाला ज़रा दूर था। दक्षिण में यानी घर के दक्षिण में कोई मन्दिर नहीं था जबकि बा की जानकारी के मुताबिक़ कलियुग में जब सभी दिशाओं से धर्म धीरे-धीरे अलोप हो जायेगा तब सिर्फ़ दक्षिण दिशा में (देश के? पृथ्वी के? दक्षिण हिस्से में) ही वह बचा रहेगा।

बा घर के सबसे पासवाले मन्दिर जातीं। इसके कई फ़ायदे थे। एक तो आने-जाने में अधिक समय ख़र्च नहीं होता, दूसरे वहाँ तक वे अकेली भी जा सकती थीं, हालाँकि ऐसी नौबत शायद ही कभी आयी हो, और तीसरे अनगिनती केवलियों और गिनती के तीर्थंकरों में उनके प्रिय आदिनाथ भगवान वहाँ विराजते थे।

सोना काकी के घर की तरह उसके घर में भी अगर मन्दिर होता तो उन्हें घर से बाहर दिन में एक बार भी जाने को नहीं मिलता। सुबह का काम निपटाने में देर हो जाने पर कभी-कभी वे सोना काकी के घरवाले मन्दिर चली जातीं यानी मकान की पाँचवीं मंज़िल पर। सोना काकी के घर के बाहर खुली अगासी थी, पर वो छोटी थी। उनके घर के ऊपर थोड़ी बड़ी अगासी थी। कभी जब उनके घर के बाहर साँकल लगी मिलती तो बा सोना काकी की खोज में ऊपरवाली छत पर चली जाती थीं। वहाँ आसमान एकदम पास आ जाता, जो उनके कमरे की खिड़की से जितना भी दिखता था, बहुत दूर दिखाई देता था। खुला और ढेर सारा आसमान उन्हें चारों ओर से घेर लेता। वे वहाँ ज़्यादा देर तक खड़े नहीं रह पाती थीं। इतने खुलेपन में उन्हें खो या गिर जाने का डर लगता। वे जल्दी-जल्दी सीढ़ियाँ उतर आतीं और साँकल खोलकर उस कुठरिया में घुस जातीं जो भगवान का घर था। चार फ़ुट की बा को भी झुककर मन्दिर में प्रवेश करना पड़ता था और तब उन्हें लगता था कि उनका क़द इतना कम तो नहीं ही हो सकता। उस कुठरिया में खड़े होकर वे अपने को कद्दावर महसूस करतीं। सिर के ऊपर की छत को हाथ उठाकर हर बार छू लेतीं। पाँच बड़े-बड़े कमरेवाले घर में सबसे छोटा कमरा भगवान के हिस्से आया था। वह कमरा बा को एकदम सुरक्षित लगता। न गिरने की न खोने की कोई गुंजाइश, उनके आसपास दीवारें और छोटी-सी खिडक़ी। परिक्रमा के लिए कमरे में कोई जगह नहीं थी।

मन्दिर गयी हुई बा अधिक-से-अधिक घण्टे भर में लौट आतीं। वह घर और बा एक-दूसरे के पर्याय थे। बा को अगर ले जाकर शहर के बाहर छोड़ दिया जाये तो वह ख़ुद अपने घर को शहर में नहीं खोज सकतीं। किसी से पूछने में भी कई दिक़्क़ते थीं। बापू का नाम मालूम था पर बोलना असम्भव था। लिखना वे जानती नहीं, हाँ, बापू के पिता का नाम बता सकती थीं। दूसरे, पूछें तो किससे पूछें, सड़कों पर मर्द ही मर्द थे। वे सारे मर्दों से घूँघट करती थीं। औरतें जिन्हें वे जानती थीं, कमोबेश उन्हीं जैसी थीं। बाहर की दुनिया के साथ उनका कोई लेना-देना ही नहीं था।

उनकी पहचानी औरतों में सिर्फ़ सोना काकी ही ऐसी थीं जो बाज़ार जाकर ख़ुद सामान ख़रीद लाती थीं। अपने कपड़े-लत्ते, चूड़ियाँ, यहाँ तक कि ज़ेवर भी वे

अपनी पसन्द से लातीं। बा के कपड़े ही नहीं, सब कुछ बापू ही लाते थे। बढ़िया -से-बढ़िया कपड़ा और नयी चाल के ज़ेवर। उनका मानना था कि कपड़े तो सदा दूसरे की पसन्द के ही पहनने चाहिए। देखने तो आख़िर दूसरों को ही पड़ते हैं। इस तर्क से तो बापू के कपड़े बा को या घर के दूसरे सदस्य को ख़रीदने चाहिए। मगर ऐसा होता नहीं था।

बा के पास पाँच-सात साड़ियाँ ऐसी थीं कि जिनके रंग और छापे स्थायी थे। बाक़ी तीन-चार ऐसी थीं जो धोने की नौबत आने पर हर बार धुलकर किसी दूसरे रंग में रँग जातीं, मौसम के मुताबिक़। जाड़ों में गहरे रंगों में चटक गुलेनार, नीला, हरा और गर्मियों में अंगूरी, मोतिया, सजनसई। चार साड़ियों में हर बार नयी और कई साड़ियाँ पहनने का उनका सुख कब का छिन चुका था। उस वक़्त बा हरे, लाल छापे की साड़ी पहने थीं, जब उसने यह बात कही थी।

''नानी बा, आज तो असो मन करे कि कहीं चली जाऊँ, दूर...''

उसने बा के वाक्य को मन ही मन बोला और फिर उसे देखा जैसे वह ब्लैक बोर्ड पर लिखा हो। उसमें एक शब्द था 'मन'। क्या यह वाक्य बा ने ही बोला था? कहीं वह शब्द अपनी तरफ़ से तो नहीं जोड़ दिया? बा के मन होने का कोई प्रमाण उसे आज तक नहीं मिला था। उसने सुना था कि कई कोषों से बना है मनुष्य। जैसे—अन्नमय कोष, प्राणमय कोष, मनोमय कोष, ज्ञानमय कोष और आनन्दमय कोष। बा मनुष्य हैं। इसलिए वह भी सभी मनुष्यों की तरह इन्हीं कोषों से बनी होंगी और इसलिए मान लेना चाहिए कि उसका भी मन तो होगा ही सही। मगर बा के मन होने का पता तो उसे कम-से-कम अभी-अभी और पहली ही बार चला था।

पहली बार बा का मन भी किया तो क्या किया कि ''कहीं चली जाऊँ...दूर'' और यह इच्छा बा के मन में ऐन उस वक़्त पैदा हुई जब बापू उनके घर में उनकी तबीयत पूछने आये या किसी भी काम से आये। किसी ऐरे-ग़ैरे को भी घर से तो क्या, घर के कमरे से भी बाहर जाने देने को तैयार नहीं थे। वे चिल्लाकर बोले थे—''ख़बरदार! इस वक़्त कोई भी घर से बाहर नहीं जायेगा। कभी भी आदमी की ज़रूरत पड़ सकती है।'' मौक़ा पेशाब करने का या पाख़ाना जाने का भी हो सकता था। दिन में कई बार ये मौक़े उपस्थित होते और हर बार उस समय कमरे से बाहर निकलने वाले को पहले तो वे घूरते, आदमी जहाँ-का-तहाँ खड़ा हो जाता। फिर दहाड़ते, ''कहाँ जा रहे हो, आदमी चाहिए मुझे। इस वक़्त कोई नहीं हिलेगा यहाँ से...'' उन्हें डर है कि कभी पेशाब करते-करते ही कहीं...। उन्हें उम्मीद है

कि उस वक़्त लोग काम आयेंगे। वे उन्हें बचा लेंगे ऐन मौक़े पर, उनकी हर नाड़ी पर हाथ धर देंगे।

उसे यक़ीन नहीं आया कि ये वही बापू थे जो ख़ुद आदमी तो आदमी, भूत-प्रेतों तक से झगड़ा मोल लेते और बक़ौल बा के किसी को मारने-पीटने या कुछ भी करने से बापू को रोकने की कोशिश करने वाले को अपने हाथ-पैर तुड़ाने या सिर फुड़ाने के लिए तैयार रहना पड़ता। दप-दप करता चौड़ा माथा, एकदम नुकीली नाक और हर पल घोड़े की-सी त्वरा और ऊर्जा बिखेरती देह। घर में उनके होने भर से किसी के भी लिए ख़ुद अपनी आवाज़ में बोल पाना सम्भव नहीं रह जाता।

"इस वक़्त कोई नहीं हिलेगा यहाँ से...।" बा जहाँ खड़ी थीं, वहीं-की-वहीं खीले की तरह गड़ गयीं, जैसे बापू को उनकी इच्छा का पता चल गया हो, जैसे बा पारदर्शी काँच की बनी हों और बापू को उनके भीतर की हर हरकत दिखाई दे रही हो। बापू मगर विट्ठल को घूर रहे थे, जाने के लिए जो अभी आधा ही उठ पाया था। बा ने डरते-डरते अपनी देह को देखा, वह उसी तरह ठोस थी और उसके पीछे वे अपनी इच्छा समेत अभी भी बची हुई थीं।

उसे हैरानी इस बात को लेकर थी कि बा के मन में घर से दूर जाने की इच्छा ही आख़िर क्यों जागी होगी? ऐसी क्या गुज़री इस बीच कि जिस घर से आयी थीं, उस घर में भी लौटकर दुबारा क़दम न रखने वाली बा, पैंसठ साल की उम्र में यानी इस घर में पचपन साल गुजार देने के बाद यहाँ से चली जाना चाहती हैं? मायके जाने के विचार के लिए तो आने के दिन से ही कोई गुंजाइश नहीं बची थी। इस घर को छोड़ पृथ्वी तल पर एक भी जगह ऐसी नहीं थी जहाँ वे एक दिन भी रही हों। हाँ, अस्पताल में वे ज़रूर रही थीं। जच्चगी के या ऑपरेशन के मौक़ों पर। जाने के लिए एक भी जगह न होने के बावजूद उन्होंने घर से जाना ही चुना। वैसे वे जल मरने की, समुद्र में डूब जाने की या ज़हर पीने की इच्छा भी कर सकती थीं। जलकर या ज़हर पीकर तो घर में भी मरा जा सकता था। समुद्र में डूबने के लिए घर से बाहर जाना ज़रूरी होता।

समुद्र किनारे बा एक ही बार बापू के साथ गयी थीं। और सारे समय बापू का हाथ थामे रही थीं जो उन्होंने फेरों के समय को छोड़ शायद ही कभी थामा हो। दूर किनारे पर खड़े होकर समुद्र को देखते हुए उन्हें लगा था कि पैरों के नीचे की रेत धँसती जा रही है और वे डूबती जा रही हैं। इतना सारा पानी तो उन्होंने देखा ही नहीं था। गाँव की नदी तो बारिश में ही नदी बनती और बाक़ी साल तो एकाध लकीर भर बची रह जाये नदी के नाम पर, तो भी ग़नीमत थी। सोना काकी की छत से आसमान को देखकर जैसा लगता था, ठीक वैसा ही खो या डूब जाने का डर सारे समय समुद्र

के सामने बा को लगता रहा, जितनी देर वे वहाँ रहीं। वहाँ तो कोई कोठरी भी नहीं थी, सिर्फ़ बापू थे। वे उनके हाथ से हिलगी रहीं जैसे उन्हीं के हाथ का विस्तार हों और अपने आप में कुछ न हों।

जलने के लिए घर में उनका अकेले होना ज़रूरी था। शुरू के दिन से अभी तक के पूरे वक़्त में बा के जीवन में एक भी मौक़ा ऐसा नहीं आया, जब वे अकेली रही हों—घर में या बाहर। यानी हर क्षण उनके साथ कोई-न-कोई तो बना ही रहा। कभी पति, कभी ननद, कभी देवर, कभी बच्चे। उन्होंने जो कुछ भी किया, किसी-न-किसी की उपस्थिति के दबाव में किया। खाने से लगाकर सोने तक, सब कुछ। सोचकर उसे झुरझुरी आ गयी जैसे केंचुओं पर पैर रखा गया हो।

छोटी-सी बा का गद्दा नीचे, अगल-बग़ल खाली-सा रहता। उन्हें कभी उसने पूरी लम्बाई जितनी-सी उनकी थी। सोते नहीं देखा। हमेशा हाथ-पैर सिकोड़कर गुड़ी-मुड़ी सोतीं वे। दिन गर्मी के हुए तो चोली भले ही गीली करके पहन लें मगर सोयेंगी तो ढाँक-ढूप कर ही। बक़ौल बा के लम्बान में फैलकर सोना, यानी बेहोश सोना। और एक औरत को तो एक पल के लिए भी होश नहीं खोना चाहिए, चाहे वह सो रही हो, चाहे जाग रही हो। पल में तो प्रलय भी हो सकता है ''ग़ाफ़िल नहीं रहेना, नहीं रहेना...।'' यानी बा सारी उम्र न केवल किसी-न-किसी के साथ रहीं बल्कि हर पल होश में रहीं।

अगर उनमें मरने की इच्छा जागती तो उनके लिए ज़हर खाकर मरना ही एक मात्र सम्भव और आसान तरीक़ा होता। सबसे दिलचस्प बात तो यही है कि बा के मन में ऐसी कोई इच्छा यानी मरने-मराने की कभी नहीं जागी। अगर कभी जागी भी तो उन्होंने उसे अपनी दूसरी इच्छाओं की तरह असम्भव ही माना। हालाँकि मरने की इच्छा तो तब भी नहीं जागी जब वे दस साल की उम्र में ब्याह कर आयीं। उस दिन से लगाकर लगभग बाईस साल की होने तक, यानी उनकी ख़ुद की दोनों बेटियों के छह और सात साल की होने तक बिला नागा हर रात, बिना कपड़ों के पिटती रहीं मगर इतने सालों में भी कभी क़ुबूल नहीं कर पायीं कि उनका भाई उनके साथ मुँह काला करता था। बरसों कुलबुलाने वाला यह कीड़ा बापू के दिमाग़ में उनके दूर के किसी भाई ने यूँ ही खेल-खेल में डाल दिया था और बापू ने उसे हर क़ीमत पर जिलाया और पाला जैसे वह संसार का एकमात्र बचाने लायक़ सच हो।

बा, मगर तब तक सिर्फ़ इतना ही जान पायी थीं कि वे माँ की तरह हैं, बिट्टो दाई की तरह हैं, पिता या भाइयों की तरह नहीं, और दूसरे ये कि वो घर उनका नहीं

है, एक दिन वे अपने घर जायेंगी और वही उनके माँ-बाप के लिए असली मोक्ष का दिन होगा।

और, सचमुच दस साल की होते-न-होते तो वे अपने घर जाने के लिए निकल पड़ीं। एक बार वे घर से निकलीं तो उन्होंने, छूटे हुए घर को पलटकर, एक नज़र देखा तक नहीं, देखतीं तो क्या पता उन्हें वापस लौटना पड़ जाता और सारी उम्र पराये लोगों के बीच पराये घर में ही गुज़ारनी पड़ जाती। पर ऐसा कुछ नहीं हुआ, वे सकुशल अपने घर पहुँच गयी थीं।

घर में सास-ससुर नहीं थे, जेठ-जेठानी, ननद-देवर थे मगर उसी मकान की किसी दूसरी मंज़िल के किसी दूसरे कमरे में रहते थे। एक कमरे के घर का दरवाज़ा लगभग दिनभर खुला रहता कि कोई भी कभी भी आ और जा सके। उनका घर पहले एक कमरे का था। लम्बी-सी गली के भीतर जाकर बनी पाँच मंज़िली इमारत के पहले माले का आख़िरी कमरा। बाद में, पास का ही दूसरा एक कमरा बना लेने की गुंजाइश पाणियारे और मोरी के चलते निकल ही जाती थी।

घर जब दो कमरों में फैल गया था तो चौका एक में सिमट गया, दूसरा सिर्फ़ सोने-बैठने के काम आता। इन दो कमरों के घर में बा पचपन साल रहीं। पहले वाले कमरे की दो खिड़कियों में से एक, हर मंज़िल पर तीन दीवारों और एक जंगले से घिरे मगर ऊपर से खुले सार्वजनिक कूड़ेदानवाली दिशा में खुलती थी। इसलिए अक्सर बन्द रहने की अभिशप्त थीं। दूसरी खिड़की के सामने, सात फ़ुट की दूरी पर दूसरा मकान लगभग उसी मकान की क़द-काठी का खड़ा था। खिड़की के दायें कोने से सामनेवाले मकान की खिड़की का पल्ला दिखता और बायें कोने से आसमान का छोटा-सा एक चकत्ता। दस मिनट से अधिक देर के लिए सूरज या चाँद उतने से आसमान में नहीं रह पाते थे, इसलिए दिन भर में दस मिनट के लिए चौके में धूप आती थी, वो भी गर्मियों में। जाड़ों में तो उतनी भी नहीं। दूसरे कमरे में खिड़कियाँ तो तीन थीं पर एक उसी तरह कूड़ेदान की दिशा में, बाक़ी दो मकानों के सामने। सँकरी-सी उस गली के दोनों तरफ़ ऊँचे-ऊँचे मकानों की क़तारें थीं। दो दीवारें मेरी, दो तुम्हारी, चारों मेरी या चारों तुम्हारी नहीं। अपनी चारों दीवारों वाले घर उन दिनों कम ही होते थे। एक-दूसरे से सटे जुड़े-जुड़े जैसे मकानों को भी अकेले खड़े होने का हौसला न हो। इन खिड़कियों के सामनेवाले घर थोड़े दूर थे, बीस-तीस फ़ुट दूर। खिड़की के बाहरवाली कार्निस पर थोड़ी देर के लिए कभी चाँदनी गिरती थी और बा हर पूनम को जंगले से हाथ बाहर निकालकर चाँदनी के उजाले में सुई पिरोकर अपनी आँखों की रोशनी को परखती थीं।

बापू शुरू से आख़िर तक उसी एक घर में रहे। न वे ख़ुद जाना चाहते थे न किसी और को जाने देना। मगर इस घर से बा जाना चाहती थीं। घर का एक ही दरवाज़ा था और वह ठीक सामने खुलता था। ऐन दरवाज़ेवाली दीवार से ही सटा था बापू का बिस्तरा। घर से जाने के लिए बा को उसी दरवाज़े से बाहर निकलना पड़ता। वे जब भी कमरे से बाहर निकलने को होतीं, चाहे पाख़ाने के लिए क्यूँ न निकलें, बापू हर बार पूछते, ''कहाँ जा रही है'', जबकि वे अच्छी तरह जानते थे कि मन्दिर के अलावा कोई ऐसी जगह नहीं थी, जहाँ बा जा सकें। जाकर रह सकने लायक़ तो एक भी जगह कहीं थी ही नहीं।

उसने बा को फिर से एक बार देखा, जैसे पहली ही बार देखा हो।

''बा, तुम्हारा भाई या बहन नहीं है?''

''क्या जाने हो, न हो। एक भाई बड़े थे, एक छोटी बहन थी, मुझसे एक साल छोटी। मैं दस की वह नौ की। दोनों की शादी एक ही मण्डप में हुई थी।''

''तुम अपने भाई को पहचान सकती हो?''

''कहाँ से पहचानूँगी, कभी देखा हो तब तो। मेरी शादी हुई वो बारह के थे और अब होंगे सत्तर-पचहत्तर के।''

''यानी तुम लौटकर कभी मायके गयी ही नहीं?''

''आँ हाँ! जाने ही कब दिया? कहते थे जाना हो तो जा ख़ुशी से, बस फिर लौटना मत। ऐसे में जाती कैसे? लोग बताते हैं कि मेरा यह भाई, पैंतालीस साल का होकर मर गया जो मेरी शादी के बाद पैदा हुआ था।''

''माँ-बाप को फिर कभी नहीं देखा?''

''किसी को भी नहीं, एक बार इसी भाई के मरने की उड़ती-उड़ती-सी ख़बर आयी थी तब ये जरी-गोटे की साड़ी पहनकर मुझे उनके घर के सामने से घुमाने ले गये थे। हो सकता है तब उनमें से किसी ने मुझे देखा था। मैंने किसी को नहीं देखा। बचपन के अपने घर को भी नहीं।''

उन दिनों साल भर से बापू बिस्तर पर थे। ऊँचे-ऊँचे मकानों के बीच ठुँसे हुए इस मकान की खिड़की से क़ुदरती प्रकाश तो किसी तरह थोड़ा-न-थोड़ा आ ही जाता था मगर क़ुदरती हवा का घर में प्रवेश कर किसी-किसी मुँडेर पर रखे दो-चार गमले या दीवारों को फोड़कर उग आये पीपल के सिवा दूर-दूर तक कहीं कुछ नहीं था।

घर में क़ुदरती हवा न सही, पंखे की हवा तब भी थी। मगर वो बापू को सहन नहीं थी। इसलिए बा का हाथ-पंखा झलना लाज़िमी था, ख़ासतौर पर तब और भी, जब वे सो रहे हों। फिर वक़्त कोई-सा भी हो दिन का या रात का। सुबह और शाम को दिन का हिस्सा माना जाना चाहिए कि रात का, वह कभी तय नहीं कर पाती थीं। ख़ुदा-न-खास्ता वक़्त रात का हुआ और बा को झपकी लगने तथा बापू की रोज़ की उसी तोतारटन्त से बा का कोई बचाव नहीं था—''दिन भर धन्धा करती है। नालायक और रात भर तानती है। मेरी, अब इसे क्या ज़रूरत...।''

बापू की नींद उचटने पर जब कभी बा सोयी न मिलतीं तो पंखा गोद में धरे बैठी रहती, खिड़की से बाहर के अँधेरे को ताकती। बापू को अचानक डर लग जाता जैसे वहाँ बा की मूरत विराजमान हो और बा कहीं चली गयी हो। वे हड़बड़ाकर दोनों हाथ से उन्हें झकझोर डालते, ''कुंथी....कुंथी...।'' बा अँधेरे को ताकने की तरह ही उनको ताकतीं और गोद से पंखा उठाकर फिर से झलने लग जातीं।

नारी-शोषण के शोकगीत

सूर्यबाला

औरत पर होने वाले अत्याचारों, हिंसा और शोषण के जो भी मुद्दे हैं, उनके 'कारण' जितने स्पष्ट हैं, 'समाधान' उतने ही मुश्किल। पहले 'कारणों' की बात। मुझे क्षमा करें औरत ख़ुद भी ज़िम्मेदार है, अपनी फूहड़ वेशभूषा और तेज़ी से उन्मुख उच्छृंखलता की ओर बढ़ती अपनी जीवन-शैली के लिए। इनसे पुरुषों की ग़लत प्रवृत्तियों को निश्चित रूप से बढ़ावा मिलता है।

दिन-रात घरों में घुसकर बैठे, सेटेलाइट मीडिया के हवाले से जो अश्लीलता, नग्नता और यौनाचारी प्रवृत्तियाँ लगातार उड़ेली जा रही हैं, उनका असर भी सभी आयु वर्गों पर, विशेषकर युवा, किशोर मनों पर होगा ही। अपराधी-वृत्तियाँ इस क़दर हावी हो जायेंगी कि चौदह-चौदह सालों के किशोर, रिंकू पाटिलों और रूपालियों को खुलेआम मिट्टी का तेल छिड़ककर जलायेंगे।

खुलेआम घूमती लड़कियों की पोशाकें देखकर जब-जब ख़ुद अपना सिर शर्म से झुक जाता है तो पुरुषों को कहाँ तक दोष देंगी आप? और तब 'करे कोई, भरे कोई' वाली कहावत चरितार्थ तो होनी ही है।

महिलाओं की दशा का रोना रोने वाली संस्थाएँ, सामाजिक संगठन ज़्यादातर किसी घटना विशेष पर अपना विरोध प्रगट कर आन्दोलन, जुलूस निकालकर अपने कर्तव्यों की इतिश्री समझ लेते हैं। होना यह चाहिए कि आप घटना-विशेष के विरोध के साथ-साथ, गहराई तक जड़ें जमाकर बैठी 'मानसिकता' और 'प्रवृत्तियों' के विरोध में लगातार लोगों को समझायें और प्रबोधने की अनवरत कोशिशें जारी रखी जायें। क्यों न एक संस्था, एक संगठन या कई संस्थाएँ मिलकर 'सिर्फ़ एक मुद्दा, एक लक्ष्य' रखकर पूरी एकनिष्ठता से जन-मानस की दृष्टि और हृदय-परिवर्तन की दिशा में अपने कार्यक्रम निर्धारित करें। सिद्धान्तों से ज़्यादा व्यावहारिक पक्ष पर ध्यान दें। आदमी को एक बेहतर आदमी बनने की दिशा में प्रेरित करें। यह नहीं कि जब कोई लड़की अपनी बहनों सहित छत के पंखे से लटक जाये तब आप तख़्तियाँ लेकर दौड़ पड़ें।

जब तक लोग ख़ुद अपने दिलों से महसूस नहीं करेंगे, मानवीय संवेदना के तार नहीं उद्वेलित होंगे; नियम, क़ानून, आरक्षण विधेयकों से कुछ नहीं होने वाला। आप क़ानून बनाते जायेंगे, लोग उन्हें तोड़ने के नये-से-नये तरीक़े ईजाद करते जायेंगे।

व्यावहारिक तरीक़ों से हमें माता-पिता तक यह समझदारी भी पहुँचानी होगी कि कैसे अपने बच्चों के अन्दर सही टी.वी. चैनल के प्रति रुचि और संस्कार पैदा करें। मैंने बहुत-से घरों में सही संस्कारवाले बच्चों को फूहड़ कार्यक्रमों का मज़ाक़ उड़ाते या अरुचि दिखाते हुए भी देखा है।

सरकार और सम्बन्धित उद्योगों पर भी फूहड़, अश्लील कार्यक्रमों के ख़िलाफ़ राष्ट्रव्यापी आन्दोलन छेड़ने की आवश्यकता है।

लेकिन यहाँ भी सबसे बड़ी बात पुन: क्षमा करें, संस्थाओं और महिला संगठनों की (अपवादों को छोड़कर) 'लक्ष्य-सिद्धि' से ज़्यादा पब्लिसिटी की भूख सारे मुद्दों पर लीपा-पोती करके रख देती है।

व्यक्तिगत तौर पर औरत के लिए महत्त्वाकांक्षी होना किसी दृष्टि से बुरा नहीं कहा जा सकता लेकिन परिवार के बच्चों के हित में औरत को ही सन्तुलन की एक सीमा रेखा खींचनी होगी वरना अच्छा हो हम नारी-शोषण के शोकगीत गाना बन्द कर दें।

सुमिन्तरा की बेटियाँ

वहाँ की शहर की आबादी ख़त्म होती थी—चारों तरफ़ पीली, रेतीली, खसखसी, मिट्टी के ढूह थे। ढूहों पर ढेर-की-ढेर क़ब्रें। एक, दो, अनगिनत।

मैं अपने बहुत छोटे क़द के हिसाब से जहाँ तक देख पाती, छज्जे, दालान, मुंडेरों से, मुझे बस क़ब्रें ही क़ब्रें दीख पड़तीं।

थोड़ी बड़ी होकर मैं सोचती, यह शहर ज़रूर कभी क़ब्रिस्तान हुआ करता होगा।

ज़्यादातर, हम ज़िन्दगी का समापन क़ब्रों में किया करते हैं, लेकिन यहाँ क़ब्रगाहों के बीचोबीच बाक़ायदे पूरा शहर क़ायम था।

और शहर की आबादी की छोर पर हमारा मकान।

हमारे बाद मछुआरों के झोंपड़ों की क़तारें।

बीचोबीच 'उसका टटरा।'

वह अपने घर को 'टटरा' कहती थी। उसका घर भी टटरा ही। अपने उसी टटरे के बीच से वह पैरों में मोटे-मोटे गिलट के कड़े-छड़े और झाँझरें झमकाती आँधी-तूफ़ान-सी आती और ओसारों में लगी धान-जौ की ढेरियाँ तथा ओखली-मूसल सहेज लेती। दो-चार मल्लाहिनें, नौकर और भी आगे-पीछे बैठते-उठते होते। वह सबसे हँसी-ठिठोली करती लगातार खिलखिलाती रहती। मुट्ठियों में थमा मूसल अपनी रफ़्तार से चलता रहता। कभी धान कूटते-कूटते अचानक बच्चों के बीच से मुझे उठा आँगन के बीचोबीच, ठुमका लगाकर दो झोंकेदार चक्कर मार लेती। कोई एक भूला-बिसरा गीत, सोते-सा फूट पड़ता।

एक बार उसके गीत का मतलब था—
मेरे पैरों में महीन काँटा बार-बार क्यों चुभ जाता है—
मुझसे भी छोटी-छोटी मेरी सखियाँ बाज़ार-हाट कर आती हैं।
मैं ही बार-बार डगर क्यों भूल जाती हूँ।
मुझसे छोटी-छोटी सखियाँ कब की गौने हो आयीं।
मेरा ही दिन बार-बार क्यों टल जाता है...

वह चक्कर मारकर ठुमका लगाती होती तो उसके कनफूलों से झूलती चाँदी की मैली ज़ंजीरें बाजरे की बालियों-सी लगतीं। मल्लाहिनें होंठों के कोनों में पल्लू का छोर दबाकर निहायत दकियानूसी तरीक़े से लजातीं और मुआइने पर निकली ताई झिड़कते हुए गुज़र जाती—"मुँहज़ोर! तुझे धान कूटने को बिठाया था न—जाके मर्दाने में मजलिस लगा न! यहाँ क्या दीदे चमका रही है।"

वह खुलकर हँसती..."मेरी मजलिस तो धान की ढेरी के बीच ही लगती है, बहू जी! ये लो तीन ढेरी कूट दीं। बाक़ी उस पहर—" और ताई के ना-ना करते भी एक झपाके से मुझे गोदी में झुलाती, तेज़ झोंके-सी गुज़र जाती।

बिल्कुल अलग थी वह, अपनी हमउम्र कामचोर मल्लाहिनों से। न उन सबों की तरह कसोरे-कसोरे भर तेल चुपड़कर बाल सँवारती, न माथे के बीचोबीच में माँग फाड़, पीले सिन्दूर की पतली लाइन लगाती। और ना ही बात-बेबात लजाती, अलसाती...

मैंने उसे कभी किसी से आम औरतों की तरह फुसफुसाते, बतियाते नहीं देखा था। धान कूटते हुए भी वह उसकी लय पर कोई-न-कोई चुटकी बजाकर दुलारते या चक्कर मारकर घुमाते खिलखिला लेती। कोई कुछ पूछता, कहता तो बड़ी ख़ुशदिली से लेकिन अति संक्षिप्त-सा जवाब। और वापस अपने गीत पर। सारे बच्चों के बीच उसने मुझे छाँट लिया था, सारी मल्लाहिनों के बीच मैंने उसे।

उसकी बुसी देह से आती गोबर पाथने, सानी-पानी करने और कुटे अनाजों की मिली-जुली गन्ध, हवा के झोंकों के साथ एकसार उसके रूखे बेतरतीब बाल और कलाइयों की नोकदार ककनी, मुझे उसके प्रति प्यार और गिजगिजाहट दोनों से एक साथ भर देती। ताई अक्सर, ना-ना बच्चों को हाथ न लगाना, कहकर हरकती रह जाती पर तब तक वह झमककर मुझे उठाती और एक घुमरी मार बाहर निकल जाती।

बाहर नीम-जामुन की झुरझुराती हवा खाता सूरज आराम से चिपरी-पाथी दीवारों के पार छुपता होता। गन्दी-मैली कुर्तियों और खौरहे भूरे बालोंवाली उसकी दोनों लड़कियाँ, अपनी या किसी और की गाय-भैंस चराकर लौट रही होतीं। 'माई' को देखते ही वे हाथों में संटी फटकारती, दुलराती दौड़ आतीं। पास आने पर, अपनी फटी कुर्तियों के जेब में ठुँसी जंगली बेरियाँ, मकोय और कच्चे अमरूद माई को दिखातीं और बतातीं कि गोरू पियासे हैं।

एक बार साँझ ढले वह मुझे भी अपनी गोद में लादे-लादे दोनों लड़कियों सहित टटरे में लेती गयी थी।

फटे-चिरे बाँसों को ठोक-पीटकर बनाये गये दरवाज़े में कहीं से लोहे की एक जंग लगी साँकल लाकर अटकायी गयी थी और उस साँकल में एक ताला। मुझे लादे-लादे उसने ताला खोला—सारी जगह, गोबर, मवेशी और सानी-पानी की तेज़ गन्ध से बुसी पड़ी थी—एक तरफ़ भैंस और उसकी पड़िया बाँधने की जगह, दूसरी तरफ़ एक टूटा बसखँट और अधपिचके बर्तन-बासन। सारा फ़र्श गोबर और गन्दे पानी का चहबच्चा-सा।

उसकी दोनों लड़कियाँ, पियरिया और झुमरिया अपने टटरे में आकर इत्ती ख़ुश हो गयीं जैसे दीवानेख़ास में पहुँच गयी हों—और मारे ख़ुशी के (यों भी, मुझे भी अपने टटरे में आया देख) ज़्यादा लड़ने-झगड़ने और दुलारने लगीं।

उसने लड़कियों को दुलार से डपटा और आँचल के छोर से कुछ पैसे उनके हाथों में रख, दौड़कर मेरे लिए बिस्कुट लाने को कहा।

फिर जल्दी-जल्दी अपनी भैंस का सानी-पानी करने लगी...लड़कियाँ दौड़ती हुई मिनटों में बिस्कुट ले आयीं। उसने बड़े प्यार से एक बिस्कुट मुझे और आधा-आधा उन दोनों को दिया। जो वे दोनों तुरन्त निगल गयीं और झटपट अपने सलूकों से बेर, अमरूद निकालकर उसका हिस्सा लगाने लगीं। उन्होंने पास पड़ा पत्थर उठाकर कच्च अमरूद तोड़ा। और माँ को दो बेर, मकोय और अमरूद का एक टुकड़ा दिया।

अँधेरा हो चला था। वैसे भी उसके टटरे में बाहर से ज़्यादा अँधेरा था। उसने ताख से ढिबरी उतारकर जलायी और बेटियों को, मैल से चीकट कपड़े में लपेटकर रखी रोटियाँ निकालकर खाने को दीं।

ढिबरी के मैले उजाले में मैं बिस्कुट और वे तीनों रोटियाँ कुतर-कुतरकर खाते रहे। अनायास मैंने जानना चाहा,''सुमिन्तरा, तू टटरे में क्यों रैती है?'' टटरे में तो हमारे जानवर रैते हैं।''

उसने मगन हो मुस्कुराके कहा,''जहाँ हमारे जिनावर रहेंगे, बिटिया, वहीं तो हम भी रहेंगे न...''

मैंने सयानों की तरह गर्दन हिलायी...तभी झुमरिया ताख पर अपने कंचे, गिट्टे रखने को उचकी। अचानक चमकदार बक्सुए और पीली-काली धारियों वाली एक जैकेट नीचे आ गिरी।

उतनी-सी उमर में भी मुझे इतना मालूम था कि यह पहनावा 'पुरुष' का है—''ये किशका है?''

''ढोढ़े का..'' दोनों लड़कियों ने चटपट जवाब दिया—वह चौंककर जल्दी से उठी, जैकेट में चिपकी धूल, भूसा झाड़ा और वापस तहाकर ताख पर रख दिया। यह नाम, एक बेढब रोड़े-सा मेरे बाल-मन में यहाँ-वहाँ लुढ़कने लगा। शब्द-सन्दर्भ टूटे, ''अधटूटे खिलौनों से ही यहाँ-वहाँ पड़े नज़र आने लगे।''

वह आँगन में पड़े गोभी के पत्ते और चने-मटर का साग बटोर रही है, टोकरे में। अपने गोरू को खिलाने के लिए।

ताई जैसे इकड़ी-दुकड़ी के खेल में अपना चिभ्भा-सा फेंकती है...

''क्यों री—'ढोढ़ेलाल' की कुछ खोज-ख़बर?''

''लगी न!''

''कैसे, चिट्ठी आयी थी क्या?''

''न, मारवाड़ी बासे से कोई आता था, उससे ख़बर भेजी...।''

(चिट्ठी आयेगी तो लाकर पढ़ायी भी तो जाण्गी, दोनों पक्ष सतर्क!)

''तो, क्या ख़बर भेजी? आता है क्या?''

''चढ़ते जेठ या उतरते असाढ़।'' प्रश्न से बचने के लिए ही वह पत्ते समेट शीघ्रता से उठने का उपक्रम करती-सी...

''अरे तो छूछे हाथ कि कुछ ख़र्चा-पताई भी भिजवायी?''

''आजकल इतबार (ऐतबार) नहीं न बहू जी किसी का...।''

कहते-कहते वह जीना पार कर जाती है। जिससे ताई के होंठों के कानों की मुस्कुराहट का सामना न करना पड़े, न और कोई पैरवी, गवाही।

लाचार ताई अकेले में मुस्कुरा लेती है...

''ढाँपती चलती है बेचारी, ढोढ़ेलाल की करनी-कुकुरनी...''

बेचारी?—कहाँ, किधर से?

गर्दन भी बिल्कुल सही-सही, सीधी सधी—'तनी' हर्गिज़ नहीं।

पियरिया, झुमरिया भी फटे चीकट सलूकों में हमारे ही बाड़े से नीचे तोड़ी जामुनें ठूँसे जी भर शरारतें करती, इठलाती, खिलखिलाती रहती हैं। बेटियों के साथ जब वह अपनी भैंस और उसकी पड़ियों को दुलारती है। तो उस गोबरैल कटरे में भी एक अनकही उजास-सी फूटती है।

वह हँसती है, लहरदार ठुमके लगाती है, लेकिन किसी से गाली-गलौज या बेअदबी पर उतारू होते नहीं देखा। और तो और क़रीब-क़रीब सारे ही नौकर, मल्लाहिनें, ताऊ के शिकार पर जाने की बात पर अकेले में कनखी मारकर मुस्कुरा लेते हैं—मिसरानी तो एक बार बोल भी पड़ी थी, जब काम पर नयी-नयी आयी

थी...''आप भी निकल जाया करो न बहू जी सिकार पे—साहेब के साथ...'' पर ताई ने छूटते ही मुँह बिचकाया था—''ना रे, मुझे तो मचान के नाम से ही घुमटा आता है। वरना साहेब तो कई बार कित्ता इसारा किये, नाराज़ हुए लेकिन...'' जबकि हर कोई ताई के न जाने का कारण जानता था कि साहेब एक शिकारगाह पे कई निशाने लगाते हैं। पूरी पिकनिक रतजगे के बाद ही घर लौटती है।

वक़्त-बे-वक़्त ताई के चेहरे पर भी छोटी-बडी आँधियाँ उठती थीं, राख बैठती थी, लेकिन कनफूल की झूलती ज़ंजीरों के बीच सजा उसका चेहरा, कभी कुम्हलाया नहीं। ज़िन्दगी हमेशा पूरे हुलास के साथ सहेजी हुई।

मुझे तो फिटन से उतरकर शिकारवालों को हाथ हिलाते ताऊ जी भी, कभी-कभी बड़े बेचारे-से लगते, लेकिन वह कभी नहीं लगी 'बेचारी-सी', जाने क्यों?

तब भी नहीं जब सीधे-सीधे किसी ने एकदम भोथरी सुई चुभो दी, पूरी निर्दयता से।

''क्यों री! कहीं, वहीं-के-वहीं, कोई रख-रखा तो नहीं ली ढोढ़े बट्टरबाज ने...''

''आँख की ओट तो दुनिया की ओट''—वह प्रसंग समाप्त करती टोकरा लिये तेज़ी से निकल जाती।

''फिर भी, आदमज़ात को अपनी ज़िम्मेदारी तो समझनी चाहिए—आता कब है बदज़ात इस तरफ़...''

''आयेगा तो देख लेना सलूके में छुपाके तो रखूँगी नहीं...''

हाँ, ऐसी बातों के दौरान कुछ देर चाँद-सूरज ज़रूर बारी-बारी उसके चेहरे पर उगते-छुपते रहते। फिर वही टटरा, गोबर, गोरू।

अचानक ख़बरें फैलीं, गरम हुईं—ढोढ़ेलाल आया है—इधर नहीं, कोस-भर पीछे लाइन-बाज़ार में ठहरा है। सकलदीप के ढाबे में। फुसफुसाहटों की चिन्दियाँ उड़ती फिरीं अकेले नहीं, बजबजवाली बंगालिन के साथ। राम असारे और खिलावन लइन-बाज़ार गये थे—पट्टे का पजामा ख़रीदने, अपनी आँखों देखके आये।

मुँह नहीं चुराया। बड़ी हौंस से मिला। ढाबे की खाट पे बिठाके सिकार (गोश्त)—रोटी खिलाया—फिर जाने क्या हाथ जोड़-जोड़के घिघियाता, पछताता रहा। अपनी राम कहानी सुना-सुनाकर। अब तो जो भी इधर से जाता है, लइन-बाज़ार सकलदीप के ढाबे पर ज़रूर जाता है। बिक्री बढ़ गयी है ढाबे की, ढोढ़े की वजह से। मुफ़्त में नहीं लेता। अपने पैसे से खिलाता है सबको। बजबजवाली लुगाई अदब से अन्दर रहती है। इतना नेक और दरियादिल ढोढ़ेलाल कभी नहीं रहा। खेलावन के

पूछने पर तो कण्ठी पर हाथ धर सच-का-सच उगल भी दिया और कहने लगा—आधी रात को रोती-बिलबिलाती कोठरी में आ पड़ी। लुगाई ज़ात जानके रहम किया, आसरा दिया तो तड़के लाठी-बल्लम लिये उसकी बिरादरी ही ख़ून की प्यासी। अब बोलो, अपनी इज़्ज़त-मर्जादा देखें या लुगाई का रोना-किकियाना—फँस ही गया समझो। अब छोड़ूँ तो कैसे? अपना ईमान अपनी कण्ठी की भी तो लाज। गुँसाई जी कह गये हैं, प्राण जाइ पर बचन न जाई—अब आप सब पंच नियाव(न्याय) सकारो तो अगिन के सामने धरम, मरजाद से साखी (साक्षी) मानूँगा, नहीं तो ससुर ये दुनिया का जंजाल छोड़ कहीं मुड़-मुड़ा कण्ठी माला धार लूँगा...

''सुमिन्तरा'' का नाम लेते ही आसमान की तरफ़ हाथ जोड़, अँगौछा आँखों पे लगा लेता है—ऊ तो साच्छात देवी है देवी—छिमा बड़े को चाहिए—छिमा बरतेगी। पियरिया-झुमरिया को भी निबाह ले जायेगी, जैसे इत्ते बरस निबाहा, आगे भी। बाक़ी, ब्याह-सादी पे जो कमी-बेसी पड़े तो मैं हाजिर हूँ ही।

''इस चोट्टी के खुदी तीन हैं। उन्हें कहाँ झोकूँ'' धीरे-धीरे करके मल्लाही के टोले के सब हो आये। सकलदीप के ढाबे के सिक़ार और ढोढ़ेलाल की ख़ातिर के गुन गाते। ढोढ़े का नाम लेते मल्लाही टोले के मरदों की ज़बान से चचकारी छूटती है। फँस गया मरद बेचारा—अब करे भी क्या! लुगाई की ज़ात जो न कराये। फिर आते-जाते रास्ता रोककर सुमिन्तरा के बिना पूछे ही ज़बरदस्ती कहने-समझाने लग जाते, अपना धरम समझकर—''सुन, सुमिन्तरा! इतना सत्त तो है ही कि सबके सामने कबूल रहा है चोरी-छुपे ही बिठा लेता तो क्या करती? ऐं?''

करती क्या वही धान कुटाई, बासन-जूठन और गाय-गोरू का सानी-पानी। वही करती रही। और देखते-देखते मल्लाही टोलों के आख़िरी झोंपड़े पर हरी-गुलाबी झाँड़ियाँ बँधी, टाट की पट्टियाँ भी बिछ गयीं। पंगत बैठी, जेवनार हुआ और बजबज की बंगालिन ने चुनरी-गोटे में ढोढ़ेलाल के साथ गाँठ बाँध ली। नगाड़े पर चोटें पड़ती रहीं, तुरही चीख़ती रही। जब भाँवरें पड़ रही थीं तो झुमरिया फटे घाघरे, सलूके में निमोड़ी के पेड़ पे चढ़ी, बिरादरी का जीमना देख रही थी।

मैंने खिड़की से झाँककर बड़ी बहन से पूछा, ''मल्लाही टोले में क्या हो रहा है?''

''ढोढ़े की शादी न!''

मैंने पूछा, ''ढोढ़े कौन है?''

बहन ने धीरे से कहा, ''पियरिया की माई का दूल्हा...''

इसके बाद न बहन को कुछ समझ में आया, न मुझे।

पंगत जीम चुकी थी। बंगालिन की बिदाई भला कहाँ से कहाँ होनी थी, सो ढोढ़े उसे टैक्सी में बिठाकर देवीथान ले जा रहा था। मल्लाहिनें दुलहिन को टैक्सी में बिठा रही थीं—गाड़ी स्टार्ट होने को थी कि अचानक तीर की तेज़ी से झुमरिया निमोड़ी के नीचे उतरी और ज़मीन की खसखसी रेत, मिट्टी, कीचड़ जो भी उसके हाथों में समाया—भरपूर उठाकर स्टार्ट होती टैक्सी पर फेंककर चिल्लाई—''ढोढ़े मर गिया, उठी लहास''—जब तक लोग चपतियाने को दौड़े, वह उसी तेज़ी से हाँफती हुई बाड़े की दीवार फलाँगती ग़ायब—।

खिड़की, मुँडेरों से झाँकते चेहरे, अपने-अपने आँगन, दालानों की ओर लपके—ग़ज़ब हो गया! झुमरिया ढोढ़े की टैक्सी पर धूल फेंककर भागी।

सुमिन्तरा मल्लाहिन के हाथ का मूसल थमा रह गया। हकबकाई बदहवास वह नीचे भागी। नगाड़े तुरही की आवाज़ें थम गयी थीं। उत्सव समाप्ति पर था। सिर्फ़ झण्डियाँ रेतीली हवा में झरझरा रही थीं।

वह बावली, बौड़ी-सी 'पियरिया-झुमरिया' चिल्लाती भीटे-दर-भीटे दोनों बेटियों को पुकारती फिरी। कहीं से कोई आवाज़ नहीं—ज़रूर लोगों के डर से कहीं जीने, चौबारे में दुबकी पड़ी होंगी।

तभी कँटीली बेर के टीले पर दो मैली छींट के सलूकोंवाले धब्बे दीखे, वह कड़े-छड़ों की आवाज़ बरगलाती बेतहाशा दौड़ी...पियरियाऽऽ झुमरियाऽऽ!

आवाज़ फिर भी न पहुँची। दोनों अपने खेल में पूरी तरह लिप्त थीं। मगन। पास पहुँचकर देखा, दोनों एक-दूसरे की मुंडी-से-मुंडी सटाये मिट्टी का एक लम्बा-सा ढूह अपने छोटे-छोटे हाथों से बड़ी तन्मयता से थोप रही थीं—

''चोट्टिनो!'' हाँपते-हाँफते दम लेकर वह बोली—''क्या है यह?...''

''ढोढ़े की क़ब्र।''

और दोनों ताली मारके खिखिया पड़ीं। सन्न...वह सहमी...फिर झुकी और दोनों बेटियों को कलेजे से लगा लिया।

चिपरी-पाथी दीवारों के पीछे जब साँझ का सूरज मुँह छुपा रहा था तो वे तीनों फटे सलूकों और उलझे बालों में अपने टटरे की ओर लौट रही थीं।

और जितनी भी बची-खुची किरनें थीं उनका भरपूर उजास उनके चेहरों पर पड़ रहा था।

ये दबाव और गँवई स्त्री का उछाल

मैत्रेयी पुष्पा

एक ओर नाइन्साफ़ी और ज़ुल्मों का आलम है तो दूसरी ओर समाज सुधारकों (सुधारिकाओं) की अफ़रा-तफ़री के मौसम हैं। कुकुरमुत्तों की तरह सरकारी ग़ैर-सरकारी संस्थाएँ उग आयी हैं। 'स्त्री-मुक्ति' का अभियान ज़ोरों पर है। सरकारी और विभागीय अफ़सरनुमा लोगों का सहयोग प्रशंसनीय है, वे भारी-भारी राशि के फंड देकर सरपट अंग्रेज़ी बोलने वाली प्रबुद्ध आधुनिकाओं को सभी के दुःख-दर्दों का जायज़ा लेने के लिए जुटा लेते हैं अपटूडेट ज्ञान की स्वामिनियों को पाँच सितारा सुख-सुविधा के तहत अपरिहार्य अय्याशी भी मुहैया कराने में गुरेज़ नहीं मानते।

वे भी भारतीय स्त्री के व्यक्तित्व को ऊँचा उठाने की मौखिक और क़लम क़वायद करते थकती नहीं। कभी कविता कहती हैं तो कभी ग़ज़ल सुनाती हैं और रोने लगती हैं। कभी उत्तेजक भाषण देते हुए लाल-पीली हो जाती हैं। उनका दर्द लहरा-लहराकर महफ़िल पर बिखर जाता है—शौहर पीता है, उनका पीना अच्छा नहीं माना जाता क्यों? ओहदेमन्द पुरुष और धनाढ्य वर्ग अपनी स्त्रियों को कमतर मानकर अवहेलना की वस्तु क्यों समझता है, जबकि उन्हें बाज़ार में बिकने वाली महँगी-से-महँगी वस्तुओं के बारे में ज़्यादा-से-ज़्यादा जानकारी है। सुख और समय की अधिकता से निकले हुए दुःखों की अनवरत धारा सेमिनारों, गोष्ठियों और कार्यशालाओं का सिलसिला आगे बढ़ाती जाती है जहाँ सब लाड़लियाँ सुकुमारियाँ होती हैं।

जल बिच मीन पियासी, मोहि सुनि सुनि आवत हाँसी

तीसरी दुनिया की स्त्री की आज़ादी की बातें! मेरा हास बेवक़ूफ़ाना है शायद। उन संस्थाओं के लिए ऐसी हँसियों का महत्त्व इसलिए नहीं होता क्योंकि इस तरह की हँसी का कोई मतलब नहीं समझा जाता। केवल यह कह दिया जाता है—तुम लोग भी...!

...लेकिन वे तुरन्त ही चौकन्नी हो जाती हैं, ग्रामीण स्त्री के उद्धार पर धुआँधार बोलने लगती हैं। बैठक समाप्त होते ही स्वर ढीले पड़ जाते हैं। कुछ शिविरों, कुछ धर्मशालाओं के क़िस्से चलते हैं और सार निकाल लेती हैं—वह तो घूँघट में भी सन्तुष्ट है! अनपढ़ होने के कारण अज्ञानी होना भी कैसा अज्ञात सुख है! आदमी अपने और दूसरे का भेद समझ ही न पाये। भैंस के गले की चैन बँधी रहे या खोल दी जाये, क्या फ़र्क़ पड़ता है? साँस में जान तो उनकी रहती है जो पुरुष के अनकहे अस्वीकार को समझ लेती हैं। अमूर्त को देख लेती हैं। और घुटन-भरी गहराइयों की बौद्धिक पड़ताल में डूबती चली जाती हैं। फिर सतही होना उनके लिए 'कमतर' होने जैसा है।

दुर्भाग्य नहीं, सौभाग्य भी नहीं, महज़ संयोग कि मेरे हिस्से स्त्री का वही वर्ग आया जो अर्थ और शिक्षा के हिसाब से दीनता का शिकार है। या घूरे का कचरा माने जाने के लिए अभिशप्त है। यहाँ एक बात बता दूँ कि यदि किसी को शिक्षित होने और शिष्टता के मानदण्डों पर खरे उतरने के प्रशिक्षण का मौक़ा नहीं मिला तो यह ज़रूरी नहीं कि उसे मूर्ख और निर्बुद्धि की सनद पकड़ाकर किनारे कर दें।

बौद्धिक समाज और सत्ता के ठेके पर तैनात समाज सेविकाओं और लेखिकाओं से विनम्र निवेदन है कि इस वंचित तबक़े पर ग़ौर करें। आज़ादी तो पशु-पक्षियों को भी प्यारी होती है। क्या आप लोग ग्रामीण स्त्री अथवा दूर-दराज़ की जंगली औरत की ओर से पीठ फेरकर अपनी सुविधाओं को बचाने की जुगत में हैं? धूल, धंगड़, काँटे, झाड़ियाँ तथा पसीने से गन्धाती मैली-कुचैली किसानिनें आपकी ज्ञानमय तपश्चर्या में ख़लल डालती हैं?

मैंने सन् 1960 में 'ग्रामीण स्त्री और विकास' के जोड़ बाक़ी देखे हैं। उस औरत के नाम पर धन-धान्य की लूटमार जमकर होती रही है। लिखित रूप में आँकड़े आपको चौंका सकते हैं, वास्तविक स्थिति कुछ और ही है। दलितों के मुक़ाबले कई गुना ज़्यादा दलित गँवई स्त्री है, क्योंकि उसके पक्ष में विधान बदलने वाला कोई अम्बेडकर नहीं। इतिहास परिवर्तन कैसे हो?

मुझे अपनी शिक्षा-सम्बन्धी डिग्रियाँ सनदें मुँह चिढ़ाती हैं। मेरे वर्ग की जमात का जीवन उस बर्बर क़ब्ज़े में है, जो कभी भी कोड़ा उठा लेता है, क्योंकि सामाजिक क़ानून का वह ज्ञाता और निर्धारक है। मालूम है कि ज़ुल्म और नाइन्साफ़ी का ख़ौफ़नाक सिलसिला पैदा हो रहा है, मगर यही तो सामाजिक नैतिकता का मूल स्रोत है।

ये दबाव और गँवई स्त्री का उछाल। अपवाद ही सही, इस कुचक्र के आगे छाती तानकर खड़ी होने वाली स्त्री भी अनपढ़ समाज में देखी जा सकती है। अस्तित्व की आकांक्षा से भरी-पूरी चालाक बचावों की मोहताज नहीं, क्योंकि निजी सुख-सुविधाओं के मोह से ग्रस्त नहीं।

पगला गयी है भागो!...

काम से उचटकर भागो की निगाह हथेली पर पड़ती है तो अपनी ही गली अनपहचान-सी मालूम होती है। रेत-भरी डगर पर दूधिया रोशनी की नदी बह निकली हो जैसे। कौन कहेगा कि यह हवेली जर्जर होकर चरमरा रही है, या ढुरऊ बखरी फूट जाने के कारण इसकी पौर में भैंस बँधने लगी है! आज की तो रंगत ही अलग है, जिज्जी के घर की।

जिज्जी भाई-बहनों में सबसे बड़ी सन्तान थीं और भागो सबसे छोटी। जिज्जी का ब्याह यहाँ महुआपुर में हुआ होगा माधोसिंह के साथ, पर भागो को अपने ब्याह की तो याद ही नहीं।

अपने गाँव की कोई झाँई-परछाईं भी मन में नहीं उतरती। एक दिन जिज्जी ज़ोर से रो उठी तो वह गिट्टे खेलते-से भागी थी। जड़ मूरख-सी निरखती रही बहन को। पड़ोस की औरतें जिज्जी को चुपाने में लगी थीं, ''काहे को रोऊती, ठकुराइन? करम की हेटी हती अभागिन, सो कछु देखवो नहीं बदौ हतौ। इतेक लम्बी ज़िन्दगी फिर अपनी ज़ात-बिरादरी में दूसरे ब्याह की रसम रीत..?''

''आँसू काढ़ जनमजली। आदमी नहीं रहौ और तें उजबक-सी हेर रही!'' किसी जनाने हाथ ने उसके सिर पर थप्पड़ दे मारा।

वह सारे दिन कोठे में छिपी बैठी रही। फिर समय के अन्तराल ने बता दिया कि वह विधवा हो गयी। तब से आज तक उसका तन, उसका मन, सम्पूर्ण अस्तित्व विधवा है। हौंस-उमंग, पहनना-ओढ़ना, सजना-सँवरना उसके लिए वर्जित है। औरतें उसे सगुन-सात-मंगल कार्यों से बचाती हैं। सुबह-सवेरे उसका किसी के आगे पड़ जाना अशुभ है। यह बात भागो जानती है। वह स्वयं भी देख-बचकर निकलती है। 'अठैन' कर देने से सामनेवाले के साथ उसका अपना मन भी दुखी हो जाता है।

सदैव जी-जान लगाकर जिज्जी के काम करती रही। जीजा के हुकुम पर दौड़ती रही। आम-जामुन तोड़ते, बहनोतों को गोद खिलाते उमर उतरने को हो आयी है अब तो।

आज शोभा देखने लायक़ है। लोग क्या जानते नहीं कि माधोसिंह की हवेली भले ही मिट्टी और ककरिया ईंटों की बनी हो, मगर पुरानी चाल की राजसी गरिमा से खड़ी है। इन दिनों तो रंग-रोगन पुतवा दिया है, सो नयी लक़दक़ से जगर-मगर है।

जब से गाँव में बिजली आयी है, शादी-ब्याहों की रंगत ही बदल गयी है। पहले की तरह नहीं हँडा 'मूड़' पै धर के चलो तो कहीं बीच रास्ते में ही गुप-गुप करके बुझ जाये। दिखइया, सुनइया, दूल्हा, पालकी सब वहीं-के-वहीं थिर।

भले ही 'करंट' सिंचाई के लिए न मिले, देर-सबेर मिले, पर ब्याह के समय तो कहकर रखना पड़ता है किसी प्रकार 'औसर' की शोभा बनी रहे। ब्याह के ख़र्च में से ही सौ-पचास काढ़कर ऑपरेटर के हाथ पै धर दो, पँगत जिंवा दो बस्स!

सजावट भी कम नहीं करवायी जीजा ने! आतिशबाज़ी चले न चले, यह रंग-बिरंगे लट्टुओं पर थिरकती चमकनी-फुरहरी किसी आतिशबाज़ी से कम है क्या? चारों ओर अनार-से छूट रहे हैं—आँखों के सम्मुख बिखरते हुए चमकीले छींटे।

भागो की आँखें जगमगाने लगीं।

आज अनुसुइया होती तो देखती कि भाई के ब्याह पर उसका घर-द्वार कैसा!

अनुसुइया का ध्यान आते ही भागो का मन बुझने लगा। कलेजे में हूक उमड़ आयी। हाथ में पकड़ा हल्दी का बेला गिरने-गिरने को हो आया।

इतने में जिज्जी आ गयीं, ''भागो, तुम्हें दस जांगा देखि आये रुआँसौ मो बनायें काहे बैठीं इते? कपड़ा उन्ना बदल डारौ। ऐसी ही गत बनाये रहैगी पई-पाहुनों के आगे सिर्रिन।''

''जिज्जी को याद नहीं आ रही अनुसुइया?''

''अब जिज्जी से क्या कहे कि उन्ना कपड़ा देखें या कुटान-पिसान करवायें? तुमने तो कई दई कि मठोले की जनीं को टेर कैं करा लो कम! पर वो आबै तब न!''

अब पहले की-सी बात रही है कहीं? वह चमरौटा के गिनकर दस चक्कर लगा आयी है तब कहीं जाकर इतने में वह ख़ुद ही फटक डालती गेहूँ। और आ गयी यही क्या कम है। जिज्जी को सन्तोष हो गया।

अजब बहस बाँध रखी है—इन्हें बुलाने की ज़िद है और उन्हें पैज पड़ गयी है न आने की। आपसी अहं की बात ही कहो। प्यार-प्रीत का बुलाना-चलाना हो तो आदमी सिर के बल चला आये। अब जीजा तौ अपनी ठकुराइस गाँठे फिरते हैं।

मठोले की जनी बुरी थोड़े ही है, बात करो तो रस-भरी गगरी-सी छलकती है, सौ-सौ बेर पाँव पड़ती है। दु:ख-तकलीफ़ में जान-प्रान से हाज़िर। जो कुत्ता-कूकरा की तरह दुत्कारोगे तो फिर अपनी इज़्ज़त-आबरू तो 'सबै' प्यारी है।

जिज्जी की बात पर वह खड़ी हो गयी। अपनी हलदी-मसाले लगी धोती को झाड़ा और ठीक से पटली बिठाने लगी।

कपड़े बदलने का मन था ही नहीं, फिर भी ट्रंक खोला। धोतियाँ उलटती-पुलटती रही, ''जे तो अनुसुइया ने पहरी थी केशकली की बरात के दिन। नयी-की-नयी धरी है। बस एक बार ही पहरी। और जे! जे स्यौरा-पहाड़ के मेला में पहर गयी थी। जाने की नज़र लगी कि मोंडी भद्दिन बुखार में तपत आयी। जा सुपेद धुतिया कैसे लगत हती पहर कें, मीरा बाई! जोगिन! बस तनपुरिया हाथ में लेवे की देर हती।''

उसने ट्रंक बन्द कर दिया, देर तक वहीं धरती खरोंचती रही। क्या करे मनिख! मन कुन्द हो तो पहनना, ओढ़ना रुचता है भला? होंस-हुलस, सोंख-मौज सब मन के खेल ठहरे। उमंग-उछाह, सुख-दु:ख, जवानी-बुढ़ापा मन के भीतर उठती सोच की लकीरें ही तो हैं। अनुकूल पड़े तो बूढ़े शरीर में भी पंख लगा दें और विपरीत पड़ें तो गद्दर जवानी भी रोगिनी-सी घिसटे।

आज के दिन होती न अनुसुइया, तो उर्र-फुर्र उड़ी फिरती। अब तक तो गाँव के दस चक्कर मार आती। मठोले की जनी तो क्या पूरे चमरौटा और कछियाने को बुला लाती। अपने नरेश भइया के ब्याह की होंस में 'बिला-पपरिया' बाँट आती। भाभी के रूप-सरूप की गाथा कहती डोलती।

कितनी बार तो उसी से झगड़ लेती कि अम्मा नाइन बुलाओ उबटन लगवाकर नहाना है। मेंहदी-बिन्दी का सवाल अलग। फिर चुरेलिन बुलाओ, चूड़ियाँ पहननी है। दर्ज़ी काका की देहरी खूँद आती दसियों बार। चोली-घाघरे में बीसियों खोट निकालकर रख देती—यहाँ से ऊँचा, वहाँ से छोटा! क़द की लम्बी थी, सो चार की जगह पाँच गज़ कपड़ा लगता था घाघरे में।

जब तक ठीक न होता बड़बड़ाती रहती, ''फिटन ठीक नहीं है, अम्मा!''

भागो के समक्ष इस बेवक़्त अनचाहे चित्र क्यों उभरने लगे! ये यादें क्या इस विवाह की वेला में उमड़ने को थीं?

अनुसुइया पैदा हुई थी जिज्जी की पाँचवीं सन्तान। पहले चार लड़के थे। वह सतमासी जन्म पड़ी, रोयी न कुलबुलायी। महतरानी ने बड़ी निश्चिन्तता से एक कोने में तसले समेत धर दीं, ''मोड़ी जनमी है, मरी भई। द्वारे ख़बर कर दो।''

''चल अच्छी...'' न जाने किसका जनाना स्वर था।

भागो तसले के पास जा बैठी। नवजात शिशु पर निगाहें अटकाये देर तक देखती रही। लगा कि साँस चल रही है। चिड़िया के हाल भये बच्चे की-सी कमज़ोर नन्हीं

गरदन के ठीक पास आँखें गड़ा दीं। लगा कि अण्डी-भर जगह में हरकत हो रही है—ऊपर-नीचे गिरती—धुक्, धुक्।

भागो उछल पड़ी। दौड़कर जिज्जी की खटिया के पास आ गयी, "जिज्जी, ओ जिज्जी! मरी नहीं है बिटिया, तेरौ कौल, ज़िन्दी है! फिंकवा न दिओ।"

जननी ने बहन की आवाज़ पर आँखें खोलीं और उदास हो गयी, मानो बेटी ख़त्म हो जाने से मिली विश्रान्ति में किसी ने ख़लल डाला हो।

"अब भागो, ते ही पाल लै, जा मोड़ी को।" दाई ने कठोरता से कहकर बित्ते भर की कमज़ोर काया को उसकी गोद में डाल दिया।

भागो क्या जाने, उसे तो बिटिया सपने में सोचा हुआ वरदान लगी। बाँहों में सहेज ली। रूई के फाये को गुड़ के घोल में डुबो-डुबोकर बच्ची को चटाती रही। उसके बाद बकरी का दूध, गाय का दूध...माँ की रिक्तता पाटने का सामर्थ्य भर उपक्रम करती रही। बच्ची जब कभी गाय-बकरी के दूध से बीमार होने लगती तो भागो जिज्जी से विनती करती, "जिज्जी, पिवा दो दूध! हाँ-हाँ, जिज्जी, बिटिया भूख से तलफ रही। पिवा दो तनक।"

भागो को गीता के मन्त्रों का ज्ञान भले न हो, साधना-उपासना का मरम उसकी भदेस बुद्धि से बाहर की चीज़ है, और न उसे रामायण की चौपाइयाँ ही याद हैं, लेकिन उसने सती-अनुसुइया, सावित्री, नल-दमयन्ती और मदालसा की कथाएँ सुनी हैं। आख्यानों में अटूट श्रद्धा है, इसी कारण वह बिना नागा मन्दिर जाती है।

'अनुसुइया' नाम उसे बहुत भाया। बिटिया का नाम अनुसुइया रख दिया।

अप्रसूता-कोख में ममता का अथाह सागर लहराने लगा। जीवन की एकांगी छाया में वह अनुसुइया को समेटकर कुनबा-कुटुम्ब वाली हो गयी। एक जीव से सारा संसार ऐसा भरा-पूरा! भागो को लगता कि उँगली पकड़कर बिटिया उसे अलौकिक ब्रह्माण्ड में उतार लायी है।

और दिन, महीने, साल सरकते-सरकते अनुसुइया नाज़ुक बेल-सी बढ़ने लगी। फूलों-सी महकने लगी। वह सराबोर हुई बेटी पर निछावर हुई जाती। वही क्या, पूरा मोहल्ला, गाँव गमकता, जैसे कच्चे आम फलने की ऋतु आ गयी हो। गोरी कचनार-सी बेटी के लम्बे बाल देखकर ठकुराइन सिहा उठती।

"भागो तें जानत हती कै ऐसी सुगढ़ निकरहैं मोंड़ी।"

"नज़र न लगइओ, जिज्जी! तुम्हारी आँखन में नौन राई!"

घर में भागो के वैधव्य की चर्चा होती, अनुसुइया की जन्म-कथा कही जाती, मगर अनुसुइया सबसे निष्प्रभाव हुई बेटी बनकर उसी की गोद में पड़ी रही।

"मौसी, ओ मौसी! आटे, बेसन-मसालों में ही लिपटी बैठी रहोगी या...। क्यों पागल हुई इन सब में, समय नष्ट कर रही हो।" नरेश हँसता है।

भागो की तन्द्रा टूटी। अरे वह तो यहीं बैठी रह गयी।

"मौसी पहले कहतीं तो तुम्हें इतना काम न करना पड़ता। शहर से थैलियों में बन्द आटा, पैकटों में बन्द मसाले-बेसन, सब आ जाता। तुम्हारे सारे झंझट ख़त्म।"

अब नरेश को कौन रागझाये, कि भइया पाँच-गाँच का न्यौता है। दोपहर से आधी रात तक बीसियों पंगत बिठानी पड़ेगी। तुम्हारे थैली-पैकेट कितनी देर चलेंगे यहाँ?

ब्याह-कारज ही द्वारे पर लोग मुँह जुठराते हैं। वैसे कौन आता है किसी के घर खाने के लिए। सब अपनी नोन-रोटी पर हिम्मत रखते हैं।

"नरेश, तुम्हारी दुल्हन आबै तो खरीदबा दिओ जे अटाँक-छटाँक भरे मसाले के पैकट और सेर-आध सेर की थैली चून की। भइया भागो की जिन्दगानी तौ जई काम के सहारे गुजरी है।"

नरेश का ब्याह क्या, बस दावत समझो। ब्याह तो कहता है कि 'कोरट-कचैरी' में हो गया। वह तो बड़े असमंजस में पड़ी है कि यह लड़का बारात लेकर किसके दरवाज़े गया होगा? टीका किसने किया होगा? पाँव-खराई कैसे हुई होगी और कलेऊ में नेग के लिए किससे झगड़ा होगा—वकील, जज्जों से?

पर जीजा कहते हैं कि नरेश का ब्याह हो गया। शहर के ब्याह ऐसे ही होते हैं—काग़ज़ पर दस्तख़त करके। जिज्जी भी कैसी हैं जो अन्धी की तरह जीजा की बात मान गयीं।

तिरवेनियाँ तो ऐन जिज्जी के सामने बता रही थी कि वह अपने डॉक्टर देवर के यहाँ ब्याह में शहर गयी थी। कहती थी कि ऐसा रौनकदार ब्याह तो उसने अपनी ज़िन्दगी में नहीं देखा, बैंडवाले ख़ुद ऐसे सजे कि उनके सामने दूल्हा फीका लगने लगा।

उसने तो ऐसा खाना कभी नहीं खाया। गिनने पर आयी तो गिनती नहीं कर सकी—छप्पन भोगों से भी ज्यादा रही होंगी खाने की चीज़ें। फिर जितनी मरज़ी हो उतनी लो। यहाँ की तरह नहीं कि लड्डूवाला एक बार पंगत के सामने फिर गया सो फिर गया। फिर बीस टेर मारते रहो, मजाल है कि दरसन दे जाये। पर शहर के लोग खाते ही कितना हैं? बस चिरइया की तरह एक-दो चोंच।

फिर जीजा और नरेश कहते हैं कि शहर के ब्याह कोरट में।

ख़ैर, अब ब्याह वहाँ हुआ है, तो हुआ है। कौन जिरह करे! पर जीजा ने तो पण्डित के सामने, अगिनि के समक्ष उसके फेरे डालने की ज़रूरत ही नहीं समझी। जिज्जी इस बात पर ख़ूब झगड़ी थी कि अब गाँव में वे क्या मुँह दिखायेंगी? कुनबा-ख़ानदान, पुरा-पड़ोस के बुलउआ-चलउआ तो उन्हें ही निभाने पड़ते हैं, सभी के उत्तर उन्हें ही देने पड़ेंगे। अब माधोसिंह की मूँछ पकड़कर तो कोई पूछेगा नहीं।

जिज्जी ने बहुत रार मचायी तो जीजा ने फटकार डाली, "मूरख हो तुम! बखत के संग बदलबौ सीखो। नहीं तो कल्ल के दिना लडक़ा बुढ़ापै पै ठोकर मार जैहै। अकेली बैठी बिसूरत रहियो।"

"हओ, अब तुम्हें जरूल बँहगी में बैठार के तीरथ करा ले आहै।"

"न करायै तीरथ, न बैठारै बँहगी। इज़्ज़त-आबरू तौ राखि है! माधोसिंह के ख़ानदान की सान-सौकत और बंस-बेल तो जई से रैहै। अपनी हठ पकरे रहें, दुसमनाई बाँध लें! जा कहाँ की अकलमंदी भई।"

भागो ने सब सुना। बड़ी अकल है जीजा में!

"भागो, ओ भागो! अरी बाहर सिरकारी अहलकार आ गये, नाते-रिश्तेदार जुर गये, और तें इतै कोठा में जा बैठी। का करई इतै? सरबत पहुँचवा दो बाहर।"

जिज्जी की आवाज़ पर जैसे वह सोते से जागी हो। बाल्टी और स्टील का जग उठा लायी। यन्त्रवत् शरबत घोलने लगी।

भागो ने उझककर देखा—बाहर की बैठक में बहू सज रही है। जीजा ने ख़ास प्रबन्ध किया है। कह रहे थे कि शहर की बेटी है, कुछ दु:ख-तकलीफ़ न हो।

सजाने वाली भी बहू के संग शहर से आयी है। बहू साड़ी-कपड़ा, सिंगार-पटार अपने संग लायी है। गहने जिज्जी ने दिये हैं। जिज्जी खड़ी-खड़ी बता तो रही हैं कि दस्ताने का पेंच कैसे लगेगा, बेल-चूड़ी कैसे पहनी जायेंगी और तिदाना गले से चिपकाकर पहना जाता है। कर्धनी की कील आधे ठप्पे से जुड़ेगी।

बहू उत्फुल्ल है। वह गाँव के गहनों को कैसे निरख रही है—हाथ में उछाल-उछालकर तोल रही है, "ओ गॉड, सो हैवी! ऐसे भारी! मेरी तो कलाई ही मुड़ जायेगी। पाँव छिल जायेंगे।"

माधो जीजा सुनहरी अचकन और चूड़ीदार पजामा पहने भीतर आये। कनखी से बहू के कमरे की ओर झाँक गये। निछावर हुए जाते हैं। होंठों में असीसें भरी हैं कितने ख़ुश हैं जीजा।

जिज्जी से कहते हुए निकल गये हैं, "देख लो, अब कोई जा नहीं कह सकता कि माधोसिंह के बेटे ने ब्याह की बाबत बाप से विरोध काहे करौ। सब के मौं

बन्द हो जैहें। चन्दा की उजियारी लैकें आऔ है नरेश। पूरनमासी के चन्दरमा-सी ख़ूबसूरत। गाँव भर में है कनेऊ बहू ऐसी? अरे अब का बच्चा थोड़े ही है, बड़ौ है, समझदार। बई की हाँ में हाँ मिलावे में भलाई है। असहमति जता के का कर लेते? वा की बला से! बैठे रहते अपने घर।''

पर आज भागो को क्या हुआ? ऐसी असमय, अनुसुइया की सुधियों से कलेजा भर आया! दइया, कोई कटार-सी चलती है आतमा गों। जिज्जी भी क्या कहेंगी जलमजलोंह सगुन-सात बेटे-बहू को देखकर सिहा नहीं रही। मनहूस सूरत बनाये डोल रही है।

उसने धोती के छोर से आँखें पोंछ डालीं। जिज्जी भूल गयीं अनुसुइया को? कुछ भी सही, कोख से जनी तो उन्होंने ही थी! पली तो उनके ही आँगन में...! शायद पति के डर से मुख भींचे हों। जीजा के सामने कौन ले सकता है अनुसुइया का नाम? कच्चा चबा जायेंगे।

द्वार की धजा बदल चुकी है—शामियाने में वर-वधू के लिए दो महाराजा कुर्सियाँ—लाल मखमल से जड़ी हुईं, सुनहरी हत्थोंवाली, सिंहासन की तरह डाल दी गयीं। सामने क़तारबद्ध कुर्सियाँ ही कुर्सियाँ। बग़लवाले शामियाने में खाने का प्रबन्ध होगा। डोंगा-प्लेटों का असबाब। विभिन्न मसलों की उठती महक से गाँव गमक उठा।

लोग चकित थे—देखो ठाकुर का दिल। बेटे की राज़ी में राज़ी! जी खोलकर ख़र्च किया है। कचहरी कोरट के ब्याह में फूटी पाई भी दहेज नहीं। अपने घर से लुटाकर ही तमाशा देख रहे हैं। माधो ठाकुर ने बाप-दादों की बात रखी है सदा। भले ही ज़मींदारी टूट गयी, पर मजाल है कि नाक पर मक्खी बैठने दी हो।

पण्डाल भर गया। दूल्हा-दुल्हन आ बैठे। औरतों के खड़े झुण्ड में घूँघटों के बीच वार्तालाप चल रहा था, ''सिया जू लग रही है बहू! गुलाबी घाघरा-चुनरी में दूध-सी गोरी बहू! गहने कैसे खिल रहे हैं। सच्ची, सियाराम जी की जोड़ी लग रही है।''

''लरका ने खुद्द परसन्द करी।''

रिश्तेदार, सगे-सम्बन्धी ऊँचे स्टेज पर चढ़कर रुपया-पैसा-उपहार दे आये। अपनी-अपनी औक़ात के हिसाब से और वर-वधू के साथ फ़ोटू खिंचा आये। उसी सबकी विषद चर्चा में लगे थे।

अन्त में माता-पिता की बारी थी।

पण्डित जी की आवाज गूँजी, ''माधो ठाकुर साहब, आशीर्वाद दो। बुला लो जनानख़ाने से भी। लड़का-बहू को असीसें।''

जिज्जी को भागो का ध्यान हो आया। घूँघट की ओट से इधर-उधर निगाह दौड़ायी। ऐसे में भी न जाने कहाँ काम में हिलगी होगी। संग चलती, वाके का बेटा-बहू नहीं हैं? हमारे सो वाके! और है ही कौन, बिचारी कौ।''

जिज्जी को दिखी, दूर कोने में खड़ी, गम्भीर मुद्रा बनाये किसी पाहुने से बातों में उलझ रही थी।

''ओ भौजाई, भागो को भेजिए जल्दी, वो ठाड़ी।'' जिज्जी कहती हुई रेशमी चादर सँभालती पति के पीछे चली गयीं।

स्टेज पर पहुँचकर ठाकुर ने दोनों हाथ बेटा-बहू के शीशों पर रख दिये।

फ़ोटोग्राफ़र दौड़ा, ''ठाकुर साहब, ऐसे ही, ऐसे ही खड़े रहो।''

क्लिक-क्लिक कैमरा चलने लगा कि ठीक उसी समय निशाना बाँधा हुआ नुकीला पत्थर, विष-बुझे बाणों की तरह नुकीले और धारदार! पत्थर ही पत्थर।

अचूक सन्धान जैसे कोई बन्दूक़ से गोली दाग रहा हो। नाक और चेहरे के कटावों से रक्त की तेज़ धारें छूटने लगीं। ख़ानदानी शेरवानी रँगकर लाल हो गयी।

आसपास के लोग भी घायल हो रहे थे। भगदड़ मच गयी। कोलाहल के बीच ठाकुर अचेत होकर कबके लुढ़क चुके थे। ठकुराइन विलाप करने लगीं।

अपने को बचाते तथा प्रेक्षण की दिशा को अनुमानते हुए लोग उसी ओर दौड़ने लगे। गली-मोहल्ला, घर-बखरी सब छान लिये, कोना-कोना खोजा। पर कोई नहीं।

अन्त में लाला की रोड़ी-पत्थर से भरी छत से जो पकड़कर लायी गयी, उसे देखते ही जिज्जी को गश आने लगा, ''भागोऽऽ!!!''

भागो चीख़ती चली आ रही थी, विक्षिप्तों की तरह, ''ओ अधरमी! अन्यायी! ठाकुर माधो! आज बेटा-बहू के स्वागत में मरे जा रहे हो तुम? ख़ुशी में असपेर भरकर के गाँव जिंवा रहे!

''आज आँखें मूँद लईं? बेटा की ग़लती दिखाई नहीं दई तुम्हें? याद करौ माधो जे ही ग़लती तौ मेरी अनुसुइया ने करी थी बस जे ही! राच्छस जे ही।

''तैने जो सराबी-जुआरी ढूँढ़ो हतो सो बा ने पसन्द नहीं करौ। मास्टर जी से प्रीत हती हमें बतायी हमारी बिटिया ने! भगवान के अगाई मन्दिर में ब्याह करौ हतौ और फिर गरभ...''

''मास्टर आन-बिरादरी हतो सो का? भलौ मानस हतौ। और जा बहू जा की तुम आरती उतार रहे। जा कौन-सी असल ठाकुर की जाई है जा तैं हिन्दू तक नइयां।

और चार महिना गरभ...! माधो फिर, आज दै दै बेटा को ज़हर जैसे मेरी अनुसुइया को...!!!''

वह चीख़ते-चीख़ते धरती पर लुढ़क पड़ी। मगर खींचने वाले खिंचेड़ते रहे दूर तक।

बाक़ी लोग अवाक्! अवसन्न! एक-दूसरे को उलझी हुई प्रश्नवाचक निगाहों से घूरते हुए...

धीरे-धीरे फुसफुसाहटें उभरने लगीं। उन सारी आवाज़ों के ऊपर रोदन में लिपटा हुआ ठकुराइन का स्वर तैरने लगा, ''भागो सिर्रिन हो गयी।''

अशिक्षा, अज्ञान और सामाजिक पिछड़ापन

नमिता सिंह

मेरे लिए लिखना इसलिए ज़रूरी है कि लिखे बिना मुक्ति नहीं है। एक संसार बाहर है जहाँ हर वक़्त कुछ-कुछ घट रहा है और हमें भीतर तक प्रभावित कर रहा है। प्रभावित इसलिए कर रहा है कि यह हमारी सिफ़त है, हमारी अनिवार्यता है कि हम जो कुछ बाहर घट रहा है, उससे प्रभावित हों। बहुत लोग इतने आत्मलीन होते हैं कि उनके चारों ओर अगर भूचाल भी आ जाये लेकिन अगर वे स्वयं भूचाल से क्षतिग्रस्त न हुए हों तो उन्हें कोई फ़र्क़ नहीं पड़ता कि भूचाल भी आया था कि भूचाल से तबाही भी हुई थी।

हरेक वह व्यक्ति जो अपने सामाजिक दायित्वों के प्रति संवेदनशील है, वह अपने चारों ओर की लहरों से, लहरों की गति से, उनके परिवर्तन से प्रभावित होता है। हमारे चारों ओर भीषण हलचल है। इतना शोर है कि सीमा के कहीं बाहर जाकर अब यह शोर सुनाई भी नहीं देता।

हमारे भीतर की दुनिया में भी ऐसी ही हलचल है, उथल-पुथल और उठा-पटक है। बाहर के तूफ़ान हमारे भीतर की हलचल को और बढ़ा देते हैं। इनसे मुक्ति का एक रास्ता लिखना भी है।

मेरे लिए सिर्फ़ लिखना, नदी के तट पर बैठकर उठती-गिरती लहरों को गिनने जैसा है और कुछ असुविधाजनक भी है। लहरों के बीच उतरकर जायज़ा लेना, ज़रूरत पड़ने पर किन्हीं लहरों के साथ ऊपर उठना, तो कभी नीचे डूबना और फिर इस पूरे इन्वाल्वमेंट में जो अनुभव हासिल हुआ, उसे विचार स्तर तक लाकर तब मुक्ति का रास्ता खोजना अधिक सन्तोष देता है। इसलिए मैंने कहा कि अपने चारों ओर जो कुछ घट रहा है, उससे प्रभावित होकर अपने भीतर की बेचैनी से मुक्ति का रास्ता लिखना भी है, और उस रास्ते का पहला पड़ाव ख़ुद का उस दुनिया में

इन्वाल्वमेंट है। इसीलिए समाजसेवी या स्वयंसेवी संगठनों के ज़रिये उन लोगों के बीच जो हमारी चिन्ता का विषय है, काम करना और सक्रिय रहना मुझे अधिक आत्मसन्तोष देता है। इन अनुभवों को या संवेदना के स्तर पर उपजे विचारों को शक्ल देने के लिए लिखना अनिवार्य हो जाता है।

अपनी स्थितियों से शुरुआत करके बाहर यात्रा पर निकलने पर लगता है कि औरत को समाज में बराबरी का दर्जा पाने के लिए अभी बहुत लम्बा सफ़र तय करना पड़ेगा। बड़ा हिस्सा औरतों का आज भी समाज का वंचित वर्ग है और हर तरह की अमानवीयता का शिकार है। यह यन्त्रणा कई गुनी और बढ़ जाती है अगर औरत दलित वर्ग की हो। अशिक्षा, अज्ञान और सामाजिक पिछड़ापन कब दूर होगा...यह प्रश्न बनकर जहाँ-तहाँ लटक जाता है। दूर तक बहुत गहरे सोचने पर मजबूर करता है।

हमारी राजनीति और अर्थनीति एक नयी समाज-व्यवस्था को बना रही है। समाज का चेहरा तेज़ी से बदल रहा है। महानगरों में बसने वाला मध्य और उच्च मध्यवर्ग देश की एक अलग ही तस्वीर पेश करता है। लगता ही नहीं कि यह समाज उसी देश का हिस्सा है जहाँ आज भी चालीस फ़ीसदी लोग ग़रीबी रेखा से नीचे हैं। जहाँ आज भी 73-74 फ़ीसदी औरतें निरक्षर हैं। जहाँ अकाल से ग्रस्त औरतें अपने बच्चे बेच देती हैं। जहाँ सिर्फ़ दो जून भोजन पर करोड़ों औरतें-बच्चे बँधुआ मज़दूर होते हैं। जहाँ औरत को महज़ एक स्कूटर, कार या एक भैंस के लिए जलाकर मार डाला जा सकता है। जहाँ औरत को कभी निहित स्वार्थवश तो कभी अज्ञानतावश सती कहकर जला दिया जाता है या डायन कहकर पत्थरों से पीट-पीटकर मार डाला जा सकता है।

इसके बरक्स जब एक नौजवान अपने इंटरव्यू में यह कहता है कि बिना एयर कंडीशन गाड़ी के ज़िन्दगी की कल्पना भी नहीं की जा सकती तो सिर झटका खाने लगता है। एक ओर एक मजबूर औरत दूसरे प्रान्त में मज़दूरी करने गयी तो पंचायत उस औरत से सभी पंचों को सामूहिक बलात्कार करने का निर्णय देती है। दूसरी ओर महानगरों की ''हाई सोसायटी'' में रात-रात भर चलने वाली पार्टियों में एक सड़ी-गली पतनशील सोसायटी का वातावरण दिखता है तो सोचना पड़ता है। फूलनदेवी, रूपकुँवर, नैना साहनी और भँवरी देवी कभी-कभी उभरकर आने वाले उदाहरण मात्र हैं।

इस समाज में रहना है तो इसे रहने के अनुरूप भी बनाना है। समाज के प्रति अपना देय कभी सबके बीच सक्रिय रहकर है तो कभी क़लम लेकर। इसीलिए मैंने कहा न कि लिखना भी इसी मुक्ति का एक रास्ता है। समाज बेहतर बनेगा, सब बेहतर होंगे तो आदमी भी बेहतर होगा, औरत भी राहत पायेगी और हम स्वयं भी बेहतर हालात में होंगे।

रमिया

लाल होता सूरज तेज़ी से पश्चिम की ओर सरक रहा था। पास की टेढ़ी बगिया के पेड़ों पर चिड़ियों और कौवों की हलचल सुनाई देने लगी थी। रमिया का दिल धुक-धुक करने लगा। दिन ढलने लगा था और सुन्नरी का अभी तक कहीं पता नहीं था। रमिया बाहर नीम के नीचे पड़ी झिलँगी चारपाई पर बैठ गयी। उसके पैर काँप रहे थे।

छोटी बहू पानी का घड़ा भरकर आती दिखाई दी। आजकल पूरे दिन चढ़ रहे हैं उसे। हज़ार बार कहा है कि दो-चार दिन इधर सहूलियत से रह ले। निबट ले इस मुसीबत से, फिर जो चाहे करे...मगर मानेगी नहीं। पिछले साल भी आठवें महीने में पेट गिर गया था। जान बचाने के लाले पड़ गये थे।

''अरी छोटी, लाल मुझे दे घड़ा। तुझसे मना किया है न...''

''मैं क्या रात तक तुम्हारा आसरा देखती रहूँगी? काम तो करना ही है...'' छोटी बहू ने पल्ला ज़रूर माथे तक कर रखा था लेकिन जुबान की तेज़ी में कमी नहीं थी। रमिया को ग़ुस्सा आने लगा। काट खाने को आती है। बखत-बेबखत कुछ न देखे।

उसने बहू के सर से घड़ा उठा लिया। डगमगाते पैरों से ऊपर गयी और टपरे के अन्दर रख आयी। फिर उसने मटकी में से आटा निकाला। उँगलियाँ फिराती रही लेकिन गूँधने का मन नहीं किया।

''तू ही कर ले री रोटी। मेरा जी ठीक नहीं है।''

''क्यों, क्या बात हो गयी। कोई गोली-फोली ले लो?''

''अरी ना! क्या बताऊँ...सुन्नरी नहीं लौटी अभी तक...जाने क्या बात हो गयी।''

छोटी बहू ने कोई जवाब नहीं दिया। उसे शायद अन्दाज़ा था कि जल्दी ही ऐसी नौबत आने वाली है। लेकिन वो भी क्या कर लेती? रोक लेती क्या? यूँ ही ख़ामख़ा की एक मुसीबत बिना बताये आ टपकी थी।

सुन्नरी को ससुराल से लौटे अब तो क़रीब छह महीने हो गये थे। रमिया का आदमी जब तक नौकरी में रहा, घर पर सब ठीक-ठाक चलता रहा। ख़ुद

म्युनिसिपैलटी में जमादार था। ख़ासी तनखा। दो लड़के और दो लड़कियाँ। बड़ी लड़की पहले ही ब्याह दी थी। बड़े लड़के फूला की नौकरी कह-सुनकर अपने रहते जमादार ने म्युनिसिपैलटी में लगवा दी। चार-पाँच सौ रुपये ज़रूर खरचने पड़े लेकिन काम हो गया।

छोटे को पढ़ने के लिए चुंगी के स्कूल में भेजा गया। सोचा, चार आखर पढ़ लेगा तो कोटावाली कोई नौकरी मिल जायेगी। लोग कहते कि दसवीं पास करके सरकार अपने दफ़्तरों में कोटावाली नौकरी दे देती है। लेकिन हरिया...उसका पढ़ने में बिल्कुल मन नहीं। बहुत पैसे खरचे उसके ऊपर! कई बार तो वह इतना पिटा अपने बाप से कि बस! सड़कों पर आवारागर्दी करता घूमता। कुछ नहीं तो कूड़े के ढेरों को खँगालता रहता। आख़िरकार एक दिन रमिया ने उसके बाप से कह दिया कि नहीं पढ़ता तो न पढ़े। न मिलेगी दफ़्तर की नौकरी! पेट तो पाल ही लेगा अपना। दुनिया में बहुतेरा पड़ा है करने-खाने को...

और हरिया को मुक्ति मिली। अब वह सवेरे ही...अपना बोरा लेकर निकल जाता और मुहल्लों के काग़ज़-गत्ते के टुकड़े वग़ैरह बटोरता फिरता या फिर एक डंडी के सहारे कूड़ों के ढेर उलटता-पलटता। कभी-कभी तो ख़ल्लास लेकिन कभी-कभी काफ़ी कुछ मिल जाता। किसी दिन मौज आ जाती तो अपनी खटारा साइकिल पर चूँ-चपर-चूँ-चपर करता हुआ मोहल्लों और कॉलोनियों की तरफ़ निकल जाता। रद्दी, लोहा-लंगड़ आदि जो भी मिल जाता, उसे बेच देता कबाड़ी के पास। अपनी रोटी लायक़ तो मिल ही जाता उसे।

बुढ़ऊ के रिटायर होने के बाद आमदनी कम हो गयी। रमिया ने इस बीच हरिया का गौना भी करा लिया। बुढ़ऊ की नौकरी न रहने पर पता नहीं हरिया के ससुरालवाले क्या सोचें-गौना करें कि न करें। इसलिए पहली फ़ुर्सत में उसने हरिया का गौना करवाया और बहू को घर ले आयी।

बड़े फूला ने अपनी कोठरी के बाहर अपने बाप को एक छोटी-मोटी दुकान खुलवा दी। छोटा-सा मेहतर टोला-पच्चीस-तीस घर। रोज़मर्रा की ज़रूरत लायक़ थोड़ा-बहुत सामान रख लिया। सौ-पच्चास रुपये लग गये लेकिन कोई ख़ास घाटे का सौदा न रहा। दो-चार रुपये रोज़ की आमदनी हो ही जाती।

लेकिन इसका बदला फूला ने हरिया के गौने के बाद ले लिया। एक दिन बेबात की बात निकाल, झगड़ा कर बैठा और हरिया तथा उसकी बहू का सामान ऊपर टपरे पर फेंक दिया! साफ़ था कि उसने कोठरी पर अपना पूरा हक़ जमा लिया था। रमिया और बुढ़ऊ तो वैसे भी बाहर दालान पर सोते थे।

हरिया का वैसे ही मिज़ाज तेज़! उसने आव देखा न ताव, उठाया एक डण्डा और दे मारा अपनी नयी नवेली बहू पर...''लो, यही है न झगड़े की जड़! इसका आना ही तो तुम्हारे कलेजे में गड़ रहा है। ठण्डा कर लो अब अपना कलेजा...''

बड़ी बहू फ़ौरन भागी और उसने दोनों हाथों से हरिया को कसकर पकड़ लिया। फूला ने चार झापड़ मारे हरिया को और डण्डा उठाकर फेंक दिया। छोटी बहू तो चीख़ मारकर वहीं लोट गयी। सब लोग डरे कि कहीं मर-मरा गयी तो बस! लेने के देने पड़ जायेंगे।

रमिया को पता चला तो भागी-भागी आयी। पहले जी भरकर उसने गालियाँ दीं—फूला को, फूला की बहू को और फिर फूला के बाप को जो अपाहिज बनाकर सब देख रहा था। फूला ने बाप को पैसे से क्या मदद की, मानो बेदाम का ग़ुलाम बना लिया हो उसे। जब रमिया ने बहुत हल्ला-गुल्ला कर लिया तो वह उठा—रमिया के बाल खींचकर उसे दो हाथ मारे और बोला—

''हरामजादी, सुसरी! बहुत बड़-बड़ कर रही है। गाड़ दूँगा यहीं...''

रमिया चुप होने वाली नहीं थी। उसने बुढ़ऊ को सात पुश्त किनारे लगा दी—किसी को नहीं बख़्शा।

फूला और उसकी बहू का भी क्रिया-करम कर डाला। वह समझती थी कि इन्हीं लोगों की कारस्तानी से सब झगड़ा-टण्टा हुआ है? बकती-झकती आख़िर में वह छोटी बहू को उठाकर बाहर ले गयी। दो दिन उसे पड़ोस के एक घर में रखा। हरिया और उसने दो रात मेहनत करके सड़क के किनारे बन रही बिल्डिंग की ईंटों को ढोया। छत पर ईंटें चिनकर उस कोठरी की शकल दी। ऊपर से एक पुरानी टीन डाली—टीन पर बरसाती का एक टुकड़ा...और छोटी बहू को ऊपर ले आयी उसके नये बसेरे में।

''यहाँ रहो तुम लोग। उन हरामियों के मुँह लगने की ज़रूरत नहीं अब।''

ख़ुद रमिया का क्या! जहाँ रहेगी, वहीं अपना खरचा-पानी देगी और दो रोटी खा लेगी। रात सोने के लिए कभी छत के कोने पर पड़ी रहती तो कभी नीचे दालान पर आ जाती।

छोटी लड़की सुन्नरी। सबसे छोटी। मारे लाड़ के बचपन में रखा नाम सुन्दरी न जाने कब सुन्नरी हो गया? रमिया की लड़ैती। सजा-सँवारकर छाती से लगाये रहती उसे! माँ के साथ काम पर बचपन से ही कोठियों पर जाने लगी थी! रमिया घरों में झाड़ू लगाती, पख़ाने साफ़ करती—और छोटी-सी सुन्नरी ताका करती टुकुर-टुकुर!

अलग-अलग कोठियाँ। उनकी बातें भी निराली—अनूठी! उसे अम्मा के साथ रहते अच्छा लगता। फिर धीरे-धीरे उसने भी हाथ में झाड़ू पकड़ी! शुरू में तो वह रमिया को मदद देने के लिए काम करती। फिर ज्यों-ज्यों वह बड़ी होने लगी, लोगों को उसका काम पसन्द आने लगा। अब उसने अपने कुछ अलग घर कर लिये। रमिया ने भी सोचा, चलो अच्छा है। दो पैसे जुड़ जायेंगे।

सुन्नरी रहती बहुत ठसक से। चुप रहकर अपना काम करती। नज़रें नीचे रहतीं! जब कभी नज़रें ऊपर उठाकर देखती तो उसका कोई मतलब होता। पहनने के लिए एक-से-एक फ़ैशनवाले कपड़े, उसे कोठियों से मिल जाते! उन लोगों की देखा-देखी सजना-सँवरना भी ख़ूब सीख गयी! सुन्नरी जवान हो रही थी! चढ़ती उम्र फुर्तीला बदन—तेज़ चलते हाथ। लोगों को रमिया की जगह उसका काम ज़्यादा पसन्द आने लगा था।

एकाएक सुन्नरी ने आना बन्द कर दिया। पता चला कि सफ़ाई संघ के लोगों ने अपने-अपने मुहल्लों में तय किया था कि बहू-बेटियाँ अब घरों में काम पर नहीं जाया करेंगी। यह इज़्ज़त का सवाल है जब तक घरों में हमारी बहू-बेटियाँ डोलती रहेंगी तब तक ख़ाक हमें कोई इज़्ज़त देगा। जनम ज़िन्दगी बड़े लोगों के पैरों की जूती रहे हैं। अब नहीं रहेंगे। मरद और औरतें सरकारी ड्यूटी करेंगे। कोठियों पर काम करने के लिए बड़ी-बूढ़ी चाहे तो चली जायें लेकिन और कोई नहीं जायेगा। जो जायेगा उसे बिरादरी से बाहर कर दिया जायेगा।

दूसरे दिन रमिया ने सब घरों में रो-रोकर बिरादरीवालों का फ़ैसला बताया! भला बताओ ढलती उमर उसकी। कैसे अकेली सारा काम करेगी! अरे! किसी को ठीक से भरपेट रोटी खाते नहीं देख सकते ये लोग। अब पूछो—काम न करेंगे तो क्या ये बिरादरी वाले आकर खिला जायेंगे हमें...हर किसी को क़िस्सा सुनाते-सुनाते उरा दिन रमिया को लौटने में इतनी देर हो गयी कि उसे दोपहर की रोटी भी न मिली। सुन्नरी के काम भी पड़ गये थे उस पर!

लेकिन यह क़िस्सा ज़्यादा नहीं चला? एक हफ़्ते बाद सुन्नरी फिर मौजूद थी अपनी माँ के साथ! उसका चेहरा खिला-खिला पड़ रहा था? उसकी आँखें हँस रही थीं? अपनी विजय पर वह बहुत ख़ुश थी।

"क्यों री! आ गयी तू!"

"हाँ बीबी जी," सफ़ेद दाँतों की लड़ी चमकाकर जवाब देती वह।

"क्या हुआ तुम्हारी पंचायत का सुन्नरी?"

"अम्मा से पूछो," और हँस देती खिल्ल से वह।

रमिया! उसके पास तो पूरा पुलिन्दा था बताने के लिए। कैसे वह पंचायतवालों से जाकर लड़ी। एक-एक को ऐसी सुनायी कि बस! सबके अपने पाजामे फटे हैं लेकिन दूसरों को मरजाद सिखाते हैं। काम करने से क्या इज़्ज़त घटती है? ख़ुद चाहे नंगे फिरें लेकिन दूसरे के फटे में झाँकते शरम नहीं आती। उसकी सुन्नरी तो काम करेगी—ज़रूर काम करेगी। अरे, कोई चोरी नहीं कर रही, कुछ और ग़लत काम नहीं कर रही। कमा-खा रही है। चार पैसे जुड़ जायेंगे तो इसकी शादी में ही लगायेगी। उसे क्या चाहिए। अपने लायक़ तो उसके हाथ-पैर अभी चल रहे हैं। आग लगे इन पंचायतवालों पर। सोचते हैं कि काम करके पैसा जुड़ायेगी तो फिर उनसे करज लेने कौन आयेगा। लुटेरे-चोट्टे! एक बार तो इन लोगों ने ऐलान कर दिया कि अब कोई बाहरवालों से करज नहीं लेगा। अपनी ज़ात-बिरादरीवाले ही एक-दूसरे की मदद करेंगे...ज़रूरत पड़ने पर करज देंगे।

और मदद कैसी? शहर के व्यापारी सैकड़े पर डेढ़-सौ लेते, तो बिरादरीवालों ने सैकड़े पर अस्सी रुपया ब्याज लेना शुरू किया। वह तो फँस गयी एक बार अनजाने में। उसके पैसे खरच हो गये थे, वरना तभी मुँह पर मारकर आती। और तो और—वह फूला, अपना ही जाया! वह भी बड़ा पंचैती कर रहा है। हाँ में हाँ मिला रहा उन सबकी।

ख़ैर! सुन्नरी की शादी के वक़्त उसने अपनी बिरादरीवालों के सामने झोली न फैलायी। करज लेना है तो जहाँ ब्याज कम होगा, वहाँ से लेगी। चाहे सरदार जी से ले, चाहे घीवाले से। कहने को अपने बनते हैं। अपना पेट काट-काटकर इनका घर भरो, तिस पर ऐंठ अलग। धर रखो अपनी नेतागिरी अपने घर।

रमिया ने कुछ पैसा अपने कामवालों से और कुछ शहर के सरदार जी से लिया। दो-चार साल में पहले सरदार का पैसा चुकायेगी। कामवालों का करज तो तनखा से कटवाकर पूरा हो जायेगा।

सुन्नरी की शादी उसने ख़ूब मन से की। लड़का अच्छा मिल गया। लड़के का बड़ा भाई बम्बई में था। रेलवे में जमादार। वहीं उस लड़के की नौकरी भी थी। अभी तो कच्ची थी—एवजी वाली, लेकिन दो साल से ज़्यादा हो गया था, इसलिए उम्मीद थी कि जल्दी ही पक्की नौकरीवाला हो जायेगा। और क्या चाहिए सुन्नरी को। उसके तो बड़े भाग। लेकिन बम्बई...बहुत दूर पड़ जायेगी सुन्नरी। अरे क्या है? सास-ससुर तो उसके यहीं हैं। आती-जाती रहेगी। फिर—रेलवे की नौकरी—ठाट से जहाँ चाहे आये-जाये। उसे क्या कमी होगी! सुन्नरी ख़ुश थी—उसकी अम्मा भी ख़ुश...भाई-बाप सब ख़ुश। आख़िरी काम निबट गया राज़ी-ख़ुशी से। रमिया ने भी

ख़ूब लगा दिया। हैसियत से ज़्यादा खरच कर गयी। दो तो सुअर कटवा दिये दावत में। जमकर दारू पिलायी। बराती और घराती सब चक्क हो गये। कौन रोज़-रोज़ ये मौक़ा आता है।

शादी हो गयी। लड़का दो महीने के लिए छुट्टी पर आया था। रमिया ने फ़ौरन दस दिन बाद गौना करा दिया। अब बच्ची तो है नहीं सुन्नरी। भरी जवानी के दिन। परदेस का मामला। ले जाये अपने साथ।

लड़के की छुट्टी ख़त्म हुई तो वह वापस बम्बई चला गया, लेकिन सुन्नरी? वह तो वहीं रही। ज़्यादातर ससुराल रहती, कभी मैके आ जाती। बड़ा भाई फूला कई बार ससुराल जाकर मालूम कर आया, लेकिन बम्बई की कोई ख़बर नहीं थी। आख़िर हारकर रमिया ने वहाँ के लिए चिट्ठी लिखवायी कि आकर बहू को ले जाओ वरना शादी बरख़ास्त कर देंगे।

होली के मौक़े पर सुन्नरी के जेठ और जेठानी आये। जेठानी ने तो उसे गले से लगा लिया। बार-बार उसे बाँहों में भर लेती। वे लोग उसे लेने आये थे। लड़के की नौकरी अभी पक्की नहीं थी, इसलिए उसे छुट्टी नहीं मिली थी।

रमिया ने जीभ अपने दाँतों तले दबा दी। हरे राम! यह तो न मालूम क्या-क्या सोच रही थी। ये तो बड़े अच्छे लोग हैं। रोते-कलपते माँ ने, भाभी ने सुन्नरी को गले लगाया और विदा किया। अपने घर जाये...राज करे। ब्याह हो जाये तो फिर लड़की अपने घर ही भली।

सुन्नरी अपने स्वर्ग पहुँची तो पता चला कि वह तो वीराना है—जंगल है। जिस घर में आदमी न बसे, वह तो जंगल ही कहलायेगा। ज़िन्दगी में रेल का पहला सफ़र और वह भी इतना लम्बा। ऐन बम्बई शहर से फिर एक बार रेल का सफ़र शुरू हुआ। एक घण्टे बाद उतरे, फिर रिक्शा—फिर पैदल, तब कहीं जाकर अपना घर नसीब हुआ।

उसके जेठ-जेठानी उसको उसका अपना कोठरीनुमा घर सौंपकर चले गये। वे लोग दूर, किसी और जगह पर रहते थे।

नयी जगह—नया आदमी—नये लोग। धीरे-धीरे वह बाहर, पास-पड़ोस में उठने-बैठने लगी। नयी जगह का डर कम हुआ। वह रेलवेवालों की कॉलोनी ही थी। कॉलोनी के पीछे ये कुछ दस-पन्द्रह कोठरियाँ रेलवे जमादारों और खलासियों की थीं। सब अपने जैसे ही लोग थे।

और कोठरी का मालिक। उसका अपना आदमी? वह तो अब ग़ायब रहने लगा था। कोठरी से। दो-दो, तीन-तीन दिन हो जाते उसकी आवाज़ सुने? हफ़्ते-दस

दिन में एक दिन ज़रूरी राशन-पानी डाल जाता। बस! कभी तड़के सवेरे आता, कभी दिन में। नहाता-धोता, कपड़े बदलता। खाना कभी खा लिया कभी नहीं? और चल देता। कहता कि रात की ड्यूटी है। वह तो डर के मारे अधमरी-सी हो गयी थी। रात-रात भर कमरे में रोशनी किये वह जागती रहती। नयी जगह-अनजाने लोग। वहाँ की बोली भी उसकी समझ में न आती! अच्छा हुआ कि पड़ोस की एक बहू उसकी तरफ़ की थी। वह न होती तो सचमुच्च तह गार ही गयी थी? उसकी समझ में न आता कि क्या बात है? वह इतनी बुरी तो नहीं? फिर, अच्छी है या बुरी—यह तो साथ रहकर ही किसी को पता चलता? उसका आदमी तो उसकी तरफ़ आँख उठाकर देखता भी नहीं था।

एक दिन! सुन्नरी ने पकड़ लिया उसे। दरवाज़े पर उसने भीतर से ताला डाल दिया। भूखी शेरनी की तरह हो रही थी वह? आँखें जल रही थीं। सारा बदन काँप रहा था। बुख़ार की-सी गर्मी उसके सारे बदन में भर गयी थी। सर में साँय-साँय लू के थपेड़े चल चल रहे थे।

सुन्नरी के मरद ने सुन्नरी के बदन से उठते ये लू के थपेड़े महसूस न किये हों, ऐसी बात नहीं थी। सुन्नरी की आँखों से उठते शोले, उसका लाल तपता चेहरा—उसने देखा, और वह चुप पड़ गया। उसने निगाहें नीची कर लीं!

आख़िर आँखें क्यों नहीं मिलाता वह! क्या समझता है वह सुन्नरी को? वह भी कमज़ोर नहीं। आज वह बात करके रहेगी। सुन्नरी ने उसकी ठोड़ी पकड़ ली।

''मुँह ऊपर कर? क्यों भागता है इस तरह? साथ नहीं रखना था तो क्यों बुलाया था मुझे यहाँ?

''मैंने कब बुलाया? तू ख़ुद आयी।''

''अपने भाई और भाभी को किसने भेजा था?''

''मैंने नहीं भेजा। वे लोग ख़ुद गये थे।''

''तूने नहीं भेजा उन्हें? तूने नहीं बुलवाया मुझे? तो भेज दे मुझे वापिस?''

''तू ख़ुद आयी है—ख़ुद चली जा।''

''अच्छा! ख़ुद चली जा? शादी करने मेरे दरवाज़े पर क्यों आया था? इसीलिए कि इस अनजान जगह पर मुझे पटक दे और ख़ुद ग़ायब हो जा?''

''शादी मैंने नहीं की। मैंने तो मना करी थी। भाभी ने ज़बरदस्ती करायी।''

''और तू तो लल्लू था ना! नामरद!''

सुन्नरी बिफर उठी। उसने तय कर लिया था कि आज वह फ़ैसला करके रहेगी।

उसकी साँस धौंकनी की तरह चल रही थी। उसको फिर दरवाज़े की ओर बढ़ते देख सुन्नरी ने उसका कालर पकड़ लिया।

''कहाँ जा रहा है तू? यह तो तेरा ड्यूटी का बखत नहीं है? पड़ोस की बेदा चाची का लड़का कह रहा था कि तू रात की ड्यूटी कर रहा है आजकल। ये धुर दोपहरी कहाँ जा रहा है इस बखत?''

''भाभी के पास। बुलाया है उसने...''

''भाभी...भाभी...भाभी...तेरी भाभी है या तेरी भी बीवी है वह! मेरा घर उजाड़ रही है वह डायन''...और उसे लगा कि भरे बाज़ार में किसी ने उसे नंगा कर दिया हो। वह खूसट औरत उसके सुख-चैन पर डाका डाल रही है। सुन्नरी की मानो कोई हस्ती ही नहीं...यह गहरा अपमानबोध उसे भीतर तक चीर गया। कैसा ग़ुस्सा करे! किस पर करे? इस मिट्टी के लौंदे—भाभी के ग़ुलाम पर? सब बेकार है...और वह ज़ोर-ज़ोर से रोने लगी। उसके भीतर की सारी तपन, सारी आग आँखों के रास्ते पानी बनकर बह निकली। रोते-रोते वह वहीं लोट गयी। उसका आदमी जाता है तो जाये! वह नहीं रोकेगी! सचमुच वह कब ताला खोल, दरवाज़े उड़काकर चला गया, उसे पता नहीं चला।

सुन्नरी तो बिल्कुल बेआसरा हो गयी। अब तो रही-सही सारी उम्मीद भी ख़त्म हो गयी थी। इन बातों से बेख़बर ही रहती या कोई मुसीबत आ पड़ी होती तो एक बहाना होता? अब किसके वास्ते वहाँ टिकी रहे—क्या करे! एक दिन मौक़ा मिला तो सीधे टिकट कटाकर पड़ोस के एक आदमी के साथ दिल्ली आ गयी। भलामानस था वह सो दिल्ली से उसने बस पर बैठा दिया और इस तरह अपना सुख-सौभाग्य लिये-दिये सुन्नरी वापिस अपने घर पहुँच गयी।

जिसने देखा वही हैरान! इतनी हिम्मत? इतनी दूर से अनजान आदमी के साथ? वह साथवाला ही कहीं लेकर भाग जाता तो? क्या दुर्गत होती? यह सब इसकी माँ की शह है? उसी ने इसकी आदतें बिगाड़ी हैं वरना क्या यूँ ही छोड़ देता इसका मरद? जैसी ख़ुद लड़ाका है, वैसा ही इस लड़की को बना रखा है...रमिया ने उसे घर पर देखा तो पहले ख़ूब रोयी। अरे, वह तो पहले ही कहती थी न कि कोई बात ज़रूर है। चुड़ैल, वह जिठानी कैसा लाड़ जता रही थी सुन्नरी के ऊपर! ढोंगी—पाखण्डी ...आँसू पोंछ लिये उसने। रोने से ही क्या बन जाता। उसने लाख शुक्र मनाया कि उसकी सुन्नरी सही-सलामत घर आ गयी। वहाँ परदेश में अकेली क्या करती? जूते खाती उसके या अपनी सौत के! कहीं मारकर गाड़ देते उसे तो? इतनी दूर से कुछ पता भी नहीं चलता।

सुन्नरी के दोनों भाई फूला और हरिया दूसरे दिन ही उसकी ससुराल गये और उसके सास-ससुर, दोनों को जी भरकर गालियाँ सुनाकर आये। वे दोनों यह धमकी भी दे आये कि किसी दिन उनके टपरे में आग लगा देंगे। उनका पूरा ख़ानदान उजाड़ देंगे। धोखेबाज़ कहीं के!

सुन्नरी कुछ दिन चुपचाप घर पर पड़ी रही। फिर उसने रमिया के साथ काम पर निकलना शुरू किया। रमिया के कुछ घर उसने ले लिये और पहले की तरह काम करने लगी। कोई पूछता तो वह चुप न रहती, सबको बता देती। उसे क्या शरम? वह हरामी जब अपनी भाभी के साथ फँसा है तो कहना तो पड़ेगा ही? वरना लोग समझेंगे कि उसमें ही कोई खोट होगा जो अपने मरद को बाँध नहीं पायी।

रमिया ने अब अपने बुढ़ऊ और बेटों के कान खाने शुरू कर दिये कि सुन्नरी के लिए जल्दी ही कोई और लड़का ठीक कर लो। कहीं कोई ढंग का घर-वर देखकर बिठा दो उसे। अब पहले जैसी ठसक की बात थोड़ी ही है। जवान लड़की चढ़ती उमर! चोट खाये साँप-सी फनफना रही है। कहीं कुछ उल्टा-सीधा होय, इससे पहले ही कुछ इन्तज़ाम कर दो उसका! बुढ़ऊ तो वैसे ही दौड़-भाग के लायक़ नहीं। हरिया को अपने कामों से कब फ़ुर्सत! फूला ने ज़रूर हाँ-हाँ देखूँगा कहा और बस, छुट्टी! यूँ बड़ी पंचायत करेगा, नेतागिरी झाड़ेगा। इतने दिन हो गये, कोई आदमी न जँचा। कोई घर न दीखा इसे! सब अपने-अपने मतलब के हैं? सोचता होगा कि कहीं दुबारा खरच न करना पड़ जाये। पहली बार शादी में पाँच सौ लगाये थे फूला ने।

सुन्नरी यूँ तो ठीक थी लेकिन उसने अब बोलना और कम कर दिया था। चुप अपना काम करती रहती। घर में भी लगी रहती हर बखत किसी-न-किसी काम में। सफ़ाई करती, पानी लाती, रोटी पकाती। छोटी बहू का पूरा काम उसने अपने हाथ में ले लिया था। फिर भी अन्दर ही अन्दर उठ रहे तूफ़ान की साँय-साँय रमिया महसूस करती थी और छोटी बहू भी।

इधर कुछ दिनों से काम पर जाते बखत सुन्नरी ने रमिया का साथ छोड़ दिया था।

''तू धीरे-धीरे चलती है। मेरे कामों में देर हो जाती है। परली कोठीवाली मास्टनी जल्दी बुलाती हैं मुझे...और वह जल्दी घर से निकल जाती।

और, आज अचानक यह हो गया कि सुन्नरी ग़ायब हो गयी।

छोटी बहू ने दो दिन पहले सुन्नरी को अपनी बकसिया में कपड़े ठीक से लगाते देखा था। उसे ध्यान आया तो फ़ौरन जाकर देखा। बकसिया ग़ायब थी।

रमिया को जब मालूम हुआ तो सर पटककर रो पड़ी। फिर थोड़ी देर बाद आँसू पोंछती हुई बोली।

''मैं ज़रा हरी नगर कॉलोनी तक हो आऊँ! तू अभी कुछ मत कहियो, किसी से...

वह कॉलोनी तक गयी! इधर-उधर खड़ी रही बेमतलब! एक चक्कर लगा आयी! कब तक यहाँ ऐसे ही डोलती रहेगी। शाम का बखत। धुँधलका बढ़ रहा था। सड़क की बत्तियाँ जलने लगी थीं। उसके थके-हारे पैर वापिस लौटने लगे।

रास्ते में रामजीलाल की कोठरी दिखी। आज अचानक उसकी कोठरी के बाहर ताला लटका देखा तो उसे कुछ ताज्जुब हुआ। दो-एक बार रामजीलाल को उसने कोठरी के बाहर सुन्नरी से बातें करते देखा था! रामजीलाल रमिया की ननिहाल का था और इस नाते उसे मौसी कहता था। कुछ दिन वह भी म्युनिसिपैलटी में किसी की एवज़ी में जमादार रहा। फिर नौकरी छूट गयी तो रिक्शा चलाने लगा।

रमिया के मन में बहुत सारी बातें उमड़ने लगीं। इस तरह से कोठरी बन्द और मोटा ताला? क्या कहीं बाहर चला गया है रामजीलाल? उसे दरवाज़े की दरार से हल्की-सी रोशनी दिखाई दी।

''रामजीलाल, ओ रामजीलाल'' उसने ज़ंजीर पकड़कर ज़ोर-ज़ोर से खड़खड़ाना और आवाज़ देना शुरू किया।

कोठरी के पीछे से कोई निकलकर आया। वह रामजीलाल नहीं, उसके ही गाँव-बिरादरी का भोलाराम था जो उसके साथ रहता था।

''रामजीलाल कहाँ चला गया, भोला?'' रमिया ने ज़रा ज़ोर की आवाज़ में पूछा तो भोला सकपका गया। कुछ जवाब नहीं दिया उसने।

''मुझे क्या मालूम!''

''सच्ची-सच्ची बता रे भोला! हमारी सुन्नरी भी उसके साथ गयी है न! मेरी क़सम सच्ची बता''...रमिया की आवाज़ फुसफुसाहट में बदल गयी थी। रमिया की बदहवासी और सूखा मुँह देखकर भोला असमंजस में पड़ गया।

''क्यों! क्या सुन्नरी ने तुमसे कुछ नहीं कहा। वह तो कह रही थी कि मेरे मैया और बाप को पता नहीं होना चाहिए और मेरी माँ को सब मालूम है।''

सर पीट लिया रमिया ने! ''अरी सुन्नरी...ये क्या कर दिया तूने''...फिर एकदम तमककर भोलाराम से बोली, ''तू क्या कर रहा है यहाँ पर खड़ा-खड़ा? जा भीतर—पड़ा रह कोठरी में! ख़बरदार जो कुछ भी कहा किसी से!''

''मैं क्या कह रहा हूँ किसी से? रामजीलाल ने कहा था कि ज़्यादा परेशानी की बात दिखे तो भाग आना।''

"अच्छा जा तू। ताला मत खोलना..."

थके-हारे क़दमों से मेहतर टोला में रमिया घुसी। नीम के नीचे तक पहुँची तो उसे देखकर मानो भूचाल आ गया हो। छोटी बहू ने हरिया को और हरिया ने फूला को और अपने बाप को सब बता दिया था। अपनी ओढ़नी सर पर ठीक करके रमिया ने कमर पर कसकर पल्ला बाँध लिया था।

उसे देखते ही दोनों भाई झपट पड़े उस पर। दालान की ओर बढ़ते ही उसकी शामत आ गयी। वह धक्का खाकर गिर पड़ी।

"हरामज़ादी...कमीनी...भगा दिया लौंडिया को। नाक कटा दी हमारी..."

"रण्डी...ख़ुद साली छिनाल है और वही लौंडिया को बना दिया है। और ले जा उसे अपने साथ? कहाँ गयी है वह?"

रमिया धाड़ मारकर रोने लगी।

"मेरी सुन्नरी, कहाँ चली गयी री..."

"चुप कर, बुढ़िया, ज़्यादा स्वाँग न कर। बता कहाँ किसके साथ भेजा है उसे, वर्ना आज यहीं तेरी लाश गाड़ूँगा," और सचमुच फूला ने दोनों हाथों से रमिया की गर्दन पकड़ ली।

एक सेकेंड के लिए तो रमिया को लगा कि उसकी आँखें निकलकर बाहर आ जायेंगी। आँखों के सामने अँधेरा-सा छा गया और सर घूमने लगा? पूरी ताक़त लगाकर उसने फूला को धक्का दिया और भागी कमरे की तरफ़।

उसके दोनों बेटों के सिर पर ख़ून सवार था। वे इतनी आसानी से रमिया को कैसे छोड़ देते। बहन न जाने किसके साथ चली गयी थी और उनकी भरी-पूरी इज़्ज़त पर बट्टा लगा गयी थी। बहन मिल गयी होती तो अब तक उसका गला दबाकर छुट्टी कर दिये होते। किसी-न-किसी को तो सज़ा मिलनी ही थी।

रमिया बाहर कोठरी की दीवार से लगी खड़ी थी। वह रो रही थी। जार-जार रो रही थी।

"ना! मैंने कुछ न किया! मैंने न भगायी सुन्नरी। अरे मैं तो ख़ुद उसे ढूँढ़कर आ रही हूँ...अरे मइया...मार डाला बचाओ...मार डाला रे...बचाओ..."

"हरामज़ादी" फूला दाँत पीस रहा था। उसने फिर से रमिया का झोंटा पकड़ लिया। धूल और आँसुओं से सना चेहरा, रूखे अधपके बिखरे बाल और दीवार से सटी खड़ी रमिया रोती हुई—दोनों हाथों से फूला को दूर हटाती हुई फूला ने रमिया का सर दीवाल पर ज़ोर से दे मारा।

''बता कहाँ है वह रण्डी...ऐसे बतायेगी...ऐसे बतायेगी...बता कहाँ गयी है... पूरी बिरादरी की नाक कटा गयी तेरी लाड़ो। हमारी बेइज़्ज़ती करा गयी...''

''फूला उसका सर दीवार से मार रहा था और चारों ओर टोले के लोग तमाशा देख रहे थे''...रमिया होश खोने लगी। बुढ़ापे का शरीर। थका-हारा। सवेरे एक बासी रोटी चाय के साथ निगली थी और फिर सारा दिन अन्न का दाना मुँह में नहीं गया। तिस पर यह मारपीट? उसे लगा, वह गिर रही है। उसके चारों ओर की आवाज़ें अब धीमी हो गयी थीं। फूला की आवाज़—मानो कुएँ में से निकल रही हो। वह दीवार के सहारे सरकती हुई बैठ गयी। उसे गिरते देख कुछ मर्दों ने आकर फूला को पकड़ लिया। हरिया को भी कुछ लोग हटाकर अलग ले गये। उसका अपना आदमी किनारे मुँडेर पर बैठा चुपचाप बीड़ी फूँक रहा था।

''अम्मा-अम्मा...'' छोटी बहू की आवाज़ थी। रमिया का होश धीरे-धीरे वापिस लौटने लगा था। सर के पीछे टीस-सी उठी। उसने सर दबा लिया। टोले के सभी मरद, बुज़ुर्ग आ गये थे और फूला को तथा हरिया को समझा रहे थे।

''और देख री फूला की अम्मा! तेरी सुन्नरी ने काम तो बहुत ही ग़लत किया। ऐसे भाग गयी खूँटा तुड़ा के। पूरी बिरादरी की नाक कटा दी।''

''अरे अपने पहले आदमी से इस्तीफ़ा करवाती तब ढंग से शादी कर देते उसकी। अब यूँ ही किसी के यहाँ बैठ जाओ।''

''भाग जाओ। इसीलिए हम लोग कमीने हैं और कमीन ही रहेंगे...''

''चच्चा, मुझे तो मिल जाये वह। ज़िन्दा न छोड़ूँगा और न उस हरामज़ादे को...''

''ये तो सही कह रहे हो तुम। सज़ा तो मिलनी चाहिए। नमूना रहे औरों के लिए। अरे, लोग कहेंगे कि छोटी ज़ात के हैं, इसीलिए लौंडिया भाग गयी अपने मरद के रहते।''

तड़पकर रह गया फूला। उसे लगा कि सीढ़ी चढ़ते-चढ़ते, बड़ा आदमी बनते-बनते सुन्नरी धक्का दे गयी। उन सबको फिर कमीना बना गयी। इतने दिनों की कोशिश, पंचैती...बड़े लोगों के बीच शुरू हो रही उठक-बैठक, सभी बेकार चली गयी।

''एक बार मालूम भर हो गया। पाताल से भी खोज निकालूँगा। गोली नहीं, मैं तो ऐसा तड़पा-तड़पाकर मारूँगा कि बस!''

''आख़िर गयी कहाँ? किसके साथ...''

''हमें तो चच्चा कुछ भी नहीं मालूम। यही ले जाती थी अपने साथ। हमने तो

फ़ैसला भी कर दिया था कि बहू-बेटियाँ घरों में नहीं जायेंगी—यही नहीं मानी। अब बताती क्यों नहीं बुढ़िया। किसके साथ चल रही थी उसकी।''

''देखो, फूला की अम्मा! तुम जानती हो तो बता दो। यह तो पूरी बिरादरी का सवाल है। सभी पर कलंक है।''

रमिया अब पूरी तरह होश में थी। मुरारीलाल की आवाज़ बहुत देर से उसके कानों में बज रही थी और वह चुप थी। अब जब सीधे-सीधे बात कर रहा है। तो बोलना ही पड़ेगा

''अरे मुरारीलाल! मालूम है, बहुत बड़े नेता हो। चुनाव लड़े हो। अपनी हेड जमादारी से तिमंज़िला मकान भी बनवा लिये हो जो इस गली में सुअरों के बीच अटाये नहीं अट रहा। हम लोग तो तुम्हारे सामने भी बहुत छोटे हैं लेकिन एक बात का जवाब दे दो। तुम्हारा लौंडा जब बाबूलाल चमार की लड़की को लेकर भाग गया तब तुमने ख़ुद मदद की। उन्हें अपने घर पर रखा और फिर छुपाकर स्टेशन तक पहुँचाकर आये। तब तुम्हारी नाक ऊँची हुई थी। लम्बा बखत बीत गया तो तुमने सब भुला दिया। तुम्हारा वह कारनामा बड़ा पुन्न का काम हो गया और मेरी दुखियारी सुन्नरी ने एक ग़लती कर दी तो वह ऐसा पाप हो गया कि तुम सब उसकी जान लेओगे...''

''चुप रह, बुढ़िया'' फूला बमक उठा और दौड़ा रमिया की तरफ़। लोगों ने उसे पकड़ लिया।

''मुरारी चच्चा के मुँह लगती है!'' वह मुरारी चच्चा का लड़का था। लड़का और लड़की को एक तराज़ू में रखेगी। फिर नाक तो बाबूलाल की नीची हुई, हमारी क्या? आज तक वह पलटकर अपने बाप के पास नहीं गयी।

''अरे गयी तो थी एक बार जब कलकत्ते से लौटी थी। सारा चमरटोला उसके पीछे पड़ गया कि भंगन आयी है—भंगन आयी है। रहने नहीं दिया। बेचारी रोती-कलपती यहीं आयी। इसी ठौर रही।''

''ये बुढ़िया तो सठिया गयी है। औरतज़ात अक़ल नहीं है। सब धान सत्ताईस सेर समझती है।''

''वाह-वाह! क्या न्याय है! धन्न हो! तुम चमार की लौंडिया भगा लाओ तो सब ठीक। बहुत बड़ा काम। तुम्हारी लौंडिया किसी के साथ चली जाये तो बहुत ग़लत, पाप...क्या न्याय है...वाह...''

रमिया का मुँह सूख गया था। होंठ पपड़ा रहे थे और कोनों पर सफ़ेद-सफ़ेद झाग आ गया था। लेकिन वह चुप नहीं रहेगी। देख लेगी एक-एक को...

"और यह मिट्टी का माधो—जनखा बैठा-बैठा बीड़ी फूँक रहा है और मुँह में सोना देकर बैठा है। सबके सब लौंडिया को गोली मारने की कह रहे हैं और सुन रहा है। मेरे पेट के जाये मेरी लाश बना रहे हैं और यह बैठा आँखें घुमा रहा है। थू—लानत है। अरे भगवान्—कैसे-कैसे कसाई जन्म दिये मैंने!"

रमिया के आदमी में पहली बार हरकत हुई। मुँह ही मुँह में कुछ बड़बड़ाता हुआ उठा। खाँसते हुए पच्च से वहीं थूक दिया और नीम के नीचे पड़ी खाट की ओर चल दिया। यह देखकर रमिया के बदन में आग लग गयी। यही ठीक होता तो उसे इतनी जलालत सहनी पड़ती?

"तू भी आज बहुत इज़्ज़तदार हो गया है। तू मुझे कौन सा ब्याह कर लाया था?"

रमिया की आवाज़ चीख़ते-चीख़ते भर्रा गयी। उसे ज़ोर से खाँसी उठी और वह खाँसते-खाँसते बैठ गयी। भीड़ छँटने लगी। रमिया का क्या भरोसा। कौन से गड़े मुरदे उखाड़ने लगे। किसकी बखिया उधेड़ने लगे। वैसे ही इतनी कटखनी है। फिर आज तो घायल शेरनी जैसी हो रही है! फूला ने इधर-उधर देखा। मुरारी चच्चा चुपचाप सरककर जा चुके थे। हरिया कुएँ की तरफ़ जा रहा था। रमिया ने लोगों को खिसकते हुए देखा। फूला अब अकेला-सा हो गया था। वह भी चुपचाप अपनी कोठरी में घुस गया। छोटी बहू अलबत्ता रमिया के पास खड़ी थी।

"चलो उठो, अम्मा! बहुत हो गया। सब चले गये...ख़ामख़ा तमाशा कर दिया ...चलो उठो, चलो।" अँधेरा गहराने लगा। मेहतरटोला भी अँधेरे में डूबने लगा था। गली के बाहर लैम्पपोस्ट की रोशनी की एक पतली-सी धार नीम से छन-छनकर वहाँ तक पहुँच रही थी। मर्द तो पहले ही जा चुके थे। औरतें और बच्चे भी अब खिसकने लगे। अब किसी नये तमाशे की उम्मीद नहीं रह गयी थी। सिर्फ़ फुसफुसाहटें और चलने-फिरने की सरसराहट बच गयी थी।

छोटी बहू का हाथ पकड़कर उठते हुए रमिया को अपना सारा बदन दर्द में डूबा हुआ महसूस होने लगा। अब तक तो वह चिल्ला रही थी। दहाड़ रही थी—मोर्चा ले रही थी। मोर्चा भी ऐसा वैसा? अरी मइया! सारी बिरादरी एक तरफ़—उसका अपना मरद, उसकी औलादें एक तरफ़ और वह निपट अकेली। मार ही डाला उन्होंने आज उसे। बच गयी वह। न जाने कैसे बच गयी!

रमिया रो रही थी। मोर्चा जीतने के बाद बिलख-बिलखकर रो रही थी। उसका दर्द उभर आया था। उसका अपना दर्द था और उसमें अब सुन्नरी का दर्द भी शामिल हो गया था।

ख़ुद लड़नी होगी अपनी मुक्ति की लड़ाई

रमणिका गुप्ता

यह सच है कि आज़ादी के पचास वर्षों में हमने एक महिला प्रधानमन्त्री और दो-तीन दर्जन महिला मन्त्री पाये। लेकिन यह भी सच है कि आज भी हमारे पूरे देश में अमीना बेची जाती है, भँवरी देवी बलात्कार की शिकार होती है, आलू चुराने के एवज़ में समस्तीपुर (बिहार) में दलित महिला नंगी की जाती है, प्यारी को उसका पति जुए में हार देता है, नकारने पर उसकी नाक काट देता है। हेन्देगढ़ा में एक चमार लड़के से प्रेम-विवाह करने पर मालती नंगी कर दाग़ी जाती है और उसके प्रेमी पति महावीर को पत्थरों से कूचकर बेरहमी से मार दिया जाता है।

यह भी सच है कि आज़ादी के पचास वर्षों के बाद शहरों तथा कुछ हद तक ग्रामीण इलाक़ों में भी महिलाएँ जागरूक हुई हैं। दरअसल यह जागरूकता आज़ादी की लड़ाई के दौरान सोद्देश्य उजागर हुई थी, भले ही कुछ हद तक हुई हो। उसका प्रभाव, भले कम मात्रा में ही सही, आज़ादी के बाद भी चलता रहा। औरतों का शिक्षित होना भी विभिन्न क्षेत्रों में उनके विकास का कारण बना, लेकिन आज भी आबादी के अनुपात में लड़कियों की शिक्षा में हम काफ़ी पिछड़े हैं। देश में प्रचलित धार्मिक कुरीतियों, विकृतियों, अन्धविश्वासों के कारण भी नारी-मुक्ति आन्दोलन केवल शहरों में उच्च तबक़े की महिलाओं तक ही सीमित होकर रह गया। ग्रामीण क्षेत्रों में वह शून्य ही रहा। बल्कि मज़दूर संगठनों व समय-समय पर चलाये गये विस्थापितों के व अन्य क्षेत्रीय आन्दोलन में, कल-कारख़ाने और खदानों की मज़दूर अथवा जंगलों व गाँवों की किसान औरतें आन्दोलन में काफ़ी आगे आयीं लेकिन वह भी नेतृत्व के मामले में संकोची ही रहीं या पुरुषों द्वारा आगे नहीं आने दी गयीं।

मुझे याद है कि जब मैंने लीक से हटकर ट्रेड यूनियन नान ट्रेडीशनल क्षेत्र में क़दम रखा और कोयला खदानों में ठेकेदारों और माफ़िया के ख़िलाफ़ मैदान में उतरी तो कोयला खदानों की हज़ारों महिलाओं ने जिस बहादुरी से उस माफ़िया का मुक़ाबला किया, वैसा उनके मर्द भी नहीं कर पाये थे। तथाकथित सम्भ्रान्त अथवा

मुक्त कही जाने वाली शहरी महिलाएँ उस तरह के मुक़ाबले के बारे में सोच भी नहीं सकतीं, उनमें भाग लेना तो दूर की बात है। मेरी कहानियों और उपन्यासों के पात्र प्यारी, ललिता, चम्पा, जिरवा या जिरवा माय, सीता और मौसी इन भीषण परिस्थितियों से गुज़रकर भी डटी रहीं।

सन् 1970 की एक और घटना मुझे याद आती है। मैं ठेकेदारों द्वारा किये गये हमले में जब कुजु से घायल होकर हजारीबाग लायी गयी तो पाना बाई नाम की हमारी एक महिला लीडर ने लगभग बीस हज़ार मज़दूरों को लेकर, हज़ारी बाग शहर को तीन दिनों तक घेरे रखा और अपराधियों के पकड़े जाने के बाद ही घेराबन्दी उठायी। टूटी-फूटी भाषा में भाषण करती, लम्बी लांगवाली साड़ी पहने, नाक में दोनों तरफ़ लौंग और गले में हँसुली पहने, उस सतनामी दलित महिला को कोई भी आतंकित नहीं कर सका—माफ़िया, पुलिस या प्रशासन।

इसी प्रकार केदला चौक पर सन् 1971 के दिसम्बर में जब हम लोगों ने कोलियरी के सरकारीकरण के लिए अनिश्चितकालीन हड़ताल की शुरुआत की और खदानें बन्द कर दीं तो पुलिस, प्रशासन और ठेकेदारों ने मिलकर आतंकित करने की चेष्टा की। केदला चौक पर मुझे पकड़कर घसीटते हुए ले जाया जा रहा था तो तीजमती बाई ने महिलाओं का दल लेकर मुझे केवल छुड़ाया ही नहीं बल्कि दरोगा को थप्पड़ भी मारा और मजिस्ट्रेट को चुनौती दी कि अगर हिम्मत है तो गोली चलाये। इन्हें डटा देखकर प्रशासन को गोली चलाने की मंशा स्थगित करनी पड़ी थी और भाग गये पुरुष मजदूर भी वापिस लौट आये थे। लेकिन यही तीजमती बाई कुछ अरसे बाद अपने पति तथा उसकी जाति की पंचायत द्वारा डायन क़रार कर, लाठियों से पीट-पीटकर मार दी गयी। मैं उन दिनों बाहर में थी। आज तक मैं इस घटना को भूल नहीं पायी।

नेतृत्व में इतनी सक्षम होने पर भी महिलाएँ नीति-निर्णायक मुद्दों पर उसी अनुपात में क्यों आगे नहीं आ पायीं, इसका एक कारण उनकी अशिक्षा, उनमें व्याप्त हीन-भावना, परिवार और घर के प्रति नाहक मोह तथा अपने विकास के प्रति उपेक्षा-भाव भी है। दूसरा बड़ा कारण पुरुषों द्वारा उनको नेतृत्व के क़ाबिल न समझना, महिलाओं को गम्भीरता से न लेना या घर के काम में उनका सहयोग न करना भी है। प्राय: सभी राजनीतिक दलों में औरतों के आगे न आने का यही कारण है। आज की व्यवस्था में लता बनकर वृक्ष पर चढ़ जायें तो सब लोग कुल्हाड़ी लेकर उसे काटने दौड़ते हैं।

इसलिए मेरा मानना है कि जब तक महिलाओं को शिक्षित कर उन्हें आर्थिक स्तर पर स्वावलम्बी बनाकर हर क्षेत्र में विकास का अवसर नहीं मिलेगा तथा महिलाओं में स्वयं अपने विकास की ललक पैदा नहीं होगी या की जायेगी, तब तक कुछ ही औरतों की प्रगति होगी जिसे भारत की महिलाओं की प्रगति नहीं माना जा सकता।

हमारी महिलाओं को उपभोक्तावाद की शिकार बनने का ख़तरा भी है। पर यह ख़तरा अभी शहरों तक ही सीमित है, गाँव में नहीं पहुँचा। शहर और गाँव दोनों की महिलाओं को इससे बचना होगा ताकि वे 'सम्पत्ति' होने की परम्परागत धारणा के कुएँ से निकलकर, बिकने वाली आधुनिक धारणा 'चीज़' की खाई में न गिर जायें। लेकिन इन सबके बावजूद एक बात शुभ है। वह है कि भारतीय महिलाएँ अब चेत गयी हैं। वोट के अधिकार ने भी इसमें भूमिका निभायी है तो राजनीतिक चेतना ने भी। इसलिए उनका शोषण हिंसक तौर पर बढ़ ज़रूर रहा है पर वे मुक़ाबला करने लगी हैं। वे मुक़ाबिल हैं अपने परिवार और बाहरी समाज के भी। औरतें प्राय: दोहरे शोषण की शिकार होती हैं। एक तो औरत होने के नाते, दूसरे अशिक्षित या ग़रीब होने के नाते। दलित औरतें तो दलित होने के नाते भी शोषित होती हैं, यानी तिहरे शोषण की शिकार।

औरतों को अपनी मुक्ति की लड़ाई ख़ुद लड़नी होगी। कोई बाहर से उनका मददगार नहीं हो सकता। आज जब वे मुखिया या सरपंच भी बनने लगी हैं तो उन्हें ख़ुद भी यह कोशिश करनी होगी कि वे इन पदों को ख़ुद सँभालें, प्राक्सी में मुखियागिरी न करें। ऐसे विरोध हो रहा है मुखिया या सरपंच का। एक दलित महिला सरपंच को तो 15 अगस्त 1998 को झण्डा फहराने के अपराध में नंगा तक कर दिया गया। पर यह तो संघर्ष की राह के काँटे हैं जिन्हें हमें मुक्ति के लिए बीनना ही पड़ेगा। महिला मुक्ति की ओर अग्रसर हो, इसके लिए 'चरैवेति-चरैवेति', 'बढ़ते रहो, बढ़ते रहो' का संकल्प ज़रूरी है।

औरत की नाक

सीता की बड़ी बहन प्यारी! सुमित्रा की बड़ी बेटी प्यारी! राँची के लोडर दंगल की कमाऊ कामिन प्यारी! खूब काली है। आदिवासी है न! करमाली है (लोहरा)! लोहार का काम नहीं हो तो जंगल से लकड़ी लाकर, खटिया ठोकने का काम पुश्तैनी है। लोहे की काँटियाँ बनाना, डोलची रिपट करना, खुरपी, कुदाल बनाना! जब से ट्रकों की टूटी पत्तियाँ मिल जाती हैं सस्ते में, तो उससे तलवार-भाला तक गाँव में बनने लगा है। पर प्यारी अपने बाप के साथ रोजा खदान में खटने आयी है। पुश्तैनी काम छोड़ दिया है, पर घर में सब सामान अभी भी मौजूद है। घर-पड़ोस की ज़रूरतें राँचीवाले दंगल ही पूरा करते हैं। केदला कोलयरीवाले मज़दूर गैंता भी पजाते हैं। (तेज धार बनाने को 'पजाना' कहते हैं कोलयरी में)।

तो प्यारी और उसका मर्द शीतल दोनों खटते हैं। पर शीतल को लत लग गयी है दारू की। महुआ महरानी की नज़र चढ़ गयी है। वह छोड़ती ही नहीं उसे। कोलयरी में खटने के साथ-साथ, उसने महुआ-दारू चुआने का धन्धा भी घर में शुरू कर दिया है। लुग्गू पहाड़, पचमों, राहों का जंगल, ढेर महुआ गाछ (पेड़) हैं न वहाँ! कोई रोके-टोकेवाला नहीं। टोकरी की टोकरी किन लेता है और चुआता है महुआ। कुछ बिक्री-बट्टा, बाक़ी अपने पीने को खुला-ख़ासा बच जाता है। अब ऐसी लत लगी है कि भोरे-भोरे नाश्ते के बदले, मुँह धोने के बजाय दारू से ही कुल्ला करता है शीतल। खदान पर भी झूमते-झूमते जाता है। प्यारी उसके बाँहटे (बदले) भी खटकर उसका काम पूरा कर देती, पर मर्द को बात सुनने नहीं देती। ज़्यादा पीकर गिर जाता है तो अगल-बग़ल के मज़दूर उठाकर लाते हैं, और कहते हैं, "ले सँभार अप्पन मतवाले को, कहीं पोखरिया में डूब न जाये! ख़्याल रखाआ।"

प्यारी बड़े जतन से थामकर उसे घर लाती है और खटिया पर सुलाती है। अपने भुईयाँ (ज़मीन) ही सुत (सो) जाती है। आख़िर धौड़े में जगह ही कितनी है? एक खटिया भर जगह है। महुआ की हँड़ियाँ, कड़ाहियाँ भरी रहती हैं, खटिया भर जगह में। खाना पकाकर थाली आगे परसकर बैठ जाती है प्यारी, और कहती है, "ले खा!

पी-पी के शरीर गला रहा है, खायेगा नहीं तो पेट काट देगी दारू! कुछ खयाल रख अपना। तोर के खटे नहीं बोलती। हमहूँ खट लेब। शरीर पर ध्यान तो देये होते।'' शीतल होश में रहता है तो कान पकड़कर उठक-बैठक तक कर लेता है प्यारी के सामने। पर जैसे ही प्यारी किसी काम में इधर-उधर हुई कि शीतल की नज़र हँड़िया में पड़ी 'इल्ली' दारू (चावल से बनी एक क़िस्म की शराब) पर जा टिकती है। फिर लाख मन को मना करे, पर मन है कि छूमन्तर हो जाता है, और हँड़िया के गिर्द, घिरनी-सा चक्कर काटने लगता है, फिर भाभड़-सा धूम हँड़िया में ही घुस जाता है। वह फिर पीना शुरू कर देता है। ऐसे अपने पति को बच्चे की तरह पोसती है प्यारी। ख़ुद खाना बनाती है और उसे खिलाती है। यहाँ तक कि नहाने का पानी भी वह भर के ला देती है। न जाने शीतल के चेहरे को देखते ही वह क्यों उसके भोलेपन पर मर मिटती है। शीतल भी प्यारी के बिना रह नहीं सकता। वह मातल-मातल ही घूमता है, पर घूमता है उसी के पीछे-पीछे!

कोलयरी में यूनियन बन गयी है। प्यारी भी उसकी मेम्बर हो गयी है। राजा साहब से खदान छीनकर, बिहार सरकार के रसीवर की हो गयी है। पहले ही बहुत ठेकेदार थे। अब तो ठेकेदारों की भीड़ ही लग गयी है। नयी-नयी पोखरियाँ, नये-नये प्लाटों में खुलने लगी हैं। मज़दूरी बहुत कम है। बारह घण्टे खटते हैं पूरे परिवार मिलकर, तब पुसाता है और पेट काटकर कुछ पैसा घर भेज पाते हैं मज़दूर। कभी-कभी तो पेटी ठेकेदार पैसा मारकर भी भाग जाते। हफ़्ता भर में चार-पाँच ट्रक माल कोयला बेचा और चलते बनते। अब मज़दूर खोजता फिरे मालिक को। बिचारा झक मारकर दूसरे ठेकेदार से हफ़्ता का उधार राशन लेकर खटने लगता है। फिर तो हर हफ़्ता उधार ही उतरता है सूद के साथ। नगद तो अठन्नी-रुपल्ली से ज़्यादा नहीं मिलता। भोर में जैसे ही सूझने लगता है तो बासी भात खाकर और कुछ देगची में साथ लेकर काम पर चल देती है प्यारी, अपने मातल शीतल को साथ लेकर। पीने के पानी के बजाय शीतल दारू ही लेकर खदान पर जाता है।

शीतल को जुए की लत भी लग गयी है। वह प्यारी के लिए एक लाल पाड़ की साड़ी ख़रीदकर लाना चाहता है। पर पैसा है कि जुट ही नहीं पाता। बस जुआ खेलना शुरू कर दिया है। कभी एक हाथ ऐसा मारेगा कि एक नहीं, दो-दो साड़ियाँ किनकर लाएगा, अपनी प्यारी के लिए।

यूनियन में प्यारी की बहन सीता और सरस्वतिया लीडर हो गयीं और प्यारी का भी भाव बढ़ गया है। पर उसको डर भी बना रहता है कि जाने कब काम से बैठा देगा ठेकेदार उसे, सीता और सरस्वतिया की उद्‌दण्डता के चलते। साँझ को

अँधेरा होने पर घर लौटती है प्यारी। बड़ा बेटा पैदा हुआ तो शीतल ने मुहल्ले भर को दारू पिलायी। बेटा उसी पर है। प्यारी सोचती थी, औलाद होगी तो शीतल सुधर जायेगा। पर कोई फ़रक़ नहीं पड़ा शीतल में। शीतल के दूर के रिश्ते का भाई फागू भी साथ में खटने को आ गया है। फागू प्यारी के दंगल में है। प्यारी का बाप दंगल का सरदार है। पूरी कमाई उसके पास जमा होती है। फिर रात को धौड़े में बैठकर बँटवारा होता है। खटाली के मुताबिक़ और हाज़री के मुताबिक़ ठेकेदार धौड़े में आकर, खटिया पर बैठकर भुगतान करता है। प्यारी के बाप का धौड़ा दूसरे धौड़ों से कुछ बड़ा है—सरदार है न! इसलिए उसी के चबूतरे पर भुगतान भी होता है। सरदार की लड़की होने के नाते मज़दूर उसे मान देते हैं। फिर तो दंगलवाले भी सभी गाँव के ही लोग तो हैं न! प्यारी अब समझने लगी है कि उसका भुगतान क़ानून से नहीं होता, हाज़री भी नहीं लगती। उसके काम का कोई प्रमाण भी नहीं है उसके पास। यूनियन लड़ रही है। प्यारी अब यूनियन की मीटिंग में जाती है। प्यारी घर में भी आकर बेटे को गोदी में लेती है तो नारे लगाकर सुलाती है। वह बुदबुदाती है बेटे को थपथपाते हुए, ''मेरा नाम क्या है लिखकर दो। मेरी पहचान क्या है लिखकर दो। मेरा वेतन क्या है लिखकर दो। मैं कौन हूँ लिखकर दो।'' अब वह आगे बढ़कर जुलूस में नारे भी लगाने लगी है। शीतल पीता है पर नारे लगाता है। फागू जब से आया है शीतल उसी के साथ रहता है। शीतल ने उसे अपना सहिया(मित्र) बना लिया है। बक़ायदा रस्म अदा कर सहिया बने हैं दोनों। दोनों ने समाज के बीच वफ़ादारी की क़समें खायी हैं। सहिया माँ-बाप, पति-पत्नी से भी ऊपर है। जाकर दोनों माँ छिन्नमस्ता को भी रजरप्पा में जल चढ़ा आये हैं। दोनों एक-दूसरे के पाँव लग, गले मिल, 'सरना' (पूजास्थल) पर भी हो आये हैं। दोनों में एक समानता है कि वे दोनों घर के अकेले बेटे हैं।

फागू प्यारी को भौजी कहता है। मज़ाक़ भी चलता है। पर अब प्यारी की एक ज़िम्मेवारी कम हो गयी है। अब फागू ही अन्दर-बाहर शीतल का ख़याल रखता है। प्यारी के ज़िम्मे अब उसे खाना खिलाना और रात को सुताना (सुलाना) ही रह गया है। खटना तो उसका काम है। खदानें सरकारी हो गयी हैं। प्यारी का नाम खाते में चढ़ा था। उसे कार्ड मिल गया। फागू भी कार्ड पर गया, पर शीतल को कार्ड नहीं मिला। वह अब केवल दारू पर ही आधारित रह गया या रात में जुए पर।

प्यारी की छोटी बहन सरस्वतिया जो लीडर थी, को भी काम नहीं मिला। उसकी लड़ाई अभी चालू है। वेतन वेज-बोर्ड से मिलता है पर लीड-लिफ़्ट (चढ़ाई-ढुलाई) के लिए यूनियन लड़ रही है। प्यारी लड़ रही है, मज़दूर लड़ रहे हैं। प्यारी

मैनेजर को कहती है, ''पाँच सौ फ़िट से ज़्यादा ढुलाई नहीं करेंगे, ज़्यादा कहोगे तो जहाँ पाँच सौ फ़िट ख़त्म होगा, वहीं कोयला या माटी-पाथर बीग देंगे। तुम खड़ा रहेगा तहाँ मैनेजर साहब, तो तुमरे सिर पर बीग देंगे।''

''बड़ी ज़बान चलाने लगी है, प्यारी। पहले तो बोलती ही नहीं थी। कहाँ से सीख लिया सब?''

''पेट सिखावे है, बाबू। हमारी गुप्ता मैया ने कहा है, लीड-लिफ़्ट बिना कोयला पचास फ़ुट, पत्थर-माटी सौ फ़ुट से आगे नहीं बढ़ेगा और दस फ़ुट से ऊपर नहीं बढ़ेगा। देखो चालीस-चालीस फ़ुट चढ़ते हैं, पाँच सौ-छह सौ फ़ुट ढोते हैं तबे न हमरीन सबकी कितनी कम कमाई होत है। ठेकेदारी में रेट कमे था, पर ढुलाइयो कमे थी। काहे ले लूटो हो देस को, बाबू? जुगत लगावो, कुछ ठीक से खदान चलावो, तब दुई जन के फैदा होतै। हमर पेट भी भरतै, तोहर के भी बचतै! तोहनी सब पढ़ल-लिखल से तो हमरे मलकट्टा ज़्यादा जाने है। तब ते खदान सरकारी हुई रेट तो बढ़ गेले, पर जुगाड़ नहीं मिलल है। हाज़री तो पूरी मिलल है पर कमाई नाहीं होत है। तोहनी सब कहे हो—मज़दूरा कोढ़िया है! कामे नहीं करता। पर ऐसन बात ना है, बाबू!'' प्यारी को समझ नहीं आता, वह सोचती, 'भला कौन बुड़बकवा (बेवक़ूफ़) मज़दूर होतौ जो खटे के ना चाहे? परदेस में आइले (आये) हैं, तो क्या फ़ाक़ामस्ती करे के? खटे ले ही न आइले हैं। काम दैके तो देखे? दुई टन माल चढ़ा देव। पर जुगाड़े तो ना है। हाज़री, डीए, तो मिल जाये है पर इससे की पुसएते?' घर में काफ़ी तंगी है। दारू अब घरे-घर चुआनी शुरू हो गयी है। शीतल का रोज़गार भी अब मन्दा पड़ने लगा है। सभी मज़दूर जिन्हें कार्ड नहीं मिला, कहीं रोड या बिल्डिंग में खटते हैं, नहीं तो नौकरी के इन्तज़ार में महुआ के सीजन में महुआ चुआते हैं, बाक़ी समय में स्पिरिट मिलाकर दारू बनाते हैं।

शुरू-शुरू में कभी-कभी यूनियन की तरफ़ से अमीर ख़ाँ और मैं निकलते थे, जुआ और दारू बन्द करवाने तो सभी मज़दूर ताश, दारू और महुआ जहाँ का तहाँ छोड़-छोड़कर भागते थे। पर कहते हैं, ज़रूरत आविष्कार की जननी है। अब लोग जंगल में ही जाकर दारू बनाने लगे। यूनियन के डर से जुआ भी वहीं खेलने लगे। सरकारीकरण के बाद से तो कलाली की दुकान केदला में ही खुल गयी है। बस सब तरफ़ दारू का राज हो रहा है। अब यूनियनें भी कई हो गयी हैं। पहले एक ही यूनियन थी। पैसा भी आगे से ज़्यादा मिलता है। इसलिए वेतन के दिन तो दारू, खस्सी और जुआ ख़ूब चलता है। शनिवार से सोमवार तक सब नशे में रहते हैं पहले की ही तरह, पर अब कभी-कभी अपना हिस्सा बँधाने के लिए पुलिस भी छापामारी करने लगी है।

आज कमाई नहीं हुई शीतल की। पुलिस छापा मारकर दारू का सामान बाज़ार से ले गयी। उसे भी दो डण्डा लगाया। यह तो शुकर है फागू का, उसे ले भागा। नहीं तो रामगढ़ जाकर छुड़ाना पड़ता एक्साइज वालों से। फिर छुड़ाने में पाँच सौ रुपया घूस में लग जाता। उस रोज़ रात में शीतल ने फागू के साथ जुआ खेलना शुरू किया। रोकने पर रुका नहीं। झोंपड़ा एक बाज़ी में हार गया। गैंता भी हार गया। सन्दूक़ भी हार गया तो फागू उठ गया। पर हाथ खींचकर बैठा लिया शीतल ने। अब क्या दाँव में लगाये? कुछ नहीं बचा था। खेल देखने धौड़े भरके लोग जमा हो गये। औरतें खाना बनाने में मशग़ूल थीं। बस आव देखा न ताव, प्यारी को ही दाँव पर लगा दिया। फागू ने रोका। पर दूसरों ने ताव पर चढ़ा दिया शीतल को। कुछ मुँह मोड़कर हँसने लगे। कुछ भारी हादसे के इन्तज़ार में हदस गये। फागू फिर हिचका तो शीतल बोला, "हमरी बात के मोल है, सहिया! आपन सहिया का मन भी देखाआ। सब हार देतै पर बात नाय हारबौ।" आख़िर प्यारी को भी हार गया शीतल। भीड़ खिसक गयी। फागू उठकर धौड़े में चला गयां, बिना अपना हक़ जताये। चुपचाप उठा शीतल। बाहर चबूतरे पर प्यारी बैठी गप्प हाँक रही थी। "चल उठ प्यारी। हम तो जाही। अब तू आईज से फागू के महरारू होय गेल। हम हार गेलय तोरा, बचवा भी तौं ही रख। हम आपन ठिकाना खोईज (खोज) लेब।"

प्यारी को लगा दारू चढ़ गयी है, मज़ाक़ कर रहा है। वह बोली, "काहे? तोरी ज़मीन-जायदाद ही कि दाँव पर लगाय देले, या तियनले-तरकारी (सब्ज़ी/भाजी) हो कि बेच देले। तोरे कहे पर हम फागू के मरद बनेबे का? इह नहीं होतै।"

फागू जो पीछे-पीछे आ गया था, कुछ गड़बड़ की आशंका जानकर बोला, "जाय दे, शीतल, ऐसन तो होता रहत है। भला तौर मेहरारू के कैसे राखबै हम? जुआ तो खेले लागै। मज़ाक़ माना सब, और सूत रहा जाये के।"

शीतल ग़ुस्से में आ गया, "हमर जबान है, सहिया! प्यारी तोरा जाये होतौ एकरे सागँ।"

"हम नाय जायब।" वह चिल्लायी। पूरा मुहल्ला बच्चों-औरतों सहित जमा हो गया और शीतल को दूसने लगा। प्यारी का बाप फरसा ले आया। "अभी ये मायर (मार) दबै सरवा (साले) के, जो हमर बेटी के दाँव पर लगैले है!" प्यारी ने बाप को चुप कराया। शीतल को अन्दर ले गयी।

शीतल को प्यारी की नाक बहुत अच्छी लगती थी। बस घरवालों से फ़रक़ उसकी सुग्गे की सी नाक पर प्यारी को भी गुमान था। शीतल बहुत प्यार में आता, तो प्यारी की नाक पकड़कर चीप (दबा) देता। प्यारी भी मनुहार से 'ऊँ' कहकर

सिर झटक देती। शीतल सोच रहा था, यह नाक ही है न, जिसका उसे घमण्ड है, जो मेरी बात नहीं मानती। उसने प्यारी की नाक को छुआ, जैसे मुर्गी की मुण्डी पकड़ रहा हो। प्यारी ने प्यार से भरकर उसे देखा और कुण्डी बन्द कर ली।

आधी रात के समय एक चीख़ उठी, प्यारी की धौड़े में से। प्यारी की चीख़ सुनकर लोग दौड़े आये। कोई चुपके से बाहर निकलकर चला जा रहा था। प्यारी मुँह पर हाथ रखकर चिल्ला रही थी, खून से लथपथ—''हाय रे! कैसन नासपीटा हमर बेटी के इह दुर्दसा करले है? नाक काट देले रे, सुग्गा जैसन नाक हमर बेटी के।'' चिल्ला उठी प्यारी की माय सुमित्रा।

सबको समझते देर न लगी कि यह शीतल का ही काम था। वह धौड़े में नहीं था। खिसक गया था चुपचाप। सब पुलिस में जाकर ख़बर करने की राय दे रहे थे। पर प्यारी ने कहा, ''नाय, थाना पुलिस नाय। हमर कपार (भाग्य) में जे हौले से भैले (हो गया)'' लोग घाटो जाने को उतावले थे। वह जानती थी शीतल रास्ते में पकड़ा जायेगा। उसने अपनी क़सम देकर बाप को रोक दिया। फागू अपने को दोषी मानकर अवाक् खड़ा था। वह धीरे-धीरे बढ़ा। ''मन छोट नाय करो, भौजी! चला अभीय राँची अस्पताल लेले चलहियो। हम तोर दूसर नाक बनवाय के लगवाय देबो। हम दण्ड भौगे ले तैयार हियो(हूँ) अपन सहिया के बदल।'' प्यारी ने दर्द से बेहोश होने से पहले फागू को अविश्वास-भरी नज़रों से देखा, मर्द-ज़ात पर जैसे विश्वास उठ गया हो। फागू उसे राँची ले गया।

प्यारी घर लौट आयी है। राँची जाकर फागू ने उसकी दूसरी नाक लगवा दी। शीतल फिर लौटकर नहीं आया। अपने गाँव भी नहीं गया। अब प्यारी फागू के पास रहने लगी है। कोलयरी में दोनों खटते हैं। बड़ा बेटा भी जवान हो रहा है। फागू से बेटा-बेटी हुए, पर प्यारी के मन में मर्द के प्रति एक घृणा-सी बैठ गयी है। वह अब कोलयरी में जाकर ज़्यादा समय यूनियन में देती है।

आख़िर उसे जिन्स (सामान) ही समझा था शीतल ने। वह कमाती है। बराबर का खटती है, बल्कि मर्द से ज़्यादा ही खटती है, फिर उसे दाँव पर लगाने वाला शीतल कौन था? उसका पति ही क्यों न हो, उसे क्या हक़ था अपनी 'ज़बान' रखने के लिए उसे 'झोंकने' का। वह अन्दर ही अन्दर बहस करती रहती। फागू के साथ काम करती है वह। चूँकि उसने बहुत सेवा की उसके दुःख के दिनों में, टट्टी-पेशाब तक कराया। पर है तो वह भी मर्द ही न! कभी इसका भी मन पलट जाये तो? इसलिए वह खदान में दूसरे मज़दूरों की समस्याओं को लेकर मैनेजर, मुंशी से बहस करती है तो उसे अच्छा लगता है। मज़दूर भी उसका लोहा मानने लगे हैं।

यह भी सीता की तरह लीडर बन गयी। नाक कटने की घटना के बाद वह चुप रहने वाली प्यारी, अब चुन हीं बल्कि बड़बोली हो गयी है। वह खदान में नापी के वक़्त खड़ी रहती है, और पूरा हिसाब रखती है। भुगतान के समय भी चौकस रहती है। एको पैसा मारने नहीं देती किसी मुंशी को मज़दूर का। इसलिए उसे भुगतान-स्थल से हटाने की गर्ज से मुंशी उसका भुगतान पहले करवा देता है।

अब वह पहले की तरह सारी कमाई मर्द को लाकर नहीं देती। वह अपने पास रखती है सब पैसा। मर्द को जेब-ख़र्च देती है। खटने में दोनों माहिर हैं। जानती है कि ज़िन्दगी में खटना है, कोयला बोझना है, पर अपने हक़ की रक्षा ख़ुद करनी है। उसके लिए ख़ुद लड़ना है। अब वह अपने आप को पूर्णतया विश्वास के आधार पर सौंपकर निश्चिन्त नहीं रहती। वह परखना सीख गयी है। पति-बेटा, भाई-बाप, सब रिश्ते उसे प्रभावित नहीं करते। केवल मेहनत, वह भी अपने हाथ की मेहनत और स्वयं दूसरों को अपने साथ लेकर लड़ने की क्षमता उसे आकर्षित करती है। इसलिए हड़ताल हो या प्रदर्शन, पी.ओ. का घेराव हो या जी.एम. का, पुलिस से मुँह लगना हो या मैनेजर से, वह सबसे आगे रहती है और अपनी नाक का बदला, अपने को जुए के दाँव पर लगाने का प्रतिशोध, वह वहाँ लेती है, हक़ की लड़ाई में! अन्याय का विरोध कर, दूसरों के लिए ख़ुद जोखिम उठाकर।

बदलाव दबे पाँव आ रहा है

कमलेश बख्शी

तीस साल पहले की घटना मुझे अक्सर याद आ जाती है। मैं अपने शहर इटारसी में थी।

पौ फट रही थी, चिड़ियाँ चहक रही थीं, बछड़ों ने रँभाना शुरू कर दिया था, नौकर सानी मिला रहा था। मैं नीम तले दातौन तोड़ रही थी। एकाएक मिन्नतें करती, डरी-सहमी-सी, ऊँची आवाज़ ने झकझोरा...'मेरे पास मत आना, तुम मेरे भाई समान हो', मुझे सन्देह हुआ। पास के दरवाज़े की साँकल खटखटायी—वही शब्द। दरवाज़ा न खुलने पर बन्द दरवाज़े की कड़ी तुड़वायी। वहाँ कोई नहीं था। अकेली वह दीवार से टिकी बैठी थी...भयभीत चेहरा, फटी-फटी आँखें, बिखरे बाल, गालों पर सूखी आँसू की लकीरें। ढेर से पन्ने पंखे की हवा में उसके आसपास खड़खड़ा रहे थे। वह मानसिक सन्तुलन खो बैठी थी।

लड़कियों के स्कूल में पढ़ाने वाली शिक्षिका यहाँ अकेली रह रही थी। दो साल पहले उसका तलाक़ हो चुका था। डायरी के पन्ने उसकी पीड़ा समेटे थे। उसका पति नपुंसक था। अपनी इस कमज़ोरी को समाज से छिपाने के लिए, सुन्दर, पढ़ी-लिखी ग़रीब लडक़ी से बिना दहेज विवाह की मिसाल रखी। फिर पैसा और तरक़्क़ी पाने के लिए उसके शरीर का इस्तेमाल करना चाहा। उसने नकारा तो पीटी गयी। चाक़ू की नोक गले पर रख धमकी दी गयी कि बात खुल न जाये। वह भाग आयी थी। तलाक़ इस शर्त पर मिला कि नपुंसकता की चर्चा नहीं की जायेगी। तलाक़ लेकर उसने सोचा था तनावपूर्ण ज़िन्दगी से छुटकारा मिलेगा पर हॉस्टल में आकर रहते ही दूसरी भयावह ज़िन्दगी की शुरुआत हो गयी। वहाँ भी उसे लगातार अपमानित किया जाता रहा। जिसे धर्मभाई कहती थी, उसी ने कुँआरी काया को दाग़ी बनाया। धीरे-धीरे वह सबसे कटकर अपने खोल में सिकुड़ती गयी।

समाज इतनी क्रूरता से स्त्री के स्वतन्त्र व्यक्तित्व को कुचलता है कि वह आत्महत्या कर लेती है या पागल हो जाती है। महानगर के फुटपाथों पर बैठी हुई

बौरायी औरतों को देख अक्सर मुझे लगता है, ये भी अत्याचार और क्रूरता की शिकार हुई होंगी।

तीस सालों में स्थितियाँ काफ़ी बदल गयी हैं। इसमें सन्देह नहीं। पिछले साल उसी शहर गयी थी। अब वहाँ पुरानी महरी की बेटी शान्ता काम करती है। माँ ने बताया, इसने तलाक़ लेने के बाद अपना खर्च भी बँधवा लिया है। तलाक़ क्यों लिया? मेरे पूछने पर बिन्दास बोली—उसने धोखा दिया मेरे को, एक लुगाई पहले से थी, मुझे भी ब्याह ले गया, मारे सो अलग, कित्ती मार खाती, क्यों खाती, अब चार काम कर चैन से तो हूँ।

बदलाव धीरे-धीरे दबे पाँव आ रहा है। तलाक़ अब शर्म से डूब मरने जैसी बात या हौआ नहीं रहा। छोटे क़स्बे में अशिक्षित, मज़दूरी करती औरत भी अत्याचार सहना नहीं चाहती। आर्थिक रूप से स्वावलम्बी होती नारी में उभरा है नया रूप... आत्मनिर्भर होने का, स्वाभिमान की रक्षा का सामर्थ्य जुटा पाने का। इसमें साहित्य ने भी अपना योगदान दिया है। स्त्री की शारीरिक और मानसिक यातनाओं पर रचा साहित्य सहानुभूतिपूर्ण और मुक्ति की चेतना जगाने वाला रहा। इससे स्त्री के संघर्ष को बल मिला। एक सोच, विवेक, सही निर्णय और अपने लिए न्याय माँग पाने की क्षमता बढ़ी। पुराने विश्वासों और नयी मान्यताओं के बीच जूझती स्त्री अपने अस्तित्व की पहचान चाहती है।

मेरे लेखन में इसी तरह के हारते, जूझते, संघर्ष करते, जीतते चेहरे बरबस पात्र बन जाते हैं। उनके अन्तर्द्वन्द्व, घुटन और उनकी मानसिकता को सामने रखने का प्रयत्न करती रहती हूँ।

पतझड़ के पत्ते

मैं होस्टल में लौट आयी थी। आते ही मैंने अपनी सहेली पुष्पा की खोज की।

पुष्पा हैरान थी। ''शिला तुम कह गयी थीं आज देर से आओगी। सुबह की ट्रेन पकड़नी है न?''

''सुबह की नहीं, अभी की, एक घण्टा है जल्दी करो सामान तो बँधा पड़ा है।'' कहते हुए मैं सामान समेटने लगी।

बी.ए. की परीक्षाएँ हो गयी थीं। धीरे-धीरे सब लड़कियाँ जा रही थीं। होस्टल का आख़िरी साल था, सबके मन भारी थे। सब अपने-अपने विचारों में थीं। कोई जाते ही ब्याह जायेगी, किसी को इन्तज़ार करना होगा। कुछ अपने प्रेमी से विदा ले रही थीं। इस तरह का होस्टल का उदास वातावरण तीन दिन से था। मेरी उदासी को पुष्पा ने इसी का अंग समझा। सुबह की जगह अभी जाने का कारण भी वह पूछ न पायी। हम दोनों स्टेशन पर आ गयीं।

समय कम था। सामान रख पुष्पा ने पूछा, ''वर्मा जी नहीं आये...''

मुस्कुराने की चेष्टा करते हुए मैं बोली! ''कुछ काम था। बाद में पूना आयेंगे। तुम भी रात को जा रही हो न?'' उसके मुँह से 'हाँ' सुनकर मुझे सन्तोष हुआ। मुझे डर लग रहा था, कहीं सुबह मुझे स्टेशन पर न पाकर वर्मा जी सीधे होस्टल पहुँचेंगे और पुष्पा से पता ले लेंगे।

गाड़ी की सीटी के साथ हम दोनों ने एक-दूसरे का हाथ थाम लिया। हम इतनी निकट सहेलियाँ थीं, फिर भी आज मैं कुछ छिपा गयी। ट्रेन के हिलते ही हाथ छूट गये। पत्र डालते रहने के वायदे के साथ ही गाड़ी तेज़ हो गयी थी।

मैंने सर खिड़की से टिका दिया—हल्की-सी साँस के साथ मेरे मुँह से 'ओह' निकल गया। दो घण्टे पहले मैं क्या सोच रही थी और क्या हो गया। बम्बई शहर की झिलमिल रोशनी की तरह मेरे सपने ही थे जो गाड़ी की चाल से पीछे छूटते जा रहे हैं। धीरे-धीरे रोशनी ख़त्म हो गयी। अब चारों तरफ़ अँधेरा था। धरती पर तो फिर सुबह हो जायेगी। मेरे जीवन में अब सुबह कभी न होगी।

सिर्फ़ दो घंटे पहले मैं कितनी ख़ुशी-ख़ुशी वर्मा जी से मिलने गयी थी। उसके चेहरे पर परेशानी और उदासी दोनों झलक रही थी। आँखें खोयी-खोयी-सी थीं। सोचा— शायद मैं जा रही हूँ, इसलिए उदास है। मैं आज अपना पता दे दूँगी। अब मुझे उनके प्यार पर विश्वास था। पापा से बात कर लेंगे। सोचते हुए मैंने उनका हाथ पकड़ते हुए कहा...''आप क्या सोच रहे हैं...?''

''कुछ भी तो नहीं'', वर्मा जी चौंक गये। उनके मन में उथल-पुथल मची थी। वे एकदम कुछ बोल देना चाहते थे। एक बार मेरी तरफ़ देखा। उनकी उत्सुकता-भरी आँखों में विश्वास झलक रहा था। ''शिला मैं पिछले साल से ही तुम्हें कुछ बता देना चाहता था पर हिम्मत न हुई। तुम इसे किस तरह लोगी, मुझे डर लगता था। आज कह देना चाहता हूँ...।'' अपने दोनों हाथों में मेरा हाथ थामे उसने एक बार फिर मुझे देखा...''मेरी पत्नी एक बच्चे को जन्म देकर मर गयी थी। बच्चा मेरी माँ के पास है। तुम्हारे जैसी कोमल हृदय को मैं निस्संकोच बच्चा सौंप सकूँगा।''

मुझे एक झटका लगा। एक भारी शिला ने मुझे दबा दिया। मेरा गला घुटने लगा। ऐसा लगा, भूचाल आ गया है, सब कुछ हिल रहा है, सब टूट गया है। मैंने एक पल में अपने को सँभाला, वर्मा जी की तरफ़ देखा। उनके शान्त, अबोध चेहरे में क्या है, मैं देख न सकी। ''सहेली के साथ कहीं जाना है। आपसे यही कहने आयी थी। पापा से बात करूँगी, वे आपको पत्र लिख देंगे।'' कहते-कहते मेरी आँखें भर आयी थीं। मेरे आँसुओं को देख वर्मा जी ने प्यार से कहा...''पापा का पत्र आते ही मैं फ़ौरन आ जाऊँगा। पगली रोती क्यों हो, अब तो हम साथ ही जियेंगे।''

सामने से आती टैक्सी रोक, विदा ले मैं टैक्सी में बैठ गयी।

''सुबह स्टेशन आऊँ...'' कहकर वर्मा जी ने हाथ हिला दिया।

किसी स्टेशन पर गाड़ी खड़ी थी। इस छोटे स्टेशन के साथ ही शहर की सड़क थी जहाँ बारात जा रही थी। वह शाम मुझे याद आ गयी जब मेरे पिता के साथ सजकर मैं नयी माँ को लेने पहुँची थी। रात को कब आये, मुझे मालूम नहीं। मैं सो गयी थी। सुबह जब आँख खुली तो अपने पास बैठी एक सजी-सजायी दुल्हन देखी जो प्यार से मुझे सहला रही थी।

''कुछ दिन माँ वैसी ही सजी-सजायी बैठी रहती थी। धीरे-धीरे मेहमान चले गये। दूसरे ही दिन गुड़िया-सी सजी माँ दूसरों की माओं की तरह साधारण से कपड़े पहनकर घर का कामकाज देखने लगी। अब मुझे माँ अच्छी लगने लगी थी। वह भी मुझे बहुत प्यार करती। कहानी सुनाते-सुनाते दूध देती। पढ़ने बैठाती, साथ खेलती।

पापा रोज़ मुझसे पूछते, ''दूध पिया? पढ़ा?'' मैं 'हाँ' कह देती। पर मैं जिस दिन दूध न पीती, माँ ज़रूर कह देती, ''आज नहीं पिया।''

''दूध नहीं पिया था तो दूध का कुछ और बनाकर खिला देतीं।'' पापा के बोलने में कटुता थी, यह मैं तब भी अच्छी तरह समझती थी।

एक दिन माँ ने मुझे चपत लगायी, मैं रो रही थी तभी पापा आ गये। माँ तब भी मेरे हाथ पकड़े बोल रही थी...''कहो, अब बिना बोले कहीं नहीं जाओगी।''

पापा ने एक झटके से मुझे छुड़ा लिया था। ''चार दिन नहीं हुए आये और बच्चे पर इतना ज़ुल्म...''

''जब माँ बच्चे को डाँट रही हो तो पिता को बीच में नहीं आना चाहिए।'' सहजता से कहते हुए माँ चली गयी और मेरा दूध और पापा का पानी लेकर आयी।

सोलह माले की इस इमारत में मैं रोज़ ही गुम हो जाती थी। माँ रोज़ समझाती थी। ''बोलकर जाया करो। शाम को पढ़ा करो।'' मैं सुनती नहीं थी। उस बेचारी को मुझे ढुँढ़वाते दो घण्टे लग जाते। तभी मारा था। वह भी हल्की-सी चपत।

कुछ समय बाद स्कूल का पत्र आया था। मैं फ़ेल थी। उस दिन भी पापा ने माँ को बहुत डाँटा था।

''तुम्हारे भरोसे लड़की छोड़ी तो यह हाल हुआ। कुछ तो ज़िम्मेदारी समझनी चाहिए। इतना पढ़ी-लिखी हो, उसे पढ़ा नहीं सकती!'' पापा क्रोध से उबल रहे थे।

मुझे याद आया, एक दिन माँ पढ़ा रही थी तब बार-बार समझाने पर भी जब मैं ध्यान नहीं दे रही थी तब उन्होंने डाँटा। पापा पेपर से मुँह उठाते हुए गरजे थे...''ऐसे बच्चों को पढ़ाया जाता है? इतना डाँटोगी तो वह पढ़ेगी ख़ाक! जो रहा-सहा दिमाग़ में है, वह भी निकल जायेगा। कोई ज़रूरत नहीं पढ़ाने की। मैं ट्यूशन रख दूँगा।''

''मैं क्या करूँ, कुछ समझ नहीं आता, पढ़ाती हूँ तब भी आप बोलते हैं। नहीं पढ़ाती हूँ तब भी आप बोलते हैं। मैं बच्चे से प्यार करूँगी तो डाटूँगी भी। कौन सी माँ है जो बच्चे को डाँटती नहीं। मारती नहीं। आपको मेरे और बच्चे के बीच खाई नहीं खोदनी चाहिए।''

पापा का चेहरा भी तमतमा गया था। ''अब मुझे शिक्षा देने चली हो। किया क्या है तुमने साल भर में।'' पापा दाँत पीस रहे थे।

''मेरे आने से पहले भी स्कूल रिपोर्ट यही थी। लड़की बच्चों को मारती है, पढ़ाई नहीं करती, क्लास में शैतानी करती है। उसका कारण आप हैं। नौकरों द्वारा पली बच्ची जिसे माँ की ममता न मिली हो, ऐसी हो जाती है। आपका प्यार ऊपरी

है जो कहा बच्चे ने झट ले दिया। मैंने कुछ कहा, डाँट दिया। उसे सुधरने में कुछ समय तो लगेगा।''

रोज़ाना मैं माँ-बाप में होते झगड़े सुनती रहती, मुझे अपने आप पर ग्लानि-सी होने लगती। मेरी वजह से माँ गालियाँ खाती है। जब मैं कलह सुनते थक जाती तो पापा से कहती...''माँ को क्यों डाँटते हो, वह मुझे बहुत प्यार करती हैं।'' माँ मुझे अपने साथ लगाते हुए बोली...''अपने मन से सन्देह निकाल दो, घर स्वर्ग बन जायेगा। आप रस्सी को साँप समझ रहे हैं। मेरे मन में शिला के प्रति कोई बुरा भाव नहीं है।''

पापा का सन्देही मन कभी न बदला। हमेशा किसी-न-किसी बात पर बोलते रहते। समय के साथ घर में एक मुन्ना आ गया। मुन्ना के आने से कुछ दिन घर का तनाव दूर रहा पर फिर ज्यों-का-त्यों हो गया। मैं भाई पाकर ख़ुश थी। उसके साथ खेलती, रोता तो उसके गीले कपड़े बदल लेती। पिछली बार भी दो साल में एक क्लास पास की, अब फिर फ़ेल हो गयी थी।

एक दिन मुन्ना रो रहा था, माँ मुझे देकर दूध लेने गयी। मैं पढ़ रही थी। यह देखते ही पापा चीख़े...''दो साल में एक क्लास पास न करेगी तो क्या करेगी लड़की? अक़्ल है तुम्हारे पास, पढ़ने बैठी है तो लड़का दे गयी।''

''यह कौन सी शिक्षा आप बच्चे को दे रहे हैं, घड़ी भर भाई को पकड़ा दिया तो पढ़ाई ख़राब हो गयी। आपने घर को नर्क बना रखा है। न शान्ति से जीना चाहते हैं न जीने देते हैं। इस अशान्ति के वातावरण में बच्ची समय से पहले मुर्झा जायेगी। आपके इस व्यवहार से मेरा तो दिमाग़ ख़राब होता जा रहा है। ईश्वर के लिए बच्ची का भविष्य सोचिए। इसे आप होस्टल में डाल दें। वहाँ के शान्त वातावरण में लड़की पढ़ भी सकेगी, यहाँ के रोज़ के कलह से दूर हो जायेगी।''

पापा लाल-लाल आँखें निकालते हुए बोले थे...''तुम और क्या कहोगी! तुम्हारी आँखों में लड़की काँटे की तरह चुभती है। तुम उसे होस्टल नहीं भेजोगी तो क्या कलेजे से लगाओगी! आज उसकी माँ होती तो क्या होस्टल भेजती!''

माँ की आँखों से आँसू बह रहे थे। मुन्ना गोद में मचल रहा था। पापा बोले जा रहे थे...''अपने बच्चे को घर से बाहर फेंक सकोगी जैसे इसे फेंक रही हो...इसे घर से निकाल दो, फिर चैन से रहना।''

मैं रो-रोकर पापा के मुँह पर हाथ रखती रही। वे दूसरे कमरे में चले गये। मैं माँ को देख रही थी। उसका चेहरा बदला जा रहा था, आँखों में एक अजीब-सा भाव था। होंठ कसकर बन्द करके वह ज़ोर से बच्चे को छाती से चिपकाये गैलरी

की तरफ़ भागी इतनी तेज़ कि पल में गैलरी में पहुँच बच्चा फेंक दिया। मैं ज़ोर से चीख़ी। पापा भागकर आये। सारी स्थिति पल में समझ गये। तड़ातड़ माँ को ख़ूब मारा। वह ख़ामोश पड़ी रही।

दरवाज़े की घण्टी बजी। मरा बच्चा लिए नीचेवाले खड़े थे। पुलिस भी थी, माँ और पापा को पुलिस ले जाने लगी। तब भी माँ कह रही थी...''मुझ पर विश्वास करो। मैं सौतेली माँ हूँ, मेरी ममता सौतेली नहीं थी।'' मैं उसकी साड़ी खींच रही थी। पर माँ की आँखें कहीं और ही थीं।

माँ पागलख़ाने चली गयी और मैं आज तक होस्टल में रहती रही। पापा भी बम्बई शहर छोड़ पूना के बाहर छोटा-सा मकान लेकर अकेले रहने लगे। शायद पश्चात्ताप के लिए।

''आप सो रही हैं,'' किसी ने हिलाया था। गाड़ी पूना स्टेशन पर खड़ी थी। मैं बड़ी कठिनाई से उठ पायी, सारा शरीर जम-सा गया था। ताँगा घर के सामने पहुँचा। सड़क की रोशनी बगीचे में पड़ रही थी, जहाँ पापा बेंत की कुर्सी पर आँखें मूँदे बैठे हैं, उनके चारों तरफ़ पतझड़ के पत्ते हवा से यहाँ-वहाँ उड़ रहे थे।

फाटक के खुलने की आवाज़ से पापा चौंक गये और फाटक की तरफ़ दौड़े। मुझे साथ लगाते हुए बोले...''बेटी, तुम सुबह आने वाली थी, अभी कैसे!'' एक पल को फिर वर्मा जी आँखों में आये। मैंने पिता जी की वीरान आँखें देखीं, फिर अँधेरे में डूबा वीरान घर देखा। मैं फफककर पापा के सीने पर सिर रखे रो उठी।

सूखे पत्ते हवा के साथ खड़खड़ यहाँ-वहाँ डोल रहे थे। बहार जा चुकी थी।

आर्थिक आत्मनिर्भरता सामाजिक बदलाव की पहली शर्त

सुधा अरोड़ा

पाँच साल पहले की बात है। एक दिन एक बुज़ुर्ग सज्जन हमारे संगठन 'हेल्प' का पता ढूँढ़ते हुए मदद के लिए आये। वह छोटे क़स्बे से आये थे। उन्होंने अपनी इकलौती बेटी की शादी मुम्बई में की थी और उस इकलौती बेटी ने अपने एक साल के बच्चे को छोड़कर तीसरे माले से कूदकर आत्महत्या कर ली थी। हफ़्ते भर बाद उन्हें इस हादसे की जानकारी मिली। उन्हें सन्देह था कि उनकी बेटी को दहेज के लालच में मार डाला गया है। इसका कोई ठोस सबूत उनके पास नहीं था। सन्देह की वजह बताते हुए उन्होंने अपने काँपते हुए हाथों से अपनी बेटी की ख़ूबसूरत लिखायी में कुछेक अन्तर्देशीय ख़तों का छोटा-सा पुलिन्दा बड़े एहतियात से खोला जैसे कोई बेशक़ीमती चीज़ दिखा रहे हों। वे ख़त बेहद परेशान करने वाले थे। ख़तों की एक-एक पंक्ति गवाह थी कि वह लड़की बेहद भावुक और संवेदनशील थी, साथ ही अपने माँ-बाप की बेहद लाडली और आज्ञाकारिणी भी। अपने माँ-बाप का मन रखने के लिए उसने शादी कर ली थी। उसके पास अपने कुछ ख़ूबसूरत सपने भी थे जिनकी पोटली बाँधकर वह नये घर में आयी थी, लेकिन सपनों से उतरकर जैसे ही वह ज़मीन पर आयी, उसने समझ लिया कि शादी के बाद उसे अपने हालात से ख़ुद जूझना है और अपनी निजी तकलीफ़ से अपने माता-पिता को परेशान नहीं करना है। लेकिन कुछ था, जिसे वह हर हाल में अपने माता-पिता तक पहुँचाना चाहती थी। उसके ख़तों में उसके क़स्बे की, अपने स्कूल की सखी-सहेलियों की यादें थीं और बड़े शहर के संवेदनहीन माहौल में धीरे-धीरे अपने को खपा लेने की कोशिश का वायदा था। हर ख़त में लगातार एक अंडरटोन थी, जिसे समझने में असमर्थ माता-पिता ने न उसे बुलाया, न ख़ुद उससे मिलने आये, बल्कि हर बार उसे समझा-बुझाकर भेजते रहे कि शादी के बाद थोड़े-बहुत समझौते तो सबको करने पड़ते हैं, यह कोई नयी बात नहीं है।

बेटी को विदा कर माँ-बाप भी उसकी ज़िम्मेदारी से मुक्त हो लेते हैं। जिस लड़की के हाथ में अपने पैरों पर खड़े होने लायक़ शिक्षा की डिग्री भी नहीं, माँ-बाप के घर की छत पर आसरा भी नहीं, उसके लिए यातना को यातना के रूप में न पहचानने के अलावा कोई रास्ता नहीं रहता। कई बार तो उसे यह अहसास भी नहीं होता कि ज़िन्दगी इन स्थितियों से अलग और इससे बेहतर भी हो सकती है। वह इसे अपनी नियति या दुर्भाग्य मान बैठती है।

मध्यवर्गीय भारतीय परिवार में एक लड़की की कंडीशनिंग इस तरह से की जाती है कि वह शादी के बाद एक लम्बा समय दबावों को झेलने और नये परिवार के नये सदस्यों के अनुरूप अपने को ढालने में बिता देती है। उसे यह पहचानने में ही कई साल लग जाते हैं कि उसका अपना भी एक अस्तित्व है। अपनी पिछली पहचान को पूरी तरह भुलाते हुए वह अपने को 'आदर्श' सिद्ध करने में अपनी पूरी ताक़त लगा देती है। कुछ लड़कियाँ अपने इस 'आदर्श' स्वरूप में ही अपने जीवन की सार्थकता ढूँढ़ लेती हैं, अपने पति और अपने बच्चों को सफलता की सीढ़ियाँ चढ़ते देख वे परम तृप्त होकर उनकी ख़ुशी में अपने 'होने' को शुमार कर देती हैं। कुछ ऐसी औरतें भी होती हैं जो अपनी ज़िन्दगी के महत्त्वपूर्ण साल इस कोशिश में खपा देने के बाद भी अपने को असफल पाती हैं और देखती हैं कि उसे फिर भी घुसपैठिये का ही दर्जा दिया जाता है। इसके बाद शुरू होती है उसकी अपने अस्तित्व, अपनी पहचान, अपनी आकांक्षाओं की लड़ाई, जिसे हर लड़की अपने-अपने तरीक़े से लड़ती है और अपनी आज़ादी हासिल करती है।

किसी भी लड़की के लिए आर्थिक आत्मनिर्भरता अपने लिए आज़ादी और इज़्ज़त कमाने की पहली शर्त है। अपने पाँव पर खड़े होने के लिए सबसे पहली ज़रूरत है, शिक्षित होना। शिक्षा के द्वारा ही उसमें अपने आसपास की परिस्थितियों का विश्लेषण और उसमें अपनी 'जगह' की पहचान करने की समझ विकसित होती है। यह एक निहायत ग़लत धारणा है कि पुरुषप्रधान समाज को नकारने के लिए आज लड़कियाँ स्वावलम्बी होना चाहती हैं। हक़ीक़त यह है कि एक घरेलू औरत या 'हाउसवाइफ़' का दर्जा एक सम्भ्रान्त भिखारी से ज़्यादा नहीं होता। हर समाज में वर्चस्व का निर्धारण अर्थसत्ता से ही होता है। स्त्री का आर्थिक रूप से स्वतन्त्र होना ही सामाजिक बदलाव की पहली शर्त है। उसकी आर्थिक आत्मनिर्भरता से बहुत सारे समीकरण बदल जाते हैं।

कुल जमा बात यह कि पति चाहे कितना भी दौलतमन्द या प्रतिष्ठित क्यों न हो, एक औरत को थोड़ी-सी 'स्पेस' या साँस ले पाने की जगह अपने लिए ज़रूर

रखनी चाहिए कि वह आड़े वक़्त अपने पति की आर्थिक दया से अलग अपने पैरों पर खड़ी को सके, उसके और उसके पति के बीच एक मालिक और ग़ुलाम का रिश्ता न रहे, जो अन्ततः स्वामी या मालिक की मर्जी से ही परिचालित होता है। दोनों एक-दूसरे के साथी और सहयोगी बनकर रहें, इसके लिए ज़रूरी है कि घर-गृहस्थी के कार्यक्षेत्र का बँटवारा भी सानुपातिक हो।

ज़ाहिर है, बहुत-सी गृहिणियाँ इस स्थिति से असहमत भी होंगी क्योंकि उनके अनुसार प्रकृति ने ही इस विभाजन को निर्धारित किया है, जहाँ पुरुष बाहरी कार्यक्षेत्र और अपेक्षाकृत बड़ी स्पेस का हक़दार है और महिलाएँ भीतरी कार्यक्षेत्र यानी घर की चहारदीवारी के भीतर या उसकी परिधि में आने वाली स्थितियों, सम्बन्धों और ज़िम्मेदारियों को पूरी कुशलता के साथ निबाहती है। इसके लिए अपने पति और परिवार द्वारा उसे पूरा सम्मान दिया जाता है। बाहरी और भीतरी कार्यक्षेत्र के समुचित सन्तुलन द्वारा ही भारतीय परिवार को सुचारु रूप से चलाया जा सकता है। यह सन्तुलन अगर परिवार के सभी सदस्यों द्वारा आता है तो यह एक आदर्श स्थिति है पर आमतौर पर होता यह है कि परिवार की औरत के कन्धों पर ही इसका दारोमदार लाद दिया जाता है। स्थितियाँ कैसी भी हों, परिवार कितना भी बड़ा हो, एक औरत को साम-दाम-दण्ड-भेद से घर-गृहस्थी के हर मोर्चे पर अकेले जूझना पड़ता है। उसकी कुशलता की जाँच इस कसौटी पर होती है कि उसने अपने को कितना गलाकर भी पूरे परिवार को एकजुट बनाये रखा। सबसे 'आदर्श' स्थिति वही है जिसमें वह पूरी तरह अपनी पसन्द, अपनी रुचियों, अपने सपनों को होम कर अपना छोटा-छोटा हिस्सा हर जगह थोड़ा छोड़ आती है। अपने लिए कुछ भी बचाकर नहीं रखती, फिर भी घर को बचाये रखने की सफलता से सन्तुष्ट रहती है। पिछली पीढ़ी में ऐसी 'आदर्श' औरतें बहुतेरी मिल जायेंगी जिन्होंने अपने छोटे-से वजूद के ख़िलाफ़ एक भरे-पूरे परिवार के सभी सदस्यों की तगड़ी मोर्चाबन्दी को बिना किसी शिकायत के झेला और कभी घर की दहलीज़ नहीं लाँघी।

आज की औरत का पूरा संघर्ष अपने उस छोटे-से हिस्से को बचाने में है जिस पर उसके दोनों पाँव टिके हैं। उस हिस्से को बचाये रखना उसकी पहली प्राथमिकता है। इसे बचाये रखने की ताक़त उसे शिक्षा से ही मिलेगी, इसलिए बहुत आवश्यक है कि गाँव हो या क़स्बा, शहर हो या महानगर में बसे छोटे-छोटे उपनगर, हिन्दुस्तान के हर राज्य में लड़कियों के लिए हर जगह शिक्षा मुफ़्त हो और अनिवार्य हो।

अन्नपूर्णा मंडल की आख़िरी चिट्ठी

प्यारी माँ और बाबा,

चरण-स्पर्श!

मुझे मालूम है, बाबा, लिफ़ाफ़े पर मेरी हस्तलिपि देखकर लिफ़ाफ़े को खोलते हुए तुम्हारे हाथ काँप गये होंगे। तुम बहुत एहतियात के साथ लिफ़ाफ़ा खोलोगे कि भीतर रखा हुआ मेरा खत फट न जाये।

सोचते होगे कि एक साल बाद आख़िर मैं तुम लोगों को ख़त क्यों लिखने बैठी। कभी तुम अपने डाकघर से, कभी बाबला या बउदी अपने ऑफिस से फ़ोन कर ही लेते हैं, फिर ख़त लिखने की क्या ज़रूरत! नहीं, डरो मत, ऐसा कुछ भी नया घटित नहीं हुआ है। कुछ नया हो भी क्या सकता है।

बस, हुआ इतना कि पिछले एक सप्ताह से मैं अपने को बार-बार तुम लोगों को ख़त लिखने से रोकती रही। क्यों? बताती हूँ। तुम्हें पता है न, बम्बई में बरसात का मौसम शुरू हो गया है। मैं तो मना रही थी कि बरसात जितनी टल सके, टल जाये लेकिन वह समय से पहले ही आ धमकी। और मुझे जिसका डर था, वही हुआ। इस बार बरसात में पार्क की गीली मिट्टी सनी सड़क से उठकर उन्हीं लाल केंचुओं की फ़ौज घर के भीतर तक चली आयी है। रसोई में जाओ तो मोरी के कोनों से ये केंचुए मुँह उचका-उचकाकर झाँकते हैं, नहाने जाओ तो बाल्टी के नीचे कोने पर वे बेख़ौफ चिपके रहते हैं। कभी-कभी पैरों के नीचे अचानक कुछ पिलपिला-सा महसूस होता है और मैं डर जाती हूँ कि कहीं मेरे पाँव के नीचे आकर कोई केंचुआ मर तो नहीं गया?

इस बार मुझे बाँकुड़ा का वह अपना (देखो, अब भी वही घर अपना लगता है) घर बहुत याद आया। बस, ये यादें ही तुम्हारे साथ बाँटना चाहती थी। पता नहीं तुम्हें याद है या नहीं, पता नहीं बाबला को भी याद होगा या नहीं, हम कितनी बेसब्री से बरसात के आने का इन्तज़ार करते थे। मौसम की पहली बरसात देखकर हम कैसे उछलते-कूदते माँ को बारिश के आने की ख़बर देते, जैसे पानी की बूँदें सिर्फ़ हमें

ही दिखाई देती हैं, और किसी को नहीं। पत्तों पर टप-टप-टप बूँदों की आवाज़ और उसके साथ हवा में गमकती फैलती मिट्टी की महक हमें पागल कर देती थी। हम अख़बार को काट-काटकर काग़ज़ की नावें बनाते और उन्हें तालाब में छोड़ते। माँ झींकती रहतीं और हम सारा दिन पोखर के पास और आँगन के बाहर, हाथ में नमक की पोटली लिये बरसाती केंचुओं को ढूँढ़ते रहते थे। वे इधर-उधर बिलबिलाते-से हमसे छिपते फिरते थे और हम उन्हें ढूँढ़-ढूँढ़कर मारते थे। नमक डालने पर उनका लाल रंग कैसे बदलता था, केंचुए हिलते थे और उनका शरीर सिकुड़कर रस्सी हो जाता था। बाबला और मुझमें होड़ लगती थी कि किसने कितने ज़्यादा केंचुओं को मारा। बाबला तो एक-एक केंचुए पर मुट्ठी भर-भरकर नमक डाल देता था।

माँ तुम्हें याद है, तुम कितना चिल्लाती थीं बाबला पर...इतना नमक डालने की क्या ज़रूरत है, रे खोका! पर फिर हर बार जीतता भी तो बाबला ही था...उसके मारे हुए केंचुओं की संख्या ज़्यादा होती थी। बाबा, तुम डाकघर से लौटते तो पूछते... तुम दोनों हत्यारों ने आज कितनों की हत्या की? फिर मुझे अपने पास बिठाकर प्यार से समझाते...बाबला की नक़ल क्यों करती है रे! तू तो माँ अन्नपूर्णा है, देवीस्वरूपा, तुझे क्या जीव-जन्तुओं की हत्या करना शोभा देता है? भगवान पाप देगा रे!

आज मुझे लगता है, बाबा, तुम ठीक कहते थे। हत्या चाहे मानुष की हो या जीव-जन्तु की, हत्या तो हत्या है।

तो क्या, बाबा, उस पाप की सज़ा यह है कि बाँकुड़ा के बाँसपुकुर से चलकर इतनी दूर बम्बई के अँधेरी इलाक़े के महाकाली केव्स रोड के फ़्लैट में आने के बाद भी वे सब केंचुए मुझे घेर-घेरकर डराते हैं, जिन्हें पुकुर के आसपास नमक छिड़क-छिड़ककर मैंने मार डाला था।

यह मेरी शादी के बाद की पाँचवीं बरसात है। बरसात के ठीक पहले ही तुमने मेरी शादी की थी। जब बाँकुड़ा से बम्बई के लिए मैं रवाना हुई, तुम सबकी नम आँखों में कैसे दिये टिमटिमा रहे थे जैसे तुम्हारी बेटी न जाने कौन से परीलोक जा रही है, जहाँ दिव्य अप्सराएँ उसके स्वागत में फूलों के थाल हाथों में लिये खड़ी होंगी। यह परीलोक, जो तुम्हारा देखा हुआ नहीं था पर तुम्हारी बेटी के सुन्दर रूप के चलते उसकी झोली में आ गिरा था, वर्ना क्या अन्नपूर्णा और क्या उसके डाकिये बापू शिबू मंडल की औकात थी कि उन्हें रेलवे की स्थायी नौकरीवाला सुदर्शन वर मिलता? तुम दोनों तो अपने जमाई राजा को देख-देखकर ऐसे फूले नहीं समाते थे कि मुझे बी.ए. की सालाना परीक्षा में भी बैठने नहीं दिया और दूसरे दर्जे की आरक्षित डोली में बिठाकर विदा कर दिया।

जब मैं अपनी बिछुआ-झाँझर सँभाले इस परीलोक के द्वार दादर स्टेशन पर उतरी तो देखा जैसे तालाब में तैरना भूल गयी हूँ। इतने आदमी तो मैंने अपने पूरे गाँव में नहीं देखे थे। यहाँ स्टेशन के पुल की भीड़ के हुजूम के साथ सिढ़ियाँ उतरते हुए लगा जैसे पेड़ के सूखे पत्तों की तरह हम सब हवा की एक दिशा में झर रहे हैं। देहाती-सी लाल साड़ी में तुम्हारे जीवन भर की जमा-पूँजी के गहने और कपड़ों का बक्सा लिये जब अँधेरी की ट्रेन में इनके साथ बैठी तो साथ बैठे लोग मुझे ऐसे घूर रहे थे जैसे मैं और बाबला कभी-कभार कलकत्ता के चिड़ियाघर में वनमानुष को घूरते थे। और जब महाकाली केव्स रोड के घर का ज़ंग खाया ताला खोला तो जानते हो, सबसे पहले दहलीज़ पर मेरा स्वागत किया था—दहलीज़ की फाँकों में सिमटे-सरकते, गरदन उचकाते लाल-लाल केंचुओं ने। उस दिन मैं बहुत ख़ुश थी। मुझे लगा, मेरा बाँकुड़ा मेरे आँचल से बँधा-बँधा मेरे साथ-साथ चला आया है। मैं मुस्कुरायी थी। पर मेरे पति तो उन्हें देखते ही ख़ूँख़ार हो उठे। उन्होंने चप्पल उठायी और चटाख्-चटाख् सबको रौंद डाला। एक-एक वार में उन्होंने सबका काम तमाम कर डाला था। तब मेरे मन में पहली बार इन केंचुओं के लिए माया-ममता उभर आयी थी। उन्हें उस तरह कुचले जाते हुए देखना मेरे लिए बहुत यातनादायक था।

दस दिन हमें एकान्त देकर आख़िर इनकी माँ और बहन भी अपने घर लौट आयी थीं। अब हम रसोई में परदा डालकर सोने लगे थे। रसोई की मोरी को लाख बन्द करो, ये केंचुए आना बन्द नहीं करते थे। पति अक्सर अपनी रेलवे की ड्यूटी पर सफ़र में रहते और मैं रसोई में। और रसोई में बेशुमार केंचुए थे। मुझे लगता था, मैंने अपनी माँ की जगह ले ली है और अब मुझे सारा जीवन रसोई की इन दीवारों के बीच इन केंचुओं के साथ गुज़ारना है। एक दिन एक केंचुआ मेरी निगाह बचाकर रसोई से बाहर चला गया और सास ने उसे देख लिया। उनकी आँखें ग़ुस्से से लाल हो गयीं। उन्होंने चाय के खौलते हुए पानी की केतली उठायी और रसोई में बिलबिलाते सब केंचुओं पर गालियाँ बरसाते हुए उबलता पानी डाल दिया। सच मानो बाबा, मेरे पूरे शरीर पर जैसे फफोले पड़ गये थे, जैसे खौलता हुआ पानी उन पर नहीं, मुझ पर डाला गया हो। वे सब फ़ौरन मर गये, एक भी नहीं, बचा। लेकिन मैं ज़िन्दा रही। मुझे तब समझ में आया कि मुझे अब बाँकुड़ा के बिना जिन्दा रहना है। पर ऐसा क्यों हुआ, बाबा, कि मुझे केंचुओं से डर लगने लगा। अब वे जब भी आते, मैं उन्हें वापस मोरी में धकेलती, पर मारती नहीं। उन दिनों मैंने यह सब तुम्हें ख़त में लिखा तो था, पर तुम्हें मेरे ख़त कभी मिले ही नहीं। हो सकता है, यह भी न मिले। या मिल भी जाये तो तुम कहो कि नहीं मिला। फ़ोन पर मैंने पूछा भी

था—चिट्ठी मिली? तुमने अविश्वास से पूछा—पोस्ट तो की थी या...। मैं हँस दी थी—अपने पास रखने के लिए थोड़े ही लिखी थी।

फ़ोन पर इतनी बातें करना सम्भव कहाँ है। फ़ोन की तारों पर मेरी आवाज़ जैसे ही तुम तक तैरती हुई पहुँचती है, तुम्हें लगता है, स...ब ठीक है। जैसे मेरा ज़िन्दा होना ही मेरे ठीक रहने की निशानी है। और फ़ोन पर तुम्हारी आवाज़ सुनकर मैं परेशान हो जाती हूँ क्योंकि फ़ोन पर मैं तुम्हें बता नहीं सकती कि तुम जिस आवाज़ को मेरी आवाज़ समझ रहे हो, वह मेरी नहीं है। तुम फ़ोन पर मेरा कुशल-क्षेम ही सुनना चाहते हो और मैं तुम्हें केंचुओं के बारे में कैसे बता सकती हूँ? तुम्हारी आवाज़ से मैं चाहकर भी तो लिपट नहीं सकती। मुझे तब सत्रह सौ किलोमीटर की दूरी बुरी तरह खलने लगती है।

इतनी लम्बी दूरी को पार कर डेढ़ साल पहले जब मैं वहाँ बाँकुड़ा पहुँची थी, मुझे लगा था, मैं किसी अजनबी गाँव में आ गयी हूँ जो मेरा नहीं है। मुझे वापस जाना ही है, यह सोचकर मैं अपने आने को भी भोग नहीं पायी। मैंने शिथिल होकर ख़बर दी थी कि मुझे तीसरा महीना चढ़ा है। मैं आगे कुछ कह पाती कि तुम सबमें ख़ुशी की लहर दौड़ गयी थी। माँ ने मुझे गले से लगा लिया था, बउदी ने माथा चूम लिया था। मैं रोयी थी, चीख़ी थी, मैंने मिन्नतें की थीं कि मुझे यह बच्चा नहीं चाहिए, कि उस घर में बच्चे की किलकारियाँ सिसकियों में बदल जायेंगी, पर तुम सब पर कोई असर नहीं हुआ। तुम चारों मुझे घेरकर खड़े हो गये...भला पहला बच्चा भी कोई गिराता है, पहले बच्चे को गिराने से फिर गर्भ ठहरता ही नहीं, माँ बनने में ही नारी की पूर्णता है, माँ बनने के बाद सब ठीक हो जाता है, औरत को जीने का अर्थ मिल जाता है। माँ, तुम अपनी तरह मुझे भी पूर्ण होते हुए देखना चाहती थी। मैंने तुम्हारी बात मान ली और तुम सबके सपनों को पेट में सँजोकर वापस लौट गयी।

वापस। उसी महाकाली की गुफाओंवाले फ़्लैट में। उन्हीं केंचुओं के पास। बस, फ़र्क़ यह था कि अब वे बाहर फ़र्श से हटकर मेरे शरीर के भीतर रेंग रहे थे। नौ महीने मैं अपने पेट में एक दहशत को आकार लेते हुए महसूस करती रही। पाँचवें महीने मेरे पेट में जब उस आकार ने हिलना-डुलना शुरू किया, मैं भय से काँपने लगी थी। मुझे लगा, मेरे पेट में वही बरसाती केंचुए रेंग रहे हैं, सरक रहे हैं। आख़िर वह घड़ी भी आयी, जब उन्हें मेरे शरीर से बाहर आना था और सच माँ, जब लम्बी बेहोशी के बाद मैंने आँखें खोलकर अपनी बग़ल में लेटी सलवटोंवाली चमड़ी लिये अपनी जुड़वाँ बेटियों को देखा, मैं सकते में आ गयी। उनकी शक्ल वैसी ही

गिजगिजी लाल केंचुओं जैसी झुर्रीदार थी। मैंने तुमसे कहा भी था...देखो तो माँ, ये दोनों कितनी बदशक्ल हैं, पतले-पतले, ढीले-ढीले हाथ-पैर और साँवली-मरगिल्ली-सी। तुमने कहा था, बड़ी बोकी है रे तू, कैसी बातें करती है, ये तो साक्षात् लक्ष्मी-सरस्वती एक साथ आयी हैं तेरे घर। तुम सबने कलकत्ता जाकर अपनी बेटी और जमाई बाबू के लिए कितनी ख़रीदारी की थी, बउदी ने ख़ास सोने का सेट भिजवाया था। सब दान-दहेज समेटकर तुम यहाँ आयीं और चालीस दिन मेरी, इन दोनों की और मेरे ससुरालवालों की सेवा-टहल करके लौट गयीं। इन लक्ष्मी-सरस्वती के साथ मुझे बाँधकर तुम तो बाँकुड़ा के बाँसपुकुर लौट गयीं, मुझे बार-बार यही सुनना पड़ा—एक कपालकुण्डला को अस्पताल भेजा था, दो को और साथ ले आयी।

बाबा, कभी मन होता था—इन दोनों को बाँधकर तुम्हारे पास पार्सल से भिजवा दूँ कि मुझसे ये नहीं सँभलतीं, अपनी ये लक्ष्मी-सरस्वती-सी नातिनें तुम्हें ही मुबारक हों पर हर बार इनकी बिटर-बिटर-सी ताकती हुई आँखें मुझे रोक लेती थीं।

माँ, मुझे बार-बार ऐसा क्यों लगता है कि मैं तुम्हारी तरह एक अच्छी माँ कभी नहीं बन पाऊँगी जो जीवन भर रसोई की चारदीवारी में बाबला और मेरे लिए पकवान बनाती रही और फ़ालिज की मारी ठाकुर माँ की चादरें धोती-समेटती रही। तुम्हारी नातिनों की आँखें मुझसे यह सब माँगती हैं जो मुझे लगता है, मैं कभी उन्हें दे नहीं पाऊँगी।

इन पाँच-सात महीनों में कब दिन चढ़ता था, कब रात ढल जाती थी, मुझे तो पता ही नहीं चला। इस बार की बरसात ने आकर मेरी आँखों पर छाये सारे परदे गिरा दिये हैं। ये दोनों घिसटना सीख गयी हैं। सारा दिन कीचड़-मिट्टी में सनी केंचुओं से खेलती रहती हैं। जब ये घुटनों से घिसटती हैं, मुझे केंचुए रेंगते दिखाई देते हैं और जब बाहर सड़क पर मैदान के पास की गीली मिट्टी में केंचुओं को सरकते देखती हूँ तो उनमें इन दोनों की शक्ल दिखाई देती है। मुझे डर लगता है, कहीं मेरे पति घर में घुसते ही इन पर चप्पलों की चटाख-चटाख बौछार न कर दें या मेरी सास इन पर केतली का खौलता हुआ पानी न डाल दें। मैं जानती हूँ, यह मेरा वहम है पर यह लाइलाज है और मैं अब इस वहम का बोझ नहीं उठा सकती।

इन दोनों को अपने पास ले जा सको तो ले जाना। बाबला और बउदी शायद इन्हें अपना लें। बस, इतना चाहती हूँ कि बड़ी होने पर ये दोनों अगर आसमान को छूना चाहें तो यह जानते हुए भी कि वे आसमान को कभी नहीं छू पायेंगी, इन्हें रोकना मत।

इन दोनों के रूप में तुम्हारी बेटी तुम्हें सूद सहित वापस लौटा रही हूँ। इनमें तुम मुझे देख पाओगे शायद।

बाबा, तुम कहते थे न—आत्माएँ कभी नहीं मरतीं। इस विराट व्योम में, शून्य में, वे तैरती रहती हैं—परम शान्त होकर। मैं उस शान्ति को छू लेना चाहती हूँ। मैं थक गयी हूँ, बाबा! हर शरीर के थकने की अपनी सीमा होती है। मैं जल्दी थक गयी, इसमें दोष तो मेरा ही है। तुम दोनों मुझे माफ़ कर सको तो कर देना।

इति।

तुम्हारी आज्ञाकारिणी बेटी,
अन्नपूर्णा मंडल

रचनाकार-परिचय

महाश्वेता देवी

जन्म : 1926, ढाका।

अध्ययन-अध्यापन : प्रारम्भिक शिक्षा शान्ति निकेतन में। कलकत्ता विश्वविद्यालय से अंग्रेज़ी साहित्य में एम.ए.। अरसे तक अंग्रेज़ी का अध्यापन।

प्रमुख कृतियाँ : *जंगल के दावेदार, 1084वें की माँ, श्री श्रीगणेश महिमा, चोट्टि मुण्डा और उसका तीर, ग्राम बांग्ला, भारत में बँधुआ मज़दूर, घहराती घटाएँ, जली थी अग्निशिखा, अमृत संचय, बनिया-बहू, कृष्णद्वादशी, झाँसी की रानी, भूख, भटकाव, शाल-गिरह की पुकार, अग्निगर्भ*। अनेक कृतियाँ भारतीय एवं विदेशी भाषाओं में अनूदित।

पुरस्कार : 'जंगल के दावेदार' पुस्तक के लिए 'साहित्य अकादेमी पुरस्कार', 'मैगसेसे अवार्ड' तथा 'ज्ञानपीठ पुरस्कार' से सम्मानित।

निधन : 28, जुलाई 2016

मन्नू भंडारी

जन्म : 3 अप्रैल 1931, भानपुरा (मध्यप्रदेश)।

अध्ययन-अध्यापन : हिन्दी में एम.ए.। पहले कलकत्ता में फिर दिल्ली विश्वविद्यालय के मिरांडा हाऊस (1964 से 1991) में अध्यापन। 1992 से 1994 तक उज्जैन के प्रेमचन्द सृजनपीठ में निदेशक।

प्रमुख कृतियाँ : *मैं हार गई, एक प्लेट सैलाब, यही सच है, तीन निगाहों की तस्वीर, त्रिशंकु, मेरी प्रिय कहानियाँ* (कहानी-संग्रह); *आपका बंटी, स्वामी, कलवा* और *महाभोज* (उपन्यास); *बिना दीवारों के घर, महाभोज* (नाटक)। मन्नू जी ने 'रजनी' धारावाहिक में प्रखर संघर्षशील पात्र 'रजनी' का सृजन किया।

पुरस्कार : हिन्दी अकादेमी का 'शलाका सम्मान'। कथा-साहित्य एवं नाटक के क्षेत्र में अनेक पुरस्कारों से सम्मानित।

निधन : 15, नवम्बर 2021

ममता कालिया

जन्म : 2 नवम्बर 1940, वृन्दावन।

अध्ययन-अध्यापन : प्रारम्भिक शिक्षा नागपुर, मुम्बई, पुणे, इन्दौर में। एम.ए. (अंग्रेज़ी) दिल्ली विश्वविद्यालय से।

प्रमुख कृतियाँ : *बेघर, नरक दर नरक, प्रेम कहानी, एक पत्नी के नोट्स, दौड़* (उपन्यास); *छुटकारा, सीट नम्बर छह, एक अदद औरत, प्रतिदिन, उसका यौवन, जाँच अभी जारी है, बोलने वाली औरत, निर्मोही* (कहानी-संग्रह); *खाँटी घरेलू औरत* (कविता); *आत्मा अठन्नी का नाम है, आप न बदलेंगे* (एकांकी-संग्रह)।

पुरस्कार : हिन्दी साहित्य परिषद्, उत्तर प्रदेश हिन्दी संस्थान तथा रमणिका फाउंडेशन द्वारा पुरस्कृत-सम्मानित।

उर्मिला पवार

जन्म : 7 मई 1945

अध्ययन : मराठी साहित्य में एम.ए.। पी.डब्ल्यू.डी. में तैंतीस साल काम करने के बाद सम्प्रति स्वतन्त्र लेखन।

प्रमुख कृतियाँ : *सहावं बोट, चौथी भिंत* (कहानी-संग्रह); *उदान* (बौद्धदर्शन का मराठी में अनुवाद), *आम्हीही इतिहास घडवला* (शोध-पुस्तिका—अम्बेडकर आन्दोलन में स्त्रियों की भूमिका); *मॉरिशस एक प्रवास* (यात्रा-संस्मरण)।

पुरस्कार : महाराष्ट्र राज्य का 'साहित्य-संस्कृति मंडल पुरस्कार', 'अस्मितादर्श पुरस्कार' तथा 'शकुन्तला नेने पुरस्कार'।

मृदुला गर्ग

जन्म : 25 अक्तूबर 1938, कोलकाता।

अध्ययन : दिल्ली विश्वविद्यालय से अर्थशास्त्र में एम.ए.।

प्रमुख कृतियाँ : *उसके हिस्से की धूप, वंशज, चित्तकोबरा, अनित्य, मैं और मैं, कठगुलाब* (उपन्यास); *कितनी क़ैदें, टुकड़ा-टुकड़ा आदमी, डैफोडिल जल रहे हैं, ग्लेशियर से, उर्फ़ सैम, शहर के नाम, समागम, चर्चित कहानियाँ, मेरे*

देश की मिट्टी, अहा (कहानी-संग्रह); *एक और अजनबी, जादू की कालीन, तीन क़ैदें* (नाटक); *रंग-ढंग, चुकते नहीं सवाल* (आलेख)। कुछ कृतियों का अंग्रेज़ी तथा अन्य विदेशी भाषाओं में अनुवाद। *चित्तकोबरा* उपन्यास जर्मन व अंग्रेज़ी में अनूदित।

पुरस्कार : 'साहित्य अकादेमी पुरस्कार', 'व्यास सम्मान', 'साहित्यकार सम्मान' 'साहित्य भूषण पुरस्कार' के साथ *उसके हिस्से की धूप* (उपन्यास) व *जादू का कालीन* (नाटक) के लिए मध्यप्रदेश साहित्य परिषद, भोपाल से पुरस्कृत।

मृणाल पाण्डे

जन्म : 26 फरवरी 1946, टीकमगढ़ (मध्यप्रदेश)।

अध्ययन-अध्यापन : एम.ए. (अंग्रेज़ी) इलाहाबाद विश्वविद्यालय। संगीत विशारद। इलाहाबाद विश्वविद्यालय, दिल्ली विश्वविद्यालय एवं मौलाना आजाद कॉलेज ऑफ टेक्नोलॉजी में अध्यापन।

प्रमुख कृतियाँ : *सहेला रे, विरुद्ध* (उपन्यास); *दरम्यान, शब्दभेदी, एक नीच ट्रेजडी* (कहानी-संग्रह); *मौजूदा हालात को देखते हुए* (नाटक); *परिधि पर स्त्री* (आलेख-संग्रह); *Daughter's Daughter* (Novel), *Stree 87, This Subject his Women* (Essays); सम्पादन : 'वामा'; 'साप्ताहिक हिन्दुस्तान'; 'दैनिक हिन्दुस्तान'।

पुरस्कार : उत्तर प्रदेश हिन्दी संस्थान द्वारा पुरस्कृत साथ ही 'ओमप्रकाश साहित्य सम्मान', 'हरिदत्त शर्मा जयन्ती अवार्ड', 'महिला शिरोमणि अवार्ड' आदि से सम्मानित।

राजी सेठ

जन्म : 4 अक्टूबर 1935 नौशेहरा छावनी (पाकिस्तान)।

अध्ययन : एम.ए. अंग्रेज़ी साहित्य। विशेषाध्ययन—'तुलनात्मक धर्म और भारतीय दर्शन'।

प्रमुख कृतियाँ : *तत्-सम, निष्कवच* (उपन्यास); *अन्धे मोड़ से आगे, तीसरी हथेली, यात्रा-मुक्त, दूसरे देशकाल में, यह कहानी नहीं* (कहानी-संग्रह); जर्मन कवि राइनेर मारिया रिल्के के पत्रों की दो पुस्तकों का अंग्रेज़ी से रूपान्तरण।

पुरस्कार : 'अनन्त गोपाल शेवड़े पुरस्कार', 'हिन्दी अकादेमी सम्मान' के साथ भारतीय भाषा परिषद् आदि द्वारा सम्मानित।

नासिरा शर्मा

जन्म : 1948, इलाहाबाद।

अध्ययन : फ़ारसी भाषा व साहित्य में एम.ए.।

प्रमुख कृतियाँ : *शाल्मली, ज़िन्दा मुहावरे, ठीकरे की मँगनी, कुइयाँ जान* (उपन्यास); *शामी काग़ज़, इब्ने मरियम, संगसार, सबीना के चालीस* चोर, (दो खण्डों में) *अफ़ग़ानिस्तान:बुज़कशी का मैदान* (कहानी-संग्रह) आदि।

पुरस्कार : 'साहित्य अकादेमी पुरस्कार', 'व्यास सम्मान', हिन्दी अकादेमी सम्मान के अतिरिक्त अन्य कई पुरस्कारों से विभूषित।

चित्रा मुद्‌गल

जन्म : 10 दिसम्बर 1944, चेन्नई।

अध्ययन : पुणे और मुम्बई में।

प्रकाशित कृतियाँ : तेरह कहानी संग्रह, तीन उपन्यास, तीन बाल-उपन्यास, चार बालकथा-संग्रह, पाँच सम्पादित पुस्तकें और दो वैचारिक संकलन प्रकाशित हो चुके हैं। इनमें प्रमुख हैं—*एक ज़मीन अपनी, आवाँ, गिलिगडु* (उपन्यास), *बयान, लपटें, ज़हर ठहरा हुआ, लाक्षागृह, इस हमाम में, जगदम्बा बाबू गाँव जा रहे हैं,* जिनावर आदि (कहानी-संग्रह)।

पुरस्कार : 'साहित्य अकादेमी पुरस्कार', 'व्यास सम्मान', 'अन्तरराष्ट्रीय इन्दु शर्मा कथा सम्मान', हिन्दी अकादेमी का 'साहित्य सम्मान', 'विदुला सम्मान' 'साहित्यभूषण सम्मान' आदि से सम्मानित।

ज्योत्स्ना मिलन

जन्म : 19 जुलाई 1941, मुम्बई।

अध्ययन : गुजराती साहित्य तथा अंग्रेज़ी साहित्य में एम.ए.।

प्रमुख कृतियाँ : *अपने साथ* तथा *अ अस्तु का* (उपन्यास); *चीख़ के आरपार, खँडहर तथा अन्य कहानियाँ, अँधेरे में इन्तज़ार, उम्मीद की दूसरी सूरत* (कहानी-संग्रह); *घर नहीं, अपने आगे-आगे* (कविता-संग्रह)। स्त्रियों के संगठन 'सेवा' के मासिक मुखपत्र 'अनसूया' का वर्षों से सम्पादन। इला भट्ट की 'हम सविता' तथा उपन्यास 'लारीयुद्ध' का अनुवाद।

पुरस्कार : मध्यप्रदेश सरकार की 'मुक्तिबोध फ़ेलोशिप' तथा मानव संसाधन विकास मन्त्रालय की सीनियर 'फ़ेलोशिप'।

निधन : 4, मई 2014

सूर्यबाला

जन्म : 26 अक्टूबर 1944, मिर्ज़ापुर।

अध्ययन : पीएच.डी. तक की शिक्षा काशी हिन्दू विश्वविद्यालय से।

प्रमुख कृतियाँ : *कौन देस को वासी : वेणु की डायरी, अग्नि पंखी, मेरे संधि-पत्र, सुबह के इन्तज़ार तक, यामिनी-कथा, दीक्षान्त* (उपन्यास); *सांझवाती, इक्कीस कहानियाँ, एक इन्द्रधनुष, थाली भर चाँद, मुँडेर पर, गृह-प्रवेश, कात्यायनी-संवाद* (कहानी-संग्रह); *धृतराष्ट्र टाइम्स, अजगर करे न चाकरी, झगड़ा निपटारक दफ़्तर* (व्यंग्य) आदि।

पुरस्कार : 'प्रियदर्शिनी पुरस्कार', 'घनश्याम दास सराफ पुरस्कार' तथा काशी नागरी प्रचारिणी सभा, दक्षिण भारत हिन्दी प्रचार सभा, मुम्बई विद्यापीठ, आरोही, अखिल भारतीय कायस्थ महासभा, सतपुड़ा संस्कृति परिषद आदि संस्थाओं से सम्मानित।

मैत्रेयी पुष्पा

जन्म : 30 नवम्बर 1944, अलीगढ़ ज़िले के सिकुर्रा गाँव में।

अध्ययन : एम.ए. (हिन्दी साहित्य)। बुन्देलखण्ड कॉलेज, झाँसी।

प्रमुख कृतियाँ : *बेतवा बहती रही, इदन्न मम, चाक, झूला नट, अल्मा कबूतरी, अगनपांखी, विजन* (उपन्यास); *चिन्हार, गोमा हँसती है, ललमनियाँ तथा अन्य कहानियाँ* (कहानी-संग्रह); *कस्तूरी कुंडल बसै* (आत्मकथा), *खुली खिड़कियाँ, सुनो मालिक* (स्त्री-विमर्श) आदि।

पुरस्कार : 'सार्क लिटरेरी अवार्ड' तथा अन्य सम्मान। 'द हंगर प्रोजेक्ट' (पंचायती राज) का 'सरोजिनी नायडू पुरस्कार' एवं अन्य कई पुरस्कारों से सम्मानित।

नमिता सिंह

जन्म : 4 अक्टूबर 1944

अध्ययन : लखनऊ विश्वविद्यालय से विज्ञान में स्नातकोत्तर शिक्षा।

प्रमुख कृतियाँ : अपनी सलीबें, लेडीज क्लब (उपन्यास) *खुले आकाश के नीचे, नीलगाय की आँखें, जंगल-गाथा* (कहानी-संग्रह); दिव्या : इतिहास, संस्कृति और स्त्री-विमर्श; 1857 और जनप्रतिरोध (सम्पादन); कृति और कृतिकार (आलोचना) आदि।

कमलेश बख्शी

जन्म : बहनीवाल गाँव (ज़िला—फ़िरोज़पुर, पंजाब)।

अध्ययन : शिक्षा-दीक्षा मध्य प्रदेश के विभिन्न नगरों में हुई। विवाहोपरान्त बम्बई में स्थायी निवास।

प्रमुख कृतियाँ : *कच्चे-पक्के रास्ते, सुरंग के बाहर, अन्तहीन भटकन* (उपन्यास); *जो कहूँगी सच कहूँगी, नया मोड़* (कहानी-संग्रह); *सावधान ब्रिज आइस्ड है* (यात्रा-संस्मरण) आदि।

पुरस्कार : 'प्रियदर्शिनी सम्मान', सोवियत नारी कहानी प्रतियोगिता में प्रथम पुरस्कार से सम्मानित।

रमणिका गुप्ता

जन्म : 22 अप्रैल 1930, सुनाम (पंजाब)।

अध्ययन : एम.ए.।

प्रमुख कृतियाँ : पन्द्रह कविता-संग्रह, तीन निबन्ध-संग्रह, एक उपन्यास, एक कहानी-संग्रह के अलावा दलित, जनजाति और स्त्री-विमर्श पर कई सम्पादित पुस्तकें।

पुरस्कार : 'महात्मा ज्योतिबा फुले विद्यावाचस्पति अलंकरण', 'साहित्य सरस्वती सम्मानोपाधि'। 'अम्बेडकर फेलोशिप', 'अम्बेडकर विशिष्ट सम्मान', 'अम्बेडकर चेतना सम्मान', मध्य प्रदेश दलित साहित्य अकादेमी का 'विशिष्ट पुरस्कार' तथा भारतीय दलित साहित्य अकादेमी द्वारा 'अन्तरराष्ट्रीय शील्ड' प्राप्त।

निधन : 26, मार्च 2019

सुधा अरोड़ा

जन्म : 4 अक्टूबर 1946, लाहौर (पाकिस्तान)।

अध्ययन : कलकत्ता विश्वविद्यालय से हिन्दी साहित्य में एम.ए.। कलकत्ता में दो डिग्री कॉलेजों में प्राध्यापन। महिला संगठनों में सक्रिय। सामाजिक कार्यों से जुड़ाव।

प्रमुख कृतियाँ : *बग़ैर तराशे हुए, युद्ध विराम, महानगर की मैथिली, काला शुक्रवार, काँसे का गिलास, मेरी तेरह कहानियाँ तथा रहोगी तुम वही* (कहानी-संग्रह); *आम आदमी, ज़िन्दा सवाल, एक औरत की नोटबुक* (आलेख-संग्रह); *दहलीज को लाँघते हुए, पंखों की उड़ान, औरत की कहानी* (सम्पादन) कई रचनाओं का विभिन्न भाषाओं में अनुवाद।

पुरस्कार : उत्तर प्रदेश हिन्दी संस्थान का 'विशेष पुरस्कार', 'भारत निर्माण सम्मान', 'प्रियदर्शिनी पुरस्कार', 'वीमेन्स अचीवर अवार्ड', 'महाराष्ट्र राज्य हिन्दी अकादमी सम्मान', 'वागमणि सम्मान' आदि से सम्मानित।